퍼펙트 웨딩

퍼펙트 웨딩

초판 1쇄 인쇄일 2020년 5월 22일
초판 1쇄 발행일 2020년 5월 29일

지은이 권행
펴낸이 양옥매
디자인 임흥순 송다희
교　정 임수연

펴낸곳 도서출판 책과나무
출판등록 제2012-000376
주소 서울특별시 마포구 방울내로 79 이노빌딩 302호
대표전화 02.372.1537　**팩스** 02.372.1538
이메일 booknamu2007@naver.com
홈페이지 www.booknamu.com
ISBN 979-11-5776-885-1 (03800)

이 도서의 국립중앙도서관 출판예정도서목록(CIP)은
서지정보유통지원시스템 홈페이지(http://seoji.nl.go.kr)와
국가자료종합목록시스템(http://www.nl.go.kr/kolisnet)에서
이용하실 수 있습니다. (CIP제어번호: CIP2020019871)

퍼펙트 웨딩

/ 권행 지음 /

책과나무

●
**차
례**

작은엄마

나는 이 세상 사람들 수준이 전부 역전동 골목 수준인 줄 알았다.

그때 학교를 지으려고 막 땅을 파고 있던 미덕중학교 밑의 그 동네, 역전동 746번지 5통 2반은 농사지을 벌판이나 채소밭이나 과수원이 있는 곳도 아니었다. 고작 지방 소도시의, 중앙통도 아닌 변두리의 한 골목이었다. 골목에는 따스한 햇살이 들어오고, 지나치는 사람들이 환한 얼굴로 서로 인사하고, 저녁이면 아이들을 발가벗겨 씻기고…. 언뜻 보기엔 평화로워 보이지만 실상을 들여다보면 여자들은 수다스러웠고, 아이들은 늘 쌈박질을 해댔고, 추문이 돌아다녔고, 허영심과 질투가 난무했다. 골목 사람들은 박 경사가 교통단속 순경이었을 때 퇴근해서 마루에 걸터앉아 장화를 거꾸로 흔들면 꾸깃한 지폐가 낙엽처럼 떨어졌다고 했다. 그래서 그가 일부러 가죽장화를 신었을 거라고 사람들은 아무 근거 없이 수군댔다.

우리 집 앞집에는 손자 하나 데리고 사는 노부부가 살았다. 그

집의 회색 담벼락 위에는 뾰족한 병조각이 꽂히고 철조망이 처져 있었으며, 나무대문은 수도원처럼 365일 문이 닫혀있었다. 그 집에는 찾아오는 사람도 없었고 생필품을 사러 누구 하나 밖으로 나오지 않았다. 적어도 승미네가 이사 오기 전까지는 그랬다. 도대체 저 집은 뭘 먹고 살아갈까 늘상 궁금했다.

골목 안에는 양쪽으로 20여 채의 집이 있었고 골목의 폭은 좁았지만 길이는 꽤 길었다. 그곳에는 항상 대여섯 명의 여인들이 선 채로 잡담을 나누고 있었고, 나 같은 꼬마아이들은 땅따먹기, 공기놀이, 말 타기 등 온갖 놀이를 시간 가는 줄 모르고 했다. 광주리를 이거나 봇짐을 진 장삿꾼도 매일 드나들었다. 골목 여인들은 장삿꾼이 골목을 빠져나가기도 전에 그 사람을 도마에 올렸다. 앞니가 튀어나온 사람이 지나가면 앞니가 튀어나왔다고 타박하고, 여름철에 겨울코트를 입은 사람이 지나가면 저이는 왜 아편쟁이 모양으로 뒤집어쓰고 다닌대 하며 뒤따라가서 외투를 벗길 태세였다.

짚새기 똬리 위에 쇠대야를 머리에 인 여인이 골목에서 소리 질렀다.

"옥수수 사려! 옥수수요! 강원도 옥수수요!"

그녀가 업은 아기는 고개를 떨구었지만 아랑곳 않고 목청껏 사람들을 불렀다. 동네 여자들이 골목에 모여 얘기로 꽃을 피우고 있을 때 옥수수 장수가 지나갔다.

"저런, 애가 목이 빠지겠네. 포대기를 잘 매야지, 쯔쯔."

동네 여자 하나가 다가가서는 미끄러져 내려오는 아기를 치켜 올려주었다. 옥수수 장수는 한 손으로 머리 위의 쇠대야를 잡고 있어서 포대기를 추스를 손이 없었다. 동네 여자는 아기 머리를 올려주고 광목 포대기를 바짝 조여주다가 옥수수 장수를 쳐다보았다.

　"아유 이 땀 좀 봐! 스무 살도 안돼 보이네. 새댁, 나이가 몇이유?"

　"스물아홉이유!"

　"스물아홉인데 왜 옥수수장사를 해요?"

　스물아홉 살 먹은 여자가 옥수수장사를 하면 안 된다는 법이 있는 것처럼 다그쳤다. 스물아홉 살 아기 엄마는 혹시 동네 여자들이 옥수수를 사려나 해서 뒤돌아보는데 머리카락이 눈을 가리고 쇠대야의 무게에 짓눌린 얼굴이다. 그러나 동네 여자들은 옥수수는 안중에 없고 아기 엄마의 신상에만 관심이 많다.

　"어디서 왔수?"

　"가림막에서 왔는데요."

　"스물아홉밖에 안됐는데 왜 옥수수장사를 해? 남편은 뭐해요?"

　모가지가 긴 여자가 자꾸 스물아홉이란 나이를 걸고 넘어졌다. 옥수수 장수가 나이를 괜히 밝혔나 후회하는 듯이 쭈볏거렸다.

　"남편 없어요? 쯔쯔 불쌍해라 남편이 노나벼."

　그들은 옥수수 장수의 입에서 남편이 집에 있다는 걸 끝내 알아냈다.

　　　　　　　　　　　　　　　　　　　퍼팩트웨딩

"사지 멀쩡한데 왜 놀아?"

골목 여자들은 남편은 뭐하고 이 고생을 하느냐고 그녀에 대해 꼬치꼬치 캐묻고도 옥수수 살 생각을 안 했다. 질문은 계속되었다. 그거 팔면 하루에 얼마 남아요? 다섯 개 팔면 한 개 남아요. 쯔쯔 불쌍해라, 저거 다섯 개 팔아야 한 개 남는디야. 무슨 동의를 구하려 했는지는 몰라도 옆 사람을 돌아보며 말했다. 공설시장 욕쟁이 할머니네가 더 싸. 옥수수 사 먹으려면 그리로 가. 한 여자가 친절하게도 더 싸게 파는 곳을 알려주었다. 서방은 뭐하고 새댁이 이 고생햐? 애꿏은 그녀의 남편만 욕을 바가지로 얻어먹었다. 그녀가 힘겹게 광주리를 이고 땀에 절은 아이를 등에 업고 골목을 다 지나갈 때까지 질문공세는 계속되었다.

결국 그날 골목 여자들은 공설시장 옥수수가 더 싸다는 것을 확인했고, 아무도 옥수수를 사지 않았다. 스물아홉 살 아기 엄마는 신상만 탈탈 털리고 불쌍한 여인이란 걸 만천하에 알리고 골목을 지나갔다.

어느 날 아침.

눈을 떠보니 앞집의 수도원 같던 문이 활짝 열렸다. 기섭이네가 소리소문 없이 이사를 갔다. 굳건하게 지키던 난공불락의 성문이 이제야 활짝 열린 것이다. 거인이 사는 성인 줄 알았는데 두 사람이 서있을 정도로 비좁은 마루와 방 두 개, 그리고 잡풀이 내 키만큼이나 우거진, 태양이 내리쬐는 마당이 전부였다.

청년 네다섯 명이 웃고 떠들며 풀더미를 헤치고 세간살이를 날랐다. 그 청년들은 시끄러웠고 혈기가 넘쳐흘렀는데 나중에 알고 보니 승미의 오빠들이었다. 그들은 씩씩했고, 런닝셔츠는 땀에 절었고, 굉장히 시끄러웠다. 그날, 골목 안 사람들 모두 나와서 그들의 세간살이 하나하나에 일일이 참견하며 구경했다. 그리고 골목 여자들은 입에 침을 튀겨가며 그 물건들에 대해 친절하게 설명했다. 집기가 하나씩 들어갈 때마다 자기 집에 주문했던 물건 들여오듯이 관심을 가지고 잔소리했다.

"에구 저 비싼 걸 저렇게 쾅쾅 부딪치면 안 되지. 이봐, 총각! 살살 다뤄욧."

좁은 대문에 부딪치지 말라고 동네 여자들이 이구동성으로 말했다.

"그러게 말이야. 젊은 애들이 호마이카가 얼마나 비싼 건지 알기나 하겠어."

남의 집에 호마이카 장농이 들어가는데도 자기 집으로 들어가는 장농처럼 살살 다루라고 아우성쳤다. 장농은 하난데 조심조심하라고 입으로 거드는 사람은 전부 합쳐 열 명은 넘었다. 골목의 폭은 리어카 한 대가 간신히 드나들 정도였다. 여인들은 서있을 자리가 없어서 운동장에서 아침조회 하듯이 몇 겹으로 서있었다. 그리고는 이삿짐 나르기가 다 끝나서 저녁나절이 될 때까지 지치지도 않고 참견했다. 이렇게 승미네가 요란하게 앞집으로 이사 왔다. 이사 온 후에도 창밖으로 시끌벅적한 소리가 가끔 흘러

——————— 퍼팩트웨딩

나왔다. 골목엔 콩나물 장수 종소리도 소란스러움에 한몫했다.

　어느 날부턴가 저녁무렵이 되면 아담한 키의 젊은 여자가 찌그러진 양은그릇을 들고 골목에 나타났다. 나는 매일 저녁 콩나물 심부름을 했기 때문에 우리는 자주 마주쳤다. 그녀의 작은 눈은 상냥해 보였지만 누군가를 경계하는 눈빛이었다. 그녀는 꼭 콩나물을 커다란 양푼에 넘치도록 사서 총총 걸음으로 승미네 대문 속으로 쏙 들어갔다. 그 정도 양이면 우리 집의 두 배였다. 그녀가 즐겨 입는 월남치마는 허리 부분이 잘룩하고 밑으로 갈수록 살짝 에이자형으로 퍼져 있어서 옷맵시를 좋게 했다. 그녀의 화려한 월남치마가 동네 여자들을 지나쳐서 사라질 때쯤이면 여자들은 그녀 얘기를 했다. 그녀가 미처 대문으로 들어가기도 전에 그 새를 못 참고 수군거렸다. 동네 여자들이 젊은 여자의 뒤통수에 대고 날이면 날마다 수군대는 그 여자는 도대체 누구일까 궁금했다. 만약 그녀가 승미 이모라면 동네 여자들이 수군댈 이유가 없었다.

　승미네는 오빠들만 다섯 명이고, 승미 엄마와 시외버스 운전사인 아버지 그리고 이사 올 땐 안 보였는데 뒤늦게 나타난 젊은 여자까지 이렇게 아홉 식구가 살았다. 안방에선 장정들인 오빠들과 승미 엄마, 그리고 승미 이렇게 일곱 명이 주로 생활을 했던 것 같고, 두 사람이 간신히 들어갈 정도로 작은 방에는 승미 아버지와 젊은 여자가 살았다. 승미는 그 여자를 작은엄마라고 불렀다.

그 방은 너저분하게 어질러진 안방과는 달리 밝은 빛과 향기로운 냄새가 났다. 나지막한 거울 앞에는 레몬 향이 코를 찌르는 노란색 로션과 분가루, 빨간 루즈 등이 가지런히 놓여있고 한쪽 구석에 이불이 정갈하게 개켜져 있었다.

작은엄마가 부엌에서 아홉 식구의 밥을 할 때 승미와 나는 그 방에 살짝 들어가 보았다. 반짓고리 바구니 뒤지는 것도 재미있었지만 화장품 바구니 뒤지는 것이 더 좋았다. 길쭉한 원통형통에 담긴 레몬 로션은 황홀한 냄새를 풍겼다. 승미는 뚜껑을 열어 노란 액체를 손에 듬뿍 바르고는 내게 향기를 맡아보게 했다. 그건 작은엄마의 냄새였다.

동네 여자들이 수군대는 소리는 작은엄마가 열아홉인가 스무살도 채 안됐을 거고, 승미 아버지는 인물이 잘났다는 거다. 그들은 승미네서 무슨 새로운 정보가 없나 하고 매일 두리번거렸지만 겨우 그 정도의 정보밖에 얻지 못했다. 그들은 어서 저 집에서 머리끄덩이 잡는 큰 싸움이 벌어지기를 이제나 저제나 기다렸다. 그러나 그들의 바람과는 달리 아직 아무 일도 일어나지 않았고, 작은엄마는 여전히 콩나물을 매일 저녁 사 갔다. 동네 여자들은 아무 일도 일어나지 않아 무척 권태로워했다. 그들은 눈만 뜨면 저 집에 뭔 일 없어요 하고 아침 인사를 했다. 나도 동네 여자들처럼 승미네 집에서 싸움이 일어나기를 은근히 기다렸다.

승미 아버지는 잠바를 걸친 수수한 옷차림이었지만 막노동을 하는 사람처럼 남루하지 않았고, 그렇다고 학식이 있어 보이지도 않았다. 무뚝뚝하지만 매력적인 친근감 있는 인상이었다. 승미 아버지는 출퇴근 시간이 일정치 않아 보였다. 어느 날은 대낮인데도 작은 방에서 자고 있고, 오후에 출근하는 날도 많았다.

 작은엄마는 밥솥에 뜸 들이는 것을 내내 지켜보고 서있다가 바닥에 널부러져 있는 그릇들을 살짝 밀치고 잠시 쪼그리고 앉았다. 석유풍로에선 아욱국이 펄펄 끓고 있다. 안방에선 아이들 떠드는 소리와 라디오 소리로 시끌벅적하다. 안방과 부엌을 연결하는 창호지를 바른 쪽문은 가로 세로 30센티 정도였고, 동그란 쇠붙이 문고리를 잡아당기면 부엌 쪽으로 열리게 되어있었다. 그 쪽문이 벌컥 열리더니 승미 엄마 목소리가 들려왔다. 아이들 떠드는 소리도 딸려왔다.
 "아직 밥이 안 됐어? 승호가 오늘 일찍 가야 한다는데 그냥 퍼서 들고 오게."
 승미 엄마는 다시 방안에 있는 아이들을 향해 소리쳤다.
 "얘들아 상다리 펴라."
 승수, 승우가 모여들어 기다란 밥상의 다리를 폈다. 호마이카 밥상 밑에 달린 알루미늄 재질의 꼬부랑 다리가 뿌지직 소리를 내며 펴졌다. 작은 아이들은 요강 옆에 놓여있던 작은 밥상을 들고 와 역시 꼬부라진 다리를 펴고 큰 밥상 옆에 나란히 놓았다. 윗목의 요강은 이미 오줌으로 가득차서 흘러넘치기 일보직전이고, 승미 엄마의 앞가슴 옷섶에서는 하얀 젖무덤이 쏟아지기 일보직전이었다. 승호는 밥상다리 펴는 일 따위는 어린애들이나 할 짓이라고 생각했는지 교복을 말쑥하게 차려입고 반듯하게 앉아서 아침식사를 기다렸다. 기다리면서 영어 단어를 외웠다.

"승미야 작은 방 가서 아부지 깨워라."

그녀가 부스스한 머리로 아침에 하는 일은 작은엄마가 내미는 밥그릇들을 향해 쪽문으로 손을 뻗는 일이다. 그것도 앉은 채로.

작은엄마는 하루 세 끼를 승미 엄마가 있는 큰방에 해다 바치고, 허리를 구부려 국자로 열 명분의 국을 퍼 날랐다. 국그릇이 모자라 잠깐 국자를 놓고 선반의 그릇들을 더듬을 때 안방에서 소리가 났다.

"작은엄마, 국이 두 개나 모자라요."

그녀는 안 쓰던 놋그릇까지 찾아내어 행주로 한번 훔치고 국을 퍼 담았다. 부산한 아침 식사시간이 지나고, 산더미 같은 설거지를 끝내고, 작은엄마는 작은 방으로 돌아왔다. 승미 아버지는 출근 준비를 하고 있었다. 그는 식사할 때 외에는 안방에 발을 들여놓지 않았다. 하숙생이 쭈뼛거리며 밥 먹으러 들어오듯 아침식사 때만 안방에 들어왔다. 그는 아이들이 싸우는지, 챙겨갈 준비물이 있는지, 안방의 생활에는 무관심으로 일관했다. 아무 관심도 없었다. 남자가 아이들 일에 세세하게 관심을 갖지 않는 것이 골목에선 대 유행이었다. 아이들은 북새통 속에 가방을 들고 학교로 뛰어갔고, 작은엄마는 셔츠를 빳빳하게 다려서 승미 아버지에게 입혀 보냈다.

　　　　　　　　　　　　　　　　　——————— 퍼펙트웨딩

승미 아버지는 밤늦게 퇴근하는 날이 많았다. 안방의 식구들은 일찌감치 저녁을 먹고나서 시끌벅적 떠들고 있을 때, 작은 방에서는 두 사람만이 조촐한 밥상을 차려 오붓하게 늦은 저녁을 먹었다. 작은엄마가 이 집에 들어와 느끼는 큰 행복이라면 바로 이 순간일 것이다.

아침이면 승미 아버지에게 흰 와이셔츠를 깨끗하게 다려 입혀 보냈고, 다시 어두컴컴한 부엌으로 들어가 아홉 명이 하루 세 번 먹을 밥을 지었다. 그녀가 마당에 나와 풍로에 밥을 안치는 걸 본 적이 있다. 그녀는 수돗가에서 방금 씻은, 물기가 있는 쌀 광주리를 머리에 이고 와서 가마솥에 쏟아 부었다. 쏟아 붓는 쌀의 양도 어마어마했지만 그녀의 얼굴과 머리는 물로 뒤범벅이었고 볼은 빨갛게 상기되어있었다. 그녀가 하루 종일 하는 일이라곤 밥 짓고, 설거지하고, 콩나물과 두부를 사 오고, 산더미 같은 빨래하고, 승미 오빠들 교복바지 다려주는 일이었다. 물론 게으른 승미 엄마가 가끔 입으로 거들기는 했지만 매일 똑같은 일의 반복이었다. 그러면서도 그녀는 동네 여자들에게서 손가락질을 받았다. 승미 엄마는 손 하나 까딱 안 했지만 동네 여자들은 승미 엄마를 참을성 있는 여자라고 칭찬했다.

"저 골방구석에서 남의 서방하고 저게 뭔 지랄이래."

"에구, 남사스러워."

그들의 불경스런 행동을 유리문 밖에서 훤히 들여다보는 듯 그녀들은 지나가는 작은엄마의 뒤태를 보며 수군거렸다. 그녀들의 수군대는 소리는 줄어들 기미가 안 보였다. 점점 더 많은 이야기가 가지를 쳤다. 그녀들의 얘기 속에는 성적인 냄새가 물씬 풍겼다. 정작 작은엄마에게선 그런 기미가 없었는데.

승미 오빠들은 겉으로는 자기 엄마 편이었지만, 아버지의 여자가 오고부터 도시락 반찬의 내용이 달랐고, 질서정연한 식탁을 마주하게 되어 은근히 아버지의 이중생활을 즐기는 듯했다. 작은엄마가 이 집에 오기 전에는 승미 엄마가 아침잠이 많아 미처 도시락을 못 싸갈 때가 허다했다. 그런데 작은엄마가 오고부터는 내용물이 정갈한 네 개의 도시락이 마루 끝에 일렬로 줄 서서 승미 오빠들을 기다리고 있었다. 반듯하게 주름이 잡힌 교복바지는 이전에 그들이 절대 누려보지 못하던 호사였다.

말썽 많고 탈 많은 승미 오빠들이지만 작은엄마에게는 무척 호의적이었다. 작은엄마는 그 집에서 승미 엄마 빼놓고는 적이 없는 것 같았다. 승미 엄마도 처음에는 길길이 뛰었지만 점차 이 생활에 맛 들였는지 눈만 뜨면 작은엄마를 찾았다. 그리고 틈만 나면 심부름을 시켰다.

작은엄마는 골목에서 영화배우 못지않은 관심과 유명세를 누렸고, 여러 여자들의 시선을 한 몸에 받았다. 나를 비롯한 그녀의 팬도 있을 정도였다.

나는 승미가 너무 부러웠다. 엄마가 알면 '이런 빌어먹을 년!' 하며 순식간에 연탄집게로 뼈도 못 추릴 정도로 두들겨 맞았겠지만, 우리 집에도 작은엄마가 있으면 얼마나 좋을까? 몹시 부러워했다. 승미가 '우리 작은엄마가 어쩌구' 하면서 작은엄마 얘기를 할 때면 우리 아버지도 얼른 작은엄마를 데려 오라고 기도까지 했다.

머리를 얌전하게 뒤로 묶은 젊은 여인이 우리 집에서 같이 산다면 얼마나 좋을까. 그녀가 우리를 위해 밥도 해주고, 인형의 옷도 만들어주고, 시장에도 같이 가고, 옆집에 새로 이사 온 준호가 놀러오면 맛있는 것도 해주고, 하루빨리 그런 소망이 이루어지기를 간절히 바랬다.

준호가 우리 집에 놀러 온 적도 없거니와 준호와 나는 아직 친하지 않아서 서로 왕래하는 사이는 아니었다. 준호는 우리 집 바로 옆에 사는 박 경사의 아들이다. 엄밀히 말해서 경사는 아니고 경사 바로 아래, 사복을 입고 범인을 잡으러 다니는 형사이지만 사람들은 그냥 박 경사라고 한 단계 높여 불러주었다. 우리 골목 사람들은 호칭에 쩨쩨하게 굴지 않았다.

골목 여자들은 박 경사의 가죽장화를 무척 부러워했다. 그가 교통단속 경찰이었을 때 퇴근해서 가죽장화를 벗을 때면 꼬깃한 지폐가 우수수 떨어졌다는 소문 때문이다.

우리 집 처마와 그 집의 처마가 서로 겹치면서 장마철이면 양쪽 집의 안주인들이 물받이 때문에 얼굴을 붉히고 싸우는데 목소리는 우리 엄마가 컸지만 얄밉게도 조곤조곤 말하는 준호 엄마에게 번번이 졌다.

*

작은엄마가 골목에 들어와 살기 시작하면서 그녀의 일거수일투족은 온 동네사람의 관심의 대상이 되었다. 나는 그녀에게서 순수를 보았는데 동네 여자들은 그녀를 외설스런 영화를 보듯이 낯뜨거워했다. 그녀는 아무런 행동도 안 했는데 여인들은 남사스러워 하는 표정으로 쑥덕댔다. 그녀는 얼굴이 갸름했고 순한 인상을 가졌으며 목소리가 알아들을 수 없을 정도로 작았다. 이 동네 여인들의 목소리와는 차원이 달랐다. 승미네 작은엄마는 목욕하러 역전동 골목에 내려온 선녀였다.

승미네는 작은엄마가 오고부터 콩나물무침, 두부조림, 장아찌무침, 그리고 각기 국과 밥이 따로 나오는 정갈한 식사를 하게 되었다. 승미의 형제들은 작은엄마가 요술을 부린 이 경건한 음식 앞에서 당분간 싸울 수가 없었다. 갑자기 절이라도 하고 먹어야 할 것 같은 자세가 되었다. 두 개의 상에 펼쳐진 제사상 같은 밥상을 보고 그들은 갑자기 얌전해졌다. 밥과 반찬이 가지런히 놓여있는 상은 제사상 외에는 본 적이 없기 때문이다.

승미 엄마가 어떻게 이런 기묘한 동거를 참아냈는지 모르겠다. 그래도 꼭 작은엄마에게는 '자네도 어서 한 술 뜨게.'라며 다정하게 말했다. 이들의 이상한 동거는 지루하고 할 일 없던 동네 여인들에게 활기를 불어넣어 주었고, 그녀들은 삶의 목표가 생겼다. 저 집에서 언젠가 한바탕 싸움이 벌어지겠지 하는 기대가 컸다.

퍼팩트웨딩

"얼굴이 반반허니 남자께나 홀리게 생겼어요."

작은엄마의 얼굴이 정말 남자를 홀리는 얼굴일까? 궁금했다.

"그러나저러나 저 여편네는 어떻게 저러구 같이 사나 몰라."

그러면서 자기네는 절대로 작은부인과 같이 살 수 없다는 걸 골목에 서서 거듭 확인했다.

"나는 죽으면 죽었지 저런 꼴은 절대 못 봐."

"나도 그래."

서로 격하게 공감하며, 남편들이 딴 여자가 생기면 죽을 거라고 비장한 각오를 다졌다. 그러곤 인내심을 가지고 싸움구경을 기다렸다. 그러나 일 년이 지나도록 동네 여인들의 바람만큼 볼썽사나운 싸움은 일어나지 않았다.

승미 아버지와 작은엄마가 나란히 외출하는 것을 나는 한번도 본 적이 없다. 두 사람이 다정하게 대화를 나누는 것도 들어본 적이 없다. 마루에서 서로 스치며 지나가도 서로 모르는 사람들처럼 지나쳤다. 괴상한 사람들이었다.

작은엄마는 무슨 생각으로 그 굴 속 같은 삶을 택했을까 이해가 안 갔다. 집안에 삐삐거리는 트랜지스터 라디오 한 대 이외에는 아무 오락거리가 없었다. 신문도 안 보는 집이었다. 그러나 아주 가끔 안방에서 식구들이 시끌벅적 소란스러울 때 작은엄마가 살짝 나와서, 그것도 대문 밖으로 나오지는 않고 대문 안쪽에 몸을 반쯤 가리고 서있는 걸 볼 수 있었다. 승미 아버지가 출근하는 뒷모습을 바라보는 장면이 눈에 띄었다. 승미 아버지를 향한 눈빛과 부드러운 미소로 그들이 서로 사랑하는 사이구나 어린 나도 단박에 알 수 있었다. 그녀는 승미 아버지의 서늘한 뒷모습에 청춘을 다 바쳐도 좋다고 생각했었나 보다. 그는 누구에게 그렇게 친절하지도 않았고 오히려 수줍어하는 편이었다. 저녁에 동네 여인들이 골목에 모여 있으면 그 곁을 지나칠 때 쭈볏거리는 것만 봐도 알 수 있었다. 눈에 띄게 예의바른 사람은 아니었지만 무례한 인간은 아니었다. 그의 무뚝뚝함 속에는 여인의 시선을 끄는 이상한 매력이 있었다.

그때, 여름밤이면 우리 집은 마당에서 수제비도 해먹고, 부채로 모기를 쫓아내며 라디오 연속극을 들었다.

사루비아꽃이 닭 벼슬처럼 올라오고 있었다.

빨간색은 취하도록 아름다웠다.

*

어느 일요일 늦은 아침.

그 집 식구 아홉 명도 모자라 나까지 놀러 가서 밥상에 끼어들었다. 그 집은 워낙 식구가 많아서 한 사람이 더 끼어도 표가 나지 않았다. 작은엄마가 해주는 음식은 정말 맛있었다. 평소의 승미 아버지는 여럿이 있는 자리에선 작은엄마에게 눈길조차 주지 않았고 작은엄마도 승미 엄마 있는 데선 고개도 바짝 들지 않았다. 그런데 그날따라 작은엄마가 조금 이상했다. 작은엄마가 국통을 통째로 안방으로 들고 들어왔다. 양손으로 무거운 국 냄비를 들고 올 때 치맛자락이 자꾸 밟혀서 걷기가 힘들었는데 아무도 벌떡 일어나서 국통을 받아주는 사람이 없었다. 작은엄마는 수증기를 온몸으로 받으며 아욱국을 열 그릇째 푸다가 고개를 들었다. 두 개로 나눠진 밥상에서 승수가 선배들에게 기합 받은 얘기를 신나게 하고 있었다.

"원래 첨에 중학교 들어가면 다 그렇게 기합 받는 거야."

승호가 아는 체 했다. 아직 중고등학교에 들어가지 못한 동생들은 영웅담을 밤낮없이 토해내는 승수를 흠모하며 듣고 있었다.

"아유 시끄러. 밥이나 처먹고 나서 떠들어."

승미 엄마는 아욱국에 밥을 말아서 한 숟가락을 입에 가득 넣고 우물거리고 있었다. 속치마 사이로 젖가슴이 보일락말락했다.

작은엄마가 승미 아버지를 지그시 바라보았다.

승미 아버지는 눈초리를 느꼈는지 귓불이 약간 붉어졌다. 쳐다보고 있지 않아도 시선을 알아차렸다. 작은엄마의 표정은 '권태롭고 지루한 일상에서 날 좀 빼내줘'라고 말하고 있었다. 아주 애절해 보였다. 그러나 식구들은 도둑놈이 들어왔다가 몰래 나가도 모를 지경으로 먹기에 바빴다. 승미 아버지는 밥을 뚝딱 먹고 작은 방으로 들어갔다.

그날따라 승미 엄마는 작은엄마에게 이것저것 여러 가지 심부름을 시켰다. 설거지해놓고 저녁 먹을 쌀을 미리 씻어 놓으라고 했다. 내일 애들 도시락 반찬 뭘로 하지? 아이구, 정말 도시락 반찬거리 진절머리 나네. 자네! 밖에 나가서 두부 두 모 사오게나. 작은엄마는 무표정하게 지시에 따랐다. 수돗가에서 설거지해 놓고, 쌀 씻어놓고, 머리를 매만지고, 두부 사러 점방에 갔다 와서 저녁 찬거리를 위해 부엌에서 뚝딱거렸다. 여전히 승미네 안방은 시끌벅적했다. 다른 사람은 몰라도 나는 그녀의 꾹 다문 입과 차분한 몸가짐 속에서도 그녀가 심하게 갈등하고 동요하고 있다는 걸 느꼈다. 승미 아버지마저도 그녀의 고독을 보듬어주지 못했다.

그날 오후, 작은엄마의 얼굴이 자꾸 떠올라서 머리가 혼란스러웠지만 곧바로 잊어버리고 집으로 돌아왔다. 우리 엄마가 저녁식탁을 일찌감치 준비하고 있었다. 호박잎을 쪄서 상 위에 올려놓았고, 감자를 얄팍하게 저며 밀가루를 씌워 부쳤다. 덜 자란 고추에도 밀가루를 씌워 부쳤다. 그리고는 팬에 남은 들기름 자국이 아까웠는지, 아니면 불에 달구어진 팬을 그냥 들어내기가 아까웠는지 갑자기 계란을 한 개씩 깨뜨려서 식구 수대로 계란프라이를 했다. 오빠나 먹을 수 있는 계란프라이를 통 크게 식구 수대로 했다. 여간해서 없는 일이었다. 저녁밥상이 다 차려졌고 여름 해는 온 세상을 빠알갛게 물들이며 산너머로 내려가려 했다. 나는 제일 먼저 밥상으로 달려갔다. 그런데 갑자기 배가 쥐어짜듯이 아팠다. 배는 아침부터 아팠다. 배탈이 났을 때 배를 힘껏 움켜쥐고 있으면 곧 가라앉았다. 계속 배는 아팠지만 고소한 들기름 냄

　　　　　　　　　　　　　　　　　　퍼팩트웨딩

새를 맡으려고 배를 움켜쥐고 상에 앉았다. 식구들이 하나씩 계란프라이를 받아들고 무척 기뻐했다. 나는 배가 그렇게 아픈데도 내 몫으로 나온 계란프라이를 먹으려고 접시를 내 앞으로 바짝 당기다가 갑자기 배를 움켜쥐고 "아이구, 아이구 배야!" 하면서 나뒹굴었다. 엄마와 아버지가 깜짝 놀라며 내 손에 든 숟가락을 억지로 빼앗으려 했다. 그들은 내 뱃속에 회충이 있을 거라고 확신했는지 얼른 변소에 가보라고 호통을 쳤다. 나는 빼앗기지 않으려고 꼭 붙들고 있던 숟가락을 힘없이 떨어뜨리고 마루에서 떼굴떼굴 굴렀다. 내 생전에 이렇게 배가 아파보긴 처음이었다. 호들갑이 예사롭지 않았는지 아버지가 나를 붙잡고 빨리 병원으로 가자고 했다.

나는 내 몫의 계란프라이를 형제들이 먹을까봐 갔다 와서 먹을 테니 가만 놔두라고 신신당부하며 엄마 등에 업혔다. 그러나 내가 업혀서 대문을 나서기도 전에 내 계란프라이는 산산조각이 났고, 쌈박질하는 소리가 대문 밖까지 들렸다. 나는 곧바로 급성 맹장염 진단을 받고 엄외과에서 한밤중에 수술과 입원이란 걸 난생처음 했다. 난생처음 환자경험을 했다. 엄마 아버지가 얼마나 잘해주던지 할 수만 있다면 평생 환자로 살고 싶었다.

나의 아재들

이제 아재들 얘기를 할 때가 되었다. 하루도 바람 잘 날 없는, 이 흥미진진한 남자들의 얘기를 하자면 타임머신을 탄 듯 경북 예천의 어느 시골마을로 꾸역꾸역 들어가야만 한다.

우리 엄마에게는 네 명의 남동생들이 있다. 내가 아재라고 부르는 외삼촌들이다. 그들이 태어나고 자란 시골마을을 사람들은 무시리라고 불렀는데 그곳에서도 한참 더 들어간, 무시리 남쪽의 안쪽 깊은 골짜기에 있는 안골이 그들이 태어나고 자란 곳이다. 평화롭고 인심 후한 곳이라고 모두들 특색 없게 말했다. 평화롭고 인심 후하다는 것은 지어 먹을 변변한 땅이 없다는 뜻으로 알면 된다. 세상 사람들은 지독하게 가난하다는 말을 그렇게 돌려서 말하는 재주를 가졌다. 아재들이 청소년기를 보낸 60년대의 무시리는 그냥 고립되어있는 농촌마을이었다. 그런데 평화와 인심은 더 이상 매력이 없었는지 청년들의 발목을 붙잡지 못했다. 첫째 아재가 제일 먼저 우리 집에 오고, 1년 뒤에 둘째 아재도 안골을 박차고 우리 집으로 왔다. 그들은 우리 집에서 반백수로 있다가 나중에 극적으로 취직이 되었고 얼마 있다가 셋째 아재가 합류해서 우리 집에서 고등학교에 다니게 되었다. 막내아재는 아직 안골에 남아 있을 때였다.

이제 무시리의 집은 장작개비처럼 바짝 마른 외조부모와 국민학교를 졸업하고 집에서 농사일을 돕던 막내아재만 남게 되었다. 막내아재 이름은 용하이다. 아재들 이름 중 제일 압권은 안골 사방오리에서 제일 똑똑했다는 첫째 아재 춘삼이다. 둘째는 순삼, 셋째는 용수, 그리고 막내가 용하이다. 용하 삼촌은 형제들이 떠난 무시리를 지키면서 국민학교만 간신히 졸업했다. 노인들은 더이상 농사지을 기력이 없는데다 장성한 아들들도 모두 떠나버려 막내까지 중학교에 보낼 힘이 없었다. 그런데 신기한 일이 벌어졌다. 기대조차 안 했던 막내아들이 동네 청년들에게 농사짓는 법을 배워가며 농사일을 아주 열심히 하는 게 아닌가!

막내아재 용하가 14살 되던 해에 제일 먼저 한 일은 창고에 오랫동안 방치해두었던 농기계를 모두 꺼내는 일이었다. 얼굴엔 솜털이 보송했고, 사시사철 입고 있는 바지는 밑단이 터지고 헐렁해서 바짓가랑이 사이로 찬바람이 숭숭 들어왔다. 아직 봄바람이 찬데도 녹이 슨 농기구를 일일이 매만지며 날을 갈았다. 흙벽에 걸려있던 구럭도 먼지를 털고 손질했다. 자루가 헐거운 괭이의 녹을 용하가 지푸라기를 뭉쳐서 털어냈다. 힘을 주어 박박 밀었더니 빨간 녹이 약간 벗겨졌다. 내일은 일찌감치 동네 형을 따라 읍내장터에 가서 씨앗을 사 오려고 생각했다.

그는 웬만한 곡괭이질에는 꿈쩍도 않던 산중턱 자갈밭도 끈질기게 개간했다. 노부모가 쓸데없는 일을 한다고 번번이 말렸지만 마침내 옥토는 아니더라도 씨앗을 뿌릴 정도로 만들어놓았다. 안골 사람들은 용하가 개간한 산중턱의 벌건 밭고랑을 보며 혀를 찼다. 고놈 참, 괴이한 놈일세!

그해 여름은 어린 농부가 할 일이 많았다. 눈코 뜰 새 없이 바쁘게 보냈다. 가을수확도 초보농사치고는 제법 되었다. 동네 청년들을 따라 벼 수매 현장에도 가보았다. 거기엔 무시리와는 달리 활기가 넘쳐흘렀다. 용하는 신기해서 두리번거리기 바빴다. 그는 거기 모인 사람들 중에서 제일 나이 어린 코흘리개 농부였다. 용하는 검시원 곁을 바짝 쫓아가서 손놀림을 구경했다.

"햐, 고노마 참으로 갈구치네. 얼라들은 쪼매 비키바라."

검시원은 용하에게 좀 비키라고 말하면서 가마니를 꼬챙이로 쿡쿡 찔렀다. 그는 어리벙벙한 얼굴로 길을 비켜주려고 발을 뒤로 빼다가 나무상자에 걸려 넘어질 뻔하였다. 검시원이 하늘처럼 보였다.

농한기의 동네청년들은 하루 종일 먹고 놀았다. 그리고도 겨울은 길었다. 농사를 짓는 시간보다 노는 시간이 더 길었다. 용하는 청년들 뒤에서 화투치는 걸 넘겨보다가 그것도 지루해서 농민

잡지를 보는 일이 더 많았다. 그는 얼른 봄이 되어 농사짓고 싶었다. 게으르게 노는 걸 못 배겨 했다. 어느 날부터인가 그는 할 일 없이 노는 것에 공허함을 느껴서 사랑방에서 일찍 집으로 돌아오는 날이 많았다. 얼른 이 겨울이 지나가고 봄이 오기를 손꼽아 기다렸다. 빨리 농사짓고 싶었다.

그날도 깜깜한 논두렁을 지나 집으로 향했다. 살을 에는 듯한 추위로 옷깃을 귀까지 올리고 한껏 움츠리며 걸어왔다. 다 쓰러져가는 초가집에서 불빛이 희미하게 흘러나왔다. 노부모는 용하가 들어오는 인기척에 선잠을 깼다. 콜록대는 소리가 밖으로 새어나왔다.

호되게 불어대는 산골바람과 점점 사그러드는 장작개비, 그리고 노모의 자지러지는 기침소리는 매년 마주치는 무시리의 겨울 풍경이었다. 용하가 창호지가 팔랑거리는 미세기를 살짝 열고 방으로 들어섰다. 그런데 문짝이 닫히면서 한쪽 벽면에 쌓아둔 책더미를 건드리더니 눕혀진 채 켜켜이 쌓여있던 책들이 우르르 쏟아져 내렸다. 그는 잠 잘 공간을 확보하느라 책을 손으로 밀어내고 방바닥에 앉았다. 차가운 달빛이 방안으로 들어와 흩어진 책들을 비추었다. 형제들이 두고 떠난 책들이었다. 형제들이 쓰던 교과서와 참고서, 독일어사전, 잡지책들, 동리에서 가장 영리해서 부모의 기대를 한 몸에 받았던 춘삼이가 즐겨 읽던 소설들. 온갖 종류의 책들이 방안 가득했다. 형제들이 떠난 이후로 누구도 건드리지 않았던 책들이 바닥에 뒹굴었고, 다른 쪽 벽면에도 눕혀진 채 위로 쌓여있었다. 자다가 발로 건드려서 책더미가 쓰러진 적이 부지기수다. 그날 밤은 어쩐 일인지 잠이 잘 오지 않았다.

먼지를 뒤집어쓴 책 한 권이 켜켜이 쌓인 책들의 맨 꼭대기에서 그의 눈에 들어왔다. 그가 앉은 채 팔을 뻗어 겉장의 두꺼운 표지를 집어들었다. 헤르만 헤세의 '피터 카멘친트'였다. 춘삼이 아재의 글씨체로 '단기 몇 년 며칠 예천서점에서 사다' 이렇게 쓰여 있었다. 이 책은 용하가 우리 집에 유학 올 때 덩달아 따라와서 아재 방의 앉은뱅이 책꽂이에 올라앉는 영광을 누리게 된다. 그 후 우리 형제들의 손을 무수히 거치면서 볼품없이 앞뒤 잘려나가는 불행을 겪고, 급기야는 엄마가 변소로 가져가기 일보직전에 나에게 구출되어 나와 평생 생사고락을 같이 하게 된다.

용하는 밤 새워 형제들이 남겨둔 책을 읽었다. 국민학교를 졸업한 이후로 책을 제대로 읽은 적이 없다. 그런데 그날 밤엔 책들이 그를 기다리고 있었다. 하룻밤 새 몇 권을 읽어치웠다.

그해 겨울, 용하는 사랑방으로 발길을 돌리는 대신 닥치는 대로 책을 읽었다. 그의 독서 행위는 새봄이 올 때까지 계속되었다. 방안 가득했던 책들은 모두 읽어버려 더 이상 읽을 책이 없어서 해묵은 교과서와 농민잡지까지도 읽어치웠다. 그렇게 용하는 세 번의 겨울농한기를 화투놀이 하는 대신 책을 읽으면서 보냈다. 무슨 뜻인지도 모르는 영어책이나 독일어 책을 뒤적일 때는 무시리가 아닌 바깥세상에 가고 싶어졌다. 독일어 책 속에 그려져 있는 코가 큰 외국인의 모습은 죄지은 사람도 용서해줄 것처럼 선해 보였고 뒷배경은 천국처럼 평화스러워 보였다.

왠지 모르게 가슴이 설레었다.

무시리 바깥세상은 어떤 곳일까? 사방에 보이는 것이라곤 수수깡이 드러난 흙벽돌뿐이다. 어디로든 떠나고 싶었다. 안골에 쳐박혀 일생을 보내고 싶지 않았다. 그런데 어디를 가야 할지 몰랐다. 아는 데도 없었고 오라는 친척도 없었다. 그날 밤, 그는 몇 날 밤을 지새웠던 생각에 결론을 내렸다. 무시리를 떠나기로.

다시 봄이 되었다. 용하는 여느 해보다 일찍 농사채비를 했다. 조금 이르다고 어른들은 얘기했지만 아재는 부지런을 떨었다. 이미 그는 올해 1년만 농사를 짓고 가을 추수 끝나면 여기를 떠나기로 마음먹었다. 그러려면 당분간 부모님이 살 방도는 해놓아야 했다. 그가 이런 생각을 가지고 있는 줄 아무도 몰랐고 다들 미래의 튼실한 농부로만 생각했다.

용하는 꽁꽁 언 산등성이 밭에 힘껏 곡괭이질을 했다. 땅이 녹을 때까지 기다릴 수 없었다. 곡괭이는 한 번에 찍히지 않았다. 찍고 또 찍었다. 사랑방에선 여전히 화투판이 벌어졌다.

"저 노마가 쓸데없이 고생하네. 눈이 녹아야 쟁기질을 하재. 농사도 머릴 써야 되는 기라."

산중턱의 황토밭에서 용하의 온몸은 땀으로 뒤범벅되었다. 그는 괭이질을 멈추지 않았다. 안골의 산천은 고요했고, 겨울잠 자던 짐승들이 아직 기지개를 켜지 않았을 때였다. 괭이소리만 산 너머에서 울렸다.

여름이 왔다. 여름내 논밭에서 벼와 함께 자란 피는 올해 더 기승을 부렸다. 씨앗이 맺혀 떨어지기 전에 제거해주지 않으면 다음 해에 더 많이 퍼지니 지금 해야만 했다. 날은 더웠지만 그는 하루해가 꼴딱 넘어가도록 논에서 살았다. 태양볕은 끝없이 펼쳐진 논 한가운데 홀로 서있는 그의 머리 위로 사정없이 내리쬐었다. 흘러내린 땀을 수건으로 훔치며 주위를 둘러보았다. 땀이 비처럼 내리는 목덜미에 모자를 벗어 부채처럼 부치고 있는데 저쪽 한 길가에서 공실 할배가 용하가 있는 쪽을 유심히 살피며 다가오는 게 보였다. 공실 할배가 큰일이라도 난 것처럼 곰방대로 허공을 찌르며 용하를 향해 소리쳤다. 니가 이가네 용하가? 아재는 뭔 일인가 하고 고개를 들었다. 아재는 허둥지둥 논 바깥으로 나오려고 애를 썼지만 논의 뻘은 아재의 발을 쉽게 놔주질 않았다.

"예, 지가 용하 맞는데예, 무신 일로 그라시는데예?"

"괘얀타. 고마 밖으로 안 나와도 된다."

공실 할배는 그냥 있으라고 양손으로 막는 시늉을 해보였다. 그러나 그는 나오려고 애썼다. 공실 할배는 나오지 말고 그냥 일하라고 손사레를 쳤다.

"별일 아니니께네, 그냥 일 보더라고. 괘얀타는데…. 고마 거 있으라꼬."

공실 할배는 소리 치더니 뒷짐을 지고 가는 시늉을 했다.

"예, 그럼 어르신, 살펴가십시요."

"오~야, 열심히 하그래이."

용하는 밀짚모자를 벗어들고 논 한가운데서 꾸뻑 인사를 했고, 공실 할배는 흐뭇한 미소를 지으며 논두렁을 지나쳤다. 가끔 공실 할배는 곰방대를 물며 용하가 일하는 논밭을 가로질러 걸어와서 먼발치에서 쳐다보았다. 공실 할배의 얼굴은 곧 추수할 들판을 바라보는 것처럼 흡족하고 너그러워 보였다. 그는 한 손으로 곰방대를 잡고, 나머지 손으로 뒷짐을 지고, 할 일 없는 노인처럼 느릿하게 공리 쪽으로 걸어갔다. 안골 사람이 공리를 거쳐서 용궁 장에 가는 경우는 있어도 공리 사람이 안골에 오는 경우는 잔칫날 빼고는 드물었다. 용하는 그 노인이 잔칫집에 갔다오는 거려니 생각했다.

다시 가을이 되었다. 올해는 다른 집보다 월등히 수확을 많이 해서 동네사람들이 모두 용하를 칭송했다. 그는 낫을 내려놓고 논두렁에 걸터앉아서 참새떼를 바라보았다. 아들만 보면 기쁨을 감추지 못하는 노부모를 생각하며 잠시 생각에 잠겼다. 농촌에 머무르며 이런 행복을 누리는 것도 일순 괜찮겠다 싶었지만 이내 고개를 흔들었다. 노부모의 웃음소리를 들을 때마다 죄스러운 기분이 들었다.

밭고랑에 잠깐 쏟아붓던 태양이 사그러들었다. 사위는 고요해지고 석양이 소리 없이 내려앉았다. 그는 다시 털고 일어나 어두워지도록 일했다. 그는 읍내중학교에 다니는 또래보다 훨씬 힘이 세고 체격이 좋았다. 노모는 점점 힘이 세진 아들을 볼 때마다 신바람이 났다. 날이 갈수록 행복했다. 가을도 막바지에 접어들었다.

*

역전동 골목.

키가 훤칠한 남자가 포마드 냄새를 요란하게 풍기며 지나간다. 우리 집의 큰 철대문은 늘 빗장이 잠겨있고 바로 옆의 작은 쪽대문은 사시사철 열려있다. 쪽대문은 어린아이라도 고개를 숙이고 들어가야 했다. 키가 큰 춘삼이 아재가 포마드 머리가 닿지 않게 양손으로 머리에 포물선을 그리며 들어왔다. 한 오라기도 흐트러지지 않은, 검은 머리는 이마 위에 봉우리처럼 곡선을 이루었다. 흰 에나멜 구두는 방금 공장에서 나온 것처럼 번쩍거렸다. 마당에 들어서면서 휘이~익! 경쾌한 휘파람 소리를 냈다. 골방 문을 열어 아무도 없다는 것을 확인하고 곧장 문을 닫았다. 그는 안채의 유리미닫이를 열고 신발을 벗고 들어서면서 다시 휘파람을 휘익~ 불어댔다. 그때 엄마가 안방에서 튀어나오더니 흘러내리는 치마를 한 손으로 붙잡는 것과 동시에 다른 한 손으로 춘삼이 아재의 멱살을 잡았다. 순식간에 일어난 일이라 아재는 방어할 태세를 갖추지 못했다.

"아이고 내가 못 살아. 니 매형 보기 부끄럽지도 않니?"

엄마는 춘삼이 아재가 들어오자마자 다짜고짜 코너로 몰아붙였다. 아재는 영문도 모르고 등덜미를 연속으로 두들겨 맞았다. 엄마는 때리는 것으로 성이 안 찼는지 춘삼이 아재의 양복을 양손으로 움켜쥐고 마구 흔들어댔다. 그는 양복이 구겨질까 봐 두 손으로 감싸며 격렬히 저항했다. 칼날처럼 날이 선 양복바지 밑으로 나온 복숭아뼈는 유난히 튀어나오고 몹시 가늘었는데 엉거주춤한 다리를 지탱하고 있었다. 그는 엉덩이를 벽에 밀착시키고, 머리를 양손으로 감싸고 최대한 맞지 않으려고 애썼다. 그러면서 "아이구, 대체 왜 이러는 거냐구!" 하며 소리 질렀다.

"너 매형이 취직시켜준 회사를 일주일이나 안 나가고 있다면서? 그럼 양복 빼입고 회사 간다더니 어디 돌아다닌 거야?"

춘삼이 아재가 맞지 않으려고 고개를 숙이고 몸을 돌릴 때마다 포마드 냄새가 진하게 풍겨왔다.

"솔직히 누나, 거기는 내가 다닐 데가 못 돼. 죽으면 죽었지 거기는 못 다니겠어. 아이고, 이 옷 좀 놔요, 제발!"

"니가 제정신이면 이렇게 못 해. 니 동생들이 저렇게 줄줄이 있는데 어떻게 그럴 수가 있어. 니가 이번에는 어째 잘 다닌다 했지. 시골 노인네들 불쌍하지도 않아?"

"아유 그만 때려. 아파 죽겠어. 그리고 시골에는 막내가 농사 잘 짓고 있잖아. 그거 막내 다 가지라 그래."

엄마가 씩씩거리며 양복 쥔 손을 놓았다. 큰아재가 구겨진 양복을 양손으로 폈지만 고개를 똑바로 들지 못했다.

"남한테 아쉬운 소리 해가며 겨우 취직자리 만들어놨더니 온다 간다 말도 없이 안 나가? 그 다방 아가씨는 왜 데리고 돌아다녀서 동네 창피하게 만들어."

엄마가 심하다 싶을 정도로 춘삼이 아재를 몰아붙였다. 그러는 동안에 엄마의 치마는 이미 엉덩이를 벗어나 발밑으로 흘러내리기 직전이었다. 나는 엄마가 치마를 제대로 입은 걸 본 적이 없다. 그녀의 치마는 늘상 고무줄이 늘어나서 발에 밟히거나 엉덩이쯤에 걸쳐있다.

"어디 좀 같이 갔었던 거야. 에잇! 나두 이 집에서 밥 안 얻어먹어, 더 이상!"

그는 큰소리로 화를 냈다. 그의 표정은 당장이라도 뛰쳐나갈 것처럼 비장해 보였다.

"이 집에서 밥을 먹으면 내가 성을 간다."

"그래, 갈어라 갈어! 제발 좀 그래라. 저러다가 종당에는 빌어먹지."

춘삼이 아재는 엄마보다 더 화를 내며 골방으로 들어가더니 나오지 않았다. 내가 이 집에서 밥을 얻어먹으면 성을 간다! 성을

　　　　　　　　───────── 퍼팩트웨딩

갈어! 씩씩대는 소리가 골방 밖으로 들렸다. 엄마가 마루 끝에 서서 골방에 대고 삿대질을 했다. 한 손으로 치마를 붙잡고 서서. 나는 엄마가 그만했으면 했다. 아재가 정말 우리 집을 뛰쳐 나갈까봐 걱정되었다. 큰아재가 화가 나서 짐 싸고 나간다면 그를 붙잡을 생각이었다. '아재가 참아. 엄마 저러다가 금방 풀릴거야. 아재가 참아라, 응?' 이런 말도 준비해두었다. 골방에선 한동안 인기척이 없다. 짐을 싸고는 있는 건가?

날이 어둑해졌다. 다른 아재들이 하나씩 들어와 골방으로 들어갔다. 부엌에서 달그락 소리가 나더니 안방에서 상 펴는 소리가 나고 뒤이어 동생들이 골방 앞으로 뛰어갔다.

"아재들, 엄마가 밥 먹으래."

동생들이 골방을 향해서 합창했다. 나는 깜짝 놀랐다. 그날 저녁 누이 집에서 밥을 더 이상 얻어먹지 않겠다고 큰소리치는 걸 똑똑히 들었는데 밥 먹으라는 소리와 동시에 골방 문이 벌컥 열렸다. 춘삼이 아재가 긴 팔 다리를 펼치더니 다른 아재들을 제치고 일등으로 뛰어오는 게 아닌가?

엄마도 낮의 한바탕 소란을 어느새 잊어버렸는지 춘삼이 아재의 밥을 고봉으로 펐다. 뜨거운 사기 밥그릇을 나에게 주며 춘삼이 아재 앞에 갖다놓으라고 했다. 대접에 가득 담은 배춧국은 엄마가 손수 들고 가서 놓아주고 다른 반찬들을 큰아재 앞으로 끌어당겼다. 큰아재는 밥톨 하나 남기지 않고 후딱 먹어치웠다. 숭늉을 호호 불어가며 마시고 나서 퉁퉁 불은 누룽지를 숟가락으로 한 입에 털어 넣었다. 누이 집 밥을 얻어먹으면 성을 갈아치운다고 몇 시간 전에 장담하더니 그새 잊어버리고 배를 두드리며 끄으윽 트림까지 했다. 막내 다 가지라던 시골의 농토는 정작 용하아재 는 나중에 만져보지도 못하고 공중분해되었다.

춘삼이 아재는 훤칠한 키에 호감형의 얼굴로 특히 양복 입은 맵 시가 좋았다. 다방에 가면 친절하고 재미있는 신사였다. 나도 다 방에 몇 번 따라가 봤지만 우리 춘삼이 아재만큼 인기있는 사람은 못 봤다. 당시 충주시내에서 가장 학식과 교양을 갖춘 여자는 금 다방 레지 김민자였다. 그녀만큼 교양 있는 여자도 본 적이 없다. 그런 금다방 레지도 춘삼이 아재에게 흠뻑 빠져서 그가 하는 말이 면 콩을 팥이라 해도 믿었다. 그가 범죄에 연루되어 함께 도망가 자고 하면 도망이라도 갈 정도로 흠모했다. 나는 그녀가 큰아재 옆에 앉을 때 살짝살짝 그의 신체를 건드리는 것을 보았다. 그녀 는 호호호 웃으며 당신은 정말 유식해. 충주에서 썩기 아까운 인 물이야, 하면서 한 손으로 아재의 가슴팍을 쓸었다. 그럴 때 춘 삼이 아재는 그녀의 숨결을 몸으로 느끼면서도 안 그런 척 최대한 자연스럽게 행동했다. 그러나 정작 집에서는 구박덩어리였다.

아재들이 기거하는 골방에 들어가면 담배연기 때문에 아무것도 보이지 않았다. 중간중간 발에 걸리는 건 선데이서울과 바둑판이 었다. 담뱃갑도 이리저리 굴러다녔다. 내가 컴컴한 굴속 같은 아

——————— 퍼팩트웨딩

재들의 방에서 '선데이서울'을 보고 있으면 사람 좋은 춘삼이 아재가 말을 붙였다.

"니, 어두분 데서 글이 보이나?"

내가 글을 아는 게 신통하다는 듯 내 머리를 쓰다듬었다.

*

추수가 어느 정도 마무리 단계여서 용하는 산에 올라가서 땔감을 해왔다. 집을 떠나있는 동안 부모님이 겨우내 춥지 않게 지내라고 장작을 패서 담벼락에 산더미같이 쌓아놓았다. 이웃집 여자가 와서 보고는 입을 딱 벌렸다. 하이고야! 천지 째빘네! 그녀는 눈을 동그랗게 뜨고 장작더미를 처음 보는 사람처럼 어루만졌다. 방금 팬 장작의 노란 속살이 어스름에 빛을 냈다.

"하이고야, 이게 뭐꼬? 삐까리도 아이고…. 아지매 죽을 때꺼정은 둥구리 걱정 안 해도 되는 갑네예."

그녀가 담벼락을 더듬으며 한껏 부러워했다.

"우째 저런 아가 생겼을꼬? 하이고 요상해라."

이웃여자는 장독대 옆에서 장작을 패는 용하를 보고 요상하다는 말만 연발했다.

"야야, 이제 됐다. 고마 해도 된다."

끝도 없이 쌓여있는 장작더미를 보며 노모가 아들에게 소리쳤다. 이렇게 말은 했어도 동네사람들이 오기만 하면 자랑했다. 노모의 입은 다물어지지 않았다. 그런데 갑자기 장작더미 옆에서 이웃 여자가 용하를 흘깃거렸다. 그녀는 노모의 귀에 대고 혼인 말을 꺼냈다. 이번엔 노모가 눈을 동그랗게 떴다.

"모라카노? 얼라가 무신 혼인을 하나? 쟈 성들이 하나도 아니고 셋이나 저래 있는데. 그만 하소, 마! 남들 들으면 실성났다 하겠소."

이웃 여자는 노모의 손에 이끌려 부엌으로 끌려가면서 용하를 힐끗거렸다.

"공실 할배가 쟈를 달라꼬 해요. 쟈 성들 말고, 쟈 말이요."

"객적은 소리 그만 해쌓고…. 둥구리 한 무디기 주꼬마?"

이웃집 여자가 장작을 패는 막내아재를 흘깃 보며 노모에게 공실 할배 손녀딸 순이와의 혼인 얘기를 했다.

"지 성들 제까놓고, 말하자믄 역혼 아이래요? 말도 꺼내지 마소. 우리 영감 알믄 펄쩍 뛸기요."

어머니가 이웃집 여자를 부뚜막 안쪽으로 잡아끌며 소리를 낮추라는 시늉을 했다.

"쟈 성들은 공불 많이 해싸서 순이하곤 짝이 안 되지요. 순이네서 쟈를 맘에 두고 있는 기랴요. 학교 공분 몬했어도 아주 참한 처녀래요."

두 사람은 용하가 가을 추수 끝나면 이곳을 곧 떠난다는 사실을 꿈에도 생각하지 못했다.

——————— 퍼팩트웨딩

용하는 손바닥만 겨우 내밀 수 있는 먼지 낀 유리문 사이로 손을 밀어 상아색 차표를 받아들었다. 누이집의 주소만 달랑 들고 집을 떠나는 날이다. 신작로에서 한참 기다린 끝에 용궁면에서 점촌까지 가는 버스를 탔다. 버스는 용궁에서 산양을 거쳐 꾸역꾸역 점촌에 도착했다. 처음 맡아보는 휘발유 냄새가 역해서 손으로 입과 코를 막았다. "지도 충주 누이집에 갈랍니더." 이 한마디에 놀라서 말문이 막혀버린 노부모를 뒤로하고 떠나올 때 무시리의 풀숲은 겨울 채비를 하느라 누렇게 메말라가고 있었다. 용하도 마음이 아팠다. 이게 잘하는 짓인가? 생각하며 잠시 마음이 흔들렸지만 굳은 결심을 하고 집을 떠났다. 가슴이 설레기도 하고 왠지 모를 두려움에 휩싸여 입을 가리고 마른기침을 해댔다. 동이 터오고 있었다.

용하는 안골에서 공리를 거쳐 무시리, 그리고 무시리에서 용궁면까지 걸어 나와 휘발유 냄새와 먼지를 뒤집어써서 본래의 색을 알 수 없는 완행버스를 겨우 탔다. 비닐 가방 속엔 바지와 속옷이 전부였다. 점촌에서 내렸을 땐 제법 환해졌다. 이제 문경을 거쳐 충주까지 가는 버스를 갈아타야 했다. 버스에 타기 전 누이 집에 사 가지고 갈 물건이 없을까 하고 이리저리 점촌시장을 둘러보았다. 점촌시장은 용궁시장에 비할 바가 아니었다. 상점들이 다닥다닥 붙어있었고, 이른 아침인데도 여러 가지 물건들이 화려하게 진열되어있었다. 사람들이 그를 툭툭 치면서 빠르게 걸었다. 돈에 맞는 물건을 찾느라 두리번거렸다. 눈알까지 말라비틀어진 북어가 희뿌연 갈색의 큰 몸체를 비비 꼬고 있었다. 먼 길을 가기엔 마른 북어 한 마리면 적당하다고 생각하고 발길을 멈추었다.

차비만 빼고 단단히 싸매서 가방 제일 밑에 넣은 돈을 몇 번이나 마음속으로 확인했다. 그러다가 미덥지 않아서 발길을 멈추었다. 가방의 지퍼를 열고 옷 속으로 손을 넣고 밑창을 만져보았다. 도톰한 돈의 형태가 느껴져 안심이 되었다. 다시 버스에 올라탔다. 휘발유 냄새가 역하게 올라왔다. 용하는 창밖의 풍경이 몹시 낯설기도 하고 길가의 가로수들이 재빠르게 지나치는 게 어지러워서 구토가 났다. 한쪽은 낭떠러지고 한쪽은 산을 나선형으로 휘감은 새재를 지날 때, 굴러 떨어질 것 같아 앞좌석을 꼭 붙들고 앞만 바라보았다. 그래도 식은땀이 흐르고 현기증이 났다. 버스는 가도 가도 끝없이 기어가고 있었다. 사람들은 중간지점에서 꾸역꾸역 올라탔다. 그는 심하게 멀미를 하다가 지쳐서 몸을 제대로 가누기도 힘들어 머리를 차창에 힘없이 기댔다.

"어린 총각이 어디까지 가는데 저렇게 멀미를 해싸. 학생인가?"

옆에 타고 있던 승객이 안돼 보였는지 어디까지 가냐고 물었다. 눈을 가늘게 뜨고 대답했다. 충주까지 가예. 옆을 돌아볼 힘도 없었다. 사람들이 다시 꼬치꼬치 캐물었다.

"충주는 왜 가는데? 거기 누가 살아요?"

"원래 집은 어딘데?"

"몇 살이요? 밥은 먹었어?"

사람들은 퀴즈쇼를 하는 듯 질문공세를 퍼부었다. 일일이 대답하기도 힘들었다.

일 년을 궁리했던 일생일대의 모험이 시작되는 순간이었다.

우연한 마주침

　역전동 골목.

　그날도 작은엄마는 저녁 설거지를 끝내고 좁은 방에서 승미 아버지를 기다리다 깜박 잠이 들었다가 어깨가 서늘한 느낌이 들어 눈을 떴다. 안방에선 라디오 연속극 소리와 승미 오빠들의 떠드는 소리로 시끌벅적했다. 싸우는 소리와 아이들 나무라는 소리가 어둠속에서 들려왔다. 그새 날이 어두워진 모양이다. 눈을 비비며 일어나 형광등을 켰다. 사방이 환해지면서 방안의 반짇고리며 화장품, 파자마들이 왜 이제야 불을 켰냐면서 나타났다. 승미 아버지와 함께 있을 때는 아늑한 방이지만 그가 없는 빈 방은 남의 집에 무단침입한 기분이 들 때가 있다. 다른 식구들은 일찌감치 저녁을 먹고 라디오 연속극을 듣는 모양이다. 빠져 나온 머리를 고무줄로 다시 묶고 마당으로 나갔다. 나무대문의 쪽문을 살짝 열고 골목으로 나왔다. 밖은 몹시 어두웠다. 11월의 쌀쌀한 바람이 불었다. 옷을 더 껴입고 나올 걸 후회했다. 그러나 방에 들어가봤자 그녀를 기다리는 건 공허함뿐이어서 깜깜한 신작로까지

　　　　　　　　　　　　　　　퍼펙트웨딩

걸어나갔다. 사실 이 순간에 승미 아버지와 마주쳐도 나란히 들어갈 용기는 없었다. 승미 아버지가 작은엄마를 보고도 아는 체하지 않고 성큼성큼 지나쳐서 들어갈 게 뻔하다. 그래도 승미 아버지가 멀리서 나타났으면 하고 바랐다. 개 짖는 소리와 늦은 저녁을 먹는 소리가 길갓집들의 손바닥만 한 창문에서 흘러 나왔다. 사람 사는 소리였다.

저쪽에서 어떤 남자가 희미한 가로등 불빛에 의지해서 종이쪽지를 확인해보고는 고개를 두리번거렸다. 그 외에 오가는 이가 없었다. 청년이 시멘트 벽돌공장의 쌓아놓은 벽돌들이 목표물인 양 작은엄마가 있는 쪽으로 두리번거리며 걸어왔다. 발걸음에 힘이 없었다. 신문지에 싼 기다란 마른 생선을 옆구리에 끼고, 가방을 들고, 작은엄마 곁을 지나쳤다. 그가 느릿한 걸음으로 지나칠 때 그녀는 그 자리에 서있었다.

그가 성큼 걸어가서 벽돌공장 옆 나무 대문의 문패를 보더니 찾던 집이 아니었는지 다시 작은엄마 앞을 지나치려 했다. 희미한 달빛 아래서도 그녀의 눈은 또렷이 반짝였다. 작은엄마의 유난히 반짝이는 눈과 청년의 눈이 마주쳤다. 그는 뭔가를 묻고 싶어 하는 눈치였지만 지나쳐서 다른 집의 문패를 종이쪽지와 대조하는 동작을 반복했다. 찾는 집이 아니었는지 그가 되돌아서 다가왔다. 그녀는 그의 시선을 피하지 않고 그 자리에 서있었다. 청년의 입에서 경상도 사투리가 흘러 나왔다. 그는 몹시 수줍어했지만 예의 발랐고 진지했다. 왠지 이 청년을 끝까지 도와주고 싶다는 생각이 들었다.

청년의 눈에도 한 여인이 또렷이 보였다. 머리를 뒤로 빗어 넘겨 고무줄로 묶은 여인이. 그녀의 눈은 길갓집의 창문에서 흘러나오는 불빛으로 잠시 반짝거렸다. 여인은 얌전해 보였지만 다문 입술은 강단이 있어 보였다.

춘삼이 아재가 일주일째 회사를 안 나가고 빈둥거리고 돌아다녀서 엄마와 대판 싸운 사건은 그날 낮에 벌어졌다. 그런데 언제 그랬냐는 듯이 집안은 이내 잠잠해졌다. 아재들도 다 들어왔는지 건넌방이 시끌벅적했다. 엄마와 언니는 라디오 연속극을 듣느라 우리들에게 조용히 하라고 소리 질렀다. 낮에 아버지가 구해준 직장을 때려치웠다고 엄마와 큰아재가 한바탕할 때는 뭔 일이 일어날 것 같았는데 식구들은 그 사건을 씻은 듯이 잊고 집안은 다시 평화로워졌다.

엄마와 언니는 연속극이 시작되면 설거지하다 말고 달려와서 넋을 잃고 몰입했다. 여자 성우의 목소리가 어찌나 고운지 그녀는 지고지순할 뿐만 아니라 얼굴이 엄청 예쁠 것 같았다. 그때 밖에서 개 짖는 소리가 요란하게 울렸다. 나는 골목을 지나치는 사람들에게 짖어대는 소리라고 생각했다. 개는 숨도 안 쉬고 짖어댔다.

"아이고 저 눔의 개가 왜 이렇게 짖어대."

밖에서 개 짖는 소리와 여자 목소리가 섞여서 들려왔다. 우리

　　　　　　　　　　　퍼팩트웨딩

집 개는 수캐였는데 이름이 메리였다. 개는 발악을 하듯이 짖어
대다가 펄쩍펄쩍 뛰느라 개집이 들썩거렸다. 메리는 목이 쉴 정
도로 악다구니를 멈추지 않았다. 나무판대기로 엉성하게 만든 개
집은 메리의 몸부림을 견디지 못하고 쪽대문 근처까지 질질 끌려
왔다. 찌그러진 양은 밥그릇도 따라왔다. 엄마가 마당으로 나가
서 개집을 끌어다 제자리에 갖다놓고 진정시키려 애썼다. 개는
개집과 함께 끌려가면서도 소리를 멈추지 않았다.

"이게 왜 지랄발광이야! 가만 안 있어? 아유 이놈이! 가만 있
어!"

엄마가 사투를 벌이며 개 목줄을 간신히 잡았지만 개는 발악을
멈추지 않았다. 비록 똥개였지만 낯선 사람으로부터 우리 집을 보
호해야 한다는 사명감이 투철했다. 아버지를 제외한 우리들도 우
르르 마루로 나갔다. 엄마가 쪽대문에 고개를 내밀다가 깜짝 놀라
뒤로 물러섰다. 한 청년이 보따리를 들고 서있었다. 청년은 마당
으로 선뜻 들어서지 못하고 대문에 꼿꼿이 섰다. 청년은 키가 컸
고 뻣뻣이 서서 주변을 촐랑거리는 여인을 지그시 넘겨 보았다.

"얘가 누구야? 용하 아니야? 아니 너 여길 어떻게 알고 왔어?"

엄마는 속옷 바람으로 청년의 주위를 빙 돌다가 정말 용하인가
확인하고 싶었는지 손으로 더듬었다. 그는 얼굴을 더듬는 여인의
손길이 어색했는지 고개를 이리저리 돌렸다. 엄마는 청년이 용하
인 걸 확인한 후 들어오라고 팔을 잡아끌고 대문을 꼭 잠갔다. 발
악을 멈추지 않는 개 소리 때문에 그가 쭈뼛거리며 눈동자를 굴렸

다. 아재들이 기거하는 건넌방의 문도 벌컥 열렸다.

그 방문은 마술사의 상자 같았다. 키가 장대 같은 아재들 셋이 손바닥만 한 방문을 열고 우르르 쏟아져 나왔다. 마치 조그만 상자 속에서 구겨져 있던 팔다리가 펼쳐지듯이 꾸역꾸역 나왔다.

용하는 성내동 차부에서 역전동까지 물어물어 걸어왔다고 했다. 차부에서 울면 한 그릇 사 먹은 것이 그날 먹은 음식의 전부였다. 우리 집을 찾느라 저녁 내내 도립병원부터 시청까지 동네한 바퀴를 빙글빙글 돌다가 우연히 젊은 여자를 만나서 무사히 우리 집을 찾아왔다고 했다. 엄마는 작은엄마 얘기를 듣더니 약간 우쭐해했다.

"으응 그 여편네, 첩년이야. 앞 집 살어. 바로 요 앞에…. 아주 젊은 여자야. 스무 살이나 먹었나?"

엄마가 대뜸 앞집 사는 작은엄마의 신분과 사는 곳과 나이까지 일일이 알려주었다. 엄마는 막내아재의 갑작스런 출현을 잠깐 동안 잊어버리고는 작은엄마의 신원을 세세히 밝혔다. 조금만 더 시간이 주어지면 마당에 서서 그녀가 골목여인들과는 절대 섞일수 없는 종자라고 길게 설명할지도 몰랐다. 나는 엄마의 말을 무슨 수를 써서라도 막아야 했다. 그때 용하가 끼어들었다.

"누이요? 내 누이 집에서 쪼매 신세 좀 질랍니더."

자세히 보니 그는 보따리를 옆에 끼고, 손에는 신문지에 싼 북어 한 마리를 든 채 어둠속에 서있었다. 나는 그의 얼굴을 그때

퍼팩트웨딩

처음 보았다. 얇은 셔츠는 그를 더 초라해 보이게 만들었다. 어둠 속에 서 있는 청년은 저녁 내내 우리 집을 찾아 헤맸던 터라 얼굴이 몹시 상기되어 있었다. 오늘 밤 안에 누이 집을 찾지 못하면 어디서 잠을 자야 할까 걱정하는 얼굴이었다.

"야! 너! 어머니 아버지 어떡허구 왔어? 조금만 기다렸다 내가 취직하면 모실라켔는데…. 임마, 너까지 오면 안 되지!"

춘삼이 아재가 버럭 소리질렀다. 기가 막혀 말이 안 나온다고 하면서 기다란 팔로 자기 가슴팍을 퍽퍽 치다가 동의를 구하듯이 병정처럼 둘러선 우리 5남매를 돌아보았다. 우리는 내복바람으로 용하아재 주위를 빙 둘러서서 멀뚱멀뚱 쳐다보았다. 우리는 이렇게 말하고 싶었다. 춘삼이 아재 취직하길 기다렸다가는 명 짧은 사람 가겠다고.

"지도 공부가 하고 싶어예."

용하가 보퉁이를 신주단지 모시듯이 껴안은 채 입을 열었다.

"공부는 야! 아무나 하냐?"

춘삼이 아재의 기다란 팔이 막내아재 코앞에서 삿대질하듯 오르내려도 그는 눈 하나 꿈쩍하지 않고 장승처럼 서 있다. 춘삼이 아재의 파자마는 담배 사러 나갈 때는 잘 몰랐는데 지금 자세히 보니 한쪽 다리 아랫부분의 실밥이 뜯겨 양다리가 짝짝이었다. 짝짝이 양다리에 슬리퍼 차림이 할 일 없이 어깨에 힘 주는 동네 깡패 영식이처럼 보였다. 금다방에서 철학을 주억거리던 모습과는 영 딴판이었다. 엄마는 더 이상 데리고 있을 수 없다며 아재들끼리 나가 살라고 했다.

"나는 이제 너희들 못 데리고 있어. 그러니까 죽이 되든 밥이 되든 나가 살어, 알았지? 낼부터 방 좀 구해보자."

엄마는 들어오라 소리도 안 하고 짜증 가득한 얼굴로 안방으로 들어갔다.

"에이 저 새끼까지 기어들어 와서 난리야."

춘삼이 아재가 짝짝이 다리를 끌며 골방으로 들어갔다. 장대 같이 기다란 팔다리가 다시 구겨져서 손바닥만 한 골방으로 사라졌다.

"조용히 농사나 짓다 장가나 갈 일이지. 여긴 뭐 하러 와."

둘째 아재도 따라 들어갔다. 용하는 큰 죄를 지은 사람처럼 고개를 숙이고 서있었다. 이슬방울이 곧 떨어질 것 같은 그의 눈을 보니 갑자기 불쌍해졌다. 우리 5남매는 여전히 용하 주변을 서성댔다. 그는 어쩔 줄 모르고 마른 북어와 가방을 든 채 서있었다. 똥개 메리도 막내아재가 불쌍했는지 가끔 그르렁대다가 앞다리로 목 주변을 긁었다. 중학교도 안 다닌 놈이 여기 오면 막노동이나 해야지 별 수 있나. 팔짱 끼고 관망하던 셋째 아재가 대놓고 빈정거리다가 안돼 보였는지 "야, 막내!" 하면서 손짓으로 따라 오라는 시늉을 했다. 엄지손가락과 턱으로 신호를 할 때 셋째 아재는 약간 거들먹거렸다. 용하는 잠시 두리번거리다가 북어의 대가리 방향을 앞으로 해서 우리에게 내밀었다. 우리는 북어를 서로 받으려고 용하의 코앞으로 손을 내밀었다.

그는 저녁도 굶은 채 짐을 들고 셋째 아재를 따라갔다. 죄 지은 것도 없는데 다른 아재들 앞에서 송구스러워하며 고개를 떨구었다.

"앉아봐라. 우쩰 기고?"

"내도 핵교 갈란다."

"우예 갈라꼬? 니 멫 살이고? 인제 중학교 갈라꼬? 니 가는 방도는 알기나 하고 왔나?"

춘삼이 아재가 아버지처럼 양반다리를 하고서 담뱃불 붙이려고 성냥을 그으며 물었다. 이럴 때 춘삼이 아재는 선생님 같았다. 이때 셋째 아재가 눈에 확 띄는 정보를 말하자 용하의 눈이 빛났다.

"검정고시 보면 중학교 안 거치고 바로 고등학교 갈 수 있어. 우리 반에도 검정고시 출신이 한 명 있어. 그리고 시내에 검정고시 학원도 있어."

셋째 아재가 말했을 때 죄인처럼 고개 숙이고 있던 용하의 얼굴에 화색이 돌았다.

"말은 좋다. 근데 그 돈은 누가 댈끼고? 이 노마가 정신이 있는 긴가?"

"그러니까 내 말이, 아제 와서 무신 공불한다고…. 되지도 않는 소리 그만하고 며칠 쉬다가 그만 돌아가라."

돌아앉아서 담뱃재를 털던 둘째 아재가 빈정거렸다. 난다 긴다는 애들 다 충고 들어오려고 머리 싸매고 재수 삼수 하는데 니가 무슨 수로 들어가냐? 막노동 할 바에는 촌에서 농사짓는 게 낫지. 학원비도 비싸지만 고등학교는 들어가기가 얼마나 힘든 줄 알기나 하냐? 둘째 순삼이 아재는 매사가 부정적이었다. 그는 비관주의자 대열에서 둘째가라면 서러워할 위인이다.

"학원 필요 없다. 책만 사주면 내 혼자 공부 할란다. 책 살 돈은 있다. 형들 내 좀 도와주소."

"에이 저 새끼까지 기어들어 올게 뭐람."

춘삼이 아재는 담뱃불을 끄고 이불 속으로 들어가더니 이불이 작다고 밤새도록 투덜거렸다. 용하가 끼어 들어와서 자리가 좁아졌다고 궁시렁거렸다. 불을 끄고 네 명의 장정들이 낑겨가며 누웠다.

"니, 참말로 우얄끼고? 지금서 중학교 드갈 수도 없고."

"내는 혼자 공부해서 고등핵교 바로 갈 끼다. 내 쫌 도와주라."

용하 아재는 굴하지 않고 학교에 갈 수 있게 도와달라고 했다.

이제 막내아재까지 우리 집에 합류했다. 다시 우리 식구의 수를 세어보았다. 우리 5남매, 아재들 네 명, 엄마, 아버지 총 열한 명이었다. 우리 집은 미어터지기 일보 직전이었다. 조그만 방두 칸에 우리 가족이 살았고 그보다 더 작은 골방이 대문 쪽에 붙어 있었는데 거기서 아재들 네 명이 기거했다. 툇마루조차 없는 그 골방은 혼자 있기에도 턱없이 비좁았다. 네 명이 그냥 서있어야 할 판이었다. 사시사철 매캐한 담배연기가 가득해서 그 방에 들어가면 하루 종일 몽롱한 상태가 되었다.

아재들은 용하가 오고도 한동안은 우리 집에서 지냈다. 그 후

용하는 한 번 정도 작은엄마와 골목에서 마주쳤던 것 같다. 그
때 내가 아재의 손을 잡고 점방에 가는 길이었다. 그녀는 목욕탕
에 갔다 오는 길인 듯했다. 얼굴은 콜드크림을 바른 듯 번들거렸
다. 그들은 서로 어색해하며 아무 말 안 하고 지나쳤다. 작은엄마
가 우리 곁을 지나친 후 내가 다시 작은엄마 쪽을 손가락으로 가
리키며 "승미 작은엄마야."라고 속삭이듯이 용하에게 말했다. 그
의 귀를 내 입 쪽으로 잡아당기느라 숙이게 만들었다. 어른들이
말하는 톤으로 비밀스런 얘기하듯이 그에게 속삭였다. 내가 귀를
잡아당겨서 그랬는지 몰라도 용하는 얼굴이 붉어졌다. 골목에서
작은엄마 얘기를 입 밖에 낼 때는 작은 소리로 말하는 게 상식이
었다. 골목 여자들 모두가 작은엄마 얘기를 할 때는 간첩 얘기나
불순분자 얘기를 하는 것처럼 속삭이듯이 말했다.

　용하는 방에 틀어박혀서 검정고시 공부를 했다. 그는 변소에
갈 때도 책을 들고 갔다. 변소 안에 사람이 있어서 기다릴 때도
책을 보면서 기다렸다. 그가 공부 하느라 등을 보이고 앉은뱅이
책상에 앉아 있을 때면 나는 그 커다란 등에 벌러덩 업혀 그의 목
을 나의 두 팔로 목도리처럼 두르고 그가 보던 책을 어깨너머로
보았다. 그가 보는 책은 연필로 밑줄이 여러 겹 그어 있다. 어떤
건 글씨를 네모로 새카맣게 칠해 놓은 것도 있다. 용하는 나를 물
리치지 않고 내 엉덩이 밑에 손깍지를 끼고 좌우로 흔들었다.
　"아재는 선데이서울 안 보고 공부만 해?"

"그런 건 시시해서 안 본다. 니도 해봐라 공부가 재밌다."

용하는 그 다음 해에 바로 실업고등학교에 들어갔고, 아재들은 이웃집에 방을 얻어 이사했다. 나는 그들에게 반찬을 나르느라 몹시 바빴다. 어떤 날은 수제비를 해서 냄비째 들고 갔고, 어떤 날은 국수 끓여놨다고 먹으러 오라고도 했다. 엄마가 국수 불어터지기 전에 빨리 갔다 오라고 해서 우리 집에서 500여 미터 거리를 숨이 차도록 뛰어갔다.

"아재들, 엄마가 국수 먹으러 오래."

동네가 떠나가도록 소리쳤다.

춘삼이 아재는 외출할 때면 순식간에 엘리트청년으로 돌변한다. 그는 포마드 기름때가 덕지덕지 붙은 가는 빗으로 한 올 흐트러짐 없이 머리를 빗어넘겼다. 포마드 머리와 반들거리는 구두는 기본이다. 뒷목부리에 체크무늬 양복 위로 하얀 깃이 살짝 올라와있고, 손끝에서 새하얀 셔츠깃이 보일락 말락 할 때면 교양과 학식을 갖추고 거기에 제대로 된 직업까지 가진 훌륭한 청년으로 보인다.

금다방 레지도 한복 대신 양장으로 갈아입고 큰아재와 탄금대로 데이트하러 나서면 그들의 뒷모습은 누가 봐도 부러워할 만한 연인이다. 그러나 집에 와선 런닝셔츠와 파자마바람으로 골방에서 담배나 피워댔다. 큰아재가 허풍이 좀 심하기는 해도 우리들은 춘삼이 아재를 많이 따랐다. 그의 허풍은 결혼하기 전까지는 위트와 해학이 넘쳐나는 커다란 풍선이었다.

　나중에 우리 엄마가 있는 허풍, 없는 허풍 다 떨어가며 춘삼이 아재를 간신히 결혼시켰는데 그 외숙모 앞에서는 아재가 한 번도 그런 재미있고 다정한 모습을 보여준 적이 없다.

　춘삼이 아재는 불평불만으로 가득찬 얼굴로 되는 일이 없다고 외숙모 앞에서 입버릇처럼 말했다. 어느 날 외숙모가 아재에게 월남에 지원하라고 했더니 그는 세간살이를 패대기치며 외숙모와 죽기 살기로 싸웠다. 큰아재의 교양과 학식은 일치감치 물 건너갔고, 밥 먹다 말고 외숙모가 월남 얘기 또 꺼내면 삼촌은 분해서 숟가락을 동댕이치며 소리쳤다. 다방에선 철학과 예술을 논하고 집에 와선 입에 밥풀을 튀겨가며 죽자 사자 싸웠다.

　나는 이제 아홉 살이 되었고 좀 더 영악해졌으며 심부름 속도는 더욱 빨라져서 먼 곳까지 외삼촌들의 연애편지 전달하는 것으로 영역을 넓혔다.

　외삼촌들이 1년에 한 명씩 시골에서 올라오더니 나중에 막내까지 짐 싸들고 왔을 땐 우리 집이 이미 포화상태였다. 결국 이들은 길갓집에 방을 얻어 나갔고 그 후 나는 더욱 날쎄져서 양쪽 집을 오가며 셀 수 없을 정도로 많은 심부름을 해댔다. 내가 앓아누우면 물류시스템에 마비가 와서 우리 집과 외삼촌들 자췻방 양쪽 다 큰 곤란을 겪기 때문에 나는 씩씩한 전사처럼 뛰어다녔다.

사라진 그녀

내 귀를 꼭 틀어막든가 저들의 입을 수건으로 틀어막든지 조만간에 무슨 수를 내야 할 것 같다.

"그 첩년이 도망을 갔대요. 돈다발과 패물을 들고 야반도주했대나 봐요."

"승미 아버지랑 멀리 가서 딴 살림 차린 거 아닐까?"

"뻔하지 뭐. 첩년이 가면 어딜 가겠어."

골목 여자들은 모였다 하면 며칠 전에 야반도주한 작은엄마 얘기로 수군덕거렸다. 나는 차라리 귀가 먹었으면 좋겠다. 돈다발과 패물이야기는 보태도 한참 보탠 티가 역력했다. 이건 누가 봐도 말 많은 골목 여자들이 지어낸 거다. 사실 승미 아버지도 작은엄마가 어디를 갔는지 몰라서 찾아다닌다고 했다. 동네 여자들은 방앗간에서 떡살이 나오기를 기다리면서 작은엄마얘기를 했고, 서로 서먹하던 사람들도 그 얘기를 하면서 금세 말문을 텄다. 데면데면한 사이였어도 도망간 작은엄마 얘기를 할 때면 매우 친한 척 했다. 애들 일로 싸워서 말을 안 하던 사람들도 언제 싸웠냐는 듯이 바로 화해했다. 목소리를 낮추며 비밀스럽게 말할 땐 그녀들의 추잡한 상상이 물고기의 비늘처럼 미끈거렸다. 골목 여자들의 얼굴에 갑자기 행복한 미소가 떠올랐고 화색이 돌았다. 아이들도 흥분해서 덩달아 뛰어 다녔다. 골목이 전에 없이 활기를 띠었고, 모두들 승미 아버지가 딴 데 가서 몰래 살림을 차린 걸로 고개를 끄덕이며 결론을 냈다. 그리고 첩년이 가진 화냥끼의 불결함에 비해 자신들이 가진 정숙함이 한층 도드라진다고 생각했는지 골목 여자들은 약간 도도해졌다. 퇴근해서 힘없이 들어오는 승미 아버지를 보며 뒤통수가 사라지기도 전에 수군댔다.

"첩년 집에 갔다가 들어오는 거 아닐까?"

"그 여자가 얼굴이 곱상한데다 화냥끼가 좀 있어요?"

"그러니까 첩년이지."

나는 작은엄마를 두고 대놓고 첩년이라고 말하는 저 키가 멀대처럼 큰 여자의 턱주가리가 푹 빠지는 상상을 해본다.

골목은 작은엄마 도망간 얘기로 음모라도 꾸미듯이 술렁거렸다. 골목 여자들은 얼굴에 광채를 띠며 모처럼 살맛이 나는 것처럼 행동했다. 골목이 전에 없이 활기를 띠었다. 승미 아버지가 이미 작은집에 들렀다가 온 걸로 얘기가 돌았는데 승미 엄마만 이비밀을 모르는 걸로 돼있어서 그들은 더욱 은밀히 얘기를 전달했다. 나는 작은엄마가 돈을 몽땅 가지고 도망갔다는 게 한동안 믿어지지 않았다. 승미와 나는 작은엄마와 공설시장에도 자주 따라

갔었고, 방앗간에 가서 차례를 기다리는 동안 작은엄마가 끊어주는 가래떡도 받아 먹었다. 승미가 작은엄마랑 목욕탕에 갔다 왔다고 자랑하면 우리 아버진 왜 작은엄마를 안 데려올까 원망도 했었다. 그녀는 동네 여인들처럼 물건을 살 때 물건값을 깎으려고 실랑이를 벌이지 않았다. 나는 우리 엄마가 상인들과 채소값 깎느라고 언성을 높일 때면 어디 쥐구멍이라도 숨고 싶었다. 승미엄마가 한복을 곱게 입고 계모임에 나갈 때 고무신을 찾으면 작은엄마는 수돗가에서 칫솔로 깨끗이 닦은 흰 고무신을 댓돌 위에 올려주었다. 승미엄마는 저녁에 뭇국을 끊이라고 지시하고는 미끄러지듯이 대문을 빠져 나갔다. 그녀는 홀로 남아 앞뜰에 무수히 자란 사루비아꽃이나 채송화를 보며 시간을 보냈다. 치마를 앞으로 모으고 쪼그리고 앉아 화단가에 무수히 자란 이름 모를 꽃들을 유심히 보았다.

그녀는 원래 집이 어디였을까?

무슨 일을 하던 사람이었을까?

그녀가 그리웠다.

작은엄마 일은 금세 잊어버리고 다시 일상으로 돌아왔다.

승미네도 작은엄마와 살았던 꿈같은 1년을 잊어버리고 원위치로 돌아왔다. 승미엄마는 아침에 부시시 일어나 머리맡에 있던 똘똘 뭉쳐진 버선을 펴서 꿰 신었다. 잠자리에서 입었던 엑스란 내복 위에 어깨끈이 달린 하얀색 인조견 속치마를 입고 하품을 하

며 부엌으로 들어갔다. 그녀는 집밖으로 나갈 때 빼고는 봉두난
발 머리에 인견 속치마를 하루 종일 입고 있다. 그러나 외출할 때
는 집에 있을 때와는 영 딴판으로 머리끝에서 발끝까지 한복으로
곱게 차려입고 밖을 나서는데, 그럴 때 승미와 나는 다른 사람인
줄 착각하곤 한다. 승미네 식구들은 커다란 냄비 속에 다 같이 숟
가락을 집어넣고 부산한 아침식사를 했다. 밥과 국이 따로 있는
광경은 작은엄마가 돌아오기 전에는 다시는 볼 수 없었다. 밥상
을 놓고 제사지냈던 일은 꿈결처럼 사라져버렸다. 승미의 오빠들
은 여전히 수돗가에서 싸웠고, 그 싸움은 학교 가는 길목까지 이
어졌다. 승미엄마는 아침밥을 하고 도시락을 싸면서 싸울 때보다
더 크게 악다구니를 했다.

　아침에 승미와 함께 학교에 가려고 그 집에 들어갔을 때 차마
눈 뜨고 보기 힘들 정도로 지저분한 광경을 봐야 했다. 방안 여기
저기 양말짝이 굴러다녔고, 부엌부뚜막은 설거지거리로 가득했
고, 수돗가엔 빨랫거리로 넘쳐났다. 승미 아버지는 후줄근한 와
이셔츠를 입고 출근했고, 승미 오빠들은 학교 갈 때 먼저 집는 사
람이 임자라는 듯 눈에 띄는 대로 입거나 신고 나갔다. 꾸물거리
는 사람은 며칠 신은 양말을 또 발에 꿰어야 했다. 한마디로 작은
엄마의 부재는 끔찍했다. 이놈의 집구석은 아무리 일을 해도 끝
이 없어. 승미 엄마는 밥상을 밀어놓고 아랫목에 누워서 라디오
를 틀었다. 반공일날 승미와 학교에 갔다 왔을 때도 승미 엄마는
속옷바람으로 누워있었다. 사루비아와 채송화는 제멋대로 커서

마루까지 올라올 기세였다. 나는 채송화가 장독 옆에 나지막이 크는 걸로 알았는데 그렇게 크고 억센 채송화는 그때 처음 보았다. 내 허리까지 올라오는 채송화가 무서웠다. 승미 아버지의 뒷모습은 서리맞은 허수아비처럼 처져있었다.

나는 왜 자꾸 작은엄마가 여기를 버리고 떠난 게 단추를 처음에 잘못 끼운 것처럼 생각되는지 모르겠다.

골목의 여인들은 대체로 작은엄마처럼 온순하고 단정한 모습이 아니었다. 다방레지들처럼 우아한 한복을 입고 조리있게 말하지도 않았다. 나는 당시 60년대 중반쯤 충주에서 가장 미모와 학식을 가진 인텔리 여성을 꼽으라면 아카데미극장 옆 금다방 레지를 꼽겠다. 그녀는 늘 남자들과 당당하게 눈을 마주치며 대화를 이어갔다. 상냥한 미소를 짓는 것은 물론이고. 그녀와 말이 통한다고 생각했던 춘삼이 아재는 다방에서 그녀와 얘기할 땐 누구보다 행복해하고 잘난척하는 표정이었다. 금다방 레지만이 자신의 이상적인 세계관을 이해한다고 생각했다. 이때처럼 생에 대한 자신감이 팽배했던 적이 없다.

사람들은 반듯하게 서있는 춘삼이 아재의 날카로운 콧날과 진실해 보이는 검은 눈동자를 보고 그를 유식한 사람이라고 단정지었다. 실제로도 그와 얘기를 나눠본 사람들은 그가 유식하다는 걸 대번에 알아차렸다. 그는 독일의 사상가와 문학가를 무척 좋아해서 학창시절 그들의 작품을 밤새워 탐독하며 이상을 품었던

——————— 퍼팩트웨딩

사람이다. 그의 필체는 춤추듯이 속도감 있었고 멋있었다. 그가 우리 같은 어린애들 앞에서 닭털이 달린 펜대로 잉크를 묻혀 휘갈기듯 독일어 필기체를 쓸 때 우리는 "우와!" 하고 탄성을 질렀고, 그가 진짜로 유식하다는 걸 두 눈으로 확인했다.

언젠가 난 큰아재와 금다방에 간 적이 있다. 그전까지는 다방이란 곳에는 양복 입은 사람만 출입하는 줄 알았다. 왜냐하면 큰아재는 양복을 입지 않고는 금다방에 간 적이 없기 때문이다.

연탄난로 위에는 수박통만 한 양은주전자가 김을 내뿜고 있었다. 한복을 입은 선녀의 모습을 한 다방레지가 난로에 닿지 않게 치마를 잡고 사뿐히 다가와 큰아재 곁에 앉았다. 그녀는 무척이나 교양 있는 말씨로 큰아재와 나긋나긋 얘기를 주고받았다. 다방 안에선 잔잔한 음악이 흘렀고, 흐드러진 목련꽃 같은 그녀의 한복자락은 큰아재의 몸과 살짝 부딪쳐서 사그락 사그락 소리를 냈다. 누가 천국의 모형을 그려보라고 하면 바로 여기가 천국이 아닌가 싶었다. 둘의 대화에는 우리 엄마 아버지의 대화와는 거리가 먼, 아주 여유있고 풍요가 넘쳐흘렀고, 관대함과 자비가 가득했다. 아재의 얼굴에선 갑자기 학식이 철철 넘쳐흐르는 것 같았다. 레지의 언어도 아나운서가 하는 말 같았다. 아재도 간간이 미소 지으며 일정한 템포로 그녀의 눈을 가끔 주시하면서 얘기를 주고받았다. 아버지와 엄마가 서로 눈빛을 교환하며 다정하게 얘기하는 모습을 본 적이 없어서 그런지 이렇게 바로 코앞에서 남녀가 속삭이듯이 주고받는 모습을 보고 큰 충격을 받았다. 나는 두 남녀를 안 보는 척 딴청을 피우면서 곁눈질로 그들의 대화 모습을 찬찬히 들여다보았다. 두 남녀는 대화도 주고받았지만 애정의 눈빛도 주고받았다.

"우리 꼬마아가씨 밀크 한 잔 줄까?"

그녀가 내게 밀크 한 잔을 주려고 솜뭉치가 너덜거리는 헝겊소파에서 일어났다. 부시럭 소리가 나는 8폭 양단치마를 양손으로 잡았는데 정말 곱고 아름다웠다. 그런데 잠시 후 놀라운 일이 벌어졌다. 나는 거의 기절할 뻔했다. 그녀가 황금빛 양단치마가 끌릴까봐 치마뒷덜미를 살짝 걷어 올렸다. 나는 그 한복치마 아래 살짝 내비치는, 여러 겹의 레이스가 달린, 순백색의 패티코트를 본 순간 "아아!" 하고 한숨을 내뱉었다. 숨 막히게 아름다웠기 때문이다. 그때 아재는 때가 덕지덕지 묻은 소파에 몸을 반쯤 기울인 자세로 한 손을 팔걸이에 걸친 채 턱을 받치고, 다리를 꼬고 앉아서 다방 레지를 물끄러미 바라보고 있었다. 그의 자세는 화가의 모델 같았다. 그녀가 쟁반을 들고 걸어갈 때 겹겹으로 된 하얀 레이스가 흰 고무신의 뒤축에 닿을 때마다 나는 "하아!" 하고 탄성 비슷한 숨소리를 냈다. 골목 여자들에게서는 절대 볼 수 없는 모습이었다. 아재가 그녀 앞에만 서면 유식해지는 이유를 알았다.

춘삼이 아재의 감색양복 소매 아래로 살짝 드러나는 흰 와이셔츠를 본다면 누구라도 코딱지만 한 방에서 뒹굴며 반찬 없다고 투정부리는 남자를 절대 상상할 수 없다. 상상해서도 안 된다. 뒷덜미의 흰 셔츠깃은 아재의 품격을 한층 높여주었고 그녀의 심장은 덩달아 크레센도로 요동쳤다. 아재를 흠모하다 못해 파리한 그녀의 얼굴에 그늘이 지는 것을 알 수 있다. 아재와의 신분 차이 때문에 이루어질 수 없는 사랑으로 심한 가슴앓이를 한다는 증거이다. 그녀의 쓸쓸한 미소에는 우울함, 갈등, 혼란스러움, 환희가 섞여있었다. 그러다가 두 사람은 서로 눈이 마주치면 슬픈 미소를 보냈다. 세상에 그렇게 아름답고 교양있는 여인이 우리 집안의 천덕꾸러기 춘삼이 아재를 미치도록 좋아하다니! 알다가도 모를 일이다.

  그러나 시골에선 아직도 춘삼이 아재가 입신양명하기를 학수고대하고 있다. 시골집 마당에서 돼지를 잡고 잔치를 벌여보는 게 시골 외조부의 간절한 소망이다. 그러니 다방레지와의 결혼은 세상이 두 쪽 나도 있을 수 없는 일이다. 아재는 풍속의 규범에 맞서 싸울 능력이 없어서 다방레지 김민자를 포기하는 게 아니다. 그는 정말이지 가소롭게도 결혼에 있어 신분차이가 나서는 안 된다는 논리를 갖고 있었다. 그러나 자꾸만 다방에 가서 두 사람이 눈을 마주치고 감정이입을 하다 보니 진짜로 이루어질 수 없는 사랑이라고 착각하고 한숨지었다. 요즘 친척이 소개해준 여자와 데이트 중인데도 중간 중간 다방에 들러 김민자와 슬픈 사랑의 눈싸움을 했다. 그들의 눈가는 이내 촉촉해지고 몇 분 정도 바라보다가 아예 고개를 돌리고 마는 비극적인 연인을 연출했다. 아재나 김민자나 곧 절망에 못 이겨 자살이라도 할 태세였다.

　나는 저들이 언젠가는 뭔 일을 내고야 말지 조마조마한 마음으로 그들을 지켜보았다. 조만간에 야반도주하거나, 충주 시내가 떠들썩하도록 용감하게 결혼 선언을 하거나…. 그러나 그건 기우였다. 그런 일은 하늘이 두 쪽 나도 벌어질 가능성이 없어 보였다. 자취방에 돌아오면 큰아재는 백구두를 질질 끌고 와서 언제 그랬냐는 듯이 양복윗도리를 방바닥에 휙 던졌다. 그들은 억지로 이런 논리에 꿰맞추는 듯했다. 이렇게 아름답고 슬픈 사랑은 그들 인생에 다시는 오지 않을 거라는 듯….

　아재들은 부엌이 없는 방에서 살았다. 길갓집 대문을 열고 열 발자국 정도 들어가서 오른쪽에 아재들의 자췻방이 있다. 펌프 옆에 들마루가 있고 그것을 중심으로 작은 방들이 빙 둘러 있다. 그래도 다른 방들은 엉덩이를 간신히 붙일 만한 마루가 딸려 있는데 아재들의 방에는 마루는커녕 부엌도 없고 불 땔 때는 아궁이만 하마처럼 입을 벌리고 있다. 찬장은 아궁이 옆 깨진 콘크리트 위에 동그마니 놓여있다. 춘삼이 아재는 뭐 먹을 거 없나 찬장을 뒤지다가 결국 냉수에 찬밥을 말아 한 번에 들이켰다. 그의 큰 키는 처마에 닿을 정도다.

　"허우대는 멀쩡한데 젊은 사람이 왜 빈둥거려? 월남이라도 갔다 오면 집 한 채는 장만할 텐데…. 쯔쯔쯔."

──────── 퍼펙트웨딩

동네 여자들은 큰아재가 골목을 지나쳐 신작로를 지나 길갓집으로 들어갈 때 허우대는 멀쩡해가지고 왜 월남에 안 가냐고 수군댔다. 그래서 아재는 자췻방에 들어갈 때 골목 여자들을 피해서 일부러 빙 돌아서 들어갔다.

이런 춘삼이 아재에게 다방레지 말고 진짜 결혼할 여자가 생겼다. 그런데 그 결혼이 될 듯 말 듯 하면서 지지부진 시간을 끌어서 우리 엄마의 애간장을 태웠다. 사실 결혼할 여자 집에서 큰 외삼촌이 변변한 직업이 없다고 망설이고 있었다. 엄마는 그 소리를 듣자마자 한달음에 아가씨 집으로 달려갔다. 그러고는 시골에 농삿거리가 많아서 먹는 걱정은 절대 없을 거라고 아가씨 부모에게 큰소리쳤다. 엄마가 하도 큰소리쳐서 외갓집의 가난이 들통나면 어떡하나 마음이 조마조마했는데 엄마는 한 술 더 떴다. 춘삼이 아재가 시골에서 소문난 수재였기 때문에 직장 잡는 건 식은 죽 먹기라고 했다. 걔가 맘만 먹으면 직장 잡는 건 걱정 축에도 못 낀다고 했다. 무슨 근거로 수재라고 하는진 몰라도 엄마는 큰 아재를 수재라고 대놓고 말하고 다녔다.

우리 엄마의 학교이력은 동네 야학에서 어깨 너머로 한글을 익힌 것 빼고는 전무했지만, '수재'란 단어를 유난히 좋아했다. '인텔리, 미스타 리, 레지' 이런 단어들은 엄마가 상용할 수 있는 몇 개 안 되는 외래어이지만 때와 장소에 맞게 적절하게 써먹을 줄 알았다. 시집오기 전까지는 읍내 구경을 한 번도 못 해본 엄마이지만 동네사람들에게는 친정이 좀 사는 집이라고 허풍을 떨었다.

엄마는 예비사돈을 향해 마지막으로 의미심장한 말을 덧붙였다. 자못 엄숙하고 진지한 얼굴로 다른 집에서 외삼촌을 아주 탐내고 있다고 했다. 다른 집에서 탐내고 있다는 말이 사돈집을 조급하게 만들었다. 그 집에서는 갑자기 큰아재가 수재에다가 시골엔 머슴이나 일꾼이 있을 거라고 생각했는지 사윗감을 남에게 뺏길까봐 사주단자를 부리나케 보내왔다. 농사거리라고는 선대에서 물려받은 손바닥만 한 농토와 남의 소작이 전부였지만. 그것마저도 일할 사람이 없어 입에 풀칠하기도 힘들었다.

큰아재의 허우대야말로 사돈집에서 탐할 만했다. 뭇 여자들은 게으르지만 사랑스런 악동 같은 큰아재를 좋아했다. 흰 양복과 흰 구두를 즐기는 큰아재는 누가 봐도 반할 만했다. 외숙모 될 사람도 큰아재 못지않게 이목구비가 서글서글해서 두 사람이 나란히 걸어가면 그야말로 멋진 선남선녀였다. 그녀의 목소리를 들어본 적은 없지만 잘생긴 입매만 봐도 교양 있는 얘기만 할 것 같았다.

우리 엄마의 풍선처럼 빵빵하게 부풀려진 얘길 듣고 색시 집에서 갑자기 혼인을 서둘렀다. 우리 집안사람 모두가 그새 색시집의 마음이 변할까봐 겉으로는 안 그런 척했지만 내심은 아무 탈 없이 이 과정이 후딱 지나가기를 바라고 있었다. 저들이 언젠가는 아재의 실체를 알고 나서 결혼을 깨자고 할까봐 나도 조마조마했다. 그렇게 뜨뜻미지근하던 결혼이 엄마의 말 한마디에 속전속결로 진행되었다. 그 후 모든 게 일사천리로 잽싸게 진행되는 걸 보고 우리는 깜짝 놀랐다.

　골목에서 승미와 공기놀이를 하고 있을 때였다. 동네 여자 서너 명이 골목에서 떠들다 말고 눈이 동그래지면서 두 갈래로 갈라섰다. 춘삼이 아재가 여자를 데리고 들어선 것이다. 여자들의 눈은 광채가 나는 두 남녀를 따라 이동했다. 큰 키의 미남 미녀가 정장을 하고 다정하게 걸어 들어왔다. 춘삼이 아재는 우리 집 대문 앞에 멈춰 서서 예의바르게, 살포시 여자의 등에 손을 올렸다. 동네 여자들이 일제히 두 사람의 뒷모습에 시선을 고정했다. 아가씨의 머리가 쪽대문에 부딪히지 않게 한 손으로 쪽대문 위쪽을 받쳐주었다. 깨지기 일보직전이었던 혼인이 기사회생을 했으니…. 엄마는 너무 기뻐서 버선발로 뛰쳐나가 두 사람을 맞이했다. 여자는 하늘색 투피스에 뾰족 구두를 신고 팔에 거는 핸드백을 들었다. 두 사람이 지나가면서 내뿜는 진한 포마드 냄새와 화장품 향기가 코를 스쳤다. 두 사람의 신발이 댓돌 위에 가지런히 놓였다. 가로폭이 60센티 정도의 심하게 반질거리는 회색의 댓돌은 두 켤레의 신발을 한층 돋보이게 했다. 여기까지는 한 폭의 그림처럼 아름다운 연인의 모습이었다.

　나는 방안이 궁금해서 죽을 지경이어서 살짝 열린 틈으로 엿보았다. 살짝 본 엄마의 얼굴이 그렇게 선해 보일 수 없었다. 순결하고, 자애로운, 현모양처의 전형같은 얼굴이었다. 엄마는 아주 교양 있는 서울말씨를 써가며 정갈한 찻쟁반에 차를 내왔다. 엄마가 큰 소리로 떠들면 왠지 이 결혼이 깨질 것 같아 조마조마 했는데 다행히 엄마는 아주 조신했다. 거꾸로 엄마가 선뵈러 오는 처녀처럼 얌전하게 고개를 살짝 옆으로 돌리며 아주 조심스럽게 말을 했다. 육감적이고 에너지가 넘쳐나는 평소의 엄마 모습이 아니었다. 집안에 근심걱정이나 골칫덩어리 하나 없는 우아한 중년부인의 모습이었다. 엄마는 부리가 뾰족한 스텐주전자를 기울여 장미문양의 찻잔에 홍차를 조심스럽게 따랐다. 처녀가 손을 내밀어 찻잔을 드는데 매니큐어를 바른 그녀의 손끝이 고혹적이었다.

안방의 호마이카 장농이 처녀의 등 뒤에서 번쩍였다. 커다란 봉황새가 긴 꼬리를 치켜 올리고 있었다.

"우리 집안은 그냥 이렇게 살아요, 호호호. 살림 한꺼번에 다 해올 거 없어요. 오손도손 살면서 살림살이 장만하는 것도 사는 재미지요. 호호호."

이건 엄마의 말이다. 처녀는 살림살이 조금만 해오라는 소리에 살짝 미소 지으며 매니큐어가 칠해진 가는 손가락으로 찻잔의 꼬부라진 손잡이를 만지작거렸다.

'아! 정말 여주 이씨 가문은 품격 있는 집안이구나.'

처녀는 물질을 중시하지 않고 정신이 고매한 우리 집안 분위기에 압도되었다. 그녀는 격조 있는 집안에 격을 맞추느라 최대한 얌전하게 굴었다. 내가 모든 진실을 알고 있다는 게 거북스럽기도 했지만 한편으로는 앞으로 사태가 어떻게 전개될지 흥미진진했다. 그러다가 덜컥 심술이 났다. 갑자기 이 결혼을 훼방 놓고 싶어졌다. 위선자들이 앉아있는 안방문을 벌컥 열고 들어가서 엄마와 큰아재의 만행을 낱낱이 고해바치고 싶었다. 그러나 안방에선 격조와 교양과 학식이 강물처럼 넘실대고 있어서 감히 방문을 열지 못했다. 나는 그냥 승미와 공기놀이에 열중했다. 우리 가족 모두가 빨리 결혼식이 치러지기를 학수고대하는 가운데….

그 후 20여 년 가까이 흐른 뒤, 오빠 정우가 결혼할 때도 오늘과 똑같은 일이 벌어졌다. 나의 여고동창 윤희는 과일바구니를 들고 우리 집을 방문했는데 그날도 오늘처럼 햇살이 완벽하게 조화를 이루고 있었다. 그들도 춘삼이 아재 커플과 똑같이 양복을 빼입었고, 투피스를 입었고, 세상 다 가진 듯이 행복해서 어쩔 줄 몰라 하는 얼굴이었다. 영화배우처럼 생긴 오빠는 윤희를 에스코트하며 앞으로 영원히 그녀를 위해 헌신할 것 같은 얼굴표정을 지었다. 그날도 엄마가 버선발로 뛰어가 맞이한 것은 물론이고. 야매 쌍꺼풀이 진 엄마 얼굴에 정말이지 가식이라곤 눈꼽만치도 안 보였다. 우리 엄마는 집안을 완벽하게 셋팅해놓고 아무 근심걱정 없는 부유한 중년부인으로 위장했으므로.

그 무렵 우리 집에는 지붕도 고쳐주고 물받이도 고쳐주는 '공구리쟁이' 아저씨가 드나들었다. 공구리쟁이의 성이 김씨였지만 골목에선 그냥 '공구리쟁이'라고 하면 다 통하였다. 그는 집 짓는 데 따라다니며 콘크리트 작업을 했고 가정집의 하수구나 부뚜막등 시멘트가 들어가는 일이면 꼭 그 남자가 와서 일했다. 작업복은 말할 것도 없고 머리부터 발끝까지 온통 회색빛 시멘트 가루를 뒤집어써서 나이를 가늠할 수 없었다.

어느 날 수돗가 둘레에 콘크리트 작업을 마치고 남은 시멘트로 그 공구리쟁이와 조수 한 명이 마루와 봉당 사이에 신발을 신고 벗을 수 있는 10센티 높이의 평평한 바닥을 만드는 중이었다. 마침 새참 시간이어서 엄마가 고구마를 삶아 주었다. 그때 그는 고구마 세 개를 집어들더니 걸어놓은 바지주머니에 집어넣었다. 엄마와 나는 의아해서 쳐다보는데 같이 일하던 남자는 늘 보는 일인 양 아무렇지 않게 고구마를 먹었다. 다음 날에도 그는 새참으로 나온 고구마 세 개를 집어서 못에 걸어놓은 바지 쪽으로 걸어갔다. 나는 마당에서 놀다 말고 그가 김이 펄펄 나는 뜨거운 고구마를 종이에 싸지도 않고 호주머니에 그냥 집어넣는 걸 빤히 쳐다보았다. 그는 나를 보고 조금 멈칫했지만 이내 일을 시작하러 걸어갔다.

오래된 집이라 손볼 곳이 많아 그 후에도 가끔 공구리쟁이는 우리 집을 드나들었다. 그는 가히 시멘트 바르기의 대가였다. 다른 일꾼들은 시멘트가 덕지덕지 묻은 흙손이 한 개로 콘크리트를 쳐서 면이 매끄럽지 못하고 울퉁불퉁했는데, 그가 하면 파리도 미끄러질 정도로 매끈했다. 비결은 바로 두 개의 흙손이에 있다. 먼저 시멘트가 두껍게 굳어있는 거친 흙손이로 1차 작업을 하고 콘크리트 바른 면이 굳기 전에 재차 매끈한 흙손이로 반들거리게 만드는 것이다. 거기다 부서진 틈을 남은 시멘트로 메워주니 역전동 골목 여자들이 감동하는 것이 당연했다. 그런데 특이한 것은 고구마나 감자를 삶아주면 꼭 세 개를 바지주머니에 집어넣었다가 집으로 가져갔다.

그날도 엄마가 머리에 수건을 쓰고 마당에서 옥수수를 한 솥 삶았다. 드럼통의 옆구리를 개집의 문구멍처럼 잘라서 아궁이를 만들고 그 위에 양은솥을 올려놓았다. 우리들은 신이 나서 찐 옥수수를 들고 돌아다녔다. 우리들이 몇 번을 들락거리며 솥 바닥을 드러내니까, 공구리쟁이는 자기 몫을 먹지 않고 옥수수 두 개를 바지주머니에 집어넣는 것이었다. 엄마는 그에게 세 개를 마저 채워주고 싶어서 나에게 그만 먹으라고 성화를 댔지만 소용 없었다. 하도 입이 여러 개여서 이미 솥바닥은 비어있었다.

그날도 날이 어둑해져서 공구리쟁이는 일을 서둘러 끝내고 흙손이들과 다른 도구들을 수돗가에서 정성들여 씻고 나서 뒤꼍에서 바지를 갈아입었다. 나무 연장통을 어깨에 메고 대문을 나서며 그가 수줍게 인사를 했다. 실밥이 터진 양쪽 주머니에는 옥수수가 한 개씩 들어 있었고 그의 엉덩이 쪽엔 여지없이 시멘트가 묻어 있었다.

그가 집에 도착했을 때 밖은 이미 칠흑 같은 어둠이었다. 그가 방문을 열었을 때 아이들 세 명이 쪼르르 달려와 그의 바지주머니부터 뒤졌다. 그도 아재들이 사는 길갓집에 사는데 그의 방은 빙 돌아서 사철 볕이 들어오지 않는 뒤꼍에 있었다. 초저녁잠이 많은, 뭐든지 개평으로 해달라는, 양통머리 없는 주인 할머니는 라디오 연속극 듣다 말고 잠이 들었다.

*

어느 날 친구들도 학교 끝나고 뿔뿔이 흩어져버려 집에 오는 길이 심심했다. 깐돌이도 교문 앞에서 어른거리지 않았다. 깐돌이라도 있으면 막대기 하나 꺾어 동네를 휘저으면서 언덕을 내려올 텐데…. 개똥도 약에 쓰려면 없다더니 맨날 눈에 띄던 그 애도 보이지 않았다. 얼른 집에 가서 찐 감자나 먹을 생각으로 냅다 달렸다. 엄마는 사실 나보다 오빠를 더 반겼지만 나는 보통 집에 들어설 때면 무조건 엄마, 하며 뛰어 들어갔다. 오빠는 나보다 한 시간 더 늦게 집에 왔다. 엄마는 오빠 주려고 감춰놓은 간식을 나에게 번번이 들켜서 무안해하다가 나중에는 대놓고 손을 못 대게 했다. 항상 공평하지 못했다. 이건 누가 봐도 편파적이었는데 엄마는 똑같이 나눠준 거라고 매번 우겼다. 그래도 나는 굴하지 않고 내 몫을 찾아냈다.

그날도 학교 끝나고 집에 도착한 시각은 오후 두 시경이었다. "엄마!" 소리치며 부엌문부터 활짝 열어제쳤다. 나는 부엌의 광경을 보고 깜짝 놀랐다. 이게 꿈은 아니겠지. 내가 그토록 바라던 일이 지금 일어난 것이다. 나는 너무 놀라서 입이 다물어지지 않았다. 엄마와 한 젊은 여자가 머리를 맞대고 물에 만 국수를 먹고 있었다. 그 여자는 승미네 작은엄마였다. 다른 때 같으면 마당의 들마루에서 먹었을 텐데 컴컴한 부엌에서 숨은 듯이 먹고 있었다.

"영이구나, 잘 지냈어?"

그녀는 국수 가락을 삼키더니 방긋 웃으며 말을 걸었다. 국수가 들어간 양쪽 볼이 봉긋해서 귀여워 보였다. 어디에서 살고 계시냐? 열 가지도 넘는 질문을 하고 싶었지만 한마디도 못 물어봤다. '승미랑 승미 오빠들도 작은엄마 보고 싶어해요. 왜 1년 동안이나 사라졌어요?' 이런 말이 머릿속을 맴돌았지만 나는 애꿎은 국수만 후르룩 들이켰다. 그렇게 그립던 얼굴인데 바보처럼 한마디도 못해보고 나랑 상관없는 사람인 양 엄마에게 먹을 걸 달라고 했다. 길 가다가 머리 묶은 여자 뒷모습만 봐도 작은엄마가 아닐까 생각했던 적이 한두 번이 아니었다. 감격적인 상봉인데 아는 척하는 게 너무 쑥스러웠다. 그녀도 곧 나의 존재를 잊은 양 엄마에게 소곤소곤 뭔가를 주고받았다. 그녀들은 음모를 꾸미듯이 시종일관 소곤댔다. 그럴 때 우리 엄마의 눈빛은 반짝반짝 빛났고 얼굴은 사명감에 불타올랐다. 막내삼촌에게 '그 여자 첩년이야.' 할 땐 언제고 오늘은 완전히 작은엄마 편이 되어 투지가 불타오르는 얼굴을 하고 있었다.

아재들이 쓰던 골방에 세를 주려고 복덕방에 내놓았다. 그런데 부엌이 없고 방이 너무 비좁아 들어오려는 사람이 없었다. 그 골방에 여자들이 분주하게 드나들었다. 저녁 먹을 시간이면 좀 잠잠해지다가, 설거지 끝나고 밤 시간이면 여자들이 풀방구리에 생쥐 드나들 듯이 뻔질나게 들락거렸다. 엄마도 밤이면 듣는 연속극을 마다하고 부지런히 설거지를 마치고 골방으로 들어갔다. 밤이어도 여자들은 집에 갈 생각을 안 하고 바글바글 쑥덕쑥덕거렸다. 무슨 일인가 궁금해서 방문을 열어보면 여자들이 일제히 나에게 얼른 가서 숙제하고 자라는 소리만 했다.

거기서 작은엄마가 야매로 쌍꺼풀과 코 수술을 했던 것이다. 낮에도 골방 앞 댓돌 위에는 여자들의 고무신이 어지럽게 널려있었다. 내가 골방 문을 열었더니 여자들이 베개 베고 누워서 서로의 모양새가 우습다며 킬킬거리고 있었다. 우리 엄마가 나를 보더니 벌떡 일어나서 정색을 하고 말했다.

"너 어디 가서 절대로 작은엄마 본 얘기 하면 안 돼!"

엄마가 내 입단속을 시킬 때 다른 여자들도 딴 데 가서 얘기하면 절대 안 된다고 무서운 얼굴을 했다. 특히 승미네한테는 절대 얘기하지 말라며 신신당부했다. 작은엄마 얘긴 목에 칼이 들어와도 하면 안 되는 걸로 그날 작은엄마를 부엌에서 만나는 순간에 알아차렸다.

여자들의 머리맡에는 봉지에서 뜯겨진 솜뭉치와 커다란 알콜병이 놓여있었다. 솜뭉치로 여자들 얼굴을 닦아주는 작은엄마의 모습은 엄숙하기 그지없었다. 그녀의 콧날은 빛났고 꽉 다문 입술은 주술사가 신묘한 주술을 부리는 것처럼 숙연하고 장엄했다.

여자들은 독립투사를 숨겨주듯이 작은엄마를 보호해주었고, 기꺼이 독립자금을 댔다. 승미 엄마가 당장 달려와 작은엄마 머리끄덩이를 잡으면 '자네가 참게.' '어떡하겠어 이 판국에…' '그려, 승미엄마가 참어! 참어야지. 시앗한테 성질 부려봤자 남편만 돌아서.' 하며 뜯어말릴 준비태세도 갖추고 있었다. 언젠가 그런 날이 오리라 광복절만큼이나 기다렸고 그 후에 일어날 일까지도 마음속으로 단단히 준비하고 있었다. 처첩이 봉두난발을 하고 피 터지게 싸우면 온 힘을 다해 뜯어 말리려고 작심하고 있는 골목 여자들의 얼굴은 숭고하기까지 했다.

나는 그러는 동안 충일약국까지 솜뭉치와 작은엄마가 적어주는 가루약을 사러 몇 번 뛰어갔다 왔다. 작은엄마 심부름이라면 하루에 열 번을 해도 기쁘게 했다. 뛰어갔다 오다가 튀어나온 돌에 넘어졌어도 그날은 아무 소리 안 했다.

"아재!"

골목에서 언제 봐도 반가운 얼굴, 용하 아재와 맞닥뜨렸다. 그는 뒷부분은 둥그렇게 납작하고 앞부분은 뾰족하게 각이 진 검정색 교모를 쓰고 골목에 들어섰다. 신체가 큰 용하가 교복단추를 목까지 바짝 채우면 하마가 검정외투를 입은 것 마냥 답답해 보인다. 내가 약국에 뛰어갔다 오다가 뛸 듯이 반가워서 "아재!" 하고 소리쳤다. 그도 빙그레 웃어주며 내가 다가오길 기다렸다. 내가 돌부리에 걸려 기우뚱할 땐 그도 따라서 기우뚱거렸다. 그가 하교하는 길에 우리 집에 잠깐 들렀는데 골방에서 웅성거리는 소리에 책가방을 든 채 어리둥절해서 서있었다. 내가 가쁜 숨을 몰아쉬며 솜뭉치를 전해주려고 창호지를 붙인 골방 문의 동그란 쇠붙이 문고리를 확 잡아 당겼다. 그때 문이 벌컥 열리고 여인들은 괴성을 질렀다. 마치 음란한 파티를 몰래 열다가 사람들에게 들킨 것처럼 옷을 주워 입느라 한바탕 난리였다. 사이비종교 집단에서 밀교의식을 치르다가 이교도인에게 발각되는 순간이었다.

"영이 삼촌 와있었네. 아이구, 남사스러워라."

이 소란스런 광경을 보고 용하도 매우 놀라는 눈치였다. 코에 솜뭉치 붙이고 속치마바람으로 누워있던 여인이 옷을 끌어당겼다. 앉아서 입만 주절대는 여인, 앉을 자리 없어서 애를 등에 업고 서있는 여인, 깔깔거리는 소리와 함께 방안 풍경은 실로 장관이었다. 빽빽한 콩나물시루처럼 좁은 방에 어른들이 바글바글했다. 그 소란스러움 속에 한 송이 목련꽃 같은 작은엄마와 용하가 서로 눈이 마주쳤다. 그는 고개를 어디로 돌려야 할지 모르는 듯한 표정이었다. 작은엄마는 그녀의 무릎에 누워있는 사람의 얼굴을 한 손으로 감싸고, 다른 손으로 내게서 약봉지를 건네받는 중이었다. 의사처럼 흰 가운도 입고 있었다. 용하는 엉거주춤 모자를 벗어 고개를 까딱이고 돌아섰다. 그의 얼굴이 붉어졌다. 그는 잘못을 저지른 사람처럼 어쩔 줄 몰라 하며 황급히 자리를 뜨려 했다.

"얘, 미숫가루라도 마시고 가."

엄마가 허리춤에 끈을 묶으며 산발을 한 채 골방에서 나와 아재를 붙들었다. 신발도 제대로 발에 꿰지 못한 상태였다. 그는 손사레를 치고 되돌아서서 길갓집 자췻방으로 돌아갔다.

"아이고 이 사람아, 그동안 뭘 하고 살았나?"

작은엄마가 골방에 숨어 들어오고 며칠 뒤, 승미 엄마가 연락을 받고 승미 아버지 몰래 우리 집으로 왔다. 작은엄마는 며칠 있으면 떠나는데 가기 전에 승미 엄마를 꼭 보고 싶다고 했다. 승미 엄마는 시앗을 얻어 들인 안방주인이었던 본분을 망각하고 한 걸음에 달려와 반겼다. 마치 육이오 때 잃어버렸던 혈육을 찾은 듯이 반가워했다. 이 광경은 골목 여인들을 다소 맥 빠지게 했다. 피 터지는 싸움을 말리려고 준비하고 있던 여인들이 슬그머니 손을 뒤로 뺐다. 김일 선수가 권투하는 장면보다 여인들은 머리끄덩이 쥐고 싸우는 장면에 더 열광했다.

"잘 지내셨어요?"

"그려, 우리야 잘 있지. 승호는 서울 갔어. 걔 빠지고 자네 없고 하니 집이 아주 쓸쓸해."

첩이 사라져서 쓸쓸하다고까지 말하는 승미 엄마는 작은엄마의 손을 따뜻하게 잡아주었다.

"승미가 보고 싶네요. 많이 컸지요?"

승미 엄마는 쌍꺼풀수술이나 코에 파라핀을 주입하는 일은 하지 않았다. 대신 작은엄마 손에 돈 몇 푼을 쥐어주었다.

"어머 이러지 마세요. 이런 거 안 주셔도 돼요."

작은엄마는 이러지 말라고 한사코 거절했다. 작은엄마는 그 돈에 불결한 것이라도 묻은 양 조그만 몸매를 요리조리 피했다. 승미 엄마는 돈을 줘야 맘이 편하다며 우격다짐으로 주머니에 돈을 찔러 넣으려 했다. 작은엄마는 양손으로 휘저으며 온힘을 다해 돈을 피했다.

"아니, 왜 남의 성의를 무시해. 그럴 땐 받는 거여. 새댁 어여 받아둬."

동네 여자들은 작은엄마에게 성의를 무시하지 말고 받으라고 합창을 했다. 동네 여자들은 성의 무시하는 걸 좋아하지 않았다. 승미 엄마 마음 좀 편하게 해주라고 이구동성으로 외쳤다.

"어여, 받아둬. 새댁. 이럴 땐 받는 거여. 그래야 승미 엄마 맘이 편하지."

동네 여자들은 어여 받아두라고 자기들이 돈을 주는 것처럼 선심을 썼다. 돈을 안 받으면 골목 끝까지 돈을 들고 따라갈 기세였다. 누가 봐도 승미 엄마는 통이 컸다. 다른 집 여자들 같으면 "이 년이 누구 집안 망하는 꼴 보려고 그러나! 왜 또 나타나?" 하면서 대뜸 머리채부터 잡아당겼을 텐데 부르자마자 신발을 거꾸로 신고 달려왔다. 굶지 않고 잘 지내고 있는지 안부부터 물은 여인이었다. 승미네 집은 여전히 아침이면 나뒹구는 옷가지들로 발디딜 틈이 없었다. 승미 엄마는 집안일보다는 바깥일에 더 제격

인 여자였다.

　우리 집을 드나들던 골목 여자들 중 반 정도는 작은엄마에게 수술을 받았다. 수술을 받지 않은 사람들도 일주일 동안 매일 출석했다. 골방이 미어터질 지경이었다. 우리엄마도 한동안은 쌍꺼풀 딱지가 아물지 않아서 선글라스를 끼고 시장에 다녔다. 월남치마에 새까만 라이방은 정말 못 봐줄 일이었다. 작은엄마의 쌍꺼풀 수술은 야매치곤 제대로 배운 야매였는지 엄마의 쌍꺼풀은 부작용이나 재수술 없이 오십 년을 버티고 있다.

　채송화가 여름 저녁이면 살포시 꽃잎을 오무렸다. 꼭 작은엄마 모습을 닮아 있다. 작은엄마는 내가 학교에 가고 없을 때 소리 소문 없이 우리 집을 떠났다. 나는 끝까지 작은엄마 얘기를 승미에게 하지 않았다. 그땐 무덤에 갈 때까지 비밀을 지켜야 한다는 사명감 비슷한 것이 있었다.

　작은엄마가 얼마 뒤에 음성으로 시집을 갈 때까지 그녀의 쌍꺼풀 시술여행은 계속되었고, 엄마의 오지랖은 충주 시내를 춤추듯이 관통했다. 다들 작은엄마가 시집을 잘 가서 이제는 팔자가 필 거라고 했다.

무심히 지나치는 생

길갓집 아재네 셋방에서 밥하는 일은 막내인 용하의 독차지였다. 마당 한가운데는 펌프가 있고 들마루가 있는데 여자들이 모여 앉아 채소를 다듬거나, 주인집 할머니가 누가 전기를 많이 쓰나 감시하는 곳이기도 했다. 뒤꼍에는 쌀가마니로 부엌문을 막아놓은 구석진 곳에 방 한 칸이 있는데 최근에 공구리쟁이가 딸 셋과 병든 아내를 이끌고 이사를 왔다. 주인할머니는 횡재를 만난 듯 날이면 날마다 공구리쟁이에게 공짜로 일을 시켰다.

위의 두 아재는 취직이 되어서 여자 친구와 데이트하느라 매일 늦었고 만년 백수 춘삼이 아재는 사귀는 여자와의 결혼이 초읽기에 들어갔다. 그나저나 우리 엄마가 아가씨 집에 하도 허풍을 떨어놓아서 뒤탈이 걱정이었다.

용하는 고등학생치고는 몸집이 엄청 컸다. 그러나 그는 마음이 순수하고 따뜻했고, 가난하지만 열등감이나 패배감 같은 건 찾을 수가 없었다. 공부도 곰처럼 우직하게 했다. 동급생보다 두 살이

퍼팩트웨딩

나 많았지만 전혀 개의치 않고 한결같이 대했다. 승미의 셋째 오빠 승수와 친하게 지냈지만 두 사람의 말투는 서로 딴 세상에 살다 온 사람처럼 판이했다. 용하 아재는 나의 절친이기도 했다.

"아재, 시골에서 순이가 아재 기다린다는데….'

"쓸데없는 소리 하지 마라. 그 아가 날 왜 기다리노?"

내가 그의 약을 올려주는 최고의 방법은 무시리 시골에 사는, 얼굴도 모르는 순이 얘기를 꺼낼 때다. 그는 덩치답지 않게 얼굴이 붉어져서 대꾸를 피했다. 다른 일은 다 허허 웃으며 넘기는데 유독 순이 얘기에는 발끈했다.

용하는 정말 심성이 좋은 청년이라고 주인집 할머니는 입에 침이 마르도록 칭찬을 했다. 그는 할머니가 펌프질을 힘들어해서 설거지할 때마다 그 펌프 물을 한가득 퍼서 양동이째 부엌으로 날라다 주었다. 양통머리 없는 주인집 할머니는 팔 힘이 약하다며 번번이 공부하는 용하를 불러세웠다. 그는 할머니가 부르면 방문 앞에서 대기하고 있었던 것처럼 곧장 튀어 나갔다. 그때마다 매파같은 쭈구렁 늙은이가 장씨 방 쪽으로 손가락질했다.

"저 인간은 잠만 퍼질러 자느라 불러도 대답도 안 해. 글쎄 문간방 학생 없으면 밥도 못 한다니까."

저녁 무렵 용하가 불을 때려고 젖은 성냥을 그었다. 불이 붙은 신문지를 아궁이속에 깊숙이 들이미느라 고개가 그 속에 들어가 있고 두툼한 엉덩이는 아궁이 밖으로 둥그렇게 나와 있다. 뒤축이 구겨진 운동화속에 발뒤꿈치가 보였는데 전부 갈라져서 나무 껍질 같았다. 장작개비에 간신히 불을 붙이고 시커먼 얼굴로 아궁이에서 빠져 나왔다. 그런데 그게 다는 아니다. 용하는 꺼지려는 장작개비에 대고 혼신의 힘을 다해 부채질했다. 불 붙이려고 애쓰는데도 조금 피어오르다가 자꾸만 꺼졌다. 그러다 불이 간신히 붙었다. 그가 땅바닥에 엎드려서 조그만 나무껍데기에 피어오른 작은 불꽃에 대고 호호 입김을 불어넣을 때 그의 모습을 힐끗 보았다. 흔들리는 불꽃이 어른거리는 그의 얼굴은 내면 깊숙이 성찰하는 얼굴을 가지고 있었다. 장작개비에 불을 붙이고 있을 때의 옆 모습은 처연한 아름다움이 깃들어 있었다.

주머니 속엔 땡전 한 푼 없는, 보잘것없는 우리 아재. 교복은 낡고 작아서 주머니가 삐죽 나와있었다. 그러나 그는 아름다웠고, 그의 일상의 모습은 구도자의 모습과 닮아있었다.

춘삼이 아재의 결혼식은 '대원사'라는 조그만 절에서 하기로 했다. 엄마의 약발이 얼마나 오래갈지 조마조마한 가운데 우리 집 마당에선 몇 날 며칠 동안 장작불과 연탄불, 그리고 석유풍로 위에서 부침개가 지글거렸다. 결혼식 준비의 전 과정을 빠짐없이 지켜보고 있던 나도 헷갈릴 정도로 엄마의 허풍은 완벽하고 우아하기까지 했다. 동네 여자들은 음식 하는 걸 도와준다고 아이들까지 몽땅 데리고 와서 몇 끼니를 먹었다. 결혼식 날 먹을 음식보다 며칠 동안 동네사람들 먹인 게 두 배는 되었다. 하마터면 우리 집 살림 거덜날 뻔했다. 경상도 무시리 사는 촌수도 모르는 갓 쓴 노인들이 여주 이씨 가문의 장손 혼인식에 참석하느라 대거 우리 집에 머물렀다. 그들은 우리집의 기둥을 만져보고 서까래를 올려다보며 튼실하게 지은 집이라며 감탄했고, 여주 이씨 집안하고 권씨는 격은 좀 안 맞지만 은순이가 맘씨 좋은 충청도 사람하고 결혼을 잘했다며 아부를 했다. 은순이는 우리 엄마 이름이다. 용하와 혼인 말이 오가는 순이의 할아버지인 공실 할배도 춘삼이 아재 결혼식 날 예비사돈자격으로 왔다. 나는 아재들 집에 뛰어가서 방문을 벌컥 열었다.

"막내아재야, 공실 할배 오셨다고 얼른 와서 문안인사 드리래."

용하는 기말고사 공부에 여념이 없었다. 암기과목 공부를 하느라 누런 시험지에 연필로 빼곡히 써가며 외우고 있었다. 누런 종이에 여러 번 쓴 다음 고개를 들고 입으로 중얼거렸다. 외웠나 못외웠나 몇 번을 읊조리다가 자기 머리를 손으로 때렸다. 누런 종이는 앉은뱅이 책상 옆 방바닥에 수북이 쌓였다.

"아재야. 엄마가 얼른 건너 오랜다."

용하는 쭈볏거리며 가기 싫은 눈치를 보였다. 아재는 '나 없다 그러지' 하는 표정으로 계속 밍그적거렸다. 내가 뻭 소리질렀다.

"요 가시나 시끄러 죽겠네. 내가 거길 왜 가야 하는데?"

"나도 모르겠다. 빨랑 가자."

"내는 아무 상관없다. 안 갈란다."

그러나 용하는 처음에는 발뺌을 했지만 어쩔 수 없이 공실 할배

앞에 불려왔다.

"싸게 와야재. 우예 그리 꾸물거리노."

외할머니가 마당에서 감주를 바가지로 떠서 '이만하면 됐다.' 하며 맛을 보고 있을 때 용하가 들어섰다. 외할머니는 늦게 온 용하를 나무랐다. 그는 부스스한 머리에 신발을 구겨 신은 채 기말 고사 생각에 안절부절 못하는 모습이었다. 극구 오기 싫다고 할 땐 언제고 큰절을 할 때는 아주 공손하고 예의 발랐다. 공실 할 배는 흐뭇하고 넉넉한 표정으로 용하의 절을 받았다. 공실 할배 는 연신 수염을 쓰다듬으며 흡족해서 어쩔 줄 몰라 하는 표정이었 다. 옆에 있던 노인들에게 보란 듯이. 무시리와 공실 동네에선 용 하의 얼굴이 관운을 타고난 상이라고 했다. 용하의 절인사는 공 손했지만 빨리 이 자리를 벗어나고 싶어 하는 눈치였다. 노인들 의 말을 귀로 흘려들었다. 공실 할배는 용하의 마음이 어떤지는 아랑곳 않고 긴 곰방대를 한 모금 빨더니 우리가 잘 들어보지 못 한 생소한 언어로 이야기를 이어 나갔다. 그는 시선을 떨구고 재 떨이를 공실 할배 쪽에 바짝 갖다 댔다. 건넌방은 담배연기로 가 득차서 노인들이 몇 명이나 앉아있는지 구분이 안 갔다.

"어르신, 그간 평안하신교?"

"오냐. 공부는 잘되고? 학식도 중요치만도 충효가 빠지면 인간 이 아닌 기라."

공실 할배의 '공부는 잘되고?' 이 말은 용하가 고등학교만 졸업 하면 판검사라도 되는 듯이, 빨리 공부 마쳐서 손녀딸 호강시키라는 소리로 들렸다. 공실 할배가 오래전에 용하를 점 찍은 죄로 그는 졸지에 정혼녀가 있는 몸이 되었다. 순이 할아버지는 아주 흡족한 얼굴로 듬직한 손주사윗감의 절을 받았다. 용하의 얼굴은 붉어졌고 얼른 이 자리를 떴으면 하는 표정이 역력했다.

시골 노인들이 한결같이 하는 말은 신부가 '이씨' 집에 시집을 정말 잘 왔다는 소리 일색이었다. '이씨' 집에만 시집오면 손에 물 한 방울 안 묻히고 부귀영화를 누릴 것처럼 말했다. 춘궁기 때면 어김없이 배를 곯는 무시리 노인들이 무슨 자신감으로 그렇게 말하는지 의아했다."여주 이씨는 전주 이씨보다 한 수 위의 가문인 기라. 족보가 달라요.""하무요. 족보가 다르지요. 요즘이니까 개방되서 혼인을 하재. 예전 같으면 안동 권씨네도 딸 달라 소리 몬 했구 말구요."교자상 위에 놓인 전유어를 집어 먹느라 이씨 노인의 수염에 기름이 번들거렸다."어데요, 혼인은 무슨? 권가가 이 가네 앞을 지나가도 몬했지요."유림에서 어깨에 힘깨나 주고 다닌다는, 안동 권씨인 우리 친할아버지 들으라고 하는 소리였다. 친할아버지 얼굴은 벌레 씹어 먹은 얼굴이 되었다. '저런 촌것들한테 무슨 대꾸를 해?' 이런 표정이었다. 엄마의 뻥튀기가 집안 내력이란 걸 그제서야 알았다. 신부는 정말 시집을 잘 온 것 같아 가슴이 벅차 올랐다. 그런데 그들의 밀월은 얼마 못 갔다.

어쨌든 용하는 예식 끝나고 차부까지 따라가서 가서 공실 할배를 배웅해야 했다. 아주 난감해하는 표정이 역력했다. 그는 난처

할 때면 얼굴이 붉어졌다. 기말고사 공부로 한시가 급했지만 어쩔 수 없이 차부까지 따라갔다. 공실 할배는 아주 만족한 얼굴로 예비 손주 사위의 환송인사를 받으면서도 법조인이나 공직을 가질 사람의 품위에 대해 언급했다. 순이 할아버지 말씀은 백번 옳은 말이다.

그런데 춘삼이 아재가 결혼하고 몇 년 뒤, 나는 그처럼 격렬한 싸움구경을 태어나서 처음 보았다. 그토록 조신하던 큰외숙모가 춘삼이 아재에게 월남에 자원하라고 해서 그들은 세상이 두 쪽 날 것처럼 싸워댔다. 집기를 부수는 등 싸움이 심해지자, 급기야 식구들이 뛰어가서 말려야 했다. 그 후로도 종종 춘삼이 아재는 월남에 가서 돈 벌어오라는 소리가 생각나면 밥 먹다 말고 분해서 어린애 안고 있는 외숙모 앞에서 숟가락을 동댕이쳤다. 그러곤 입에 밥풀을 튀기며 화를 냈다. 그는 월남에 갔다 온 적도 없는데 월남 트라우마가 생겼다.

골목 여자들은 월남에 간 남자들이 보내오는 낙하산 천에 쓴 편지와 정기적인 현금과 귀국 후 손에 들고 오는 별 세상에나 있음 직한 진기하고도 지극히 사소한 물건들에 미치도록 열광했다. 그녀들은 남편뿐 아니라 성인 남자가 일가친척이면 허우대 멀쩡한데 왜 월남에 안가냐고 성화를 해댔다. 골목에 사는, 허우대 멀쩡한 남자들은 죄다 공포에 떨어야 했다. 동네 여자들이 자꾸 물어봐서.

춘삼이 아재는 분가했지만 나머지 아재들은 여전히 길갓집에
살았다. 신작로에서 구멍가게를 하며 근근히 입에 풀칠하던 덕배
네도 아재가 사는 길갓집에 살았다. 덕배 엄마는 구멍가게에서
물 한 대접 얻어 마시던 보따리상을 몇 날 며칠 졸랐다. 서울 구
경 한 번만 시켜달라고. 그 보따리상은 애들 옷가지, 신발, 화장
품, 미제물건, 심지어 원기소까지 별의별 걸 다 팔았다. 아이구,
따라가면 고생이지. 뭘 따라가겠다그려. 아녀유, 지두 서울구경
하고 싶어 그려유. 그냥 한번만 따라가 볼게유. 짐도 들어주고 그
럴게유. 새벽 한 시에 차가 출발하는데 갈 수 있겠어? 보따리상
여자는 못 이기는 척하며 덕배 엄마와 동행했다. 세상에나! 남대
문 시장에서 덕배 엄마의 입은 그만 다물어지지 않았다. 보따리
상 여자는 여기저기서 끝도 없이 짐보따리를 들고 와서 덕배 엄마
에게 맡겼다. 거봐, 따라오면 고생이라 안 혀? 그러면서도 고개
가 빠질 정도로 덕배 엄마 머리에 짐을 올려주었다. 새벽부터 머
리에 이고지고, 허리가 부러질 정도로 등에 졌어도 그녀의 눈은
진기한 현상을 따라 굴려대기 바빴다. 남대문 새벽시장의 요상한
풍경이란 심곡리에서 백 리도 더 들어간 산촌에서 화전만 일구다
가 시내로 시집온 덕배네겐 이상한 나라 그 자체였다. 요지경
세상에 그냥 입이 딱 벌어졌다. 미어터지는 새벽버스에 놀라고,
왁자지껄 모여든 사람들에게 혼비백산하고, 물건을 고르지도 않
고 주섬주섬 가을밭에서 푸성귀 주워 담듯 보자기에 싸는 모습에
할 말을 잃고 말았다. 그녀를 둘러싸고 무성영화 필름 돌아가듯

이 사람들이 움직이는 모습에 그만 넋을 잃었다. 세상에나! 이런 세상도 있었네그랴!

남대문을 체험한 덕배 엄마는 어느 날 일을 냈다. 갑자기 구멍 가게를 때려치운 것이다. 온 동네 여자들이 떼로 몰려와 덕배엄마를 붙잡고 안타까워했다. 남편이 아파서 노동을 못하는데 뭘 해먹고 살려고? 당장 입에 풀칠 하기두 어려울 텐데 워쩔려구 그려? 별별 걱정을 다 했다. 덕배엄마는 마지막으로 철판 문을 걷다가 씨익 웃으며 비웃듯이 입을 삐죽였다. 그녀는 말하고 싶어 죽겠다는 표정이었지만 입을 벌리면 천기누설이라도 되는 듯 씨익 웃기만 했다. 그 모습은 나는 이제 돌이킬 수 없어요. 난 이미 남대문을 체험했거든요? 이런 뜻이 담겨있었다.

그녀는 서울까지 가는 차비만 겨우 마련해서, 남대문 새벽시장의 도매시장을 알아냈다. 길바닥에서나 파는, 촌스런 옷들을 가득 주워 담은 커다란 보따리를 산타할아버지처럼 어깨에 둘러메고 의기양양하게 역전동에 내렸다. 단 한 번의 남대문 새벽시장 경험은 그녀의 인생행로를 바꿔놓았다. 번듯한 가게를 얻은 것은 아니고, 사실은 이리저리 쫓겨다니는 좌판이었다. 그래도 그녀는 상업의 메카인 시내 한복판이 활동무대라는 데 대단한 자부심을 가졌고 상대하는 사람들도 차별화를 꾀했다. 역전동 여자들에게는 좀 촌스런 옷을 권했고 로타리 여자들에겐 좀 더 세련된 걸 권했다. 쫓겨 다니는 이동식 좌판이지만 옮겨 다니는 데 하등 거리낄 게 없었다. 가겟세 내고 장사하는 사람보다 더 알짜였다.

그녀는 우리 엄마보다 더 촌티가 줄줄 흘렀고, 충청도 사투리를 원조처럼 그렇게 진하게 쓸 수가 없었다. 그런데 신작로 길에서 여러 사람 상대하다 보니 자연스럽게 똑똑해지고 세련되어갔다. 우리 엄마는 맨날 덕배 엄마를 보고 '저 촌딱지가 뭘 알겠어?'라며 대놓고 깔봤는데 이제 세가 바뀌었다. 덕배 엄마가 골목 여자들을 깔봤다. 길갓집 덕을 톡톡히 본 결과이다.

　골목에는 어느 날부터 혼혈아 하나가 거리를 돌아다니고 있었다. 이름이 철수였지만 말대답도 잘하고 까진 곱돌처럼 야무져서 깐돌이로 불렸다. 나는 그때까지도 외국인을 한 번도 구경해 본 적이 없이 없는 터라 신기해서 그 애 꽁무니를 몇 번 따라다녔다. 동네 아주머니들은 개에게 던져주듯이 먹을 걸 던져 주면서 꼭 '쯔쯔쯔 불쌍해라.' 이 한마디를 빼놓지 않았다.
　깐돌이 엄마는 충주 도립병원에서 자궁암으로 사경을 헤매고 있었다. 그녀는 보통의 양공주와는 달리 정말로 미국인과 사랑하는 사이였다고 어른들 사이에서 얘기가 돌았고, 우리들은 그 애를 볼 때마다 '쟤네 엄마는 미국인과 사랑하는 사이였대.'라는 말을 빼놓지 않았다. 혼혈아의 엄마는 양공주여야 마땅한데 그녀는 양공주가 아니라 진짜 사랑을 한 것이다. 깐돌이가 지나가면 동네사람들이 흘깃거리며 수군덕거렸고, 동네 여자들은 깐돌이의 코앞에서 대놓고 손가락질했다. 깐돌이는 귀로 듣고 생각하는 사람이 아니라 그냥 사람의 형상을 가진 동물 취급을 당했다. 그 애가 하루종일 역전동 일대를 쏘다닌 이유는 순전히 병원이 근처에 있었기 때문인데 그의 엄마는 마지막 순간에 아들의 얼굴도 보지 못하고 임종을 맞이했다. 그 애는 엄마가 죽던 날에도 아무것도 모른 채 길갓집 아이들에게 돌팔매질을 당했다.

"왔다 튀기!"

이런 소리가 들리면 우리는 하던 놀이를 멈추고 일제히 전투자세로 돌입해야 했다. 영문도 모르고 깐돌이에게 맹렬히 돌을 던졌다. 깐돌이는 잽싸게 도망가면서 우리에게 반격을 가했다. 깐돌이가 뛰어가면서 커다란 돌 하나를 집어서 던졌는데 그게 그만 대장 노릇하던 덕배의 눈에 정통으로 맞았다. 그 애의 눈에서 피가 조금 흘렀다. 피를 보더니 발을 동동 구르고, 호들갑을 떨며 아프다고 난리를 피웠다. 나는 그 애가 피 따위는 쓰윽 닦으며 다시 전열을 가다듬을 걸 기대했는데 덕배는 오두방정을 떨었다.

"이런 불한당 같은 놈! 썩 꺼지지 못해!"

어른들은 우리를 나무라지 않고 깐돌이를 불한당으로 몰더니 바가지 물을 휙 부으며 쫓아내는 게 아닌가? 사나운 개 쫓듯이 몰아냈다. 마치 우리가 깐돌이와 섞여서 금지된 장난을 벌이는 것처럼 말이다.

똥개들이 대로변에서 짝짓기 하고 있으면 동네 여자들은 에구 남사스러워 하면서 바가지 물을 휙 부었다. 똥개들은 대담하게도 신작로 한가운데서 혀를 길게 빼내고 헉헉거리며 교미를 했다. 개들이 말을 안 해서 그렇지 한창 절정에 올랐는데 훼방놓으면 이

——————— 퍼팩트웨딩

처럼 열 받는 일이 또 어디 있겠는가? 개들은 물바가지 세례를 받으면 짝짓기 하다 말고 슬그머니 떨어졌다. 동네 여자들은 푸른 눈의 깐돌이가 우리와 섞이면 못 볼 걸 본 것처럼 남사스러워 하며 바가지 물을 휙 부었다. 깐돌이는 도망가면서도 분해서 씩씩거렸다. 그가 쌍꺼풀 진 눈으로 성이 나서 노려보면 눈이 왕방울만 해졌다.

"저 놈, 저 눈매 좀 봐. 지가 매섭게 노려보면 어쩔 건데."

"이 요망한 놈!"

동네 여자들은 깐돌이의 푸른 눈을 요망한 눈이라고 했다.

*

용하와 혼인말이 오갔던 순이의 나이도 벌써 열여덟이었고 공실 할배 집에선 용하가 고등학교 졸업하기만을 손꼽아 기다리고 있었다. 고등학교만 졸업하면 입신양명하여 관직에 들어가는 걸로 착각하는지 순이네 시골에선 졸업식 날만을 눈이 빠지게 기다렸다. 용하의 졸업식 날 결혼식 올리자고 할 참이었다. 졸업은 코앞으로 다가왔다. 그는 대학에 가고 싶어서 입학시험을 쳤지만 당장 제 입에 풀칠하기도 어려워서 입학을 포기했다.

용하는 마지막 겨울 방학이 되어 이제는 진심을 말해야겠다고 생각했기에 형에게 가까스로 차비를 얻어서 시골집을 찾았다.

그날 눈이 종아리까지 쌓였다. 여전히 무시리 시골집은 가난이 덕지덕지 붙어있었고 노인들은 최대한의 궁상을 떨었다. 노부모는 스산한 삶 속에서도 앉으나 서나 덕행의 근본을 쌓는 일의 중요성을 지나치다 싶을 정도로 강조할 것이다. 방안은 형체를 분간 못할 정도로 어두컴컴해서 담요를 덮고 있는 노인들의 모습이 메주를 덮어 논 담요더미와 분간이 안 갈 정도로 정지되어 있고, 왜소하고 쇠락했다. 풍년초를 쌌던 누런 종이가 방안에 뒹굴었다. 절을 마치자마자 용하는 본론을 꺼냈다.

"지는요. 혼인할 생각이 없습니더."

"이제 와서 그러는 건 인간으로서 할 도리가 아이다."

"아부지요. 진즉에 말씀 드렸어야 했는데 다 지 잘못입니더."

"니가 대학에 합격한 거 누이 통해서 들었다. 그러나 공부는 그마 포기해라."

아버지는 아들의 눈도 마주치지 않고 단호하게 말했다.

"내는 보태줄 힘도 없고 하니 고마 취직해서 순이 그 아하고 혼인해라."

"아부지요. 지가 왜 순이하구 혼인을 합니꺼?"

갑자기 곰방대가 날아와서 땅바닥에 곤두박질했다.

"이게 무슨 소리고? 파혼을 한단 말이냐? 그건 말도 안 되는 소리제."

아버지가 큰소리로 역정을 냈다. 아버지의 눈은 역정을 내다 못해 파르르 떨렸다. 그러나 용하도 만만치 않게 소리쳤다.

퍼펙트웨딩

"아부지요! 저는 지금 내 한 몸 건사하기도 벅차요. 앞으로 뭘 해야 될지도 모르겠고요!"

용하가 갑작스럽게 소리지르니까 노모는 깜짝 놀라서 쳐다보다가 곁으로 다가갔다.

"용하야, 이제 와서 혼인을 말자는 건 사램이 할 짓이 아이다. 그런 생각은 꿈에라도 하지 말그래이."

어머니가 손을 잡고 달랬지만 쪼그라진 손을 슬며시 놓았다. 어머니가 놀라는 눈치였다. 세간살이 나간다고 땅을 팔고, 큰아들이 사업한다고 나머지를 거의 팔아버려 막내에겐 입학금조차 못해주는 형편이다.

"어머니, 이게 말이 됩니꺼? 지는 혼인 안 합니더. 대학은 이미 포기했어예."

"아이구 아까버라. 우리 막내아들 힘들게 공부해놓고."

"돈이 없어 못 가는 니 심정 애비도 잘 안다만은 부모가 힘이 부치면 할 수 없는 거지 우야겠노? 남 배울 만큼은 배운기고 하니까 이제 여러 말 말고 혼인할 준비하거라."

아버지가 딱 잘라 말했다. 용하는 난감했다. 지금껏 기다리고 있었던 공실 할배네에게 면목이 없었지만 정말 하고 싶지 않았다. 어릴 때는 깊이 생각하지 않았는데 사태가 점점 심각하게 흘러가고 있는 것은 분명해 보였다.

"낼 아침 일찌감치 공실 아재집 가서…."

아버지가 침묵을 끊었다.

무심히 지나치는 생

"그동안 공부 잘 마쳤다고 큰절하고 오거래이. 알아들었나?"

용하가 대답을 하지 않고 일어서려고 다리를 풀었다. 아버지가 고개를 돌리고 화로에서 떨어진 재를 손으로 쓸어 담았다.

"이 문제는 더 이상 의론할 것도 없고 하니께 건너가그라 그마."

이미 다가오는 해, 졸업식 끝나고 두 달 뒤 음력 삼월 초 아흐렛날로 순이네서 날을 잡아왔다. 순이는 얼굴 한 번 보지 못한 용하를 기다리며 목화솜이불 홑청에 수를 놓았다. 희디 흰 광목 위로는 푸른 잎을 달고 있는 나뭇가지, 그리고 새가 몇 마리 날고 있었다. 천국 같은 그림은 혼수품목 1호였다. 순이는 방학이 되어 용하가 안골에 들렸다는 소리만 들리면 괜스레 가슴이 떨렸다. 용하가 어떤 사람인가 보고 싶었다. 한 번도 본 적이 없고 말로만 수없이 들은 사람이지만 그립기까지 했다.

순이 엄마는 순이가 마을에서 행실이 좋지 못하다고 소문이 날까봐 동네 처녀들과 어울리지 못하게 했다. 혹시라도 사윗감이 다니러 올까 싶어 없는 살림에 읍내 가서 고기 한 근 끊어왔다. 그러나 예비사위는 코빼기도 안 보였다.

용하는 실망감과 회한을 머릿속에 가득 담고 무시리를 떠났다. 가는 길에 공실 할배 집에 들러서 인사를 꼭 드리라고 당부하는 부모의 말을 거역하고 떠났다. 공리마을을 지나쳐야 읍내까지 나올 수 있지만 그냥 지나쳤다. 가슴에 돌덩어리를 올려놓은 듯 답

　　　　　　　　　　　　　　퍼팩트웨딩

답했다.

 용하가 점촌에서 갈아 탄 시외버스는 도중에 여러 번 정거장에 멈추어서 사람들과 짐을 태우고 또 태웠다. 차장은 설 자리가 없어서 문에 매달려 갔다. 사람보다 보따리의 부피가 더 커서 차장과 할머니들 사이에 실랑이가 일어났다.

 완행버스는 문경새재를 넘고 수안보에서, 살미에서, 가곡리에서 한 번 더 사람들을 태웠다. 버스차장이 사람들을 짐짝처럼 억지로 쑤셔 넣었다. 용하는 맨 뒷좌석에 앉아서 버스보다 더 빠르게 지나치는 가로수를 보며 앞으로의 인생이 어떻게 흘러갈까, 여러 가지 상념에 빠져들었다. 그러나 한 치 앞도 내다 볼 수 없을 정도로 앞날은 캄캄했고, 버스 안은 숨을 쉴 수 없을 정도로 갑갑했다. 누군가 용하의 목덜미를 조여 오는 것 같아 목을 흔들며 목도리를 풀어헤쳤다.

 용하가 무심코 고개를 들었을 때 운집해있는 사람들 속에 서있는 한 여인을 발견했다. 승미네 작은엄마 순임이었다. 그녀는 가곡리 외할머니댁에 맡겨놓은 아이를 만나보고 다시 충주로 오는 길이었다. 비좁다고 아우성치는 사람들 속에서도 순임의 모습을 쉽게 알아차렸다. 뒤로 빗어 넘겨서 고무줄로 한데 묶은 머리와 반짝거리는 이마 밑의 작은 코는 아주 잘 어울렸다. 그녀는 사람들 틈에서 이리 밀리고 저리 떠밀렸다. 그녀는 내리려는 사람들 사이에 끼인 스웨터 자락을 안간힘을 쓰며 빼내려고 애썼다. 스웨터 자락을 두 손으로 잡고 빼내려 했지만 이내 체념하고 고개를 들었다. 용하는 갑자기 셔츠 옷깃이 꽉 끼는 느낌이 들어 답답한 감정을 풀어헤치듯 셔츠 단추를 끌러 헤쳤다. 불안한 마음을 털어내듯 고개를 흔들었다. 그러다가 그녀의 까만 눈동자와 마주친 것 같아 이내 고개를 돌렸다.

창밖으로 시선을 돌렸다. 용하의 머리에 갑자기 그녀의 시선이 쏟아지는 것 같아 무거워졌다. 그러나 그녀는 그의 존재를 아는지 모르는지 그냥 꼿꼿이 서있었다. 버스가 시내로 들어올 때 잠깐 마주친 눈동자 속에는 조용하지만 내면의 불같은 모습을 그녀의 눈은 말하고 있었다. 그녀의 시선은 창밖을 응시하고 있었다. 용하도 그녀가 응시하는 쪽을 바라보았다.

작은엄마의 이름은 순임이다. 순임의 외갓집은 충주시내 외곽에서 가곡리 가는 시외버스를 타야 한다. 시외버스 정류장에서 내려서도 외할머니가 사는 갓골까지 도달하려면 10리 길을 더 걸어가야 한다. 사방이 산으로 둘러싸인 아름다운 계곡이라는 뜻의 가곡리지만 계곡물은 커녕 시냇물마저 말라비틀어져 뻘건 황토흙만 맞이하는 이곳을 사람들은 그래도 갓골로 불렀다. 풀풀거리는 먼지와 함께 꼬불거리는 논둑길을 걷노라면 저 멀리서 쓸쓸하게 보이는 집은 누가 물어보지 않아도 노쇠한 외할머니 집이다. 탈출을 꿈꾸었던 지긋지긋한 집이었지만 이렇게 아득하고도 낯설음과 반가움을 동시에 가진 장소가 또 있을까? 가까이 다가갈수록

——————— 퍼팩트웨딩

스산한 시골 살림이다. 벽에 걸려있는 대광주리가 오랫동안 사용을 안 해서 제풀에 구멍이 숭숭 뚫려있다. 누가 건드리기만 하면 기다렸다는 듯이 우수수 부서질 것만 같다. 광주리는 지나치는 바람결에도 먼지를 날릴 것처럼 갈색의 낯빛으로 흙벽에 오두마니 있다. 등이 굽은 외할머니가 이곳에서 그녀의 아이를 봐주고 있었다.

순임은 어린 시절 큰아버지 집에서 새벽부터 일어나 죽도록 일만 하다가 외할머니 손에 이끌려 가곡으로 왔다. 그것도 잠시, 다시 도망치듯 충주로 왔다. 그리고 몇 년 후 배가 남산만 하게 불러서 가곡리에 나타났다. 외할머니는 기절할 듯이 놀랐지만 따뜻하게 받아주었다. 이제 그 아이는 살이 토실하게 올라와 있었고 몇 발짝 걸음도 걷는다. 순임은 장난감과 옷 몇 벌, 그리고 할머니 기침약 등을 사 가지고 근 몇 달 만에 아이를 보러 들렀다. 하나뿐인 그녀의 외삼촌네 가족도 도회지서 막노동을 전전하느라 시골집은 외할머니와 갓돌이 지난 아이만 살고 있다. 이제 식당이 괘도를 찾아가고 있다. 조금 더 안정이 되면 아이를 데려올 생각이다. 차창 밖은 스멀스멀 어둠이 기어온다.

이제 막 사회라는 인생항로에 조심스레 발을 디디려는 무시리 시골총각이 뒷좌석에 수줍게 앉아있는 줄 까마득히 모르고 있다. 그의 눈이 그녀를 향하고 있는 줄 꿈에도 생각하지 않았다. 그녀는 그저 어두워져 가는 창밖의 풍경을 회한의 눈길로 바라보고 있다.

창밖의 풍경이 지나가듯이 서로의 생도 무심히 곁을 스쳐 지나 갔다.

용하는 풀이 죽어 충주의 자췻방으로 돌아왔다. 아궁이에 불을 피우면서도 상념에 잠겼다. 졸업하면 무얼 해야 하나? 아무 대책 이 없다. 앞으로 살아갈 일이 막막했다.

겨울 방학도 끝나갈 무렵, 우리는 추운 줄도 모르고 흙이 섞인 눈뭉치를 만들며 밖에서 놀고 있었다. 길갓집 친구들은 정말 재 미있는 놀이를 많이 알고 있다. 나는 꼬붕이처럼 그 애들 뒤를 졸 졸 따라다녔다. 용하는 자췻방에서 이불을 뒤집어쓰고 생각에 골 몰했지만 결론이 나지 않았다. 그의 마음은 여기서 도망치고 싶 다는 생각뿐이다. 승수를 비롯해서 용하보다 두 살이나 어린 동 급생들은 대학에 가거나 군대에 갈 예정이다. 그는 갑자기 이불 을 확 걷어차더니 밖에 나와서 머리를 감았다.

"아재, 안 추워?"

"괜얀타. 쪼매 비키바라. 물 베리게."

찬물을 흠뻑 머금은 머리카락이 금방 얼어버릴 것 같다. 용하 는 눈을 꼭 감고 세숫대야의 물을 버렸다.

그는 다시 방에 들어가 이불을 어깨까지 쓰고 고민을 거듭했 다. 시간은 어김없이 흘러갔다. 시골에서는 용하의 졸업식에 공실 할배를 비롯해서 노부모까지 모두 올라오려고 만반의 준비를 하고 있었다. 몇 달 전부터 용궁장을 드나들며 두루마기며 의관을 갖추고 졸업식에 올 채비를 하고 있었다. 공실 할배는 장에서 만나는 사람마다 손주 사위 졸업식에 간다고 자랑했다. 그러나 용하의 간청으로 아무도 올 수 없었다. 공실 할배나 외조부모는 졸업식에 오지 말라는 용하의 말에 실망이 컸다. 공실 할배는 졸업식장에 동네 유지처럼 근사하게 차려입고 가서, 종이화환도 목에 걸어 주고 크게 격려해주고 싶었는데 실망한 기색이 역력했다. 용하가 조만간에 찾아뵙고 인사드리겠다고 했지만 그들은 못내 서운해했다. 구두쇠 둘째 아재도 초고속으로 결혼을 해서 살림을 났고 셋째 아재는 열애 중인데 상대가 누군지 아무도 모른다.

드디어 용하가 졸업을 했다.

조촐한 졸업장과 상장을 받아들고 졸업식에서 돌아온 날, 우리 엄마가 만둣국을 끓여줬지만 그의 얼굴은 어두웠다. 그는 결국 시험을 쳤던 대학에 가지 못했다. 입학금이라도 어떻게든 마련해보려고 했지만 포기하고, 취직자리를 여기저기 수소문했다. 잘 웃어주던 그가 우리들 말에 건성으로 대답했다. 불쌍했다. 배고프고 돈이 없어서 불쌍한 게 아니라 실망하는 모습이 불쌍했다. 그는 취직하려고 동분서주하다가 목행리 비료공장에 임시직으로 일하게 되었다고 했다.

저녁상에 둘러앉았을 때 말없이 국물을 떠 먹는 그의 정수리를 바라보았다. 정수리는 몹시 허기져있었다. 엄마는 앞으로 일하느라 힘들 낀데 마이 묵어두라 하면서 큰 국자로 불어터진 만두를 얹어주었다. 그는 군소리 없이 받아먹고 자췻방으로 돌아갔다. 그가 앉았던 자리가 따뜻했다.

다음날 새벽 5시, 첫 출근하는 날이다. 용하는 목행리로 가는 버스를 타야 했기에 아침도 거르고 일찌감치 경찰서 앞까지 걸어가서 새벽 통근버스를 기다렸다. 목도리로 칭칭 감은 얼굴은 의외로 담담해 보였다. 통근 버스 안엔 아침교대조의 직원들로 빽빽했다. 그들은 서로 아는 사이인 듯 새벽부터 인사를 나누느라 시끄러웠다. 사람들 틈을 비집고 맨 뒷좌석에 앉았다. 죄인들 호송버스처럼 조그만 사각형 창문을 가진 통근버스는 어둠을 뚫고 앞으로 나아갔다. 버스는 사람들을 시커먼 연기를 내뿜는 굴뚝 옆 회색빛 건물 앞에 내려놓았다. 어둠이 가시지 않은 하늘에선 시커먼 연기만 활개하고 있었다. 수위가 반쯤 열려있던 철문을 확 열어 젖혔다. 수위가 뭐라고 뭐라고 큰소리로 떠드는데 그의 입에서 입김이 나왔다. 용하는 주루룩 내리는 사람들의 꽁무니를 따라 나오면서 헛기침을 했다. 동이 트지도 않았는데 배가 고팠다. 새벽 다섯 시부터 출근해서 쉴 틈 없이 일만 하다 집에 돌아왔다. 시끄러운 기계음만 하루 종일 듣다가 집에 오면 파김치가 되어 말도 하기 싫어졌다.

터덜터덜 콩나물시루 버스를 타고 새벽마다 출근한 지 열흘째 되는 날이다. 용하의 고등학교 때 담임선생님이 아침나절 우리 집을 찾아왔다. 40대 후반의 누런 낯빛을 한 선생님은 자전거를 우리 집 담벼락에 세우더니 헛기침을 두어 번 하고 마당에 들어섰다. 선생님의 방문에 우리 엄마는 무척 황송해하며 몸둘 바를 몰라했다. 아무튼 뭐가 황송한지 머리 숙여 거듭 인사를 했고, 선생님도 인사 받는 게 황송해서 몇 번이고 아이고, 아이고 하면서 같이 머리를 숙였다. 인사를 그렇게 했음에도 엄마는 미진한지 자꾸 황송해하며 고개를 숙였다. 엄마는 뭘 대접해야 할지 몰라 계속 어쩔 줄 몰라 했다. 선생님은 귀가 번쩍 뜨이는 소식을 가지고 우리 집을 방문했음에도 정작 본론도 못 꺼내고 계속 굽신거렸다. 그들은 서로 굽신거리는 데 십여 분을 소비했다. 그들은 인사하느라 선생님이 아침나절부터 찾아온 이유도 모르고 마루 끝에서 그냥 헤어질 뻔했다. 그러고도 인사를 덜한 것처럼 느껴져 찜찜해했다. 엄마가 하얀 밥풀이 덕지덕지 붙은 황토 고구마를 황급히 내왔다.

"예 예, 예, 저어, 아이구! 아니오, 됐습니다. 됐습니다."

엄마가 뜨거운 고구마의 밥풀을 황급히 떼어내며 쥐어주니까 선생님이 밥을 먹고 왔다고 두 손을 내저었다. 계속 사양하다가 한 개를 집어 들고 맛있게 먹으며 정말 맛있다고 했다. 그는 뜨거운 고구마를 입안에 재빨리 털어넣고 궁둥이 바지 주머니에 깔려 있던 손수건을 꺼내 손과 입을 닦았다. 입은 계속 우물거렸다. 선생님이 목막혀 할까봐 엄마가 동치미국물을 가지러 간다고 일어서려는데 그는 입에 잔뜩 들어있던 뜨거운 고구마를 꿀떡 삼키며 잠깐만요! 하고 외쳤다.

"잠깐만요, 잠깐만요!"

그가 손을 휘저었는데 까딱하면 엄마의 치맛자락을 붙잡을 뻔했다. 그는 한 번 더 입에 있는 걸 꿀떡 삼켰다.

"제 말씀 먼저 들어보십시오!"

마침 부스럭거리는 모본단 치맛자락이 선생님의 코 앞에 있었다. 차마 그렇게 하지는 못했지만 치마를 잡을 기세로 엄마를 붙잡아 앉혔다. 선생님이 확고하게 앉으시라고 해서 엄마가 얌전히 앉았다. 그는 그제야 본론을 꺼냈다. 아직도 입에서는 고구마를 우물거렸다.

"저어 위에서 공문이 내려왔는데…."

그는 고구마를 꿀떡 삼켰다. 엄마는 선생님이 고구마를 먹기 위해 이른 아침부터 우리집에 들른 사람으로 여기는지 또 고구마를 권했다. 선생님의 말은 안중에도 없고, 어떻게 하면 선생님이 목 막히지 않고 고구마를 맛있게 먹게 하나 그 생각만 했다.

"성적이 우수한 학생들에게 사범학교에서 공짜로 훈련시켜 주는…. 아이구 이제 그만, 됐습니다. 됐습니다."

담임선생님은 계속 고구마를 꿀떡 삼키면서 말했다. 사범학교에서 실시하는 단기 교사 양성소에서 학생들을 모집하니까 용하는 딴 데 가지 말고 오늘 중으로 꼭 원서를 내라고 하면서도 한 손

　　　　　　　　　　　　　　　　　퍼팩트웨딩

으로는 밥풀이 묻은 고구마를 극구 사양했다.

"그곳에 입학해서 6개월만 훈련을 받으면 용하가 국민학교 교사로 갈 수 있습니다. 제가 오늘 학교에 안 들렸다면 모르고 지나칠 뻔했습니다. 오늘 중으로 꼭 원서를 내야 해요. 꼬옥∞."

돈 한 푼 안 내고 공부 할 수 있는 절호의 기회라고 꼭 오늘 중으로 원서를 내라고 신신당부했다. 오늘 안으로 학교에 오라고 거듭 당부하며 선생님이 대문을 나섰다. 봄방학 중인데 우연히 학교에 가서 알게 되었다고 했다. 오늘까지 꼭 내야 한다고 신신당부하고 그는 일어섰다.

그가 밖으로 나가자마자 엄마가 모본단 치맛자락을 양손으로 부여잡고 댓돌로 돌진했다. 신발을 짝짝이로 신고 춘삼이 아재 집으로 달려갔다.

보통 때 같으면 엄마가 우리를 시켰을 텐데 일이 얼마나 시급한지 뒤에서 동네 여자가 어디 가냐고 물어도 대꾸 없이 100미터 달리기 선수처럼 뛰어갔다. 여전히 치맛자락을 붙잡고.

"저 여편네두 참! 어디 불났나? 왜 저리 뛰어 간디야?"

동네 여자가 치맛자락을 휘날리며 뛰어가는 엄마를 보며 궁시렁거렸다. 참 별일도 다 보겠네. 엄마는 아이들과 늦은 아침을 먹고 있던 춘삼이 아재의 숟가락을 강제로 뺏어들고 빨리 목행리 가서 용하를 데려오라고 했다. 대못에 걸린 춘삼이 아재의 겉옷을 팔에 꿰어주며 얼른 일어서라고 재촉했다. 춘삼이 아재는 먹던 밥을 우물거리며 떼밀리듯 신발을 신었다. 외숙모는 일찌감치 밖으로 나갔고, 아이들과 춘삼이 아재만 늦은 아침을 먹고 있었다.

"너는 아직도 왼손잽이냐? 우리 집안 씨에는 왼손잽이가 없는데…. 쯔쯔 그것도 다 저쪽 씨지."

춘삼이 아재의 둘째 아들 영재를 보고 하는 소리였다. 니들도 다 먹었으면 저지레 그만하고 얼른 숟가락 놔! 하면서 엄마는 애들이 먹던 숟가락도 반 강제로 뺏어서 상 위에 놓게 했다. 엄마는 대충 밥풀을 주워 상 위에 올리더니 상을 번쩍 들어 부엌으로 가져가 치웠다. 애들은 밥을 다 먹지도 못했는데 날벼락을 맞았다.

용하는 다른 공원들과 마찬가지로 비료공장에서 한창 일에 열중하고 있었다. 기계소리 때문에 옆 사람 말이 들리지 않았다. 갑자기 스피커가 삐이~ 소리를 냈다. 사내방송에서 이용하를 찾는 소리가 흘러나왔다. 처음에는 누구 똑같은 이름이 있겠거니 생각했는데 자꾸 몇 조의 이용하를 찾는다는 소리가 들렸다. 그가 작업하던 기계를 끄고 고개를 들었다. 무슨 영문인지도 모르고 춘삼이 아재 손에 이끌려 나왔다. 그는 충주에 다 와서야 자초지종을 듣고 고개를 끄덕였다.

고등학교 때 찍은 사진을 오려서 원서에 붙이고, 원서비를 마련해서 문 닫는 시간에 가까스로 접수했다. 무슨 첩보작전처럼 하루 사이에 완벽하게 일을 수행한 일에 대해 식구들은 안도의 한숨을 쉬며 모여 앉아 후일담을 얘기했다. 봄방학 중이어서 담임 선생님이 그날 출근을 안 했더라면 원서를 낼 수 없었을 것이라

　　　　　　　　　　　　　　　　　퍼팩트웨딩

고 했다. 춘삼이 아재가 백수가 아니었다면 원서를 못 냈을 거라고도 했다. 춘삼이 아재가 백수인 게 이렇게 요긴하게 쓰일 줄이야. 다들 춘삼이 아재의 민첩성과 그가 백수라는 사실에 박수를 쳤다. 용하는 원서를 접수하고 다음날 새벽부터 다시 일터로 나갔다.

"너는 합격한 거나 마찬가지야."

아무 근거도 없지만 수재라고 철석같이 믿는 우리 엄마의 말이다. 봐야 아는 거지. 용하는 이렇게 대꾸했지만 그의 얼굴은 합격소식을 기다리는 눈치였다.

담임선생님이 자전거를 타고 우리 집을 또 한 번 방문했다.

이번에는 합격소식을 알려주기 위해서다. 선생님은 자전거를 대문 밖에 세워놓고 열쇠로 꼭 잠그고 집안으로 들어왔다. 이번에는 마당에 선 채로 우리 식구에게 합격소식을 알려주었다.

그는 아마 고구마에 질려서 마루로 올라올 엄두를 못 냈던 것 같다. 엄마가 극구 들어 오셔서 차 한 잔 하고 가시라고 해도 양손으로 엄마가 다가오는 걸 막았다. 그는 엄마를 무서워하는 것 같았다. 사십대 초반의, 체구가 자그마한, 여전히 누런 낯빛을 한 선생님은 엄마의 모본단 치맛자락을 잡을 뻔한 기억을 떠올리고 싶어 하지 않았다. 이번에도 빨리 학교로 데리고 오라는 말을 전하고 황급히 떠나갔다. 그는 예의바르고 공손했지만 더 이상 고구마를 먹지 않겠다는 굳은 각오를 한 눈치였다.

선생님이 나간 후, 엄마는 또 큰아재 집으로 전광석화처럼 달려갔다. 빨리 비료공장에 가서 용하를 데려오라고. 이번에는 버스 기다리지 말고 올 때 꼭 택시 타고 오라고 했다. 엄마가 달리기 선수였다면 전국체전에서 메달 따는 일은 따 논 당상일 것이다. 춘삼이 아재를 재촉하는 도중에 왼손으로 밥을 떠먹던 아재의 둘째 아들 영재를 보고 오른손으로 먹으라고 또 야단쳤다. 아이의 숟가락을 빼앗아 오른손에 쥐어주며 떠먹는 시연을 했다. 남들이 보면 본데없이 자랐다고 흉보니까 절대 왼손으로 먹어선 안 된다고 했다. 영재는 밥 먹다가 자주 숟가락을 빼앗겼다.

*

외할아버지는 댓돌 위에 가지런히 놓인 흰 고무신을 신었다. 두루마기를 걸치고 수염도 가지런히 모았다. 공리마을로 향하는 발걸음은 경쾌했다. 지나가는 청년들이 공손히 인사하면 대답 대신 수염을 쓰다듬으며 헛기침을 두어 번 했다. 참새들이 외할아버지를 따라가는 듯 등 뒤에서 짹짹거렸다. 그는 의관을 갖추고 이웃마을 사는 공실 할배 집에 용하 대신 정중히 인사를 올리려고 집을 나섰다. 막내아들이라면 어디에 내놔도 손색이 없고 자랑스러워할 만한 인물이어서 외할아버지의 헛기침 소리는 더욱 커졌다. 콧대도 조금 올라갔고 공실 할배 집에 당도하는 동안 수염을 자주 쓰다듬었다.

"어르신 그간 안녕하신교?"

그는 큰 목소리로 인사를 건넸다.

"그래. 택일날짜가 적힌 연서지래 잘 받았는가?"

외할아버지는 쓰러져가는 초가 앞에 신발을 벗고 들어서서 예의를 갖추고 깍듯이 절을 했지만 삐기는 투가 역력했다. 공실 할배는 알게 모르게 외할아버지의 비위를 맞추는 듯했다.

"하무요 어르신, 잘 받았습니더. 그런데 갸가 지금 선상이 되는 훈련을 받느라고요 도저히 시간을 맹글 수가 없으요. 아마도 훈련이 6개월이나 걸린다카지요?"

시골의 외할아버지는 지금 용하가 교사가 되는 훈련을 받고 있으니까 음력 3월 초 아흐렛날이었던 혼인날을 좀 연기하자고 운을 뗐다.

"소식 들어 알고 있네만. 훈련 중이면 억지로 할 수야 없는 게지. 그래도 공일날은 되지 않나 싶은데…."

"지 말이…. 근데 갸가 도저히 시간을 맹글 수 없다카네요. 혼인 날짜를 좀 연기하면 어떻겠나 싶어서요."

외할아버지는 공리 노인에게 최대한 예의를 갖췄지만 용하가 연수가 끝나면 고관이라도 되는 듯 여유를 부리고 약간 으스댔다.

"사내대장부가 중요한 일이 있음 그기 먼저 하는 게 순서지. 훈련 받는 거 끝나는 대로 다시 택일을 함세. 잘 알겠소이다, 사돈 양반."

공실 할배의 말속엔 서운한 투가 역력했고, 우리 외할아버지 말속엔 약간 거들먹거리는 투가 역력했다. 공실 할배는 개천에서 용이 된 손주 사윗감이 인사드리러 오면 헛된 욕망에 사로잡히지 말고 어른 공경할 줄 아는 훌륭한 선생이 되라고 훈수를 둘 준비가 돼있었다. 그러나 끝내 용하는 공실 할배 집에 나타나지 않았다. 목이 빠지게 기다렸지만.

*

그즈음 역전동 신작로 길에 우리 집보다 한 열 배 정도 큰 집이 갑자기 들어섰다. 벽돌담으로 삥 둘러있지만 그 집 담벼락은 희한하게도 내 어깨 정도밖에 높지 않았다. 그 집에서 하는 일들을 훤히 들여다볼 수 있어서 우리들은 밤이고 낮이고 그 집 담벼락에 붙어 집안을 구경했다. 단층집이었지만 지붕이 기와지붕이나 초가지붕이 아니라 그냥 평평한 콘크리트 지붕이었고 현관유리문이 꽤 넓었다. 운동장만 한 정원에는 잔디가 깔려있고 어떤 남자가 호스로 물을 뿌려대는 걸 자주 볼 수 있었다. 담 하나 사이로 역전동 골목과는 천양지간의 삶이 전개되었다.

이 큰 집에 담배공장의 기술자로 우리 동네에 온 미국인 한 명이 살았다. 그 미국사람 한 명을 위해 넓은 집안에 정원사, 식모, 운전기사, 그리고 30대로 보이는 미모의 여집사가 살았다. 동네 여자들은 집사라는 건 하기 좋은 말이고 사실은 첩이라고 했다. 집사라는 말은 책에서나 읽었지, 실제로 집을 지켜서 집사인지,

아니면 교회집사여서 집사라고 부르는지 모르겠지만 나는 이 고
상한 용어에 깊이 매료되었다. 미국인 집에서 따로 특별한 일을
하는 사람인지 모르겠지만 그 말이 아주 생소하게 들렸다. 정원
사도 생소한 언어이긴 마찬가지다. 여집사가 '우리집 정원사가 어
쩌구요.' 할 때는 정말 신기했다. 그녀는 식모라는 말도 절대 안
쓰고 생뚱맞게 요리사라고 했다.

"오늘 우리 집 요리사가 고기를 태웠어요."

소고기를 구워서 먹는 경우는 없어서 고기를 태웠다는 말이 어
찌나 색다르고 기이한지 별나라 사람이 말하는 것으로 들렸다.
나는 집사라는 여자가 말하는 입모양을 뚫어지게 쳐다보았다. 눈
을 내리깔고 나태한 얼굴로 머리카락을 아무렇게나 쓸어 올리며
말할 땐 여집사가 얼마나 생경스럽고 우아한지 말로 표현할 길이
없다. 사실 골목에선 첩이라면 하층민 취급을 했는데 미국인 첩
에겐 골목 여인들이 상류층 대접을 했다. 준호 엄마도 가끔 그녀
의 말투를 비슷하게 따라하려고 애썼다. 여집사는 우리가 전혀
안 쓰는 언어인 '팁'이라는 말도 자주 썼다. 미장원 가서 머리할
때면 꼭 팁을 얼마 준다고 자랑스럽게 말했다. 택시를 타고 내릴
때도 운전수에게 팁을 던져준다고 했다. 골목 여자들의 소원은
통일이 아니라 그녀처럼 미장원가서 팁 쥐 가며 머리 해보는 게
소원이었다.

그녀는 사실 낮에는 할 일이 없어서 가끔 야트막한 담장너머로
고개를 내밀고 동네 여자들과 이야기를 했다. 주로 동네 여자들

보다 우월한 미국인의 가치관에 관한 얘기였다. 한국 사람들은 무례하고, 한국 사람들은 남의 험담 잘하고, 한국 사람들은 남의 일에 참견하길 좋아하고, 한국 사람들은 이성적으로 싸우지 않고 감정적으로 싸우고, 한국 사람들은 낭비와 체면치레가 심하고, 주로 한국 사람과 미국 사람과의 비교였다. 동네 여자들이 고개를 끄덕이는 걸로 봐서 한국 사람인 것을 진심으로 창피해하는 것 같았다. 동네 여자들은 뒤로는 쑥덕대도, 사실은 그녀와 얘기할 때 그녀보다 문명화하지 못한 사고방식을 가진 것에 대해 늘 열등감을 가졌다.

동네 여인들은 여집사처럼 매니큐어 바른 손을 가진 게 아니라 사시사철 불룩 나온 배를 가지고 있었고, 항상 어린애가 혹처럼 등허리에 붙어 있다. 어린애를 업고도 여인들은 비질도 하고, 뒷간 볼일도 보고, 동네 여자들과 싸우기도 하고, 양손을 자유자재로 쓰는 요술을 부린다. 아이는 하루 종일 엄마 등에 업혀서 엄마의 감정에 따라 웃고, 울고, 화를 내며 세상 구경을 원 없이 했다. 이 모습 하나만 봐도 동네 여자들은 그녀보다 뒤처진 의식을 가진 것처럼 괜한 열등감을 느낀다는 것을 알 수 있었다. 이유 없는 열등감이었다.

그만 놀고 저녁밥 먹으라고 아이들이 집안으로 붙들려 들어갈 때 외롭게 혼자 서있는 깐돌이에게 여집사가 매니큐어 바른 손으로 대놓고 손가락질하며 말했다. 웨이브가 출렁이는 그녀의 긴 머리는 석양빛을 받아 고혹적인 자태를 내뿜었다.

"저 아이 말예요, 쟤."

깐돌이는 어른들이 자기 얘기하는 줄 알고 일부러 딴 데를 봤다.

"한국 사람들은 저런 아이를 보면 그저 불쌍하다고 먹을 걸 주고 동정만 하는데, 미국 사람들은 달라요. 그 사람들은 안 그래요. 보육시설을 세우거나 실질적인 교육을 시켜주지 무턱대고 동정은 안 해요."

틀린 말은 아니다. 사실 동네 여자들이 깐돌이만 보면 혀를 차면서 대놓고 불쌍해하는 것에 우리들도 지긋지긋했다. 깐돌이는 아무 잘못도 안 했는데 툭하면 물바가지를 세례를 받았지만 굴하지 않고 뭐 재미있는 일 없나 하고 길갓집 아이들 근처를 어슬렁거렸다.

어느 날, 말쑥한 옷차림을 한 깐돌이를 보고 내가 잘못 봤나 해서 눈을 한 번 크게 떠보았다. 그 애가 세수를 말끔하게 하고 하얀 빵을 입 속으로 막 구겨 넣고 있는 게 아닌가? 걔는 자랑스럽게 떠벌렸다.

"나는 요새 밥 안 먹고 빵하고 우유만 먹어."

그 애가 말했을 때 나는 정말이지 그 부드러운 빵 한 조각 얻어먹고 싶은 마음이 굴뚝 같았지만 일부러 딴 소리를 했다.

"너 호암지에서 자는 거 안 무섭니?"

"뭐가 무서워? 어제는 낚시하는 아저씨들하고 밤 새웠어. 이만한 고기 잡는 거 봤어."

비쩍 마른 깐돌이가 볼이 터질듯이 빵빵하게 빵을 쑤셔넣고 제키만큼 손을 뻗었다. 스스로 교양 있다고 자부하는 여집사가 혼혈아 철수에게 눈길을 돌린 것은 당연한 일이다. 그녀가 줄곧 입으로만 자랑하던 서양의 우월한 문화의식을, 서양 사람들이 곧잘 하는 '주변 돌아보기'를 그녀도 한 번 시험해보고 싶었다. 깐돌이의 입성은 집도 절도 없는 부랑아치고는 깨끗했고, 얼굴이 아주 잘생겼다. 그녀는 깐돌이에게 절대 말을 섞지 않았고, 흙이 묻었나 안 묻었나 위 아래로 훑어보기만 했다. 미국인 주인이 출근한 후에 주방에서 빵과 우유를 먹게 하고 앞문도 아닌 뒷문으로 나가게 했다. 동네 여자들은 역시 배운 여자는 다르다고, 통이 큰 여자라고 우러러보았고 그녀의 콧대는 더욱 높아졌다. 그녀는 골목 여자들과는 아주 다른, 배운 여자 티를 내는 게 이 동네에 나타난 이유처럼 보였다. 그녀의 배운 여자 티는 정말 생경스러웠다.

깐돌이는 그의 엄마가 죽은 지 얼마 안 되어서 아직 부랑아 티가 나질 않았다. 우리는 깐돌이와 곧 친해져서 남한강국민학교 후문에서 가끔 그를 기다렸다. 우리는 후문이라 불렀지만 사실은 개구멍이다. 잠은 미덕중학교 밑에 있는 신앙촌에서 가끔 잔다고 했는데, 집사님이 새벽예배 드려야 한다고 깨우는 바람에 밖에서 자는 일이 더 많았다. 호암지 연못가의 버려진 텐트에서 잤다고도 했다. 전도관은 신앙촌 간장으로 유명해서 나도 간장그릇 들고 가서 수 없이 간장 심부름을 했다. 전도관도 미국인 사택도 철수에게 편한 곳은 아니었다. 여름날이면 호암지 연못가에서 잠을 자고 물가에서 아침나절 논 다음에 저녁때면 어슬렁 어슬렁 역전 동으로 내려왔다.

여집사는 깐돌이에게 여전히 냉랭했다. 우리도 미국인 집에 들어가 보는 게 소원이었는데 깐돌이가 자기만 부엌에 들어갈 수 있다고 해서 우리는 반대로 철수가 뒷문으로 빠져나오길 기다렸다. 깐돌이는 자기만 거기 들어갈 수 있다는 사실에 약간 우쭐해하면서 들어갔다. 그가 빵을 얻어먹으려고 부엌 주변을 어슬렁거리면 그 집의 식모인지 요리사인지 하는 여자가 아주 쌀쌀맞게 빵을 던져 주었다. 얼른 비키라고 말하면서. 조금 후에 그는 빵을 우격다짐으로 입안에 쑤셔넣고 다시 나왔다. 우리는 그가 빵을 먹는 모습이 무슨 큰 구경거리라도 되는 듯이 삥 둘러싸고 여러 가지 질문을 해댔다.

"너 미국인 봤니?"

"키가 얼마나 크니?"

"털 색깔이 노랗디?"

주로 이런 질문이었다. 우리는 기자처럼 예리하게 샅샅이 물어봤다. 그는 기자회견이라도 하듯 순번대로 우리들의 질문에 차근차근 답을 해줬다.

길갓집 애들이 봉방동 애육원에 가면 살구가 많다고 해서 우리들은 깐돌이와 그곳 뒷마당의 살구를 따러 갔다가 거기 아이들에게 쫓겨난 적이 있다. 그 애들은 깐돌이에게 '튀기'라고 소리치며 돌멩이를 던졌다. 그때 우리는 잘못한 것도 없는데 죽자 사자 뜀

박질을 했다.

그 무렵 음성으로 시집갔던 작은엄마가 다시 시내에 나타났다.

공설시장 안에 실비집이란 식당을 차린 것이다. 승미 엄마는 처첩 사이였던 사실을 까맣게 잊고 시장에 갈 때마다 승미를 데리고 식당에 들러 이런저런 넋두리를 털어놓고 갔다. 식당에서 일하는 제천댁은 말이 많은 게 흠이었지만 꾀 부리지 않았고, 넉살도 넘치게 좋은 초로의 여인이었다.

식당 안으로 들어오려던 남자손님이 문을 주먹으로 쾅쾅 내리치더니 번쩍 들어 올려 유리문을 열었다. 다른 인부들이 뒤따라 들어왔다.

"거 문 좀 손 봐야겠네. 아줌씨요, 우리 여기 갇혀서 못 나가면 멕여주고 재워 줄려우?"

"아따, 번쩍 들고 열면 되지. 뭔 핑계대고 여기 눌러붙어 있겠다는 거야."

"우리는 집에 가구 싶은데 저 문이 발목을 잡는구먼."

작은엄마는 수다스런 그녀와 달리 남의 이야기에 전혀 신경을 쓰지 않았다. 일꾼들이 아무리 수군대도 변함없이 공구리쟁이에게 따뜻하게 대해주었다.

공구리쟁이는 충주시내에서 집 짓는 곳을 따라다니며 일을 했지만, 그렇다고 자주 식당에 가서 식사를 할 수 있는 처지가 못

되었다. 사실 그의 집에는 내 또래의 여자아이를 비롯해 세 명의 딸이 있었다, 큰딸 이름은 정희이다. 정희와 그보다 어린 동생 두 명이 하루 종일 아버지가 오기만을 기다리기 때문이다. 그래도 간혹 다른 인부들과 하루 일과를 끝내고 식당에 들를 때면 고장 난 곳이 있나 살펴보고 그 다음날 일터로 나가는 길에 고쳐주고 가곤 했다. 그럴 때마다 작은엄마는 돈을 주려 했지만 그는 극구 사양했다. 가지고 있는 걸로 고치는 거라면서.

정희와 동생들은 날이 어둑해지면 그가 공구통을 내려놓는 소리에 창호지문을 열고 뛰어나왔다. 아이들이 아버지보다 더 반기는 건 호주머니에 든 고구마나 감자였다. 종달새 소리 같은 아이들의 재잘거림에 오늘도 무사히 하루를 보냈구나 하는 안도의 한숨이 나왔다. 그것도 잠시 아이들이 그에게 몰려와서 시멘트가루가 날리는 바지를 뒤질 때면 무거운 돌이 허리춤에 매달려 그를 심하게 압박해 오는 것만 같았다. 소중한 아이들이지만 따뜻한 말 한마디 건네보지 못했다. 그는 너무 지쳐있었다.

덕배네 집을 포함해서 펌프를 중심으로 뻥 둘러 다섯 가구가 있고 공구리쟁이 식구들은 하루 종일 볕이 안 드는 뒤꼍에, 부엌도 없는 방 한 칸에 세 들어있다. 내가 아재네 집에 놀러 갔을 때 뒤꼍에 방이 있는 줄 몰랐다. 이 집에서 주인 할머니 빼고 셋방사람들 중에는 덕배네가 최고참이다.

대문 바로 옆에 붙어있는 나무 문짝을 열면 변소가 있다. 궤짝으로 만든 나무 문짝은 잘 열리지도 않지만 잘 닫히지도 않는다. 마당구석에서 놀고 있을 때 흰 속치마를 입은 여인이 산발을 하고 변소로 들어가는 걸 가끔 볼 수 있다. 얼굴이 백지장처럼 파리한, 말로만 듣던 공구리쟁이의 부인이다. 그녀는 볼일을 끝내고 변소를 나갈 때 문짝을 횅하니 열어놓고 나갔다. 흰 속치마 자락을 뒤로하고, 모퉁이로 사라졌다. 그러면 철공소 여자가 그녀의 등 뒤에 대고 궁시렁거렸다. 저 여편네는 손이 없나 발이 없나, 하고. 할머니네 뒤꼍에는 항상 이끼와 풀이 무성했고 양지바른 다른 방들과 달리 어두컴컴했다. 사람들의 왕래가 없는 이곳에 단 한 사람 큰외숙모만이 이 집을 자유자재로 드나들었다. 그녀의 장사수완은 혀를 내두를 정도였다.

어느 날 변소에 가던 정희 엄마와 내가 우연히 마주친 적이 있다. 속치마 밑의 버선뒤축만 보다가 백지장처럼 하얀 얼굴과 초점 없는 눈동자와 맞닥뜨렸을 때 나는 놀라서 움찔했다. 사실 그녀는 병원에서 오랫동안 신경쇠약증 치료를 하다가 차도가 없어서 집에 와서 누워있다. 그녀는 간신히 아이들 밥만 끓여 먹일 정도고 집안일은 건드리지 않았다. 좁은 방은 하루 종일 세 명의 아이들이 놀던 흔적으로 발 디딜 틈이 없을 정도로 어질러져 있다.

공구리쟁이는 아이들이 주머니 속을 뒤져서 고구마를 먹는 동안 아내 대신 어질러진 방을 치웠다. 하루 종일 동생들을 데리고 놀며, 엄마의 약을 챙겨주는 큰딸 정희가 안쓰러웠지만, 담배를

——————— 퍼팩트웨딩

피워 무는 걸로 대신했다. 좁은 방안은 철모르는 아이들의 소란
스러움으로 가득했다. 공구리쟁이는 컴컴한 툇마루에 혼자 앉아
담배를 피웠다. 비쩍 마른 손가락은 습관적으로 담뱃재를 털 뿐
그는 태어날 때부터 감정이 없었던 것처럼 무표정이었다. 그는
부인이 건강했을 땐 번듯한 집도 있었고 그 안에서 소박한 행복을
꿈꾸며 살았는데, 이제는 방 한 칸, 부인의 신경쇠약증, 그리고
시름과 고독이 그의 세간살이 전부다. 다른 인부들과 술 한 잔 기
울이며 어울리는 건 사치였다.

그는 며칠 밤을 공사장에서 자면서 하거나, 타지에 나가 집을
비우며 하는 일은 할 수 없다. 그가 집을 비운 사이, 그의 부인이
목숨을 끊으려 했기 때문이다. 병원에 입원까지 해가며 병을 치
료해서 이제 그렇게 심한 경우는 없지만, 그때부터 아이들은 엄
마를 점점 멀리하게 되었다. 그는 솜씨 좋은 미장공이지만, 가까
운 집 주변에서 할 수 있는 일을 찾아 나섰다. 그의 주 수입원은
골목에 사는 단독주택들의 깨진 하수구나 구들장을 놓아주는 일
이다.

순임은 가끔 도와주러 오는 공구리쟁이에게 고마움을 느껴서
그가 혼자 올 때는 반찬을 덤으로 얹어주곤 했다. 그럴 때면 그는
몹시 수줍음을 타며 황송해했다. 순임이 쟁반을 내려놓을 때면
그의 얼굴에 온화한 눈빛이 감도는 걸 느낄 수 있다. 식당의 외관
은 초라했지만 세 개의 식탁은 인부들로 꽉 찰 때가 많아졌다.

그가 원래부터 말이 없는 사람은 아니었다. 한 시절 공사판에

서 이름을 날렸던 적도 있었다. 솜씨 좋기로 주변에서 인정을 받아 여러 공사현장에 불려다녔다. 그러나 부인의 오랜 병환으로 매사에 자신감이 없어졌고 점점 말을 아끼게 되었다. 후줄근한 뒷모습을 보이며 그가 공구통을 메고 식당을 나갈 때면 구겨진 신발뒤축이 퍽이나 고단해 보였다.

"언감생심 말이 되는 소리를 떠들고 다녀야지."

제천댁은 설거지를 하면서 뚜렷한 상대도 없이 혼잣말을 했다. 실비집에서 시장통의 배달일은 주로 제천댁이 도맡아했다. 알루미늄 쟁반을 내려놓으며 밑도 끝도 없이 중얼거렸다.

"아모레 여자가 주둥아리 놀리고 다닌다잖아. 입술은 쥐 잡아먹은 것처럼 해가지고."

아모레 여자는 춘삼이 아재의 부인을 가리키는 말이다. 큰아재가 백수로 빈둥거리니까 보다 못해 큰외숙모가 화장품을 팔러 집집마다 돌아다녔다. 화장품만 팔면 좋은데 이 집 저 집의 소문을 옮겨주는 일도 큰외숙모는 사명감을 가지고 했다. 그녀의 장사수완은 덕배 엄마도 혀를 내두를 정도이다. 생전 세수도 안 할 것 같은 전라도 총각에게도 화장품을 들이댄다고 했다. 전라도 총각은 최근 골목으로 이사 온 총각이다.

"그 여자가 나보구 뭐라는지 알아? 공구리쟁이랑 새댁이랑 정분났다는 소문 들어봤냐구 물어보잖아. 소문은 얼어죽을. 주둥아리 지가 놀렸으면서."

제천댁의 말투 속엔 정분났다는 걸 밝히고 싶어하는 투였다. 순임은 펄펄 끓는 국솥에 어슷하게 썬 파를 도마째 들고 와 쏟아 부었다. 솥에서 맹렬히 치고 나온 수증기는 식당 안을 구름처럼 만들었다. 유리 미닫이 나무틀에도 수증기가 돌아다녔다.

"그 여편네가 아모레 장사한다구 돌아다니면서 이 집 저 집 말이나 옮기구⋯. 아모레 여자한테 또 월부 끊으면 이 갑순이가 성을 간다."

순임이 처음 식당을 시작해서 모든 게 어설펐을 때 공구리쟁이의 도움을 많이 받았다. 수도관이 얼어 터져서 식당 안이 한강이 되었을 때도 공구리쟁이는 군소리 없이 말끔하게 해결해주었다. 그는 식당에 무슨 일이 생기면 지체 없이 달려왔다. 일이 늦게 끝나면 퇴근길에 들려서 해결해주곤 했다. 인부들 사이에선 공구리쟁이와 실비집 여자가 보통사이가 아니라는 말이 돌았다.

"공구리쟁이가 딱도 하지. 병든 여편네 뒤치다꺼리하랴. 애들 돌보랴."

그때 밖에서 쿵쿵 망치질하는 소리가 났다. 제천댁이 말하다 말고 목을 길게 빼고 내다봤다.

"얼레, 호랭이 아녀?"

갑자기 제천댁의 얼굴에 화색이 돌았다. 앞치마에 손을 닦으며 소리나는 곳으로 쪼르르 갔다.

"아니 저 냥반이 뭘 또 고친다고 저 난리래."

공구리쟁이가 유리문 밖 벽면에 나무선반을 걸기 위해 벽 이곳저곳을 망치로 두드렸다. 적당한 곳을 찾았는지 입에 물고 있던 못을 빼내 벽에 박았다. 수건을 목에 걸고 망치로 두드리는 옆모습은 평소의 수줍어하던 모습이 아니었다. 망치를 치는 동안 땀방울이 목까지 흘러내렸다. 그는 땀방울엔 아랑곳하지 않았다. 공사현장에서 버려지는 물건들은 실비집 식당에서 요긴하게 쓰였다. 그는 순임이 필요한 물건이면 온갖 걸 다 해주었다.

요즘 들어 공구리쟁이는 싸움에 지쳐 집에서는 입도 벙긋 안 하고 일터로 나가기 바빴다. 정희 엄마 연옥은 이런 남편이 떠날까 봐 두려웠고 아이들에게는 신경질만 냈다. 아이들은 이제 엄마에게 더 이상 관심이 없어서 하루 종일 먼지 풀풀 나는 신작로에서 놀았다. 저녁이 되어 다른 아이들은 모두 집으로 들어가는데 정희와 동생들만이 벽돌공장 옆 공터에 앉아있다. 날이 어두워져도 아버지가 오지 않으면 방안에 들어가지 않았다. 정희가 아버지를 눈 빠지게 기다리는 동안 둘째는 공깃돌을 줍고 있고, 막내는 정희를 보챘다. 언니, 배고파. 조금만 기다려. 아버지 금방 오실거야. 멀리서 공구리쟁이가 공구통을 메고 나타나는 게 보였다. 아버지이~ 아이들이 일제히 달려갔다. 아이들은 엄마가 무섭다고 했다. 그는 막내를 덥석 안고 방안으로 들어갔다. 그의 부인은 막내를 안고 오기만 해도 질투가 나서 눈을 부릅떴다. 막내는 엄마와 눈이 마주치자 이내 고개를 숙이고 아버지 품을 파고들었다.

"쬐끄만 게 벌써부터 에미 말을 안 들어. 애 내려놔요. 버릇만

나빠져요."

그럴수록 아이는 아버지 목에 손을 감고 내려올 줄 몰랐다. 그는 아이가 가여웠지만 마음과는 달리 아이를 내려놓았다. 아이는 연옥의 눈치를 슬슬 보다가 그만 오줌을 쌌다. 오줌은 방에 들어오기 전부터 마려웠다. 가랑이 사이로 오줌이 흘렀다. 정희가 얼른 막내동생의 옷을 벗기고 갈아입히려 했다. 그때 연옥이 "이년이 나이가 몇 살인데 아직도 오줌을 싸." 하면서 아이를 때렸다. 그녀는 때리는 일을 멈추지 않았다. 공구리쟁이가 화가 나서 연옥의 멱살을 쥐고 방바닥에 패대기쳤다.

실비집

공구리쟁이는 부인과 아예 눈조차 마주치지 않았다. 정희는 연옥이 매일 화만 내고 집안일을 팽개치니까 학교 끝나면 동생들을 데리고 시장터를 배회하다가 저녁 늦은 시간이면 집으로 들어갔다.

그날도 정희는 멀찌감치 서서 실비집을 바라보고 있다. 안에서 일하는 사람의 분주한 모습이 보였다. 동생들이 시장 안의 진기한 음식들을 구경하느라 정희의 손을 놓고 뛰어다녔다. 찐 고구마나 구운 가래떡이 한 무더기씩 나무상자 위에 올려져 있다. 희미한 불빛 속에 순임이 무거운 국통을 들고 끙끙대며 유리문을 열려고 했다. 그녀가 문을 열려고 애쓰는 모습이 유리문에 비쳤다. 한 손으로 미닫이 유리문을 여는 것은 어림없는 일이다. 문이 너무 빡빡해서 두 손으로 힘을 써서 번쩍 들어 올려야만 덜컹거리는 문을 열 수 있다. 정희는 뛰어가서 순임의 무거운 국통을 받아주고 싶은 마음이 굴뚝같았다. 동생들 손을 놓고 뛰어 가고 싶었다.

그때, 안에서 어떤 남자가 쏜살같이 뛰어나오더니 문을 치켜

올려서 열어주었다. 전광석화처럼 재빠른 움직임에 정희는 그 자리에 못 박은 듯이 망연자실했다. 그 남자는 다름 아닌 정희의 아버지였다. 아버지가 아예 문짝을 떼어내 옆으로 세워두고 망치로 두드렸다. 그리고 순임에게 다정하게 말을 거는 모습이 보였다. 아버지가 문짝 모서리를 손으로 만지며 뭐라고 설명할 때 실비집 여자는 방긋 웃으며 아버지가 만졌던 부분에 손을 갖다 대며 아버지 얼굴을 바라보았다. 아버지는 선생님이 학생에게 가르치듯 자상하게 설명했고 실비집 여자는 모범학생처럼 고개를 끄덕이며 아는 체를 했다. 정희는 입을 다물지 못했다.

집에서 매일 보는 아버지가 식당 여주인에게 너무도 자연스럽게 대하는 모습이 생소했다. 집에서는 말 한마디 안 하고 담배만 피워대는 아버지가, 공사판에서 하루 종일 일하고 있는 걸로 모두 알고 있는 아버지가, 후닥닥 뛰쳐나와 가녀린 여인을 위해 문을 열어주는 게 아주 신기했다. 정희는 길 건너에서 보이는 이상한 장면에 눈을 떼지 못했다. 아버지의 동선은 좁은 식당과 문지방을 오갔고 발걸음이 가벼워 보였다. 동생들은 빨리 가자고 손을 끌었지만 정희는 자리를 뜰 수 없었다.

미닫이문은 아랫부분의 디귿자 문틀이 심하게 마모되어서 나무의 섬유질이 삐죽삐죽 나와있었다. 원래의 요철 부분이 닳아서 그냥 평평해져 있었다. 공구리쟁이는 망치로 삐죽 나온 나무의 섬유질들을 고르게 눕혀주고 너비에 맞춰 얇은 판자를 박아주었다. 위아래 문틀의 돌출된 부분도 암수가 정확히 맞도록 손을 보았다. 그의 망치는 만능이었다. 문을 번쩍 들어 달아주고 몇 번 밀었다 닫았다를 해보았다. 문은 그의 손에서 쉽게 열리고 닫혔다. 몸집이 뚱뚱한 제천댁이 문 여닫는 일을 시연해보였다.

"두드려 주기만 했는데도 희한하게 잘 굴러가네."

모두들 문이 부드럽게 닫힌다는 사실에 행복감을 감추지 않았다. 공구리쟁이가 뭐니뭐니해도 최고라는 듯이 엄지손가락을 들어 올리며 추켜세우는 모습이 보였다. 아버지의 얼굴도 행복해 보였고 그 옆의 식당여주인도 행복해 보였다. 정희는 너무 놀라고 당황스러워 못 박은 듯이 그 자리에 서있었다. 동생들이 집에 가자고 잡아끌어, 겨우 정신을 가다듬고 집으로 돌아왔다. 돌아오면서도 무슨 정신으로 걸어왔는지 생각이 나지 않았다.

정희의 엄마 연옥은 축축한 이끼에 둘러싸인 뒤꼍의 골방에 누워있다. 그곳은 하루 종일 볕이 들지 않았다. 그녀는 대낮에도 창문 여는 것을 싫어했다. 그녀가 누워있는 이부자리 위로 식구들이 벗어놓은 옷들과 잡동사니가 산더미처럼 쌓여있다. 먹다 남은 밥그릇과 찬그릇이 머리맡에 있다. 그녀의 신경쇠약증과 의부증은 날로 깊어갔다. 그녀는 하루에도 열두 번씩 남편이 자기를 배신하고 젊은 여자와 있는 것을 상상했다. 그 상상은 꼬리에 꼬리를 물었다.

요즘 들어 저녁어스름이면 사방이 어디선가 본 적이 있는 연보랏빛으로 보였는데, 불을 켜면 감쪽같이 사라져 버렸다. 저녁이면 반복되는 일이다. 연옥은 저녁어스름의 보랏빛을 환장하도록 좋아해서 아무리 어두워도 불을 켜지 못하게 했다. 그녀는 보랏빛에 흥분해서 환호성을 지르고 싶었다.

이때 어둠속에서 문이 슬며시 열리고 보랏빛 광채가 나는 남자가 다가오는 걸 느꼈지만 연옥은 눈을 뜨지 않았다. 그 남자의 체취는 비릿했지만 연옥은 거부하지 않았고, 오히려 순간이지만 평생 느껴보지 못한 엑스터시의 세계에 빠졌다. 그런데 멀리서 아이들이 들어오는 인기척이 나자 남자가 조용히 사라졌다. 연옥이 미간을 찌푸렸다. 정희와 아이들이 방문을 벌컥 열자 보랏빛이 흔적도 없이 사라졌기 때문이다. 연옥은 벌떡 일어나 정희의 머리를 나꿔챘다.

"이년, 어딜 쏘다니다가 이제 기어 들어와. 집구석에 안 붙어있고."

정희가 어두워져서야 동생들을 데리고 집에 들어 왔을 때 연옥이 건넨 첫 마디였다. 연옥은 큰딸 정희가 학교 갔다 와서 집안일 안 하고 밖으로 나돌았다고 매질을 했다. 동생들은 엄마를 피해 조용히 윗목에 앉았다.

한바탕 소동을 마치고 연옥은 아이들은 안중에 없고 오직 남편만 기다리고 있다. 그녀는 남편이 오면 벌떡 일어나 의심의 꼬투리를 만들어낼 작정이다. 동생들이 배가 고프다고 정희에게 칭얼거렸다. 정희는 엄마를 슬쩍 곁눈질해 보았지만 아까 낮에 있었던 일은 낌새도 못 채는 눈치였다. 그러나 엄마의 양미간은 여전히 성이 나 있었다.

정희는 아버지가 식당여주인과 미소를 짓던 광경에 처음에는 놀랐지만 차라리 아버지가 그 순간만이라도 행복했으면 좋겠다고 생각했다. 정희가 지금껏 본 아버지는 누구와 눈을 맞추며 웃어본 적이 없다. 항상 툇마루에 걸터앉아 담배만 피웠다. 식당 안에서 여주인과 조그만 문짝을 가지고 서로 대화를 나누며 기뻐하는 모습을 보면서, 이 사실을 엄마가 영원히 몰랐으면 좋겠다고 생각했다. 그러나 마음은 조마조마했다. 공구리쟁이가 무거운 발걸음으로 들어오는 소리가 들렸다. 아버지는 제일 먼저 쇠붙이가 들어있는 공구통을 마루에 놓을 것이다.

정희는 학교 끝나면 실비집이 마주 보이는 곳에 멀찌감치 떨어져서 순임의 행동을 관찰했다. 물론 집에 가면 연옥의 매질은 어김없이 계속되겠지만 발길을 시장으로 돌렸다. 그녀의 미소를 바라보는 것만으로도 그날 하루는 즐거웠고, 비밀을 간직한 기분이 들었다. 실비집 여자는 큰 양동이를 힘겹게 들고 나와서 시장바닥에 있는 하수구에 몽땅 쏟아 붓고는 유리문 안으로 들어가는 동작을 반복했다. 가끔 공구리쟁이가 유리문을 지나치다가 무거운 물건을 들어주었고 그녀도 싫지 않은 표정으로, 그러나 무척 미안해하는 표정으로 물건을 넘겨주었다. 그가 일부러 실비집을 지나치다가 우연히 마주친 것처럼 연기하는 게 아닌가 싶을 때도 있었다. 유리문 안에서 실비집 여자는 따뜻한 미소를 그에게 보냈다. 그러면 정희 아버지도 표정은 무뚝뚝했지만 그녀에게 부드러운 눈길을 보내는 게 확실히 보였다. 돌아서있는 아버지의 등은 그녀의 시선을 느끼고 있는 듯했다. 그 순간 정희는 그녀가 자기 엄마였으면 하고 생각했다. 그녀가 정희네 집의 컴컴한 뒷방에 들어와 엄마 대신 동생들을 씻겨주고, 밥도 해주고, 불빛 아래서 환한 미소를 지으며 오순도순 재미있는 얘기를 해주고…. 이런 말도 안 되는 상상을 끝없이 했다. 이렇게 바라만 보는 행복이 제발 깨지지 않았으면 좋겠다고 생각했다. 식당 여주인이 아궁이에 불을 피워놓고, 동생들에게 자장가를 불러 재워주고…. 정희는 매일 상상의 나래를 폈다. 그런 생각만 하면 행복했다. 동생들도 모르는 이 비밀을 오직 혼자만 간직하고 싶었다. 유리문 너머로 노란색의 백열등 불빛과 실비집 여자의 따사로운 미소는 정희에게 천국이었다. 실비집의 유리문은 정희가 절대 들어갈 수 없는 무도회장처럼 찬란한 광채를 뿜어냈다. 정희는 꺼지지 않을 것만 같은, 저 따사로운 불빛을 밤새도록 바라보고 싶었다. 따뜻한 아랫목과 부드러운 음성! 정희는 눈을 감았다.

*

6개월간의 수련기간을 마치고 용하는 마침내 충주의 끝자락, 태곳적부터 샘물이 있었다는, 가도 가도 논밭만 보이는, 원천리 마을 원천분교에 발령이 났다. 그의 나이 스물두 살이었다. 형들이 남기고 간 먼지에 쌓인 책들을 보며 그토록 염원하던 도시로 떠나온 지 4년 만이다. 열여덟 살 농부가 스물두 살 청년으로 변했다. 용궁면만 나가도 눈이 휘둥그레져서 돌아오는, 착해빠진 농부였던 용하가 평생 처음으로 일신라사에서 양복을 맞추었다.

하천이 시작된다고 하여 원천리라 부르는 곳에서 용하가 교사로서 첫 발을 내디딜 것이다. 우리 집에서 걸어가기엔 조금 멀었지만, 시내 사람들은 하루에 한두 번 다니는 버스를 기다리기보다 그냥 걸어 다녔다. 그즈음 무시리에서는 용하의 파혼으로 외조부모가 한바탕 홍역을 치르는 중이다. 그걸 용하가 모를 리가 없다.

용하가 자취방에서 그동안 쌓였던 묵은 짐들을 정리하는 동안 큰 상자 하나를 내가 발견했다. 우리들은 "야! 이게 뭐야?" 하면서 보물찾기하듯이 상자 속을 뒤졌다. 그 안에 별의별 상장이 다 들어있었다. 고물장사도 안 가져갈 엉성한 쇠붙이 메달들도 수북이 있었다. 부모님과 같이 살았더라면 상장 하나 타가지고 올 때마다 환호와 격려의 말을 들었을 텐데, 그는 누구 하나 알아주는 이 없이 상자 속에 쳐박아 두는 게 일이었다.

학력우수상은 단골손님이었고 예의범절상, 친절상, 심지어 지독한 음치인 용하에게 교내합창대회 반 대표상까지 주었다. 청소상도 들어있었다. 그의 학창시절은 이걸로 끝났지만 청소 잘한다고 상까지 주는 좋은 학교에 용하가 열성적으로 다녔다. 그 학교

——————— 퍼팩트웨딩

이름이 '충주실업고등학교'였고 봉방동 철길 건너편에 있었다. 나는 덩달아 굴뚝에서 검은 연기가 풀풀 나고 악취가 심하게 나는 담배공장을 지나야만 갈 수 있는 그 학교를 무척 사랑했다. 그렇게 훌륭한 학교를 지나갈 때면 친구들에게 아재 자랑을 마음껏 했다. 내가 아는 한 최고로 명문학교였으니까.

고등학교 졸업 후, 용하는 우여곡절 끝에 법원 옆에 붙어있는, 은행나무가 깊게 우거진 사범학교에서 하루에 8시간씩 6개월간 교사가 되기 위한 강행군을 했다. 지독한 추위 속에서도 매일 도시락을 싸갔는데, 직사각형의 노란 양은 도시락의 밥은 점심때면 딱딱하게 굳어서 젓가락으로 간신히 떼어서 입으로 가져가야만 했다. 드디어 그곳도 무사히 졸업했다.

당시 엄마나 아버지의 가계를 통틀어서 용하보다 높은 학벌을 가진 사람은 없었다. 친구들은 자기 친할아버지대에서 그 집안 땅을 밟지 않으면 동네사람들이 지나다닐 수 없을 정도로 어마어마한 부자였다는 전설을 입에 침을 튀겨가며 얘기했지만 우리 집안 할아버지들은 친가 외가를 탈탈 털어도 부자는커녕 입에 풀칠하기도 바빴다. 우리 윗대 할아버지들은 충청도 산골짝에서 태어나 9.28 서울수복이 뭔지, 1.4후퇴가 뭔지, 세상이 어떻게 돌아가는지도 모르는 사람이 태반이었다. 8.15 광복절 아침에도 해방이 되었는지도 모른 채 일본 사람들에게 얻어먹을 것 없나 굽신거렸다는 얘기를 지나가는 말로 들었다. 그들이 겨우 안다는 게 망치만 한 파이프를 입에 물고 있는 서양인이 맥아더라는 것만 간신히 구분할 정도였다. 의로운 정신을 가진 청빈한 할아버지도 전무했고, 일제시대 동경유학을 다녀온 이도 눈 씻고 찾을래야 찾을 수 없었다. 독립운동을 했던 의협심을 가진 할아버지들도 전무했다. 오히려 일본사람들한테 빌붙어서 부귀영화를 누리지 못하고 해방이 된 걸 대놓고 아쉬워하는 친척할아버지도 있었다.

하여튼 양쪽 가계를 통 털어서 용하는 우리 가문 최고의 지성인이었다. 다른 아재들은 피식거리며 하찮은 졸업장이라고 빈정댔지만 엄마와 나는 용하를 무척 자랑스러워했다.

용하가 가끔 입을 다물고 침울한 얼굴을 할 때면 시골부모님 생각을 하는 것 같았다. 그는 짐을 정리하다가도 무시리에서 해결하지 못한 일에 마음이 무거워져 어두운 얼굴을 할 때가 많았다. 언젠가 엄마하고 다투는 소리를 들었는데 그가 화를 심하게 내며 보던 책을 던졌다. 그때 앉은뱅이책상에 앉아 졸업을 앞두고 마지막 기말고사에 열중하고 있을 때였다.

"누이, 내는요 지금 내 한 몸 건사하기도 힘들어요. 당장 내일 끼니 걱정을 해야 할 처지예요."

급기야 연필로 휘갈겨 쓴 누런 시험지를 구겨서 방바닥에 휙 던지고 방문을 쾅 닫고 나가버렸다.

"혼인 얘긴 이제 그만해요, 제발 부탁인데."

엄마는 그가 심하게 화를 내는 것을 보고 아무 말도 못하고 슬며시 물러났다. 시험이 코앞인데 공부를 팽개치고, 운동화를 구겨 신고, 고개를 숙여 쪽대문을 열고 밖으로 나갔다. 항상 허허 웃는 사람이 그렇게 화를 내는 광경을 처음 보았다.

용하는 혼인을 절대 하지 않겠다고 시골집에 선언하고 왔지만 시골동네에서 고개를 들지 못하고 다닐 부모님 생각에 몹시 울적해했다. 지금쯤 무시리는 그의 파혼선언에 온 동네가 발칵 뒤집혔을 것이다. 후안무치한 인간이라고 낙인이 찍혔을 것이다. 동네조무래기들 입에도 그 얘기가 오르내릴 것이다. 용하는 이 사태를 어떻게 해결해야 하나 머리가 무거웠다. 도망갈 수 있으면 도망가고 싶었다.

나는 셋방사람들 속에 섞여서 용하와 엄마가 대청소하는 것을 구경했다. 셋방사람들이 빙 둘러서서 감 놔라 대추 놔라 하고 있었다. 낡아빠진 교복과 체육복을 엄마가 둘둘 말아서 보자기에 싸는데 갑자기 뒤꼍에서 우당탕 큰소리가 났다. 주인 할머니를 비롯해서 일제히 정희네 집 쪽을 돌아다보았다.

연옥이 가슴을 저고리 앞섶에 꾸역꾸역 집어넣으며 부리나케 앞마당을 지나쳤다. 사람들이 깜짝 놀라서 지나치는 사람 형상을 쳐다보았다. 외숙모가 그런 그녀를 잡으러 뛰어나왔다. 셋방사람들이 '쌔앵' 하고 지나치는 산발한 여자와 신발을 거꾸로 신고 따라가는 외숙모를 보고 입을 벌렸다. 뭔 일이래? 이구동성으로 떠들었다. 불이 나서 황급히 피난 가는 몰골이었다. 용하도 책을 정리하다가 뒤돌아서서 뛰어가는 두 여인을 바라보았다.

"아이쿠! 누가 저 사람 좀 잡아줘요! 이 일을 어째!"

큰외숙모가 연옥을 붙잡으려는 자세로 달려 나갔다.

"왜, 무슨 일이야? 정희 아부지가 공사장에서 떨어졌대?"

"아니, 그게 아니고, 아이구! 제발, 정희 엄마 참아요."

외상값 받는다고 정희네 집에 들어갔던 외숙모가 연옥을 잡으러 뛰어나왔다. 정희의 동생들은 대문 앞에서 놀고 있었고, 정희는 나갔다 오는 길에 엄마가 부리나케 뛰쳐나가는 걸 보고 뭔가 일이 크게 잘못되었다는 생각에 다짜고짜 연옥을 붙들었다.

"엄마, 왜 그래?"

정희가 울음을 터뜨렸다.

"놔! 이년이, 이거 안 놔."

정희는 치맛자락을 붙잡다가 대문에 나동그라지고 그 바람에 연옥의 치마가 훌러덩 벗겨졌다. 그녀는 치마를 한 손으로 여미며 정희를 뿌리쳤다. 정희는 벌러덩 자빠지며 대문모서리에 부딪쳐서 다시 울음을 터뜨렸고 뒤따라가던 외숙모도 쪽대문 턱에 걸려 넘어질 뻔했다.

"에구구구! 저 여편네두 참 나 원!"

동생들도 영문을 모르고 울음을 터뜨렸다. 연옥은 치마저고리를 다시 가슴께에 꽁꽁 묶고 빠른 걸음으로 장터 쪽으로 향했다. 정희 아버지가 실비집 여자와 좀 수상하니까 잘 살펴보라고 그 말만 했는데 저렇게 미친 듯이 뛰어나가더라고.

——————— 퍼팩트웨딩

"에그 그런 얘길 뭐하러 혀."

"아니 난 그냥 소문 들어 봤냐구 이 한마디만 했는데 저렇게 부리나케 뛰쳐나갈 줄 누가 알았어요."

"저 사람이 지금 성한 사람이야?"

"내 이런 사달이 날 줄 진작에 알았다니깐."

용하의 짐정리를 구경하던 셋방여자들이 우르르 몰려와서 외숙모를 나무랐다. 겉으로는 '쯔쯔 몸도 성치 않은 사람이.' 하며 정희 엄마를 걱정하는 표정이지만 여인들은 삼각관계의 과정을 누구보다 궁금해했다. 실제로 연옥이 실비집에 가서 어떻게 할 건지 궁금해서 못 참겠다고 실비집까지 뒤따라간 사람도 있었다.

"아닌 게 아니라 공구리쟁이가 실비집에서 기둥서방 노릇한다고 장터에 소문이 쫙 퍼졌어. 정희 엄마만 모르는 사실인데 뭘."

연옥이 실비집문을 벌컥 열었을 때 제천댁은 설거지를 하고 있었고, 순임은 방금 먹고 나간 손님의 식탁을 행주로 닦느라 고개를 숙이고 있었다. 제천댁이 뭐라고 우스갯소리를 했고 그 말에 응수하며 살짝 웃고 있었다. 그때 다짜고짜 연옥이 쳐들어와서 순임의 뒷머리채를 우악스럽게 잡아당겼다. 아무 영문도 모르고 행주질 하다가 당한 일이었다. 제천댁이 깜짝 놀라서 소리쳤다.

"아니 이게 무슨 일이래?"

제천댁이 말렸지만 막무가내였다. 순임은 연옥의 억센 손길을 뿌리치려했지만 머리채를 잡힌 채 이러지도 저러지도 못했다. 연옥의 아귀는 무척 셌다. 잡은 머리카락을 놓을 줄 몰랐다. 이미 연옥의 저고리 밑에서 젖가슴이 삐죽 나온 지는 오래였다. 연옥은 거의 울부짖듯이 괴성을 질러대며 머리카락을 잡아 당겼다.

"여봐욧, 이거 못 놔! 근데 이 여편네가, 어디서 행패야 행패가."

제천댁도 만만찮게 소리지르니까 시장터 사람들이 모조리 몰려와서 싸움구경을 했다. 짐자전거에 짐을 싣고 지나가던 아저씨가 아녀자들의 싸움은 정말 관심 없다는 표시로 요란하게 딸랑 소리를 내며 비키라고 했다. 제사공장에 불났을 때만큼이나 사람들이 모여들었다. 물건 사러 오는 손님도 다음에 오라며 뿌리치고 실비집 앞으로 모여들었다. 하루 종일 앉아서 편물기계를 돌리던 곱추 여자도 고무신을 거꾸로 신고 뛰어나왔다. 뛰쳐나오는 자세로 봐서는 곧바로 허리가 펴질 태세이다.

연옥이 순임의 머리채를 일방적으로 잡고 있고, 순임의 고개는 갸우뚱한 자세로 이러지도 저러지도 못하고 엉거주춤 서있는 꼴이 되었다. 제천댁이 양쪽을 떼어놓으려 왔다 갔다 하며 안간힘을 쓰고 있는 모습이 흡사 레슬링시합의 심판같았다. 어느 누구도 선뜻 말려주는 사람 없이 입으로만 경기장면을 중계방송 하고 있다. 사람들이 웅성거렸다.

"저 여자가 원래 역전동에서 첩살이 하던 여자래."

"원래 첩년들은 아주 얌전하게 생겼어. 그게 더 환장할 일이라니까."

　　　　　　　　　　　　━━━━━━━━ 퍼팩트웨딩

"저 자리가 땅기운이 좀 있나봐. 먼저 번 장사하던 할망구도 첩실이었다는데…."

여론은 연옥의 편이었다. 연옥이 억울하게 남편을 빼앗긴 걸로 사람들은 귀결지었다.

"아이구 아부지이, 아이구 아부지이! 머리카락 다 뽑히겠네. 이거 야단났네!"

제천댁의 '엄마' 대신 '아버지'를 유난히 찾는 외침도 연옥의 짐승같은 울부짖음 못지않았다. 제천댁은 신이 나서 '아부지이'를 열창했다. 어떻게 들으면 일부러 두 사람을 부추기는 것처럼 들렸다. 연옥은 털실이 엉겨 붙듯 거의 실성한 사람처럼 순임에게 엉겨 붙었다. 울부짖다 못해 제정신이 아니었다. 어떤 이는 자기도 저지경이면 제정신이 아닐 거라고 격하게 동정의 말을 쏟아내다가 급기야는 같이 머리끄덩이를 잡아줄 것처럼 자세를 모았다. 여차하면 뛰어들 태세였다. 비분강개의 소리가 여기저기서 쏟아져 나왔다.

공구리쟁이가 사람들의 소란스런 틈바구니에서 쏜살같이 뛰어들어와 미쳐 날뛰는 부인의 손을 붙잡았다. 그는 퇴근하는 길에 실비집에 들려 수도를 고쳐주려고 장비를 들고 오는 길이었다.

"이봐 정희 엄마, 이거 놔. 안 놔!"

갑자기 공구리쟁이가 나타나자 연옥이 머리카락을 한 움큼 쥔 채 순임에게서 떨어졌다.

"저 남자가 남편인가봐. 어디 꼬실 남자가 없어 공사판에서 하루벌이 하는 남자까지 꼬셔대. 근본이 안 된 여자야.”

“저 젊은 년이 못돼 먹은 거지.”

공구리쟁이는 공구통을 팽개치고 아수라장속으로 뛰어들었다.

“우리가 아무리 장터에서 장사를 하지만 저런 첩년들은 여기 발을 못 붙이게 해야 돼.”

시장 안의 대세는 연옥이었고, 세상의 첩들은 머리끄덩이 잡혀야 마땅하다고 손가락질했다.

“이러지들 마세요, 제발. 정희 엄마, 여봐! 정희 엄마, 집으로 가자구.”

공구리쟁이가 두 여자를 떨어지게 했다. 남편 목소리에 갑자기 연옥이 의식을 잃고 쓰러졌다.

“아이구 저걸 어째!”

시장사람들이 모두 똑같이 영화관에 앉아서 주인공이 의식을 잃고 쓰러지는 장면을 본 듯 동일한 목소리로 ‘아이구 저걸 어째’를 외쳤다. 남편이 대놓고 첩을 두둔하는데 미치지 않을 여자는 없다고 이구동성으로 떠들었다. 연옥이 정신 나간 정확한 이유를 이제야 알겠다고 고개를 끄덕이면서 의사보다 더 정확한 진단을 내렸다. 여기저기서 안됐다고 혀를 끌끌 차는 소리가 들렸다. 장터 여자들은 연옥을 원없이 동정해주었다. 연옥의 손에 머리카락이 한 움큼 들어있었지만 더 많이 뽑혔어야 시장 사람들의 욕구를 충족시킬 수 있었다.

“나라도 저 지경이면 미치지 않고는 못 배겨. 누구라도 환장할

———————— 퍼팩트웨딩

일이지."

　연옥은 장터 옆 제중병원에 실려갔다. 그녀는 혼수상태였다.

　식당 안은 의자와 테이블이 널부러져 있고 양동이엔 국이 가득 담긴 채 국자와 뚜껑이 따로 나뒹굴었다. 순임은 좀체 정신을 차릴 수가 없었다. 그동안의 숨가빴던 시간들이 주마등처럼 눈앞을 지나갔다. 집을 뛰쳐나갔을 때 친척들은 어디 가서 취직해 있는 걸로 알았다. 그녀에겐 아무 관심도 관계도 없는 명목상의 친척들이었다.

　아, 참! 그녀의 인생에도 다정한 눈길을 보내주던 사람이 있었지. 승미 아버지. 정에 굶주렸던 순임이 따스한 사랑을 느꼈던 순간이 분명 있었다. 그와 살았던 1년이 지금 생각해보면 꿈만 같았다. 황폐했던 화단에 사루비아꽃이 붉게 만발했을 때는 잠시 행복하다는 느낌이 들었다. 좋은 사람들이었고 그냥 비집고 살 수도 있었다. 이제 이 사태를 어떻게 수습해야 하나 머리가 혼란스러웠다. 머리채를 잡혔을 때 심한 두통과 굴욕감을 느꼈다. 승미 아버지를 찾아갈까? 그가 적당한 해결책을 줄 수도 있지만…. 아니 그럴 수는 없어!

　승미네집을 맨손으로 나온 후 입에 풀칠하기도 어려워 서툰 결혼을 했다. 그러나 그 역시 처음부터 잘못 꿰어진 단추였다. 남편은 사고로 죽었다. 시집에서 나왔을 때 배속에 아이가 자라고 있었다. 행복은 자꾸 저 멀리 도망가고 생에 대한 두려움만 앞서갔다. 똑똑 또도독! 밖에서 며칠 전부터 고장 나있던 수도꼭지에서 물이 똑똑 떨어지는 소리가 들렸다.

"지가 지금은 공사하러 가는 길인데 일 마치고 오는 길에 고쳐드릴 거구먼유. 꼭지만 갈면 될 거 같은데. 시방 보니까 안에서 관이 터지거나 한 건 아니네유. 다행이지유."

공구리쟁이가 오늘 아침 잠깐 들렀다. 말수가 별로 없던 김씨가 평소의 그답지 않게 길게 말을 늘어놓았다. 수도꼭지를 뺐다가 도로 끼워놓으며 한 말이었다. 허리춤의 벨트는 가는 허리 위에 시늉으로만 올려있었다. 뼈만 앙상한, 가느다란 손끝이 능숙하게 수도꼭지를 만졌다.

"오늘 일은 한나절 하는 일이구먼유. 해 떨어지기 전에 와유."

집에 있는 부인에게 하듯 돌아오는 시간을 알려주었다. 김씨가 고치러 온다는 날이 바로 오늘이었다. 쭈그리고 앉아 고장 난 곳을 찾는 그의 모습은 성자가 일부러 비천한 인간의 모습으로 나타난 것 같았다. 굵은 세로줄로 난 미간의 주름은 그가 최고의 집중도를 높이고 있다는 걸 증명했다. 오로지 고치는 일에만 모든 정성을 쏟는 모습은 누구라도 반할 만했다. 바로 방금 전, 아무 일 없었으면 김씨가 얼굴에 땀을 뚝뚝 흘리며 수도꼭지를 갈았을 것이다. 밖에서 여전히 똑똑 또도독 소리가 흘렀다. 날은 이미 깜깜해진 지 오래였지만 불을 켜지 않았다. 공구리쟁이가 공사판에서 버려진 거라면서 가져온 화분의 꽃이 어둠속에서 환하게 웃었다.

"어머 이거 국화꽃 아니예요? 어쩜 이쁘기도 해라."

그때 공구리쟁이가 슬쩍 밀어놓고 가려는데 해장국통을 들고 나오는 순임에게 딱 걸리고 말았다. 그는 속을 들여다보인 것 같아 산 게 아니라 주워왔다는 것을 여러 번 강조했다. 그리곤 쑥스러워하며 황급히 자리를 떴다. 순임이 어린아이처럼 수줍어하는 공구리쟁이에게 미소를 보냈다. 그녀의 미소는 박꽃처럼 환했다. 화분의 가장자리가 조금 깨져있었다. 김씨의 공구통도 테이블 옆 나동그라진 의자에 채여 벌러덩 누워있었다.

일어나서 거울을 보았다. 낯선 여인이 머리를 풀어 헤친 채 그녀를 응시하고 있다. 셔츠의 단추가 떨어져 나갔고 손톱에 찍힌 자국으로 인해 왼쪽 입술에 피가 맺혔다. 그녀는 개켜놓은 이불 더미에서 베개를 뺐다. 옆으로 누웠다.

또도독! 또도독!

보랏빛 장막

공구리쟁이의 부인 연옥은 제중병원에서 퇴원하고 집으로 돌아왔다. 언제나처럼 병원에서 주사를 맞고 며칠 분의 약을 타왔다. 그녀는 약을 방바닥에 휙 던졌다. 먹을 생각이 없었고 남편도 약 먹으라는 소리를 안 했다. 아예 칩거하며 셋방사람들과 문을 닫아버렸다. 병은 손을 쓸 수 없을 정도로 깊어졌고 공구리쟁이는 더욱 무관심으로 일관했다. 그는 밤이 이슥하도록 툇마루에서 떠날 줄 몰랐다.

저녁 어스름이면 뒤꼍으로 난 조그만 창문에서 보랏빛이 한줄기 들어왔다. 어디서 본 듯한 빛줄기였다. 너무 아름다웠다. 연옥이 그 빛줄기를 따라서 몸을 일으켰다. 눈이 부셔서 얼굴을 찡그렸지만 입가에 저절로 미소가 피어올랐다. 쏟아지는 빛을 손으로 받듯이 펼치고 미닫이 밖으로 나왔다. 석양의 툇마루도 보랏빛이었다. 빛줄기를 따라 나섰다.

이발사 장씨가 발을 씻느라 대야에 발을 집어넣었다가 밖으로 나가는 연옥의 눈과 정면으로 마주쳤지만 연옥은 장씨를 나무토막 보듯이 하고 지나쳤다. 그녀의 치맛자락이 장씨 앞의 대야와 비누통을 비로 쓸듯이 스쳤다. 장씨는 연옥의 뒷모습을 유심히 바라보았다. 유유히 걸어나가는 뒷모습을 넋을 잃고 쳐다보다가 인기척에 고개를 돌렸다. 철공소집 여자가 쌀을 씻으러 나왔다.

"아니 저 여편네는 왜 저녁때만 되면 정신 나간 사람 모양 싸돌아다닌데?"

"누가 압니까? 매일 밤 비가 오나 눈이 오나 호암지 연못가에서 배회하다가 야밤에 집으로 들어와요."

셋방 여자들이 저녁밥을 지으려고 하나둘 펌프 앞으로 모여들었다.

"이상한 버릇이 하나 더 생겼네. 그동안 저런 짓은 안 했잖아. 또 병이 도졌네."

셋방사람들은 연옥이 유령처럼 휙 지나치는 모습을 보고 수군거렸다. 저녁이면 호수 근처엔 개미새끼 한 마리 얼씬도 안 했다. 풀숲은 빨리 깜깜해졌고, 잡풀로 이루어져 우범지대처럼 음습했다.

요즘 연옥은 그 일을 더 이상 떠올리기 싫은데도 자꾸만 머리속에서 떠나질 않았다.

"옥이 어디 갔냐? 이 우라질 년이! 또 나가 자빠졌네."

오래전에 잊혀진 일이라 생각했는데 귓전에서 익숙한 목소리가 웅웅거렸다. 엄마 목소리가 귓전을 울렸다. 연옥은 주저앉아 귀를 꼭 막았다.

"맨날 싸돌아 댕기지만 말고 니 동생 좀 업고 있어라."

"싫어. 나두 오빠 따라 멱 감으러 갈 건데."

"이눔의 지지배가 그냥! 여러 소리 말고 동생이나 받아. 나 여기 밭 좀 갈아야 허니까."

아무리 귀를 막아도 이 소리가 웅웅거렸다. 엄마의 '무신 소리여?' 하는 반문은 '니가 오빠하고 처지가 같아?'로 들렸다. 아무것도 모르고 그저 친구들과 놀러 나가고 싶었던 어린 시절, 연못가에서 수영하고 있는 오빠와 친구들이 너무 부러웠다. '오빠와 친구들은 저렇게 재미있게 놀고 있는데 나도 뛰어 놀고 싶어.' 멱 감으러 가지 말고 동생 돌보고 있으라는 엄마의 말을 무시하고 연못에 뛰어들었다. 그때 그냥 물속에 빠져 죽었으면 아무 일도 없었을 텐데.

그날, 엄마는 허리춤에서 포대기를 풀고 동생을 내려놓았다. 포대기는 땀에 흥건히 젖어있었고 엄마의 얼굴은 고된 노동으로 새까맸다. 젖먹이 동생은 설핏 잠이 들었다 깼는지 엄마 등을 떠나지 않으려 조그만 손으로 어깨를 잡고 낑낑댔다. 그녀는 지척에서 멱을 감고, 고기잡이하며 놀고 있는 친구들을 바라보며 등에 업힌 동생이 빨리 잠들기만을 기다렸다. 엄마는 저만치 뙤약볕 아래서 김을 매고 있었다. 엄마의 머리에 쓴 수건이 밭고랑을 따라 움직였다.

한낮의 태양볕에 지쳤는지 꾸벅꾸벅 졸며 보채기를 여러 번 하다가 동생은 마침내 연옥의 등에서 고개를 떨구었다. 겨우 잠이 들었다. 엄마가 안 보는 사이에 동생을 가만히 마루 위에 뉘어놓았다. 색색거리는 동생의 얼굴 위로 파리가 비비소리를 냈다. 손으로 몇 번 쫓아냈다. 일하는 엄마를 흘끗 보니 수건이 보일락 말락 했다. 살금살금 마루를 벗어나자마자 저수지로 냅다 뛰었다. 등 뒤에서 욕설이 냉큼 따라왔다.

"저년이 저, 육시랄 년이!"

엄마가 언제 알았는지 밭고랑에 서서 호미를 휘두르며 눈을 부릅떴다. 사정없이 내리쬐는 태양을 머리에 이고 엄마는 욕설을 퍼부었다. 입을 통해 튀어나오는 욕설은 연옥의 등에 쉴 새 없이 꽂혔다.

"너 이년, 이따 들어오기만 해봐라."

엄마의 목소리가 매미소리처럼 귓전에 울렸다. 저! 육시랄 년! 그러나 연옥은 이미 물가에 있었다. 옷을 훌러덩 벗어서 나뭇가지에 걸고 팬티만 걸친 채 저수지물에 풍덩 뛰어들었다. 그러나 기쁜 순간을 누리는 것도 잠시였다. 그냥 뭔가에 홀렸다. 누가 발목을 잡아당겼다. 아아악, 살려줘! 엄마야! 아무 소리도 들리지 않았다. 누가 발목을 잡아당기는 것 이외에. 그녀가 기억하는 건 거기까지였다. 그다음은 기억에 없다. 그리고 이어서 '아이고, 아이고, 분하고 원통해라.' 끝없이 이어지는 곡소리. 하루 종일 집안 곳곳에서 울려 퍼지는 곡소리. '아이고 분하고 원통해라!' 다

른 사람들은 다 숨죽이고 있고 엄마만 가슴을 치며 원통해하는 소리. '내가 이렇게 원통할 수가!'

그녀의 엄마가 무엇을 분해하고 원통해하는지 잘 이해가 안 갔다. 훨씬 나중에, 들은 얘기가 있었다. 그녀의 오빠가 어망을 팽개치고 그녀를 향해 풍덩 호수 속으로 뛰어 들어갔다는 사실을. 호수 옆에서 김을 매던 그녀의 엄마가 기겁을 하고 뛰어왔다. 저, 저, 육시랄 년! 그녀를 구해주러 한달음에 뛰어온 게 아니라, 아들을 말리러 헐레벌떡 뛰어 왔다.

"안 돼! 상구야! 그년 그냥 죽게 나둬. 죽게 놔두라구!"

호미를 던지고 뛰어온 엄마가 연못을 향해 고래고래 소리 질렀다.

"상구야, 안 돼! 저 육시랄 년 죽게 그냥 놔두라구!"

엄마는 발을 동동 구르며 악다구니를 했다.

연옥은 호암지 둔덕길에 귀를 꼭 막고 주저앉았다. 그날 있었던 일을 지워버리려 있는 힘껏 고개를 흔들었다. 보랏빛 장막은 사라지고 사방이 어두운 가운데 시커먼 연못물만 눈을 부릅뜨고 있다.

공구리쟁이가 일을 마치고 방문을 열었다. 아이들은 아무 곳에나 쓰러져 잠들어있고 연옥은 어둠 속에서 송장처럼 누워있다. 화를 낼 기력도 없다. 그도 삶의 끈을 놓고 싶었다. 그는 쳐다보지도 않고 그냥 쓰러졌다. 방안은 쓰레기더미와 악취뿐이었는데도 아이들의 쌔근거리는 소리는 김씨를 멈칫하게 했다. 발밑에 뭔가 걸린 듯 포근한 숨소리가 들렸다. 정희였다. 그는 발이 안 닿게 살짝 빼서 다른 쪽으로 뻗었다. 발이 벽에 걸리기는 마찬가지였다.

평화로운 미소에 이끌려 꿈꾸듯 발길이 닿았을 뿐이다. 힘든 일을 마치고 그녀가 있는 곳을 지나칠 때면 마녀의 속삭임이 들려왔다. 실비집 유리문 너머로 향기로운 웃음소리가 풍겨 와서 저절로 발걸음이 멈춰졌다. 문 앞에서 머뭇거리다 돌아선 적도 있었다. 그녀의 부드러운 말에 잠시나마 위안을 얻었고 생의 끈을 간신히 붙들었다. 그녀는 내치지 않고 보잘것없는 남자를 언제나 받아주었다. 그녀가 건네는 따뜻한 말 한마디는 그에겐 망아의 세계 그 이상이었다. 그러나 다 부질없는 짓거리였다. 연옥이 난동을 부린 순간 신기루는 깨져버렸고 흉칙한 뼈다귀만 남았다.

새벽이 올 때까지 이대로 생을 지탱해야만 하는가?

이대로 잠이 들면 제발 깨지 마라!

눈물이 까칠한 수염을 타고 흐르다가 공구리쟁이도 가까스로 잠이 들었다.

연옥은 그때까지 미동도 하지 않고 시체처럼 누워있다. 남편이 잠이 든 걸로 알았을 때 그녀는 속치마차림으로 일어났다. 문을 열었다. 뒤도 돌아보지 않았다. 밖으로 사뿐사뿐 걸어나갔다. 에구머니나! 오줌 누고 속바지를 추켜올리며 변소를 나오던 덕배 엄마가 유령 같은 흰 물체가 휙 지나치자 기겁하고 소리 질렀다. 유령은 덕배 엄마가 나무토막이라도 되는 듯 무심히 지나쳤다. 속옷차림으로 날아가듯이 지나치는 그녀를 보고 덕배 엄마는 입을 다물지 못했다.

"에구 놀래라! 저게 귀신 아니구 뭐여?"

연옥은 속치마바람으로 나무대문을 밀고 빠져나갔다. 삐그덕 소리가 났다.

"참, 저 여편네는 알다가도 모르겠어."

바깥공기는 후덥지근하면서도 온몸에 소름을 돋게 했다. 연못가의 물체들이 검은 장막에 휩싸여 있었다. 조금 지나 미명이 되면 어디선가 본 듯한 색깔이 나타날 것이다. 바로 보라색이다. 연옥은 그게 이렇게 아름다운 빛깔인 줄 몰랐다. 황홀한 아름다움이었다. 새처럼 훨훨 날아가는 기분이었다. 저 너머의 세상은 어떤 세상일까? 누가 너무 멀어서 그 세계는 갈 수 없다고 했다. 꿈도 꾸지 말라고 했다. 그러나 아무리 멀더라도 그곳으로 가고 싶었다. 아무도 알아주지 않는 이 세상에 더 이상 미련이 없었다. 제대로 걷지도 못해서 남의 부축만 받던 연옥은 몇 달 만에 처음으로 나는 듯이 가벼운 발걸음을 느꼈다. 호수도 한 번에 건너뛸 듯한 기운을 느꼈다. 어떤 고매한 승려나 도인이 이런 기운을 느

　　　　　　　　　　　　　　　　　　　퍼팩트웨딩

겠을까?

오빠가 대신 죽던 날, 정말 연못 속에서 물귀신이 발을 잡아당기는 것처럼 몸이 스르르 심연 속으로 빨려들어 갔었다. 영혼이 거기 있는 것 같았다. 진흙구덩이 냄새가 역하게 올라왔다. 이게 죽음의 냄새구나 어렴풋이 느꼈을 때 정신을 잃었다. 그리고 눈을 떴을 땐 보라색 안방이었다. 모기장도, 머리맡의 뒤주도, 가슴을 치며 대성통곡하고 있는 엄마도, 미닫이문의 창호지 색깔도 온 사방이 보라색이었다. 엄마의 통곡을 들어주던 동네사람들 얼굴도 온통 보랏빛이었다.

"아이고, 아이고, 하늘도 무심해라, 이년을 데려가지 않고, 아이고 원통해라!"

엄마의 통곡소리는 노랫소리처럼 가락과 리듬이 있었다. 엄마는 땅바닥을 한 번 치고 가슴을 두 번 치는 일을 규칙적으로 반복했다. '아이고!' 하는 후렴구도 리드미컬했다.

"아! 내가 죽으려 하니까 엄마가 원통해서 우는구나, 내가 빨리 깨어나야만 엄마가 울음을 멈추겠구나."

착각을 했다. 또 혼수상태가 되었다. 안간힘을 쓰고 보라색 장막을 걷었다. 생과 사의 경계를 걷어내려고 혼신의 힘을 다했다. 죽음을 물리치고 다시 깨어났을 때, 차라리 깨어나지 말걸 그랬다. 오빠가 그녀를 구하다가 연못에 빠져 죽은 걸 그때 알았다.

연옥의 엄마는 죽을 때까지 그녀를 미워했다. 밥상머리에서 그녀가 젓가락으로 반찬을 집다가 엄마의 눈과 마주칠 때마다 소름이 쫙 끼쳤다. 엄마는 악마의 눈을 하고 그녀를 노려보았다. 연옥은 젓가락을 슬며시 거둬들이고 고개를 숙였다. 악마의 눈은 곳곳에서 마주쳤다. 월사금을 달라고 손을 내밀려 할 때, 소풍을 간다고 할 때, 악마의 눈은 연옥을 노려보았다. 잠잘 때도 악마의 눈초리를 뒤통수에서 느꼈다.

공구리쟁이는 연옥이 이 시간이면 연못가를 휘젓다가 새벽녘이면 온다는 걸 알면서도 말려본 적이 없다. 그는 부인이 나간 뒤 몸을 일으켰다. 주변에서 색색 코 고는 소리가 들렸다. 배 위에 놓여있던 아이들의 발을 조용히 내려놓고 문을 나섰다. 밤공기가 서늘하였다. 이미 연옥은 흔적도 없이 사라졌다. 그는 연옥이 걸어갔던 길을 쫓아갔다.

정희 엄마가 사라졌다고 새벽댓바람부터 동네 여자들이 골목을 벗어나 길갓집에 몰려와서 수군댔다. 오후가 되어 경찰이 들락날락하더니 자살한 걸로 결론지었다.
"자살은 확실한데 시체가 없대요."
"자살한 건 어찌 알았대요?"
"뚝방 밑 나뭇가지에 치마가 걸려있었대요."
"그런데 잠수부가 호암지 연못에 들어가서 시체를 찾으려면 부르는 게 값이래. 그래서 정희 아버지가 돈이 없어 엄두를 못 내고 시체 떠오르기만 기다린대요."

"별일도 다 있네. 이 세상에 돈 없으면 장사도 못 지내겠네."

"시체가 있어야 관에 넣고 장살 지내든지 할 거 아냐?"

"내가 어제 밤중에 변소 갔다 나오는데 허연 물체가 휙 지나가
더라구. 뒷모습을 봤더니 그게 미쟁이 마누라더군. 아주 지정신
이 아니더구만 뭐, 그 길로…."

장씨가 아는 체했다.

"내가 정희네 나가는 거 보구 김씨는 뭐하나 하구 창문 너머로
봤더니 세상 모르고 자고 있더구만. 제 마누라가 빠져 죽으러 나
가는 것두 모르고."

"그래요? 그럼 밤에 정희 엄마 말고 누가 나갔다 들어온 거야?
내가 잘못 들었나?"

정희네와 벽을 맞대고 사는 덕배 엄마가 고개를 갸우뚱했다.

"누가 들어오는 소리가 새벽에 났는데, 정희네집 쪽에서 나는
걸로 나는 알았는데. 아니었나?"

"김씨가 정말 실비집 여자랑 정분이 났던 게 맞는 얘기여?"

"에이 설마, 김씨는 애 셋이 줄줄이 딸려있는데다 나이도 많지.
말도 안 돼. 실비집 여자가 미쳤다고 여기 들어와 살어? 아닐 거
야."

"남녀관계는 아무도 몰라요."

"그나저나 빨리 시체를 찾아야 할 텐데."

동네사람들은 누구보다도 먼저 시체를 찾고 싶어했다. 하루라

도 빨리 시체를 찾아서 장사 지내고 실비집 여자가 공구리쟁이 집에 들어와 사는 걸 보고 싶어했다. 그녀들은 시체를 찾으러 너도 나도 호암지 연못에 뛰어들 기세였다. 그러게 말여. 빨리 시체 찾는 게 급선무지.

결혼과 책임

　용하가 매일 아침 출근하는 원천리라는 곳은 시내에 있으면서
도 우리 동네와는 동떨어진, 시골구석에 있다. 그곳에 가려면 하
천을 관통하는 콘크리트 다리를 지나거나 돌다리를 건너야 했다.
내가 태어나서 지금까지 한 번도 들어보지 못한 곳이다. 그런데
이제는 용하 때문에 아주 친숙한 동네가 되었다. 학교 가는 길은
큰 길가에서 그리 멀지 않으면서도 잔잔한 평야와 연못이 펼쳐져
있다. 논두렁을 지나야 학교에 들어갈 수 있어서 아침이면 이슬
이 맺힌 풀숲을 지나야 한다.

　용하가 첫 월급타서 제일 먼저 한 일은 시내에 나가서 자전거를
사는 일이었다. 원천리까지 출근할 때 자전거가 꼭 필요했다. 그
는 바퀴도 손으로 굴려보고 다른 거 몇 대를 타보며 찬찬히 살폈
다. 마침내 두 바퀴가 매끈하게 빠져있고 페달을 밟으면 부드럽
게 소리를 내며 굴러가는 자전거를 찾아냈다. 로타리 자전거 점
포에서부터 아카데미 극장 앞 총포사를 지나 원천리까지 갔다가

다시 호암지를 돌아 역전동으로 왔다. 몸이 날아갈 듯이 가뿐했고 휘파람이 절로 나왔다. 그의 곁을 휙 지나치는 모든 사람들에게 인사말을 건네고 싶었다. 쉬는 날이면 호암지를 한 바퀴 돌아보리라.

"야야, 큰일났다! 니가 지금 이러고 있을 때가 아니야!"

용하가 새 자전거를 끌고 대문을 들어서자마자 엄마가 손을 잡아끌었다. 와요? 용하가 엄마 손을 빼며 물었다. 큰아재들과 외숙모들도 모여있었다.

"무시리 노인들은 이 혼인이 다 이루어진 걸로 알고 있었잖아 글쎄. 지금 노인들 체면이 말이 아닐끼다."

"이제 고등학교 졸업했는데 혼인은 무슨. 말이 되는 소릴 해야지."

"누가 아이래? 요즘 세상에 부모가 하라케서 하나? 평양감사도 지 싫다하믄 그만인 게지."

"내 좀 도와주소. 혼인 안 할 끼다. 내는 앞으로 할 일이 많다."

*

춘삼이, 순삼이 두 명의 아재가 외할아버지 앞에 무릎 꿇고 앉아있고 외할머니는 좌불안석이다. 외할아버지는 외면하고 곰방대를 빨고 있고, 아재들은 발가락을 만지작거리며 서로 눈치만 보고 있다. 외할머니는 어색한 정적을 깨려고 입을 열었다.

"시장하재? 달구새끼 행초 놓고 끼리니께네 쪼매⋯."

"치아라고마! 달구새끼고 뭐고!"

"하이고 놀래라."

외할머니가 가슴을 쓸어내렸다.

"용하 당장 내려오라 케라!"

외할아버지가 소리를 뺙 질렀다.

"아부지요! 용하가 죽어도 하기 싫다카는데 어찌⋯."

"약속을 헌신짝처럼 버리는 거, 그기 어디 사램이 할 짓이고?"

외할아버지가 곰방대로 방바닥을 쳤다. 순삼이 아재가 외할아
버지를 애원하듯 쳐다보았다. 외할아버지 얼굴은 낭패한 흔적이
역력했다. 겉으로는 노발대발이지만 자식이 그렇게 반대하는 혼
인을 외할아버지도 시키고 싶지 않은 표정이다. 외할아버지는 어
쩔 도리 없이 빈 곰방대만 물고 헛기침을 계속했다. 춘삼이 아재
가 마음을 가다듬고 설득에 나섰다.

"지가 공실 할배 만나 뵙고 선은 이렇고 후는 이렇다고 말씀 디
리겠습니다."

"그라요. 갸가 정 싫다카는데 동네 체민이 무신 소용이요. 영감
도 그만하소 그마. 갸가 지금 혼인을 하믄 암껏두 못한다질 않소.
그라고⋯."

"고마 시끄럽고마."

"에구머니!"

외할아버지가 소리를 꽥 지르며 재떨이를 외할머니에게 던졌다. 아재들은 깜짝 놀라 우르르 외할머니 곁으로 모였다.

"아부지요!"

외할머니가 엉겹결에 피하려다가 왼쪽 손에 정통으로 맞았다. 외할머니는 '괘얀타.' 하면서 아들들이 다가오는 걸 손사레 치며 막았다. 사방으로 쏟아진 재가 어두침침한 방에서 부유하는 게 보였다. 외할머니는 다가오지 말라며 극구 손사레 치고 순삼이 아재가 쏟아진 재를 양손으로 퍼 담을 때였다.

이노옴~! 갑자기 밖에서 요란한 소리가 들렸다.

"이노옴! 이가 이놈 집에 붙어있나?"

공실 할배였다.

"목심이 붙어있거들랑 삽째기 열어라, 이놈!"

그는 잔뜩 화가 나서 싸리문을 곰방대로 마구 두드렸다.

"무신 꿍셈인지 몰라도 니 아들놈들 와서 벼륵방에 붙어 있는 거 내 다 안다. 이놈!"

삼부자가 헐레벌떡 뛰어나가 공실 할배를 안으로 맞아들였다.

"어르신, 어르신, 여서 이랄 게 아이라 들어오시소, 하무요 들어오시소."

외할아버지가 비굴하게 굽신거렸고 공실 할배는 당당하게 소리쳤다.

"어르신, 그간 안녕하신교?"

——————— 퍼팩트웨딩

아재들이 넙죽 큰절을 올렸지만 공실 할배는 화를 참지 못하고 돌아앉았다.

"아이고 어르신, 가차분 질도 아닌데 다 지녁에 오시니라⋯. 지들이 날 밝으면 찾아뵐라꼬 이레 모있지 아닌교?"

외할아버지가 몸 둘 바를 모르고 한껏 몸을 낮춰 말을 꺼냈다.

"그 머스마는 어데 숭가놓고 구리 담넘어 가듯 하노?"

"어데예? 숭가놓다니요? 어르신 그기 아이라 갸가 바빠서리⋯."

"아니 지놈이 바쁘면 대통령보다 더 바쁘나?"

공실 할배가 곰방대로 외할아버지 얼굴을 찌를 듯이 허공을 쑤셔대다가, 입에 물었다가, 방바닥을 세게 쳤다. 아재들은 깜짝 놀라 몸을 움찔했다.

"핵교 선상이 뭔 베실이라고 코빼기도 안 보여 쌌나? 지가 고관대작이라도 되는 줄 안갑네? 내 그 노말 그렇게 안 봤더니만에 천하에 후레자식 같으니라꼬."

외할머니는 방문 밖에서 어찌할 바를 모르고 서성대다가 부엌으로 들어갔다.

"저어 어르신 여그 고깨미 좀 드시소. 대접이 이레나서⋯. 어르신, 말하자몬 그게아이라⋯."

외할아버지가 곶감 그릇을 들이밀다가, 다시 본론으로 돌아와 변명을 늘어놓으며 횡설수설했다. 그러다가 다시 문쪽으로 가서 외할머니를 불렀다.

"그라고 보소! 할매, 보소! 귓구녕이 맥혔나?"

"아부지요, 계시소 진정하고 계시소. 지가 먼저 말씀 디리겠습니다."

고개를 떨구고 묵묵부답이던 춘삼이 아재가 외할아버지 말을 차분한 목소리로 막았다. 외할아버지는 말라비틀어진 곶감 몇 개를 보자기에 싸놓으라고 외할머니를 부른 것 같았다. 공실 할배 갈 때 싸주려고. 뒤늦게 외할머니가 방문을 열었는데 방문의 아귀가 잘 맞지 않아 저절로 휙 열리더니 저녁바람에 대롱대롱 춤을 추었다. 찬바람이 훅 들어왔다.

"지 막내동상이 핵교 드가기 전에 양가 어른들께서 약조하신 걸루 알고 있습니다. 갸가 원체 어릴 적 일이라 본인도 모르게 일이 이렇게 되삐리서, 참말로 지들 입장에선 입이 열 개라도 할 말이 없습니다. 근데 갸는…."

성질 급한 외할아버지가 춘삼이 아재의 말을 가로챘다.

"참말로 면목이 없습니다. 어르신, 아까제도 얘기했지만서도…."

"입서버리 춤이나 바르고 말하소. 아바이가 저러니 자석놈이 저러지. 내 이 집구석 다 뿡구고 말끼다. 서로 약조할 땐 은제고?"

돌아앉았던 공실 할배가 다시 소리를 질렀다. 외할아버지는 동네사람들이 들을까봐 겁을 먹고 소리를 낮추라는 뜻으로 사방을 둘러보았다. 외할아버지 목소리가 기어들어 갈수록 공실 할배 목소리는 더 커졌다. 이미 동네사람들은 담 너머로 고개를 빼든 지 오래였다.

"하이고 어르신 지들이 백 번 잘못했습니더. 그만에 지도 막냉이 다리몽둥이 분질러삐고 드안치고 싶은 생각이 굴뚝같아요."

"금이야 옥이야 키운 우리 손녀딸 이제 우쩔끼고? 마 낼부터 이집 귀신으로 살라켔다. 여서 채금지소마!"

책임지라는 소리에 삼부자는 화들짝 놀라 서로 바라보았다.

"갸들이 일면식도 없는디 무신 채금을 지라케요? 마 말이 되는 소리를 하소!"

"좋은 혼처자리 다 팽개치고 시러베 아들놈 기둘리다 노처녀가 됐는디 여서 채금져야재!"

공실 할배는 헛기침을 하며 빈 곰방대를 빨았다.

"그라도 어르신, 혼인이라는 게 혼차 한다고 되는 일도 아이고 지 동생은 도회지로 나와 핵교만 다녔재 암껏두 모르고 일이 이렇게 되버렸심더. 그라서 말인데 이 혼인은 없던 일로…."

"허어 이런 걸베이 같은 자석 봤나? 우예 없던 일이 되노? 내 이놈을 당장! 씨도 안 멕히는 소리 그마하고 앞장스이소. 내가 그 놈 직장에 찾아가서…."

공실 할배가 일어서려 하자 외할아버지가 붙잡아 앉혔다. 공실 할배가 직장에 찾아간다는 건 그냥 시늉이었다. 그는 다시 앉아 빈 곰방대를 빨았다. 공실 할배가 용궁 밖으로 차타고 나온 건 춘삼이 아재 결혼식 때였는데 그때가 일생일대 최장거리 여행이었다.

"여러 말 할 거 없고 우리 손녀딸 이가네서 채금지소 그마!"

*

그 애들이 나를 놀이에 끼워준 건 아니고, 내가 꼬붕이처럼 길갓집애들 뒤를 졸졸 따라다녔다고 해야 옳은 일이다. 준호도 우리들 꽁무니에 따라붙고 싶어 했지만 준호 엄마는 길갓집 애들하고 절대 어울리지 못하게 했다. 길갓집 아이들은 아이스께끼를 팔지 않을 때에는 연못가 주변을 쏘다녔다. 우리는 여러 명이서 긴 막대 하나씩 주워들고 데모하듯이 우르르 다녔다.

그날 나와 길갓집 애들이 떼 지어 호암지에 몰려갈 때 준호는 먼발치서 나를 아주 부러운 시선으로 바라보았다. 함께 가자고 말만 해준다면 지옥이라도 따라올 정도로 눈빛이 애절해 보였다. 나는 약간 우쭐한 기분으로 길갓집 애들 꽁무니에 따라붙었다. 그날도 어김없이 막대기를 꺾어 들고 풀숲을 헤치고 있는데 어느새 준호가 내 옆에 와있는 게 아닌가? 그 애는 나뭇가지를 꺾어들고 우리들 무리에 슬그머니 합류했다. 나뭇가지는 같은 일당이라는 표시인데 어느새 흉내 내고 말없이 따라붙었다. 나는 날렵하지도 못했고 달리기도 잘 못해서 꼴찌로 간신히 따라다녔다. 풀숲을 헤치고 다니면 청개구리가 여기저기서 불쑥불쑥 튀어나왔다. 운동화와 원피스는 완전히 젖어있었고, 머리부터 발끝까지 시뻘건 흙투성이여서 집에 가면 야단맞을 일이 걱정이었다. 나는

퍼펙트웨딩

몸이 아둔해서 그 애들의 뒤를 미처 따라잡을 수도 없다. 그런데 준호가 둔덕을 올라갈 때 내 엉덩이를 살짝 밀어주었다.

우리는 깐돌이가 밤에 잠잔다는 낡은 군용텐트 주변에 모여들었다. 칙칙한 돌멩이 색깔의 군용텐트는 풀숲 아래 있어서 한 번 비를 맞으면 여간해서 잘 마르지 않았다. 무게 때문에 거의 쓰러지기 일보직전이었다. 텐트 안에 남자슬리퍼 한 짝이 나뒹굴고 있었다. 비바람에 반쯤 꺾인 나무 뒤에 있어서 연못가 자갈밭에선 그냥 수풀로 보였다.

"여기서 자려고 천막에 들어갔는데 저만치서 어떤 사람이 미친 여자를 끌고 가는 거 내가 봤다."

"에이 거짓말, 깜깜한 데서 어떻게 보이냐?"

"아니야, 정말 내가 봤다니까. 미친 여자를 질질 끌고 갔어, 분명히."

깐돌이는 정희 엄마를 누가 죽이려 하는 걸 봤다고 우기고, 우리는 거짓말하지 말라고 깐돌이를 윽박질렀다. 그러면 그 애는 곧바로 거짓말이었다고 수긍하고 우리들과 호암지에서 시간 가는 줄 모르고 놀았다.

"야, 저게 뭐냐? 물 위에 떠있는 거?"

"뭐? 어떤 거?"

"저거 사람 아니야?"

갑자기 낚시하던 아저씨들이 우리들 주변으로 웅성거리며 모여

들었다.

"저거 사람 시체 같은데….."

"며칠 전 호암지에서 자살했다는 여자 아니야?"

아이들은 시체라는 말에 무서워서 몸을 약간 움찔했다. 어디 숨어있다가 모여들었는지 개미굴에서 나오는 개미들처럼 사람들이 꾸역꾸역 나왔다. 금방 바글바글해졌다. 심심해서 구경거리 없나 어슬렁거리던 사람들이 어디서 소문을 듣고 왔는지 금세 모여들었다. 다리 성한 사람은 몽땅 모여들었다. 멀리 지현동 사람들도 출석했다. 나는 멀리서 둥실 떠있는 천조각만 보았고 가까이 가서 자세히 보지는 못했다. 하얀 천조각만 햇빛을 받아 반짝이는 연못 위에서 너울너울 유유자적하고 있었다.

우리가 사방을 둘러보았을 때 포위된 느낌이 들었다. 경찰의 통제 아래 둑방은 이미 사람들로 넘쳐났기 때문이다. 그들은 둑 아래 있는 우리를 무척 부러워하는 눈초리였다. 깐돌이를 비롯해서 우리들은 영문도 모르고 둑 위에 있는 사람들을 신기해하며 두리번거렸다. 경찰들이 몰려와서 우리들을 저수지 둑 위로 내쫓았다. 우리들이 우르르 둑방 위로 올라갈 때 사람들은 우리가 영웅이나 되는 것처럼 서로 우리 주변으로 모여들려고 애썼다. 우리는 조금 먼저 왔다는 것뿐 그들에게 아무 정보도 줄 수 없는데 그들은 우리 주변으로 오고 싶어 했다. 경찰들이 호루라기와 막대를 휘두를 때 사람들이 비켜주는 걸 보면 그들의 위세는 막강해보였다.

　　　　　　　　　　　　　　퍼팩트웨딩

잠시 후 망자의 육신이 끌어올려졌다.

상량할 때 온 동네에 떡을 돌리고 사람들이 시끌벅적 모여 집짓는 의식을 치르듯이 망자의 육신도 상량식을 하듯 끌어올려졌다. 그렇게 울부짖고 서러워하며 고통스러워하던 정희 엄마의 모습이 아니었다. 정희 엄마 연옥은 바로 며칠 전까지도 철공소 여자와 한밤중에 대판 싸웠다. 그녀는 자다 말고 벌떡 일어나 다짜고짜 철공소집의 방문을 벌컥 열어 젖혔다. 자는데 자꾸 소리가 나서 잠을 잘 수 없다는 게 이유였다.

실비집과의 얽힌 얘기를 이미 알고 있던 사람들은 죽은 육신에게 무한한 애정이 담긴 측은함을 온몸으로 표현했고 옆사람에게 그 얘기를 심도 있게 전달했다. 그들의 얘기는 대충 이랬을 것이다. 실비집 여자하구 공구리쟁이가 바람이 나서 그만, 저 여자가 바로 그 공구리쟁이의 부인이야. 죽은 사람만 억울하지 왜 죽어. 보란 듯이 살아야지.

연옥은 며칠 동안 물에 퉁퉁 불어서, 풍선처럼 빵빵해진 사람 모양의 인형 같았다. 불과 얼마전만 해도 백지장처럼 하얀 얼굴로 변솟간을 드나들던 여인이 풍선처럼 두둥실 나타났다. 가느다란 생명줄을 움켜쥐고 끊임없이 화내고 갈망하던 고단한 육신이 아니라 국수가 불 듯 불어터진 사체였다.

나는 그때 죽은 사람을 처음 보았다. 그들은 사체를 들것에 싣고 빼곡하게 늘어선 동네사람들의 호위를 받으며 요란하게 떠나갔다. 사람들이 우르르 경찰차를 따라갔다. 들것 위의 사체가 떠난 후에도 대다수 사람들은 자리를 뜨지 않았다. 공구리쟁이와 그 마누라와 실비집에 얽혀진 이야기를 지칠 줄 모르고 해댔다. 이제 둑방에 늘어선 사람 중에 그 이야기를 모르는 사람은 아무도 없었다. 사람들은 시체를 보았던 흥분과 감동을 삭이고 싶지 않아서 해가 넘어가도록 모여 서서 삼각관계에 얽힌 이야기를 나누었다.

사람들의 흥분 때문이지 산봉우리로 넘어가려던 태양이 심한 주홍빛을 다시 한 번 요염하게 내뿜고 사라졌다.

*

정희가 비를 뚫고 부리나케 달려갔다.

"아부지, 여기 있음 물에 빠져 죽어요. 빨리 저기로 올라가요. 물이 올라와요."

장마철이면 개천이 살인적으로 불어났다.

"으앙."

"아이구 저 양반을 어쩌면 좋아."

"이젠 정신을 차려야 할 거 아니야. 저러다 진짜 빠져 죽는 거 아니야?"

사람들은 물속에 잠겨있는 공구리쟁이를 보며 발을 동동 굴렀다. 이봐요, 김씨! 정신차려! 이발사 장씨와 철공소 남자가 달려와 그를 끌어냈다. 개천 밖에 서서 이리저리 하라고 잔소리만 하던 어른이 마지못해 합세했다. 서너 명의 장정들이 그를 끌어내어 간신히 둔치 위로 올렸다. 그는 몸을 학대하는 데 쾌감을 느끼는 고슴도치처럼 둥그렇게 구부리고 세찬 비를 온몸으로 맞고 있었다. 개울가를 벗어나서도 웅크린 몸을 풀지 않았다.

"김씨가 원래는 술 마시는 사람이 아닌데 마누라 죽고는 제정신이 아닌가봐."

"저 양반 참 안됐어. 마누라 장사 지내고 매일 술타령이니."

공구리쟁이가 혼수상태로 병원에 실려갔다. 눈을 떠보니 하얀 가운을 입은 사람들이 눈앞에서 어른거렸다. 낯선 곳이었다. 역한 약품 냄새가 코를 찔렀다. 링거줄을 뽑아던지고 뒷문으로 도망쳐나왔다.

"이제 실비집엔 안 가는 겨?"

쌀을 씻는 공구리쟁이의 등 뒤에서 주인할머니가 붙잡고 물었다. 주인할머니가 누런 치아를 보이며 웃을 때 그녀의 얼굴은 추파를 던지는 매파 같았다.

"왜? 그 과수가 맴이 변했디야?"

셋방사람들도 외설의 끝장을 봐야 하는데 싱거워져서 자꾸만 뭔 일 없냐고 주인할머니를 붙들고 물었다. 셋방사람들은 실비집 여자가 골방에 들어와 살면 변솟간 사용 시간, 전깃세 아끼는 방법 등 사소한 셋방의 일상사를 무료로 가르쳐 줄 참이었다. 부정한 남녀관계가 빨리 뜨겁게 달아올랐으면 했는데 뜨뜻미지근하니 그들은 조바심을 냈다. 시시때때로 공구리쟁이에게 순임의 안부를 물었다.

며칠 뒤, 형사들이 들이닥쳐서 연옥이 죽던 날의 공구리쟁이의 알리바이를 조사하고 갔다. 깐돌이가 누가 사람 죽이는 걸 한밤중에 두 눈으로 똑똑히 보았다고 자랑스럽게 떠벌리고 다녔다. 자살이 아니라 타살이라고 동네에 소문이 파다했다. 아, 글쎄 정희네가 자살이 아니라네? 이미 장사 다 지내고 땅에 묻었는디 뭘 또 알아보는겨?

"호암지에서 빠져 죽은 여자가 자살이 아니라네?"

"그게 자살이 아니었어? 그럼 누가 죽인 거였어?"

"뻔하지 뭐."

이제서야 시장사람들은 불륜의 실마리를 찾게 되었다고 속으로 박수를 쳤다. 우리 엄마도 '실비집 여자가 공구리쟁이와 놀아난 게 분명해.'라고 단정지었다.

아 글쎄, 정희네가 자살한 게 아니라네. 사람들이 웅성거리며 펌프 주위에 모여들었다.

"정희 엄마를 누가 죽인 거라잖아."

펌프를 둘러싸고 모여 공구리쟁이네를 힐끗힐끗 쳐다보며 수근댔다

"정희 엄마 죽던 날 말야. 실비집 여자가 호암지에서 행길가로 툭 튀어나오는 거 누가 봤다는데…."

"하이고 요상혀라. 왜 하필 그 시간에 거기서 튀어나와?"

정희가 쌀바가지를 들고 나오자 사람들이 갑자기 입을 다물었다. 그녀들은 약속이나 한 듯 입을 꼭 다문 채 나물을 다듬고, 쌀을 씻었다. 각자 해야 할 일들을 지금 이 순간에 꼭 해야만 하는 것처럼 물을 세게 틀었다. 정희는 모여 있는 여자들 틈으로 쳐다보지도 않고 비집고 들어갔다. 여자들은 잠시 일손을 멈추고 정희가 하는 행동을 일제히 쳐다보았다. 정희는 쭈그리고 앉아 양동이에 담긴 물을 한 바가지 떠서 화난 듯 문질렀다. 셋방여자들이 자기를 둘러싸고 묘한 웃음을 띠며 쳐다보는 시선을 느꼈는지 일부러 더 빡빡 문질러댔다.

"너 밥할 줄 아냐?"

뜬금없는 질문에 정희는 대꾸하지 않았다.

"어젯밤에 실비집 여자 안 왔냐?"

대답이 없자 두 번째 질문을 했다. 정희는 쳐다보지도 않고 쌀바가지를 들고 모퉁이로 사라졌다.

"어린애한테 무슨 그런 소릴 해 싸?"

"왜 자꾸 경찰들이 들락날락한대? 쟤 애비가 진짜루 죽였으니까 그러지."

"이 사람들 생사람 잡지마슈. 그 아줌씨 죽던 날 내가 변소 가다가 창문 너머로 보니까 김씨가 세상모르고 자고 있었는데, 뭘?"

"장씨는 며칠 전에두 남의 집 창문을 들여다보더니 왜 자꾸 남의 집 창문을 기웃거리는 거야? 뭐가 궁금해서….."

이발사 장씨는 돈이 떨어질 때쯤이면 집에서 야매로 애들 상고

머리 깎아주는 일 외에는 하는 일이 없었다.

"그날 새벽에 대문 소리가 났는데 바람소리였나? 난 그 소리가 정희 엄마 들어오는 소린 줄 알았지."

덕배 엄마가 고개를 갸우뚱했다.

"정희 엄마가 그길로 죽었는데 누가 들어와?"

"우리 집 양반한테 저 여편네가 이젠 새벽바람으루 돌아다녀쌌네 이 소리까지 했다니까?"

"여기 사람이 이렇게 많이 사는데 딴 사람일 수도 있지."

"정희 엄마 죽던 날 밤에 실비집 여자가 호암지에서 뛰어나오는 거, 어떤 여자가 똑똑히 봤대요. 까딱했으면 실비집 여자가 트럭에 치일 뻔했대요. 정신 나간 사람처럼 보였다는데. 머리는 헝클어지고."

정희와 동생들은 방안에 틀어박혀 밖에 나올 생각을 하지 않았다. 아버지가 천벌을 받을 인간이란 소리를 듣고도 무감각했다. 밖에 모여 있는 사람들이 그런 말을 아이들 안 들리게 한다고 갑자기 작은 소리로 할 때면 정희는 오히려 닭살이 솟아오르는 것처럼 근질거렸다. 셋방사람들이 그냥 크게 말하는 게 더 낫겠다 싶었다. 방에서도 다 들리는 소리를 아이들 배려한다고 급속도로 작게 하는 건 백 미터 달리기 하다가 갑자기 속도를 줄이는 것처럼 곧 앞으로 고꾸라질 것 같았다.

정희는 여인들의 천박한 호기심이 끔찍하게 싫었다. 정희가 작

———————— 퍼팩트웨딩

은엄마를 좋아했던 게 엄마를 죽게 만든 원인이라는 생각이 들어 구토가 날 지경이다. 엄마 아버지 말고 실비집 여자와 동생들하고만 살고 싶었던 속마음을 들킨 것 같아 머리가 혼란스러웠다. 문밖에 하루 종일 서있는 저 여인들을 향해 실컷 분풀이를 하고 싶었다. 그러면 혼란스러움이 사라질 것 같았다. 정희는 문을 벌컥 열고 밖으로 나갔다. 동생들도 우르르 정희의 뒤를 따랐다.

"떠들고 싶으면 방에 들어가서 떠들어요. 여기서 떠들지 말고."

정희가 여인들을 향해 소리쳤다. 그렇게라도 하지 않으면 정희도 연못으로 달려갈 것만 같았다.

"저 저 저, 쟤 눈 좀 봐요. 우리 잡아 먹을 거 같네."

"으이구, 저 요망한 거, 쬐끄만 게 대드는 것 좀 보게. 내참!"

"그래요. 우리 여기 있지 말고 들어갑시다. 아이들 보기도 그렇고."

덕배네가 들어가자고 잡아끌었지만 셋방사람들은 정희를 뒤로 흘끔흘끔 보며 요망한 아이라고 웅성거렸다.

"그래두 그렇지, 어딜 어른한테 눈을 부릅뜨고 대들어 대들긴."

"대드는 거 아니예요. 그냥 방에 들어가서 떠들라는 거예요."

정희의 똑부러진 말투에 철공소 여자가 가다 말고 돌아서서 정희를 향해 혀를 끌끌 찼다.

"여기가 느이 땅이냐? 느이 땅이여? 본데없으니 저러지. 쯔쯔. 에미나 자식이나."

이미 볼 거 다 본 정희는 어른들의 쯔쯔쯔 혀 차는 소리만 들으면 반사적으로 귀를 틀어막았다. 누구에겐지 모를 증오심도 덩달아 일어났다. 정희는 피하지 않고 어른들을 노려보았다.

"저, 저, 쟤 눈 좀 보게."

"우리가 지 아부지 잽혀가구 나서 지들 여태까지 멕이고 한 공두 모르고…."

철공소 여자는 뒷방 쪽을 향해 소리쳤다.

"니 동생들, 내가 너 몰래 거둬 먹인 것만 해두 한 리아까여. 알기나 해? 돼지처럼 처먹을 줄만 알지."

"하이고, 애들이 뭘 알아요. 애들 상대로 시답잖은 소리 그만하고 어여 들어갑시다."

"그나저나 실비집 여자도 잽혀갔으니 저 애들은 어떻게 되는 거야?"

정희는 저렇게 뒤에서 감질나게 수군대는 소리를 아주 경멸했고 진저리 쳤다. 그냥 대놓고 '느이 아버지가 딴 여자에게 환장해서 느이 엄마 죽였어.' 이렇게 말하면 속이 시원할 것 같았다. 도와준다고 설쳐대는 사람들에게 구역질이 났다.

퍼팩트웨딩

장마

 밤이 되었다. 용하는 책상 앞에 서서 넥타이를 풀다가 다시 미로 속으로 빠져들었다. 그날 먹구름이 몰려오고 있었는데 그녀를 두고 떠나다니…. 그냥 되돌아오는 게 아니었는데…. 그 생각이 머리 속에서 지워지지 않았다.

 그날 밤 그는 홀연히 버스에서 내리는 그녀를 따라 뭔가에 홀린 듯이 뒤따라 내렸다. 그녀는 수풀을 따라 바쁜 걸음으로 숲속 깊숙이 들어갔다. 치맛자락이 작은 나뭇가지에 걸려서 올라갔는지 한 손으로 치마를 자주 내렸다. 마침내 그녀는 인적이 드문 수풀에 쭈그리고 앉았다. 그도 거리를 두고 발길을 멈췄다. 그녀가 고개를 숙여 뭔가를 토해내더니 한참 쭈그리고 앉았다. 양손으로 이마를 짚고 미동도 하지 않았다. 그가 다가갔을 때 한 손으로 입을 가리고는 괜찮다고 손을 저었고 계속 고개를 숙이고 있었다. 얼굴을 보여주지 않았다. 그는 어정쩡하게 뒤돌아섰다. 어둠 속에 그녀를 남겨두고 떠난 일이 신경 쓰여 몇 걸음 가다가 한 번 더 뒤돌아보았다. 그녀가 나무 등걸에 기대듯이 앉아있는 게 희미하게 보였다.

그날 밤 일들이 어둠 속에서 무언극을 보았던 것처럼 선명하게 떠올랐다. 그날 비가 오려는지 수풀은 일제히 물기를 품고 있다가 건드리기만 하면 물을 토해낼 심사였다. 그녀의 모습이 점차 희미하게 보였다. 그날 그녀를 두고 돌아서는 게 아니었는데…. 그날의 일이 계속 거슬렸다.

새벽녘 세찬 빗소리에 잠에서 깼다. 마음이 어지러웠다. 꿈속에서 밤새도록 어떤 사람이 비를 맞고 있었다. 창문으로 비가 세차게 쏟아져 들어오는 걸 깨닫고 벌떡 일어나 창문을 닫았다. 이부자리를 들쳐보니 방바닥에 물이 흥건했다. 걸레로 여러 번 물을 짜냈다. 사방이 물기로 축축하게 젖어있었다. 용하는 다시 잠을 청해보려고 누웠지만 잠이 오지 않았다. 비가 그치자 자전거를 끌고 저수지로 나왔다. 새벽바람을 가를 때 페달 밟는 소리가 청아하게 들렸다. 휴일이라 모두 늦잠을 자는지 새소리만 들렸다.

중간쯤 왔을 때 둑방 아래 삐죽 나온 나뭇가지에 하얀 천이 바람결에 춤을 추었다. 누가 일부러 걸어놓은 것처럼. 그는 낚시꾼들이 두고 간 물건들로 생각하고 무심코 지나쳤다. 한 바퀴 돈 다음 두 번째 그 장소를 지나칠 때 여전히 하얀 천이 나부꼈고 반짝이는 수면 옆에 엄지발가락에 코를 꿰는, 검은 슬리퍼가 나뒹굴고 있었다. 용하는 자전거를 둔치에 세워두고 그곳으로 내려갔다. 새벽의 비바람은 온 데 간 데 없고 수면의 물은 햇빛을 받아

눈부신 빛을 뿜어냈다. 그녀가 숲속에서 심하게 멀미를 하던 곳과 멀지 않았다. 좀 전에 햇볕에 나뒹굴던 슬리퍼는 자동차 타이어를 오려 만든 듯 검정색 고무재질의 엄지발가락을 꿰는 슬리퍼였다. 슬리퍼 한쪽을 깐돌이가 검지와 중지손가락 사이에 끼고 물장난을 하고 있었다. 엄지발가락과 두 번째 발가락 사이에 끈을 끼워서 신는 그 슬리퍼는 좌우의 구별이 뚜렷하지 않았다. 신발의 주인은 아마 발이 엄청 크거나 아니면 발에 맞지 않는 채로 끌고 다녔을 것이다. 아직 깐돌이가 동네로 내려갈 시간은 아니었다. 깐돌이는 오전 한나절은 물가에서 놀다가 아이들이 학교에서 끝날 때쯤 동네로 내려왔다. 그 애는 매일 여러 가지 사고를 목격하기도 하고, 사건을 일으키는 주인공이 되기도 한다. 그러나 아이들이 저녁 먹고 숙제하라고 몽땅 불려들어 갈 때쯤이면 어슬렁거리며 다시 호암지로 돌아와서 밤 낚시꾼 대열에 합류한다. 일요일 아침은 길고도 부지런한 깐돌이의 하루가 시작되는 시간이다. 수면이 햇빛을 받아 반짝거렸다.

용하가 다가가자 깐돌이가 가지에 나부끼는 찢어진 치마를 가리켰다.

"아저씨, 이상하게 꿈꾼 거랑 저 옷이 똑같아요. 어젯밤에 어떤 사람들이 막 싸웠어요."

깐돌이는 모래로 단단하게 둑을 쌓아 놓은 웅덩이 물에 슬리퍼를 띄우고 막대기로 물길을 조종했다. 모래로 쌓은 얕은 언덕은 성벽처럼 튼튼했고 요새처럼 안락해 보였다. 미로 같은 여러 갈

레의 작은 물길도 만들었다. 그 애는 아주 흥미로운 듯 이빨을 드러내놓고 히히거리며 놀고 있다가 용하를 보자 고개를 들었다. 그 애의 푸른 눈도 호수처럼 반짝거렸다.

"너무 무서워서 귀를 꼭 틀어막고 잤어요."

깐돌이가 물끄러미 쳐다보고 있는 용하에게 말을 걸었다. 그 애가 잠을 잔다는 군용텐트는 쓰러진 고목에 가려있어서 한쪽에서는 잘 보이지 않았다. 가시덤불도 뒤엉켜있었다.

"두 사람인지 세 사람인지 몰라요. 자꾸 싸웠어요. 그런데 꿈도 꿨어요. 어떤 여자가 물속으로 혼자 막 들어가는 꿈을 꿨어요. 무서워서 귀를 꼭 막고 잤어요. 그 사람들이 또 싸웠어요. 여자가 살려달라고 그랬어요."

텐트도 거의 쓰러질 듯이 위태롭게 있었다. 신앙촌에 가면 잠을 잘 수 있는 곳이 있지만 깐돌이는 축축하고 어두운 군용텐트를 선택했다. 그 안에서 찢어진 틈으로 뭔가를 목격한 건지 꿈을 꾼 건지 두 가지를 겹쳐서 말했다. 용하와 마주친 이후, 깐돌이는 정희 엄마를 누가 죽이는 걸 자기가 봤다고 친구들에게 자랑하고 다녔다. 동네사람들은 아무도 귀담아 듣지 않았다. 부랑아 녀석이 실없는 소리 하고 다닌다고 나무랐다.

장맛비가 보름 넘게 꾸물거리고 있다. 자살한 여인의 유품을 본 최초의 목격자 용하가 경찰서로 불려 들어갔다. 하늘은 시커먼 먹구름을 잔뜩 품고 있어서 뾰족한 쇠붙이가 달린 장우산을 챙겨들고 일요일 아침나절 경찰서를 찾았다. 벽면이 우툴두툴한 흰 페인트로 색칠이 돼있어서 멀리서 보면 조그만 교회당처럼 보이는 건물이다. 유리문이 달린 문을 열자 유난히 덜컹거렸고 실내는 어두컴컴했다. 그를 반기기는커녕 아무도 쳐다보지 않았다. 한쪽 구석에서 깐돌이만 양쪽 볼이 터지도록 우물거리며 빵을 씹고 있었다. 어젯밤 야근하던 순경들이 먹다 남은 딱딱한 소보루빵이다. 용하는 새벽 자전거 산책길에서 여인의 찢어진 옷자락과 햇살에 나동그라진 낡은 슬리퍼에 대해 얘기했다. 그들은 사건이 일어난 뒤, 단 몇 시간이 지나지 않아 용하가 사건현장에 나타난 일에 대해 야릇한 미소만 지을 뿐 애꿎은 깐돌이에게 언성을 높였다.

"야 임마 똑바루 말해. 너 이거 거짓말이면 여러 사람 다쳐. 알았어?"

순경이 소리치니까 깐돌이는 조금 움찔해서 고개를 내리고 눈을 치켜떴다.

"진짜예요. 내가 그날 아침에 저 아저씨한테도 말했어요. 싸우는 거 정말 봤다고요."

깐돌이가 용하를 손가락으로 가리켰다. 임 형사가 용하에게 깐돌이의 말이 사실인지 아닌지 물었다. 사건담당인 임 형사는 무거운 몸집에 걸맞게 이해가 좀 느린 사람이었는지 용하에게 몇 번이나 똑같은 얘기를 물었다. 정말 멍청해서 되풀이해 물어보는 건지, 경찰이 계속 묻는 말에 답해주다가 술수에 걸려들어 진실을 말하게 하는 수법인지, 종잡을 수 없지만 겉보기엔 전자는 아닌 것 같았다. 허리 벨트는 튀어나온 배 밑으로 내려왔고 두툼한 장딴지는 책상 밖으로 삐져나와있다. 그는 뭔가를 쓰면서 용하에게 질문하고는 앳된 순경에게 그것 좀 가져와봐, 하고 지시했다. 그가 가져오라는 건 사건일지가 아니라 지난 달 식대가 적힌 종이였다. 식대가 왜 이렇게 많이 나온 거냐고 누구에겐지 모를 불평을 했다. 용하는 그가 말을 제대로 알아듣고 있는 건지 점점 의심스러워졌다.

"그날 저녁 뭐 했다구요? 아, 바로 집에 들어갔다 그랬나? 아, 나 참! 우리가 워낙에 물어보는 게 버릇이 돼놔서…."

그는 세 번째 같은 질문을 했다.

"그날 집에 있었다는 거 누가 알아요? 증명해줄 사람 있어요?"

식대가 많이 나왔다고 계속 불평하며 실비집 여자와는 무슨 관계인가를 물었다. 용하가 말도 안 되는 소리에 지쳐있을 때쯤 그는 깐돌이를 붙들고 윽박질렀다. 그 옆에서 박 경사는 무심한 얼굴로 타자를 치고 있다. 그는 날카로운 코와 그 코만큼이나 뾰족한 턱선을 가졌다. 매사에 교양을 따지는 준호 엄마와 양미간 사이 세로 주름과 날카로운 눈을 부라리는 남자가 서로 부부 사이라는 게 믿어지지 않을 정도로 두 사람은 공통점이 없어 보였다. 톡, 톡, 톡 타자기 소리가 꽤 거슬렸다.

"정말이라니까요! 어떤 사람이 막 끌고 갔어요. 내가 본 건 아니지만 하느님한테 맹세해요. 꾸며낸 거 아니예요."

　　　　　　　　　　　　　　　　퍼팩트웨딩

아무도 깐돌이의 정확한 나이를 모른다. 내 생각으로 나보다 한 살 정도 어렸을 것이다. 실제 나이는 여덟 살이나 아홉 살 정도 됐을 테지만 왜소한 체격 때문에 경찰에선 여덟 살로 생각했다.

"나 참, 이 자식 말을 믿을 수가 있어야지. 관속에 있는 거 꺼내 봐야 뭔가 실마리가 풀리지."

매사에 따지기를 좋아하는 박 경사가 타자기에서 손을 떼지 않고 중얼거렸다.

"꺼내봤자지. 시체가 물에 퉁퉁 불어서 알 수 없어. 목격자는 있어요. 둘 다 쫌 있으면 올 거요."

"둘이라니?"

"이순임이가 거기서 튀어나오는 거 봤다는 사람허구, 그 여자 실비집 여자 금방 올 거요. 이 순경이 데리러 갔어. 저 자식이 확실히 여자라구 해주면 일은 끝나는 건데. 이순임이 아직 안 왔어?"

용하는 실비집이라는 소리에 눈을 들었다.

"야 임마, 그게 그러니까 여자였어 남자였어?"

"거참 임 형사 딱도 하슈. 꿈꾼 건지도 모른다잖아. 그런데 저 자식은 밥은 어디서 먹는 거야?"

"진짜래니까요? 두 사람이 막 싸웠어요. 또 한 사람도 봤어요."

깐돌이가 진짜라고 우겼다.

"됐다 됐어. 근데 너는 밥은 맨날 어디서 먹냐? 훔쳐 먹냐?"

깐돌이는 책상 위에 널부러져 있던, 봉지 뜯어진 빵을 가리키며 "저거 먹어도 되요?" 했다. 먹던 빵을 입안에 쑤셔넣고 다른 손으로 또 한 개를 집었다.

"자, 자 실컷 처먹어라. 그럼 얘긴 끝난 거네. 한 여자를 두 사람이 물가에서 죽이려 했다 이렇게 되는 거잖아. 두 사람 불러서 자백 받아내고 비 그치는 대로 이 녀석이 잠자던 텐트 주변을 다시 한 번 수색해."

용하의 얼굴이 일그러졌다. 깐돌이는 끝까지 그날 세 사람을 봤다는 걸 강조했다. 말투가 느린 임 형사가 용하에게 뜬금없이 물었다.

"거, 학교 선생들은 월급이 얼마나 돼요?"

그는 대답을 기대한 것이 아니어서 상부에 올릴 조서를 볼펜으로 쓰느라 고개를 숙이고 있었다. 임 형사는 떡 광주리를 이고 온 아주머니에게도 '거, 하루에 얼마 벌어요?' 묻곤 했다. 그는 궁금해서 물어보는 게 아니라 물어보는 게 취미인 사람 같았다. 용하도 그의 말에 대답할 생각은 추호도 없었다.

경찰서 문을 열고 나가는 용하의 등 뒤에서 "사건현장에 새벽부터 나타난 작자여, 저자가⋯." 하는 소리가 들렸다. 용하는 형사들의 말을 뒤로하고, 우산을 펼쳐들고, 빗속으로 걸어 나왔다. 우산 끝에서 주르륵 흘러내리는 비는 머리를 혼미하게 만들었다. 빗줄기를 바라보며 다리 위에 잠시 서있었다. 길을 잃어버린 아이처럼 발길을 어디로 향해야 할지 몰랐다. 사람들은 그가 투명

퍼팩트웨딩

인간인 것처럼 우산 끝을 툭툭 치며 지나갔다.

용하는 경찰서를 나와 누나의 집을 찾았다.

세상에나! 엄마는 떠드느라 용하의 국수대접이 비어있는 줄도
몰랐다. 남자들이 밥상을 물리지 않았는데 밥그릇이 비어있으면
엄마는 할 도리를 못한 것 같아 어쩔 줄 몰라 했다.

"이런 내 정신 좀 보게."

엄마는 후다닥 일어나 슬리퍼를 짝짝이로 신고 부엌으로 들어
가더니 컴컴한 부엌에서 나와 댓돌을 딛고 섰다. 마루에 걸터앉
은 용하의 대접 위로 바가지에 담은 고봉의 국수를 얹어주었다.
빗소리는 처마와 부딪쳤다가 봉당에 떨어지느라 치근덕 소리를
냈다.

"그 여자가 미쟁이랑 배가 맞을 줄은 정말 몰랐네."

배가 맞았다고 얘기하는 대목을 말할 때 용하의 둥그런 머리가
국수대접에 푹 들어가 있었다. 누이가 말을 그만 멈추었으면 했
지만 그냥 국수만 후루룩 들이켰다. 대접을 말끔히 비우고 나서
도 용하는 허기져했다. 엄마는 봉당에 서서 계속 떠들고, 용하는
뭔가 할 말을 못하고 허둥지둥 경찰서를 나왔다는 생각만 맴돌았
다. 엄마는 용하가 듣거나 말거나 계속했다. 이제 엄마를 막을 수
없었다. 쳐죽일 놈들을 향하여 비난세례를 퍼붓는데 꼭 맹신자의
방언처럼 들렸다. 국수바가지를 든 엄마의 손이 엄마의 감정에
따라 눈앞에서 오르락내리락했다. 쳐죽일 놈들! 할 땐 허공에서

허우적거리고 애들이 불쌍해서 어쩌나! 할 땐 금방이라도 달려가 정희와 동생들을 데려와서 씻기고 재우고 할 것처럼 굴었다.

"두 연놈이 짜고서 그날 밤에 호암지에서 만나 아휴! 내 입으로 꺼내기도 무서워."

엄마는 이미 꺼내놓고 말 꺼내기 무섭다고 진저리를 쳤다. 엄마는 본인 입에서 더 이상 험한 말이 나오지 않도록 손수 입을 손바닥으로 막고 두려운 표정을 짓다가 급기야는 뭐가 답답한지 가슴을 두서너 번 쳤다.

"그래놓고 감쪽같이 자살로…. 그거 다 착한 공구리쟁이한테 그 여자가 시킨 걸 거야. 알고 보면 그 여자 머리가 대단해. 보통 사람 같으면 그렇게 하라구 해도 못할 텐데."

엄마는 살인 장소에서 살인을 목격한 사람처럼 말했다. 그리고 두 사람을 향해 마치 곁에 있는 사람에게 하듯 손가락질까지 하며 분개하다가 좀더 유순해 보이는 공구리쟁이가 마지못해 범행에 가담했을 거라고 나름대로 추리했다. 그러다가 공구리쟁이가 불쌍해서 어쩐다냐? 땅이 꺼질듯이 공구리쟁이 걱정을 했다. 지금 걱정을 안 해주면 공구리쟁이가 더 큰 곤경에 처할 것처럼 안타까워했다. 묵묵히 듣고 있던 용하는 밥상을 밀어내고 몸을 뺐다. 누나의 말이 끝나자마자 벌떡 일어나 우산을 찾았다. 그는 그길로 경찰서로 다시 발길을 돌렸다.

"얘, 벌써 가려구? 밥해 먹기 귀찮으면 여기 와서 먹어! 굶지 말고."

용하는 누나의 말을 봉당에 떨어지는 빗소리라고 여기는 듯이 흘려들었다.

깐돌이는 그날 이후 더 이상 연못가 천막에서 잠을 자지 않고 경찰서 소파에서 잠을 잤다. 밤중의 기나긴 외로움과 무서움이 없어서 좋았다. 천막은 사시사철 젖어있다. 주변의 덤불은 사정 없이 잠자리를 침범했고, 물에 젖어 삐딱하게 기울어있는 천막에 들어갈 때면 동굴 속으로 들어가는 느낌이 들었다. 호암지의 축축한 밤은 무섭고도 길었다. 반대로 경찰서 안은 밤새도록 불이 켜져있고 흥미진진한 일들이 많았다. 한밤중에 술 취한 사람, 싸우는 사람, 아파서 병원 찾는 사람, 온갖 군상들을 하룻밤 새 보는 재미는 깐돌이가 태어나서 처음으로 겪어보는 진기한 구경거리이다. 경찰아저씨들이 계속 여기에 있으라고 하면 신나는 일일 텐데 '이번 사건'이라고 말하는 것이 끝나면 확실하진 않지만 어딘가로 보낼 거라는 소리를 들었다.

"그날 밤에 거기 있었던 건 맞네요, 그죠? 보자 당신 이름이 이순임."

순임이 책상 앞에 앉아서 긴 시간 고개를 숙이고 있다가 이순임이라는 이름이 들리자 고개를 들었다. 서류를 들고 들어오는 임 형사의 말에 짧게 대답했다. 네에, 라고.

"오호라 그럼 얘기가 달라지는데? 설마 했는데…. 이거 본격적으로 수사팀을 꾸려야 할 거 같은데."

뒤따라오던 박 경사가 흥미 있는 듯 맞장구를 쳤다.

"옆방에 김득희 있어요. 미쟁이 말예요. 잘 아는 사람이지요? 당신들 두 사람 다 살인 동기도 가지고 있고 오선자가 그 시각에 당신이 그 장소에서 튀어나오는 거 봤다고 했고. 오선자가 누군진 알아요? 공설시장 건어물집 주인 여자 말예요. 들어나 봅시다. 거기 왜 갔는지."

"저는 그날 제 아들을 만나러 갔다가 막차를 타고 오는 길이었어요."

"죽은 남편 김승호 사이에서 난 아들이 지금 있지요? 당신 주소는 상모면 가곡리로 되어있고···. 당신은 지금 공설시장 안에서 식당을 하고 있고, 현재 그 식당에서 거주 중···. 그전에는 음성에서 살다가···."

박 경사가 순임의 눈을 맞추며 물었다.

"에헤, 무허가 의료행위로 다행히 구속은 안 됐고 벌금형을 받았구만."

옆 자리에 착석한 임 형사가 서류를 들치며 박 경사의 말을 가로챘다. 누구 첩으루 있었다는데 알 만한 사람은 다 안다는구먼. 이런 건 서류에 나온 게 아니고 내가 들은 소리여. 다시 박 경사가 말을 받았다.

"그래서 시외버스 정류장에서 내려서 거꾸로 깜깜한데 찾아서 올라갔는데···. 거긴 바람 쐬러 갔었다 얘기가 이렇게 되겠지요? 정거장하고 연못은 거리가 상당한데 일부러 거기까지 올라가요,

캄캄한 밤중에? 거기 주변에 인가도 없는데."

박 경사는 순임과 마주보고 있고 임 형사는 대각선 방향에서 서류를 들치며 건성으로 말참견을 했다.

"깜깜한 데루 일부러 다니는 데야 누가 뭐랄 거까진 없지만서두. 왜 하필이면 우범지대를 가냐 말이지 내 말은, 것두 여자 혼자서. 여봐 김 순경! 그 자식 잡아왔어?"

"……"

"당신이 버스에 탔던 거 누구 확인해줄 사람 있어요?"

박 경사는 피죽도 못 얻어먹은 것처럼 비쩍 말랐고 말투마저 빈정대는 투여서 호감이 가는 인물이 아니었다. 싸울 때도 우아하게 말하는 준호 엄마가 그의 부인이라고 전혀 짐작이 가지 않을 정도로 어울리지 않았다. 서로 딴 세상에 사는 사람들 같았다.

"그래서 호암지에서 뭘 했다구요? 아까 그 이 선생은 아는 사람이예요? 근데 왜 서로 아는 체를 안 했습니까?"

그는 자기 혼자 진도를 나가고 있었다. 성질도 무지하게 급했다. 몇 번을 되물어보는 임 형사와는 말하는 속도마저 달랐다. 골목길 포도나무가 우거진 집에서 아침마다 나오는 남자, 역전동에서 제일 인텔리인 척하는 여자의 남편, 부부지간인지 의심이 들 정도로 어울리지 않는, 준호가 친자식이 아니라는 소문이 나도는 집, 우리 골목에 딱 한 대만 있는 전화기의 소유자. 골목을 지나칠 때도 눈을 번득이며 지나가는 남자. 박 경사 이력의 대충이다.

정사각형의 조그만 방에 똑같은 사각형의 유리창 하나가 쇠창
살을 덧댄 채 달려 있다. 그러나 그 방은 형식적으로 갈라놓았을
뿐 밖에서 하는 작은 소리도 다 들렸다. 유리창 쪽으로 얼굴을 돌
리면 머리에서 대롱거리는 5촉 전구가 그녀의 초췌한 모습을 희
미하게 비추었다. 사각형의 테이블과 사각형의 의자와 직각으로
앉아있는 자신의 초라한 모습까지.

"그날 정류장에서 내렸으면 환한 시내 쪽으로 발길을 돌려야지
굳이 컴컴한 곳으로, 거긴 왜 갔어요? 거리도 먼데…. 우리 마누
라가 틀림없이 그 시각에 나타나니까 우리 거기서 만나서…. 이
런 말했나, 김씨가?"

박 경사는 대답할 기회를 주지 않았다. 이건 그의 버릇이다. 이
렇게 넘겨짚는 버릇이 있는 사람은 그가 얻어들은 정보가 바닥이
날 때까지 실컷 말하도록 내버려 두는 게 상책이다. 도중에 말을
끊으면 상대방이 진짜로 참말을 할 기회를 놓쳐버리고 지독한 독
설을 인내심을 가지고 들어야 하기 때문이다. 그는 보통 사람들
이 진실이라고 하는 것은 절대 믿지 않았다.

"중간에 내렸어요. 너무 멀미가 나서."

*

정희 엄마가 죽던 날 밤의 일이다. 순임은 일련의 사건들로 식
당을 계속하는 것에 회의를 느껴 정리하려고 생각했다. 마침 그

날, 식당 문을 닫고 범이를 보러 갓골에 갔다. 범이는 몇 달 안 보는 사이에 부쩍 자라있었고 걸음도 몇 걸음 걸었다. 아이의 재롱에 잠시나마 어두웠던 마음이 밝아졌다. 헤어지기 싫었지만 범이가 잠든 후 충주행 완행버스에 몸을 실었다.

시외버스는 사람들을 미리 한 차 가득 싣고 와서 그녀 앞에 덜커덩 입을 벌렸다. 벌어진 차문을 통해 휘발유냄새가 역하게 날라왔다. 그 냄새는 사람의 물결을 따라 끈적하게 달라붙었다. 탈 때부터 멀미가 나고 어지러워 서있기 힘들었다. 사람들 틈 사이에 낀 블라우스 자락을 빼려고 고개를 잠깐 돌렸는데 얼핏 그녀를 바라보는 시선이 느껴졌다. 그러나 그녀는 그때 몸 하나 가누기도 힘든 상황이었다.

용하가 무시리에 갔다가 점촌에서 완행버스로 갈아타고 충주로 돌아오는 길에 또 한번 작은엄마 순임과 맞닥뜨리게 되었다. 아니 용하는 은근히 만나기를 기대하고 있었는지도 모른다. 어쨌든 순임은 용하의 시선을 느끼면서도 줄곧 먼 산을 바라보았다. 사실은 어디에 시선을 둘지 몰라서 그저 밖을 응시하고 있었다. 이번에는 용하가 시선을 피하지 않고 순임을 바라보았다. 그녀는 아주 피곤해 보였고 땅바닥에 앉을 공간만 있다면 그냥 주저앉을 자세로 엉거주춤 서있었다. 시내에 도착할 때까지 버티지 못할 정도로 괴로운 표정이 역력했다. 그러다가 갑자기 토하려는 자세로 입을 가리고 주체할 수 없을 정도로 역겨운 표정을 지었다. 용하는 순간적으로 벌떡 일어났다. 사람들 틈을 비집고 뛰어가 비틀거리는 그녀를 잡아주고 싶었다. 그러나 사람들은 한 치의 틈도 내주지 않았다. 버스는 희미한 전조등 불빛에 의지해서 느릿하게 앞으로 나아가고 있었다. 주위는 깜깜했고 먹구름이 몰려오고 있었다. 피곤에 지친 사람들은 서로 말을 아꼈다. 비가 올 것 같은 조짐도 침묵에 한몫했다.

끼익~ 버스가 갑자기 멈췄다. 여기 정거장도 아닌데, 뭔 일 생겼나벼? 갑자기 버스가 몇 개의 불빛만 깜박거리는 인가 앞에 서자 사람들이 웅성거렸다. 충주 아직 다 오지 않은 것 같은데….

"내는 우리 집이 가까워서 여기서 내리면 좋겠는디. 여봐요, 운전수 양반, 나두 여서 좀 내려줘요."

방금 구릉을 지나쳤나 싶지만 어디가 어디인지 앞을 분간하기가 힘들었다. 운전기사는 손바닥만 한 거울 속에서 순임의 일거수일투족을 관찰하고 있었다. 그녀는 토하기 직전인지 얼굴이 심하게 일그러졌다. 운전기사는 그녀를 위해 조그만 불빛을 밝히고 있는 인가 몇 채가 있는 곳에 문을 빼꼼하게 열어주었다. 인가의 불빛도 희미하게 흔들렸다. 그는 벌어진 틈으로 쏜살같이 빠져나오자마자 어둠 속을 향해 뛰어 가는 순임의 모습을 백미러로 지켜보았다. 별일도 다 보겠네 정거장도 아닌데 왜 서는 거야? 비 오기 전에 얼른 도착했으면 좋겠구먼. 그러게 말여. 큰 비 쏟아지게 생겼는 걸. 운전수 양반 얼른 갑시다. 사람들이 웅성거렸다.

"나도 좀 내려줘유. 소변 마려워 죽겠어요."

한 여인이 뒤따라 내리는데 그녀의 몸집보다 더 큰 짐보따리가

딸려 내려왔다. 틈을 비집고 줄줄이 따라나오는 짐보따리에 길을
내주며 사람들이 인상을 찌푸렸다. 어여 빨리 갑시다. 비도 올 것
같은데 중간에서 이거 뭡니까? 신경질적인 목소리가 들렸다. 용
하가 보따리 여인의 짐을 머리에 이어주었다. 보따리 여인은 웬
횡재인가 싶어 미안한 표정으로 한쪽 발은 출입문에 걸치고 한발
은 땅에 내려놓은 채 머리를 내밀었다. 머리에 안전하게 얹어달
라고. 보따리 여인의 뒤를 따라 용하도 버스에서 내렸다.

보따리 여인으로 인해 시간이 약간 지체되었다. 그 여인의 나
머지 짐은 짜증이 난 차장에 의해 강제로 내동댕이쳐졌다. 용하
가 마지막으로 내리자 등 뒤에서 문이 철커덕 닫혔다. 사방이 깜
깜했지만 서너 채의 인가에서 불빛이 깜박거렸다. 여전히 휘발유
찌꺼기 냄새를 가득 실은 버스는 무거운 몸을 이끌고 시내로 향하
였다.

승미 아버지는 젊은 남자가 순임의 뒤를 따라 내리는 걸 백미러
로 지켜보며 그날 분량의 핸들을 마저 돌렸다. 그녀가 안개 속으
로 정신없이 뛰어가는데 왜 용하는 그녀가 나풀나풀 뛰어갔다는
생각이 들었을까? 비밀장소로 그를 안내하듯이….

순임은 수풀에 이물질을 쏟아내고도 한참 주저앉아 있었다. 용
하가 조심스럽게 다가와 괜찮냐고 물었다. 어둠 속에서 용하의
얼굴을 확인하고 살짝 안심된다는 표정을 보였다. 정확하진 않지
만 여기서 좀 쉬면 나아질 거라고 말하는 것으로 들렸다. 용하가

승미 아버지 만큼이나 친절한 사람이라는 생각이 들었다. 꽤 늦은 시각이라 걱정이 되었지만 계속 물어보는 것도 실례라는 생각이 들어 용하는 시내 쪽으로 발길을 돌렸고, 순임은 인적이 드문 연못 쪽으로 발길을 돌렸다. 잠깐 쉴 자리를 찾아서. 서로 반대 방향이었다.

그녀는 '여기서 내려도 됩니다.'라고 운전석에서 침착하게 울려 오던 승미 아버지 음성에 회한이 복받쳐 올라와 버스에서 내리고도 한동안 정신 차릴 수 없었다. 얼마 만에 들어보는 그의 음성인가? 까마득히 잊고 있었던 그의 목소리였다. 가슴이 덜컥 내려앉는 기분이었고 그러다가 심장이 요동쳤다. 가슴 깊은 곳에서 나오는 모멸감과 그리움이 뒤섞였다.

내려가서 조금 진정시키고 있어. 내가 곧 다시 올게. 꼭 기다려.

그가 부드러운 음성으로 이렇게 그녀의 귀에 대고 속삭이는 것처럼 생각되었다. 비척거리며 어둠 속을 더듬다 호수를 바라보는 나무 등걸에 앉았다. 이마를 한 손으로 훑으니 식은땀이 범벅 되어 손과 팔을 타고 주루룩 흘러내렸다.

갑자기 그가 보고 싶어졌다. 그를 위해 셔츠와 바지를 다리던 아득한 때가 있었다. 매일 두부와 콩나물을 사 왔고, 그녀가 마음대로 움직일 수 있는 최소의 공간인 두 평짜리 골방을 나와 골목 끝에서 그가 퇴근하기를 한없이 기다렸다. 이불호청을 빨아서 숯다리미로 빳빳하게, 하얗게 만들었다. 그가 사랑한다 말은 안 했

퍼팩트웨딩

지만 그녀를 사랑하고 있다는 걸 알고 있었다.

  순임은 몸과 마음을 진정시키려 밤바람을 쐬며 넋 없이 앉았
다. 이럴 때 누군가 자기 옆에 있어주기만 한다면…. 괜찮냐고 수
줍은 듯 물어온 청년이 반대방향으로 되돌아 와주었으면…. 말도
안 되는 생각을, 현실에서 있을 수 없는 생각을 하고는 스스로 흠
칫 놀랐다.

  '화냥년은 정말이지 여기서 쫓아내야 돼. 발을 붙이게 해선 안
돼.' 이런 말들이 귓가에서 들려왔다. 귀를 막고 머리를 흔들었
다. 인근 논에서 개구리가 심하다 싶을 정도로 꺼이꺼이 울어댔
다. 그녀도 개구리처럼 웅크리고 울고 싶었다. 그러나 소리를 내
지 않았다. 그녀에게도 빛나던 시절이 있었던가?

  미세한 물방울들이 그녀를 감쌌다. 주변의 수풀도 수도꼭지처
럼 수분을 토해냈다. 양손으로 팔을 감싸면서 돋아 오르는 소름을
어루만졌다. 토사가 진정된 후에 찾아오는 오한이려니 생각했다.
그리고 시간이 꽤 흘렀다. 순임은 손끝 하나 움직일 힘이 없어 나
무둥걸에 기대듯이 앉아있었다. 발걸음을 뗄 힘조차 없었다.

  그 시각, 지표면에 낮게 깔려있던 검은 안개 사이로 무언가가
허공에서 하늘거렸다. 하늘거리는 물체는 안개 속에서 허우적거
리듯이, 허공을 나는 듯이, 아른거렸다. 바로 눈앞에서.

  흐느적거리는 치마저고리를 입은 여인이 두 팔을 벌리고 호수
를 향해 심호흡을 하고 있었다. 그 여인은 검은 안개에 휩싸인 호

수를 향해 밀교의식을 치르는 듯 무아지경에 빠져있었다. 눈에는 보이지 않고 촉감으로만 느낄 수 있는 무아의 세계를 넘나들고 있었다. 그 여인은 한 발만 내딛으면 둔치 아래로 떨어질 듯이 위태롭게 서있었다. 바로 아래 있는 순임의 존재를 모르는 듯 잠자리를 잡듯이, 양팔로 반원을 그리듯 크게 휘저었다. 하늘을 향해 주술을 부리는 것처럼 팔을 들어올렸다. 하늘에선 번쩍 빛을 냈다. 조금 뒤에 으르렁거리는 소리가 났다.

둔덕 아래에는 바로 연못처럼 보이지만, 우거진 잡풀과 진흙더미와 금방 부러질 듯이 뼈가 앙상한 나뭇가지들로 깊이나 너비를 가늠할 수 없는 수풀이 있었다. 순임 쪽에서 보면 주술을 부리는 여인이 발을 헛디디면 연못 속으로 풍덩 빠질 것처럼 보였다.

허우적거리는 여인의 실루엣만 희미하게 보일 뿐 사방은 깜깜했고 연못은 깊이를 알 수 없는 검은 심연이었다. 심연은 악마의 유혹이었다. 실루엣의 여인은 아주 위태로워 보였다. 술이나 약물에 취한 듯 비틀거렸다. 그녀는 호수가 구름으로 보였는지 구름 위를 밟고 지나가려 했다. 둔치의 여인은 허공에 떠있는 무언가를 잡으려는 듯한 자세를 취하다가 잠깐 휘청거렸다. 그 순간 순임이 나무등걸에서 벌떡 일어났다.

"이봐요! 조심하세욧!"

생각할 겨를도 없이 둔치 위로 뛰어가 그녀를 붙잡았다.

"이봐요, 잘못 디디면 큰일나요!"

순간 순임은 헉! 신음소리를 냈다. 너무 놀라 사색이 되었다. 순임이 여인을 향해 달려가서 그녀의 옷자락을 잡으려는 찰나, 번득이는 한 마리 짐승의 눈과 마주쳤다. 그녀의 눈은 악마의 눈이었다. 그녀의 손은 야수의 손이었다. 깜깜한 밤중인데도 실루엣 여인의 눈은 광채를 내뿜었다. 그녀는 순임을 노려보며 목을 힘껏 졸랐다. 그녀의 눈은 미친 듯이 성이 나있었다. 아아악! 제발 이러지 마세요. 아악!

"이년! 너 이년! 여기가 어디라고 나타나, 나타나길! 이년, 죽어버려!"

"아아악!"

"이년, 이 밤에 왜 나타났어. 이 망할 계집년!"

"제발, 이러지 마세요."

그녀의 손아귀에서 벗어나려고 발버둥 쳤지만 소용없었다. 목이 졸려서 죽을 것만 같았다. 신음소리도 나오지 않았다.

"죽어라, 이년!"

연옥은 죽음의 화신이었다. 순임은 얼굴이 하얗게 질리면서 이런 게 바로 죽는 거구나 생각했다. 흡! 그때 갑자기 한 남자가 나타나 연옥의 입을 틀어막고 둑 아래로 사정없이 끌어당겼다. 연옥이 질질 끌려가면서 치맛자락이 나뭇가지에 찢겨지고, 저고리가 풀리고, 고무신이 나동그라졌다. 차라리 죽어. 죽어버려. 원수 같은 여편네야. 그 남자는 연옥을 짐짝 끌어내리듯 사정없이 끌어내렸다. 온몸이 나뭇가지에 긁혀 만신창이가 되었다.

"이 악마야, 차라리 죽어버려 죽어버려 죽어버려!"

그 남자는 젖은 모래흙에 짐승처럼 울부짖는 여인의 목덜미를 들었다 놓았다 수차례 같은 행동을 반복했다. 성난 표호가 되어 연옥을 내동댕이치고 목을 졸랐다. 그녀의 머리는 사자의 갈기처럼 봉두난발이었고, 풀어헤친 젖가슴은 번개 칠 때마다 번들거렸다.

"김씨, 그만해요. 제발 이러지 마세요. 제발요."

순임이 공구리쟁이를 향해 소리쳤다. 연옥은 순임의 말소리에 짐승 같은 몸을 발딱 세우고 그녀를 향해 무서운 기세로 달려들었다. 그녀는 인간이 아니라 미친 듯이 울부짖는 야수였다. 공구리쟁이가 피투성이 여인을 순임에게서 떨쳐내려 했지만 엉겨붙은 물체는 좀체 떨어지지 않았다. 간신히 떼어내 순임을 급히 위쪽으로 피신시키려 했다. 순임은 두려움과 공포를 피해 황급히 달아나려 했지만 피투성이 여인은 벌떡 일어나 도망치는 그녀의 발목을 잡았다. 순임이 '쿵' 하고 바닥에 넘어져 돌부리에 머리를 찧었다. 끈적한 액체가 흘렀다. 김씨가 이 통제불능의 영혼을 가까스로 떨쳐냈다. 연옥은 거의 미치광이 상태였다. 순임은 달려드는 여인을 피해 길가 쪽으로 몸을 내달렸다. 마음대로 발이 옮겨지지 않았다. 저만치 달려오던 트럭이 끼익 소리를 내며 급작스레 멈추었다. 성난 트럭운전수는 정신없이 도망가는 그녀를 향해 삿대질을 했다.

"저 저 저년이! 뒈질라구 환장했나?"

그래도 성이 안 풀렸는지 트럭에서 내려 소리쳤다. 곧이어 육두문자가 들려왔다.

"야! 정신 나간 여편네야! 뒈지구 싶으면 뭔 짓을 못해!"

그는 순임의 뒷꽁무니에 대고 고래고래 욕을 하다가 다시 트럭에 올라탔다. 트럭에 올라타고도 분이 안 풀렸는지 엑셀을 밟지 못하고 밖을 향해 소리질렀다. 어둠 속에서 트럭 운전수의 찢어진 런닝셔츠가 번들거렸다.

맞은편 신작로에서 건어물집 여자가 눈을 동그랗게 뜨고 서있었다. 그녀의 벌어진 입은 다물어지지 않았다. 옷을 풀어 헤치고 산발을 한 채 정신없이 도망가는 실비집 여자 순임을 보고 건어물집 여자는 이 사태를 어떻게 설명할 도리가 없었다. 그저 입만 크게 벌릴 뿐이었다. 저 여편네두 정신이 나갔네. 저 꼬라지가 저게 뭐야 대체? 머리가 돌지 않고서야, 원! 이 동네에 미치갱이 같은 여자가 왜 그렇게 많은 거야, 나 참! 굿이라도 해야지 어디 살겠어?

그 다음은 모른다. 무슨 일이 일어났는지. 순임은 생각하고 싶지도 않았다. 울부짖는 짐승 한 마리를 보았을 뿐이다. 김씨도 그 자리를 벗어났을까? 더 이상 생각하고 싶지 않다는 듯이 좌우로 심하게 흔들었다.

"지금까지 장황하게 얘기한 거 잘 들었는데…. 그런데 이마의 상처가 바로 그날 생긴 거네요. 당신은 안 죽였어도 김씨가 죽이는 건 봤겠네요? 그런데 옆방에 있는 김득희와는 지금 동거 중이에요?"

박 경사의 말에 순임은 발끈해서 상체를 일으켰다.

"무슨 말씀을 그렇게 하세요? 절대 그런 건 아니라고 몇 번을 말씀 드려야 하나요?"

"지금 나더러 여태까지 뭘 들었나 따지는 거지요? 절대 그런 일이 없는데 온 동네사람들이 두 사람이 내연관계라고 떠들어요? 김득희 얘긴 이따 들어볼 거지만."

저 여자 말은…. 두둔하려는 임 형사의 말을 순임이 싹둑 잘라 버렸다.

"김씨하고는 아무 관계도 아니고 그저 식당 손님일 뿐입니다. 그분도 그렇게 말씀하실 거예요."

"김씨가 부인을 죽였다는 건 인정하지요?"

더 이상 들을 것도 없다는 듯이 박 경사가 밖으로 나가면서 지시를 했다. 김씨 데리고 나오라고.

초췌한 몰골의 공구리쟁이가 들어왔다.

"당신, 현재 주소지가…. 본적은 소이면이고. 죽은 당신 부인 이름이 박연옥, 박연옥의 본적은 달천이네? 박 경사하구 동향이구만."

공구리쟁이는 순임과 약간 거리를 두고 앉았다.

"부인이 워디 박씨여? 저이는 본관이 밀양이던데…. 워디 박씨여?"

공구리쟁이의 초점 잃은 눈은 더 퀭하게 들어갔고, 제멋대로 뻗친 수염은 얼굴의 반을 가렸다. 그는 허수아비가 입을 벌리듯 기계적으로 대답했다. 여전히 외면한 채다.

"반남 박씨요."

"아주 쎈 가문인디 당신 때문에 부인이 단명했구만 그랴?"

성질 급한 박 경사가 김씨의 얘기를 재촉했다.

"아아 딴 얘긴 그만하고, 그날 밤 부인을 뒤따라간 건 맞지요?"

박 경사는 담배를 피우며 삐딱하게 앉았다.

"지가 다 사실대루 말할 거구먼유. 지가 그날 눈을 감고 자는 척만 했지 집사람이 나가는 건 다 알았구만유."

공구리쟁이의 말은 어눌했지만 세상을 관조하는 듯해서 아무리 성질 급한 사람도 그를 더 이상 재촉할 수 없었다.

"그랬지유. 정희 엄마 나가고 조금 있다 지가 따라나갔지유. 휴우!"

박 경사는 다음 말을 기다렸지만 김씨는 한숨만 쉬었다. 순임은 몇 달 사이에 부쩍 늙은 그가 몹시 가엾다는 생각이 들었지만 여전히 외면하고 앉았다.

"정신이 오락가락하는 마누라가 죽이고 싶도록 미웠구만? 그런데 죽지도 않고 일만 저지르니 당신 죽을 지경이었지? 당신 인생이 딱한 건 알지만 그래두 젊은 여자에 미쳐서 그라면 쓰나. 무슨 맘 먹고 거기 따라갔슈? 한 번 속 시원히 털어놔봐요."

공구리쟁이는 임 형사의 말을 무시한 채 독백하듯이 말을 이어

나갔다.

"지가 이 마당에 와서 숨기고 자시고 할 게 뭐 있겠시유. 우리 마누라가 병이 더 도져서 맨날 미친년 몰골을 하구 저수지루 갔시유. 그래두 내는 아예 상관 안 했시유. 왜 그랬겠시유? 애들 엄만데…. 지두 사람인데 짐승 같은 꼴 하구 살구 싶겠시유? 그동안 고쳐보려고 무진 애를 썼지만 소용없시유. 지가 실비집에 드나든다는 거 알구 더 환장해서 날뛰더구만유. 지두 지쳤시유."

"이순임이랑 내연의 관계인 건 맞네. 부인이 의심해서 날뛰고, 그래도 좋아서 드나들 정도면."

순임이 무슨 말을 하려다가 공구리쟁이의 제지로 입을 다물었다.

"아줌씬 가만 계셔유. 지가 다 설명 드릴테니께유."

발끈해서 일어서려는 순임을 김씨가 멀리서 손짓으로 앉으라는 신호를 보냈다. 공구리쟁이는 그녀를 똑바로 쳐다보지 않았다. 김씨는 누구의 눈치도 보지 않고 천천히 말을 이어나갔다.

"지가 잠깐 동안 환장했었지유. 저 아줌씬 아무 죄 없어유. 지가 죽일 놈이지유. 애들이 집에서 굶고 있는데도 모른척하고 실비집에 드나들었으니께유."

잠시 김씨가 목이 마른 듯 침을 꿀꺽 삼켰다. 그도 그럴 것이 오늘은 물 한 모금도 목구멍으로 넘기지 못했기 때문이다. 그동안 알콜이 없으면 일 분 일 초도 지탱을 못했는데 오늘은 이상하리만치 말짱했다. 문밖은 세찬 비바람이 몰아쳐서 누구도 나갈 엄두를 못 낼 뿐더러 이곳을 방문하는 이도 없었다.

"허 거참 우산도 없는데 집엔 어떻게 가라고 자꾸 내리시나."

임 형사의 푸념은 김씨의 말이 멈춘 틈을 노렸다는 듯이 튀어나왔다. 이에 아랑곳하지 않고 노란 백열전등 아래 공구리쟁이의 얘기는 계속되었다.

"그 시각이 밤 11시는 넘었을 거유. 그냥 따라갔시유. 별 생각 없었시유. 사실은 지두 호암지에 가서 죽고 싶었시유. 집사람이 높은 데 올라가서 팔을 휘젓고 있을 때 그냥 저러구 싶었나 보다 하고 관심도 없었시유. 그 사람두 오죽 답답했으면 저러나 하구. 그 사람두 생각해보면 불쌍한 사람이지유. 물 한 잔만 주슈."

공구리쟁이는 가져온 물을 단숨에 들이켰다. 수염에 물이 묻었지만 닦지 않았다.

공구리쟁이가 순임과 격리되어 혼자 앉아있는데 박 경사가 다시 들어왔다. 탁자 밑에 구겨넣은 그의 다리 아래로 신발이 보였다. 그것은 형태를 알아볼 수 없을 정도로 거죽이 벗겨져있고 그 안에 발이 들어있나 싶을 정도로 찌그러져있다. 신발끈은 진흙이 여러 겹 묻어있었다. 박 경사는 이 작자가 진짜로 부인을 죽였는지에만 촉각을 세우고 있어서 공구리쟁이의 긴 말을 듣는 데는 참을성이 필요했다. 그의 입이 바짝 타들어 갈수록 박 경사는 양미간에 세 겹의 주름살을 꼿꼿이 세웠다. 어느 장면까지 들어야 자백이 나오려나 참았지만 그의 인내심은 얼마 가지 못했다.

"그 사람두 생각해 보면 불쌍한 사람이지유."

"글쎄 그 불쌍한 사람을 어떻게 죽였냐고요? 그냥 패대기치기만 했더니 죽었어요? 목 졸라 죽인 게 아니고?"

"그럼 뇌진탕으로 죽었구만 그랴."

임 형사가 들어오며 결론을 지었다. 공구리쟁이는 그 누구의 말도 듣고 싶지 않다는 뜻으로 침으로 입을 축여가며 혼잣말을 이었다. 자기 부인이 불쌍한 사람이란 걸 계속 주장했다.

"글쎄 이 양반아, 마누라가 당신 애인한테 달려드니까 화가 나서 패대기쳤더니 부인이 죽었다면서?"

공구리쟁이의 귀에는 박 경사의 말이 들리지 않았다.

"지가 정말 죽고 싶은 심정이어서 이대루 죽어야지 생각하구 있는데 풀 속에서 깨구락지 소리가 심하다 싶게 울리는 거유. 지가 소이면 사람인데 거긴 깨구락지가 말도 못허게 많어유. 밤길에는 지나가덜 못해유. 갈구쳐서."

"허 거참 이 양반, 사설이 기네."

"이 작자가 죽였구만 뭐, 자꾸 딴 소리 해대는 거 보니. 내가 뭐라 그랬어? 이놈 저놈 불러봤자 수사에 혼선만 주지."

공구리쟁이는 계속 혼잣말로 떠들다가 침을 꿀꺽 삼켰다.

"그래서 지가 집사람을 몇 번 패대기치고는…."

패대기쳤다는 장면에서 박 경사와 임 형사가 눈을 동그랗게 떴다. 이놈이 죽인 거 맞네 맞어. 두 사람은 침을 꿀꺽 삼키고 의자를 바짝 당겨 앉았다.

"그 아줌씨를 얼른 피신시켰지유. 그 아줌씨야말로 도와주려다 무슨 날벼락이유?"

그녀 얘기를 할 때 그의 표정은 무척 평온해 보였고 잠깐 동안
심신이 안정적으로 보였다.

"지는 그 다음은 몰라유. 그 여편네가 죽일 듯이 달려들길래 지
도 있는 힘을 다해 떼어놓았시유. 그 다음은 나두 몰러유 흐흑."

평온했던 마음도 잠시 그는 그 상황을 기억하고 싶지 않은지 말
을 멈추고 흐느껴 울었다.

"거짓말탐지기라고 알어? 아무리 알리바이 맨들어봤자 소용읎
써요 글쎄."

임 형사의 말에 공구리쟁이는 흐느껴 울었다.

"자자, 여봐요. 이러면 당신한테 불리해져요. 당신이 누구 지
켜줄려구 그러는 모양인데 이러면 그 사람도 불리해져요. 그래
범행 뒤에 어디로 갔어요?"

"지가 가긴 어딜 가유? 그냥 집에 가서 애들하구 잤지유."

"집에 도착한 시간이 몇 시예요? 그때 비가 왔어요? 사건이 일
어난 날 밤, 그러니까 7월 14일 밤이 지나고 7월 15일 오전 한 시
나 두 시경? 좀 더 자세히 말해 줄 수는 없어요?"

"몰러유 시계가 읎써놔서…."

공구리쟁이가 너무 복받쳐 울어서 임 형사는 잠깐 말을 멈추게
했다. 옆방의 순임은 공구리쟁이처럼 격정적이지 않았고 오히려
평안해 보였다. 박 경사가 취조실 밖으로 고개를 빼꼼 내밀었다.
그때 깐돌이는 잠에서 깨어나 꽹한 눈으로 지금 때가 아침인지 저

녁인지 가늠해보았고, 순임은 고개를 들어 애꿎은 벽만 바라보았다. 그녀는 문소리가 나도 고개를 돌리지 않았다.

"저기 이 사람 잠깐 진정시키고, 점심도 쫄쫄 굶었는데 밥이나 멕이고 계속하자구."

밖에선 밥을 먹는다는 소리에 깐돌이의 환호소리가 들렸다. 빵 몇 조각 먹은 것 외엔 점심때가 한참 지나도록 먹은 게 없었다. 공구리쟁이는 다시 혼자가 되었다.

칸막이로 된 옆 취조실로 다른 순경에 의해 공구리쟁이가 다시 옮겨졌고 순임은 그대로 앉아있었다. 그 반대편에 박 경사가 있었다. 임 형사는 밖에서 민원인을 상대하러 밖으로 나갔다. 순임은 배달시킨 짜장면을 한 숟가락도 들지 못했다. 공구리쟁이도 제대로 못 먹고 흐느껴 울어서 취조가 잠시 중단되었다가 다시 시작되었다. 깐돌이는 불어난 개천에서 물장난을 하고 있는 아이들에게 공구리쟁이가 사람을 죽여서 경찰서에서 울고 있다고 말했다.

"지는 참 박복한 사내여유. 부모 없이 자랐으면 마누라 복이라도 있어야 하는데 그러지두 못하구. 혼인두 다 끼리끼리 허잖유? 다 지 팔자지유."

공구리쟁이는 손으로 얼굴을 부비며 말했다. 얘기가 계속 이어졌다.

"지가 안사람을 땅바닥에 패대기쳤어요. 그때 너무 화가 났었

　　　　　　　　　　　퍼팩트웨딩

구. 사실 그 여편네만 없으면…. 지가 그때 눈이 뒤집혔지유. 그렇게 패대기쳤는데두 분명 살아는 있었시유. 흑흑."

"이미 죽어 있었구만 그래. 그다음에 연못 속으로 밀어넣었잖아."

"맹세코 지가 안 죽였시유. 일이 우습게 됐지만서두 지는 안 그랬시유."

임 형사가 두 손으로 밀어넣는 시늉을 하다가 고개를 숙이고 볼펜을 잡고 뭔가를 다시 썼다. 사람을 연못에 빠뜨리는 일은 식은 죽 먹기라는 듯이.

"뒤돌아보지는 않았지만 그때꺼정은 살아있어시유. 그리고 저 아줌씬 아무 잘못 없시유. 지가 혼자 좋아한 거여유. 지가유."

공구리쟁이는 답답했는지 가슴을 쳤다.

"우리 마누라가 오해헌 거구. 깐돌이가 눈으로 본 건 아니고 귀루 들었다잖유? 아까 전에 얘기하는 거 들어보니 갸가 본 건 아니고 무서워서 귀를 꼭 막고 있었다고 하잖어유. 밖에서 나는 소리도 확실하잖구."

"당신 말대로라면 일이 우습게 된 거지요. 이순임이랑 짜고…."

공구리쟁이가 펄쩍 뛰었다.

"무슨 천벌 받을 소리를. 맹세코 아무 관계도 아니구 지 혼자 좋아했시유. 지 혼자서유. 그동안 사람 구실 못하구 살아서 요새 지가 정신 좀 차릴라 했는데 이 지경이구만유."

"아, 아, 당신이 마누라 죽인 거 괴로와서 그동안 술독에 빠져

산 거 다 알아요."

"지가 죽인 게 아니라니깐유. 집에 와서 며칠 앓아 누웠시유. 지 잘못은 맞지만 사람은 안 죽였시유. 맹세코."

공구리쟁이는 눈을 감고 머리를 벽에 기댔다. 속이 시원했다. 연옥을 때린 게 죄라면 얼마든지 죄값을 치를 각오가 돼있었다. 이제 아이들은 어떻게 되나? 이제야 아이들이 떠오르다니 흐르는 눈물을 주체할 수 없었다. 지대가 낮아서 장마철이면 방문 앞에 물이 흥건히 고였다. 변소라도 가려면 아이들은 등에 업혀 가야 했다. 집에 물이 찼으면 어떡하나 막내는 제대로 뛰지도 못하는데.

"지가 벌을 받으라면 받겠시유. 지는 안 죽였지만 지가 범인이라구 생각하면 그렇게들 생각허슈."

손등을 눈가에 댔을 때 이미 많은 양의 눈물이 주먹을 감싸고 흘러내렸다. 박 경사가 밖에 대고 소리쳤다.

"정 순경, 김씨 집에 가서 덕배 엄마라는 사람 불러와요."

덕배 엄마가 불려왔다. 그녀는 사시나무 떨듯 떨면서 말까지 더듬었다.

"그 그 그게 김씨였는지는 잘 모르지만 누가 들어오는 소리가 들렸어요. 비가 억수루 쏟아졌는데 대문 여는 소리가 들렸어요. 암튼 누가 분명히 들어왔어요. 저는 그때 정희 엄만 줄 알았지요. 그 집 방하구 우리하구는 판잣대기 하나에 벽지만 발라났지 한 방이나 매한가지여유. 밥 먹는 소리, 문 여는 소리, 밤중에 코 고는 소리도 죄다 들려유. 심지어 옷 갈아입는 소리까지 다 들려유."

덕배 엄마가 그날 밤에 들었던 소리를 떨리는 음성으로 묘사했다. 애들 숨소리도 들릴 정도면 뒷방에서 일어나는 일을 빠짐없이 알고 있을 것이다.

"그 남자가 김씨였나요?"

"누가유? 아 새벽에 들어간 사람 말여유? 김씨라고는 생각 못하고 정희 엄마일거니 생각했지요. 정희 엄마가 맨날 오밤중에 나갔다가 새벽이 돼서 집에 왔거든요. 덕배 아부지가 정희 엄마 나갈 적에 '옆방 여자 또 나가네.' 이렇게 말했지유. 우리 덕배 아부지는 어디가 좀 아퍼유. 그래서 새벽녘에 잠을 잘 못자고 꼭 한번은 깨유."

덕배 엄마가 그게 누구였는지 잘 모르겠다고 하는데도 굳이 김씨가 맞냐고 재차 물어봤다. 박 경사는 똑같은 질문을 한 번만 물으면 성에 안 차서 꼭 두 번 물었다.

"몰러유. 누군지는. 하여튼 어느 집 쪽에서 인기척이 났시유. 들어오는 소리는 못 들을 때가 더 많지만 그날은 누군가 대문으로 들어오는 소리를 똑똑히 들었시유."

"그 시각에 들어온 사람이 김씨가 맞네요. 그렇지요?"

박 경사가 간단하게 정리했다.

"모 모른다잖유. 김씨였는지는."

덕배 엄마가 정색을 했다. 박 경사가 주인집 할머니의 집 구조를 쓱쓱 그리기 시작했다.

"그러니까 김득희네 하고 장문수 방이 아주머니 방하고 붙어있는 거네요?"

"여가 우리 방이구 옆으루 장씨하구 붙어있구 공구리네는 뒤쪽으루 붙어있슈."

"김득희 방은 뒤로 붙어있고. 그런데 요기서 나는 소리 같기도 하고 조기서 나는 소리 같기도 하고 헷갈린다 그 말이지요?"

"확실하진 아녀유. 딴 데서 나는 소릴 수도 있어유. 대문 소린 정확한데 그 다음 소린 누가 변솟간 가는 소릴 수도 있어유. 하도 여러 사람 드나드니께. 밤새 화투 치다 들어오는 사람두 있구유."

"아주머니가 처음에 김씨일 거라구 하지 않았어요?"

"형사 양반, 사람 잡네. 아녀유! 그건 지가 먼저 한 소리가 아니라 저 짝이 먼저 한 소리네유."

덕배 엄마가 펄쩍 뛰며 다른 형사를 가리켰다.

"누가 먼저 했건 간에 거기서 난 소리가 맞는 거네."

"잘 모른다니깐유 내 참!"

"글쎄 아주머니가 잘 모르니까 우리가 알아보려고 애쓰는 거 아네요. 여기 잠깐 계세요."

경찰서 안은 여러가지 사건들로 복잡했다. 전부 자기 일들을 하느라 덕배 엄마에게 더 이상 눈길을 주지 않았다. 형사들이 덕배 엄마를 놔두고 전부 다른 사건에 매달렸다. 그녀가 공구리쟁이가 있는 방을 흘끗 보았다. 공구리쟁이는 체념한 듯 미동도 하

퍼팩트웨딩

지 않은 채 눈을 감고 있었다. 한참의 시간이 흘러도 아무도 덕배 엄마를 거들떠보지 않았다. 그녀가 말을 더듬으며 엉덩이를 살짝 들었다.

"지, 지, 지는 이만 가봐두 되나유?"

아, 참, 네, 지금은 돌아가셨다가 다시 나오셔야 될 겁니다. 박 경사의 말이었다. 갑자기 덕배 엄마는 뭐가 미안했는지 공구리쟁이가 있는 쪽을 향해 미안하단 말을 했다.

"정희 아부지유, 참말로 미안혀유,"

그녀는 마저 일 보고 오라고도 했다.

"정희 아부지유, 애들 걱정일랑 말구 마저 일 보구 오시유?"

박 경사가 덕배 엄마의 말에 픽 웃었다. 그녀는 공구리쟁이가 퍽 측은해 보였고, 갑자기 뜨거운 게 눈가 쪽으로 몰려왔다. 그녀가 비닐우산을 찾는 척 고개를 숙였다. 눈가에 쾅하니 물기가 돌았기 때문이다. 젖은 눈가 때문인지 우산이 안 보여 낡은 책상 주변을 한 바퀴 빙 돌았다. 책상에 앉아있던 젊은 경찰관이 덕배 엄마의 꽁무니를 좇아서 고개를 한 바퀴 비잉 돌렸다. 이 아주머니가 경찰서에서 숨바꼭질하나?

"아주머니!"

푸른 반소매 옷을 입은 젊은 경찰관이 책상을 빙빙 돌고 있는 덕배 엄마를 향해 큰소리로 불러 세웠다.

"아주머니, 나가는 문은 저쪽인데 여기서 헤매고 계시네. 저쪽 이라구요, 저어 쪽."

경찰관이 턱과 눈짓과 볼펜 끝으로 문 쪽을 가리켰다. 덕배네는 반대 방향에서 헤매다가 겨우 우산을 찾아 허둥지둥 출입문 쪽으로 가며 중얼거렸다.

"에구, 저 꼴이 뭐람. 저 인간이 불쌍해 죽겠네. 에구 저 인간, 왜 이리 불쌍한 겨어."

그녀는 겨우 문 앞에 다다라서도 장님처럼 손으로 손잡이를 더듬었다. 그녀는 폭우로 눈시울을 식히려는지 비닐우산을 펼치지 않고 그냥 세찬 빗속으로 걸어나갔다. 불쌍한 인간! 아무리 그래도 사람을 그렇게 죽이면 안 되는 거지!

그녀는 온몸이 비로 젖어도 뛸 생각을 하지 않았다. 거리는 차도와 인도의 구분 없이 한강이 되었다. 사람들은 보이지 않았다. 새벽녘에 분명히 정희네 쪽에서 소리가 난 것도 같았다. 자기가 잘못 말했을 수도 있다고 생각하니 마음을 진정시킬 수가 없었다. 자기 때문에 정희 아버지가 감옥에 가는 건 아닌가 싶었다.

비상사태가 벌어졌다. 자살이 아니라 살인사건으로 방향을 틀어서 사체를 관에서 꺼내 다시 조사하는 방향으로 결론을 지었다. 박 경사는 감식반에서 보내온 정희 엄마의 사체 사진을 책상 위에 늘어놓고 분석하다가 골똘히 생각에 잠겼다. 무덤을 파헤치고 애써 얻어낸 사진들이다. 박연옥이 죽기를 바라는 사람이 누구겠어? 꼭 그렇다고 그들이 범인일까? 이순임과 이용하가 서로

——————— 퍼펙트웨딩

잘 모르는 사이라는데 그건 그들의 주장이고. 거참 아무리 생각해도 조각이 안 맞춰지네. 그들은 사진 주위에 몰려들어 갑론을 박이다.

그때, 경찰서 문이 열리고 세차게 쏟아져 들어오는 비와 함께 용하가 다시 나타났다. 모두의 시선이 그에게로 향했다.

"아이구 이 선상, 어쩐 일로 다시 왔어요? 뭘 두고 가셨대요?"

그의 월급이 늘상 궁금했던 임 형사는 그새 용하가 친숙해졌는지 사람 좋은 웃음을 헤프게 흘리면서 휑하니 열린 문 쪽으로 뛰어갔다. 그사이 비가 바람과 함께 들이닥쳤는데 임 형사가 온몸으로 비를 막으며 문을 닫았다. 그의 튀어나온 뱃가죽이 순식간에 물로 흠뻑 젖었다. 용하의 양복바지도 한 뼘은 젖어있어서 문 쪽에서 바지를 털었다. 박 경사도 용하의 등장에 놀라는 눈빛이었지만 힐끗 쳐다보고 사진 속에 고개를 파묻었다.

"아입니더. 두고 간 건 없습니더. 제가 그날 막차를 탔었는데 그 이순임 씨라는 분하고예 그날 시외버스를 같이 탔습니더."

취조실에 혼자 있던 순임이 깜짝 놀라 고개를 들었다. 투박한 경상도 사투리의 목소리가 취조실 안까지 들려왔다.

"이 얘기는 꼭 해야 될 것 같아서 다시 왔습니더."

"허어, 거참 어떻게 돌아가는 거여. 내 예상대로 두 사람두 그렇구 그런 사이구먼."

"두 사람은 언제 또 만나가지고 같이 차를 탄겨? 내가 암만 생각해두 두 사람 아는 사이 같더라구."

용하가 또박또박 말을 이어나갔다.

"제가 그날 같이 차를 탔었다는 게 사건에 도움이 될까 해서 다시 온 겁니다. 저는 원래 집이 예천인데 충주 오는 길에 점촌에서 시외버스를 한 번 갈아탑니다. 아마 그분이 정확하진 않지만 상모면 정도에서 탔던 기억이 납니다."

"그날 상모면 정도에서 버스 탄 걸로 해둡시다. 그럴 수 있죠."

박 경사가 책상 위에 있는 서류에 눈을 고정하고 말했다.

"그날 그 여자 분이 멀미를 심하게 해서 정거장이 아닌데도 저수지 근처에서 내렸습니다. 저도 멀미가 나서 같이 내렸습니다. 그분 말고 몇 분 더 내렸고요. 내리는 거 본 사람이 저 말고도 몇 사람 더 있습니더."

"그러니까 두 분이 사건 당일 사건장소에서 만난 거네요?"

"만난 게 아니라 같이 내리기만 했습니다."

박 경사가 사진에서 고개를 들고 용하를 힐끗 보더니 다시 고개를 책상에 고정시키고 말을 잘랐다.

"우연히 만나도 우발적인 일은 생길 수 있지요. 일부러 예까지 오셔서…. 암튼 수고하셨어요."

임 형사가 손님을 그냥 보내기 아쉽다는 뜻으로 다가왔다.

"그 얘기 하시러 이 빗속에 오셨구만. 우리 한 번 더 볼 날이 있을 거요 그때 뵙시다. 아이구, 저 비! 쏟아지는 것 좀 봐. 하늘이 빵구 났나벼. 이런 날도 도둑놈이 댕기려나?"

　　　　　　　　——————— 퍼팩트웨딩

우르르 쾅쾅! 번개와 천둥이 동시에 울렸다. 그때 세찬 비바람을 뚫고 새 모자와 새 경찰정복을 입은 또 한 명의 젊은이가 경찰서로 들어왔다. 그는 쓰고 온 우산을 접어서 구석에 놓았다. 모두의 시선이 그에게 쏠렸다. 구석의 우산에서는 사나운 비바람을 온몸으로 맞은 걸 증명이라도 하듯 주루룩 물이 흘러내려 주변은 금새 물바다가 되었다. 그는 주변의 시선을 아랑곳 않고 갑자기 우렁차게 경례를 했다.

  "인사드립니다. 이번에 새로 발령받은 순경 조 승 수입니다. 잘 부탁드립니다."

  "뭘 부탁혀? 신뺑이가 폼 재고 나타나니 눈이 다 부시네. 가지고 온 종이때긴 이리 주고."

  임 형사는 빗속을 뚫고 늠름하게 나타난 청년을 보고 사람 좋은 웃음을 흘렸다. 박 경사는 청년을 보더니 야릇한 미소를 지었다.

  신입경찰은 다름 아닌 승수였다. 골목에서 재수없는 친구들을 만나면 말끝마다 '그래, 니 똥 굵어!' 이 한 마디로 모든 입씨름을 평정했던 승수였다. 그 말도 그가 하면 되게 근사했다.

  승수는 용하를 보고 깜짝 놀랐다. 그는 막내아재의 둘도 없는 친구였다. 두 사람은 우산을 팽개치고 헐레벌떡 뛰어가서 얼싸안고, 호들갑스럽게 진한 우정을 과시하는 일은 하지 않았다. 대신 서로 바라보며 알듯 말듯한 표정을 나누었다. 이마저도 다른 사람들은 알 수 없었다. 용하가 두 살 더 많았지만 그들의 우정이 지속되는 데 나이는 하등 상관이 없었다. 신고식을 치른 뒤 승수는 용하에게 다가가 손을 내밀었다. 용하는 소리 없이 손을 잡은 후 조용히 밖으로 나갔다. 임 형사가 뒷짐 지고 서성대다가 승수와 용하가 동창이라는 소리에 한마디했다. 이 바닥이 원체 좁으니께 입조심들 혀! 그러다가 창밖을 보고 한소리 했다. 얼레! 은제 비가 멈췄디야?

임 형사가 문 쪽으로 나가는 용하의 뒷모습을 손으로 가리켰다.

"사건현장에 젤 먼저 나타난 놈이야. 겉은 번지르르 해도 속은 알 수 없어. 그리고 해명하러 제 발로 다시 나타난다? 이거 냄새 나잖아?"

승수가 두 사람이 속삭이는 소리를 듣고 고개를 돌렸다. 임 형사는 이순임에서 뻗어나간 화살표에 이용하를 써넣었다.

다시 미로 속으로

둔탁한 발걸음 소리가 정희와 동생들이 있는 방 쪽으로 들려왔다. 정희가 순간적으로 벌떡 일어나 문고리를 잠갔다. 집안에 무슨 일이 일어났는지도 모르고 베개로 인형놀이 하던 동생들도 까만 눈동자를 크게 굴렸다.

"얘들아, 방에 있니?"

장씨의 나지막한 목소리가 들렸다. 정희가 문고리를 손으로 꽉 쥐었다. 장씨가 문고리를 흔들며 말했다. 얘들아 내가 줄 게 있는데 문 좀 열어봐. 정희가 문고리를 잡고 필요 없다고 말했다. 글쎄 잠깐만 열어봐. 잠깐이면 돼. 장씨가 타이르듯 말하며 문고리를 흔들었다. 얘들아, 니들 말이야. 내 얘기 들으면 깜짝 놀랄 거야. 느이 아부지 말인데…. 정희가 문고리를 두 손으로 꽉 잡았다.

"느이 아부지말야. 내가 그날 같이 있었다구 말해주면 금방이라두 풀려날 수 있어."

"그럼 경찰서루 가지 여긴 뭣하러 와유?"

"내가 경찰서 가서 말해줄 테니까 이것 좀…."

"왜 자꾸 여길 와유?"

그때 모퉁이에서 덕배 엄마 소리가 났다. 그녀는 감자를 삶아서 가지고 오는 중이었다. 덕배 엄마가 인기척을 내면서 모퉁이를 돌다가 튀어나오는 장씨와 마주쳤다.

"에구 깜짝이야. 아니, 장씨가 왜 기집애들 있는 방을 들락거려?"

"들락거리긴 누가 들락거려요? 그냥…. 애들이 뭐하고 있나 봤어유. 불쌍하잖유."

"애들이 뭐하고 있거나 말거나 들어가서 밥이라도 해줄껴? 괜한 오해 사지 말구 남정네들은 얼씬도 말어, 알았어?"

덕배네는 허겁지겁 돌아나가는 장씨를 쳐다보다가 모퉁이에 떨어진 피가 말라붙은 손수건을 보았다. 장씨가 되돌아와서 천조각을 주워들고 돌아갔다. 으이구, 저 인간이 또 뭔 짓을 한 거야?

덕배 엄마는 그동안 어린아이들 앞에서 대놓고 수군댔던 게 미안해서 똑바로 쳐다보지 못하고 정희에게 감자그릇을 들이밀었다.

"정희야, 아부지 좀 있음 나올 거거든. 그때까지 동생들 잘 데리고 있어. 그리구 장씨 오거들랑 절대 문 열어주지 말어. 아니 아무한테두 문 열어주지 말구."

"이발소 아저씨가 그러는데 자기가 밤에 같이 있었다고 말해주면 아부지 풀려난다는데….."

"누가? 장씨가?"

덕배 엄마가 손을 부채처럼 펴서 흔들었다.

"아이구, 그놈 말은 콩으로 메주를 쑨다 해도 믿지 말어. 큰코 다쳐! 니들한테 해꼬지할 놈이여 그놈이!"

덕배 엄마는 경찰서에서 쭈그리고 있는 공구리쟁이를 보자 눈물이 핑돌았고 그동안 벽을 맞대고 살면서 모른 체 한 게 너무 부끄러웠다. 그리고 실비집 여자하고 공구리쟁이가 그렇구 그런 사이였대도 진짜 죽이려고는 안 했을 거라는 생각이 들었다.

"장씨가 문 열어 달라거든 열어줘선 안 돼, 알아들었니? 잘 때두 덥다구 문 열구 자지 말구 꼭 잠그고 자. 알았어?"

경찰서에서 공구리쟁이가 있는 곳을 얼핏 봤지만 거북이 등껍질 같은 손이 그의 머리를 감싸고 있었다. 거북이 등껍질 같은 손을 가진 남자는 심성이 정말 착해서 절대 그런 무서운 일을 저지를 사람이 아니라고 경찰관들에게 똑똑히 얘기해 주고 싶었다. 그때 정신 똑바로 차리고 그들에게 김씨가 절대 범인이 아니라고 말했어야 했는데.

덕배네는 정희가 경계의 눈빛을 보내는 것도 일리가 있다고 생각했다. 정희는 셋방사람들이 불쌍하다고 혀를 차며 설쳐대면서도 자기들끼리는 아버지가 범인이라고 쑤군거리는 일에 이미 구역질이 날 대로 나있었다. 정희는 셋방사람들을 벌레 대하듯 했다.

철공소집 셋방에선 여전히 화투짝 두드리는 소리가 경쾌하게 들렸다. 으이구, 잘 되가는 집구석들이구먼. 저 집구석은! 안팎으로 화투질만 하고! 습기를 머금은 공기가 덕배네 가슴을 답답하게 했다. 이 동네가 지겨워졌고, 셋방 여인들이 징그러워졌다.

얇은 판자를 타고 넘어오는 악다구니들! 얼른 돈 벌어서 여기를 벗어나고 싶었다. 전깃세, 수돗세를 한없이 부풀려서 세 사는 사람들에게 몽땅 전가시키는 늙은 할망구도 지겨웠고 철없는 애들을 호시탐탐 겁탈하려고 눈을 번득이는 장씨도 끔찍했다.

갑자기 철공소 집의 방문이 벌컥 열리면서 뒷곁에서 돌아오는 덕배네를 향해 철공소 여자가 소리쳤다.

"덕배야, 김씨가 범인인 거 맞는 겨?"

정희가 철공소 여자의 말을 듣자 먹던 감자를 떨어뜨렸다.

"아휴, 저 여편네, 내가 못 살어, 증말!"

덕배네는 화들짝 놀라며 철공소 여자를 향해 두 손을 허우적거리며 쏜살같이 달려가더니 방문을 닫으려 했다. 덕배 엄마의 말소리가 뒷곁으로 들려왔다.

"아유 제발, 애들 앞에서 그런 소리 좀 하지 마요. 그리고 지금 조사 중이라잖아."

덕배네가 손으로 철공소 여자의 입을 막무가내로 막았다. 철공소 여자가 덕배네 손을 뿌리치고 고개를 뺐다.

"아유, 숨막혀 죽겠네. 이거 놔! 이 여편네가 웬 호들갑이래? 우리가 언제 애들 무서워 말 못했나? 정희 저년은 지 애비 저런 거로 눈 하나 깜짝 안 해."

덕배 엄마는 오만상을 찡그리며 제발 입 좀 다물라고 손동작을 크게 했다.

퍼팩트웨딩

＊

"어휴, 저 쬐끄만 놈이 거짓말만 늘어가지고."

"철수야, 아저씨랑 얘기 좀 할까? 내가 묻는 말에만 대답하는 거다, 알았지?"

횡설수설하는 깐돌이에게 임 형사가 버럭 화를 내자 겁에 질린 아이를 박 형사가 달랬다. 아유, 쬐끄만 게 여간내기가 아니야. 임 형사는 일어나면서 한대 쥐어박는 시늉을 했다. 그가 일어난 자리에 박 경사가 앉았다. 까만 비닐소파에 앉아있던 깐돌이는 잠시 움찔했지만 다시 눈을 치켜올려 떴다. 오줌 누면서 생각났다는 얘기를 거듭 반복했다. 이미 밤이 이슥해졌다.

"밤에 꿈꾼 거는 맨날 오줌 누면서 생각나요. 오줌 마려웠는데 그냥 잤어요."

"일어나서 오줌 누지. 왜 참고 안 일어났어?"

"큰소리로 싸우는 게 무서웠어요. 미친 여자가 살려달라고 막 소리치는 것 같았어요. 무서워서 귀를 꼭 막고 잤어요."

"그때 비가 왔었다 그 말이지? 그러곤 아무 소리도 안 났어?"

"천막 앞에서 오줌 싸는 소리 들렸어요."

"그때 벌써 죽였구만. 그놈 간도 크네."

"비 안 올 때 밖에 나와 오줌 쌌어요. 어떤 아저씨 목소리가 생각났어요."

"그 아저씨가 뭐라 그러던데? 그게 공구리쟁이 목소리였어?"

"몰라요."

"얘 이제 그만 재워요. 밤이 늦었으니. 내일 또 같은 소리하면 다시 조사해보자구."

사안이 사안인지라 사건은 특별조사반이 편성되어서 조서를 꾸며서 상부로 넘겼다. 깐돌이는 지치지 않고 그날의 상황을 또박또박 어른에게 말대꾸하듯 대답했다. 깐돌이의 진술만이 사건해결의 열쇠였다.

다음날, 임 형사와 박 경사는 여러 장의 사진을 책상 위에 늘어놓고 분석했다. 목이 비틀어져 있는 게 선명하게 보였다.

"질식사라⋯. 이거 대가미못 살인사건하고 똑같잖아. 심증은 있는데 물증이 없는 거. 그때 이주오 그 자식이 끝까지 범인이 아니라구 우겨대는데 환장하겠더라구."

"그놈 알리바이가 하도 완벽해서 하마터면 우리가 놓칠 뻔했잖아."

"며칠 안 재워두 끄떡없어. 질긴 놈! 두 손 두 발 다 들었다니까."

정희 엄마의 시신은 사건해결을 위해 관에서 꺼내졌다가 다시 매장되는 초유의 사태가 벌어졌다. 사인은 질식사였다.

"정신 나간 마누라가 빨리 좀 죽어줬으면 하고 바랬을 거 아냐. 그래두 지가 아니라고 끝까지 우기니까 김득희가 범인이 아니라고 가정해보자구. 사인은 질식사고. 이것 참 애매하네!"

———————— 퍼팩트웨딩

박 경사가 백지에 이순임이라 쓰고 동그랗게 타원형을 그렸다. 타원형에서 뻗어나간 화살표에 이용하가 적혀있다. 김득희에서 가지를 친 용의자들을 죽 적어 내려가다가 볼펜을 소리나게 놓았다.

"그렇다면 이순임의 젊은 애인인 이용하가 뒤따라가서 평소에 가게 와서 행패 부리던 미친 여자를 우발적으로 목 졸라 살해한 건가?"

비를 흠뻑 맞고 돌아온 승수가 장화를 벗다가 임 형사와 눈이 마주쳤다.

"어이, 신삥이! 그런 눈으로 볼 건 없어. 어디까지나 가정이니까."

장화를 거꾸로 드니 물이 주루룩 쏟아져 나왔다.

"제가 그 친구를 만났는데 실비집 여자를 개인적으로 만난 적은 한 번도 없었답니다. 그 친구 말이 사실일 겁니다. 너무 곧이곧대로 살아서 환장할 정도로 답답한 놈이에요."

"겉으로는 그렇게 하지. 그런데 대개는 그런 놈들이 더 범인일 가능성이 많다는 걸 알아둬."

박 경사가 여러 장의 사진 중 오른쪽 약지의 관절이 부러져있는 사진을 들어 올렸다.

"검시관이 사체에 최근까지 반지를 꼈던 흔적이 있었다구 했잖아. 두 내외가 싸우는 와중에 반지까지 뺏어들구 가져갔을라구? 아니면 뒹굴고 싸우는 도중에 빠졌거나. 김득희 집을 아무리 뒤져두 반진 없던데."

"반지 자국이 움푹 들어가 있다는 건 웬만해서 반지가 잘 안 빠질 거란 소리야. 누가 일부러 빼지 않고서는…. 그런데 반지가 다투고 싸운다고 빠질까?"

"그래도 어디 떨어져 있나 살펴봐야 할 거 같아. 풀숲이나 어디라도."

"일부러 뺀 거면 버리진 않았겠지."

사체에서 오른쪽 약지에 반지를 최근까지 끼었던 흔적이 있었다. 형사들은 정희네 집을 샅샅이 뒤졌다. 이 과정에서 비위가 약한 형사들은 혼비백산하고 밖으로 나왔다. 쓰레기 더미가 너무도 많다 보니 수사관들이 감히 덤벼들지 못했다. 그들은 원하는 물건을 찾겠다는 생각을 감히 할 수 없었다. 수사의 진척을 위해 악취가 나는 쓰레기를 몽땅 밖으로 빼내니 작은 쪽마루 앞 축축한 뒷마당에 쓰레기가 산더미처럼 쌓였다. 셋방사람들이 몰려와 혀를 끌끌 찼다. 그러나 수사관들은 소기의 목적을 달성하지 못하고 빈손으로 돌아갔다. 쓰레기 속에서 반지 찾기란 낙타가 바늘구멍 들어가기보다 어려웠다. 똥통에 버렸나? 거기 버리면 눈 벌겋게 뜨고 달려들 놈이 한둘이 아닐 텐데…. 형사들이 한마디씩 했다.

그 다음 뒤진 곳이 실비집이었다. 실비집에서 세 돈짜리 금반지가 나오자 그들은 환호성을 질렀다. 분명히 공구리쟁이가 순임에게 준 거라고 확신했다. 그러나 공구리쟁이는 준 적 없다고 펄쩍 뛰고, 순임은 자기가 산 거라고 펄쩍 뛰었다. 두 사람이 약속

퍼팩트웨딩

이나 한 듯 펄쩍 뛰었지만 반지는 김득희가 사체에서 **뺀** 것으로 결론을 지었다.

"저어 드릴 말씀이 있는데요."

승수가 임 형사에게 쭈뼛거리며 말을 잇지 못하자 뭐야? 새로운 단서라도 나온 거야? 하면서 고개를 들었다. 그러다가 확실한 증거 아니면 말도 꺼내지 말라면서 손을 내저었다. 시답잖은 증거가 많아서 더 골치가 아프다고 했다.

경찰서로 신고전화가 여러 차례 걸려왔다. 전화 목소리의 주인 공은 용산 일대를 쏘다니는 넝마주이가 틀림없이 범인일 거라고 우겨댔다. 그 넝마주이가 박연옥이 죽는 시각에 호암지에서 튀어 나오는 걸 봤는데 그의 머리는 피해자와 사투를 벌인 것처럼 헝클어져 있었다고 했다. 넝마주이가 살인을 저지른 사람처럼 손을 부들부들 떨고 있었다고도 했다. 전화 거신 분은 누구냐고 물었더니 제가 그랬다고 하면 나중에 복수할지도 모르니까 그냥 선량한 시민이라고 해두라고 했다. 그러면서 그 선량한 시민은 넝마주이가 진짜 범인인 걸 확신한다고 거듭 말했다. 그가 오늘도 용산동 일대를 뻔뻔하게 돌아다니고 있다고 친절하게 알려주었다. 전화 내용 그대로 머리가 심하게 헝클어져 있는 놈을 홍 순경이 기습적으로 데려왔다. 평생 씻지도 않는 놈이어서 경찰서 안에 냄새가 진동했다. 코를 막고 탐문수사를 했다.

"내가 미친 여자를 죽여서 호암지에 밀어넣었시유. 나를 잡아 가시유, 제발."

선량한 시민의 말대로 그는 횡설수설하면서 저를 제발 잡아다 유치장에 집어넣어달라고 통사정을 했다. 그 남자는 형사의 팔을 꼭 붙들고 놔주질 않았다. 그놈을 떼어내서 밖으로 쫓아내느라 경찰관들이 애를 먹었다. 넝마주이가 나간 뒤에 코를 막고 창문을 여느라 법석을 떨었다. 넝마주이는 쫓겨나면서도 자기가 범인이니까 제발 수갑을 채워달라고 손을 내밀었다.

승수가 임 형사 앞에서 머뭇거렸다.

"저어~"

"이 새끼 뭐야? 왜 자꾸 앞에서 얼씬거려. 정신 사납게."

"저어, 그 반지 말이에요."

임 형사는 입으로는 비키라고 말하면서도 눈으로는 승수의 표정을 놓치지 않았다. 승수는 순임이 그의 집에 있을 때 그녀가 반지를 끼고 있는 것을 여러 번 본 적이 있다. 이제 그들의 관계를 털어놓을 때가 됐다고 생각했다. 그는 순임과 아버지와의 관계를 임 형사에게 털어놓았다. 아마 아버지가 준 반지였을지도 모른다고.

"그럼 아버지를 증인으로 해야 얘기가 되지."

장마가 잠시 소강상태였다. 범행 장소로 수사관들이 몰려가는 중이었다.

"이봐, 신참! 왜 여길 다시 왔는지 알아?"

꽁무니에 따라가던 최고참 임 형사가 승수의 귀에 대고 속삭였다.

"요로코롬 탐문수사라두 하는 척해야 사건이 그럴싸해 보이는 겨. 이대루 책상에 앉아서 매듭지어버리면 탁상공론이다 뭐다 말들이 많아 쌌고 우리도 똥 누고 밑 안 닦은 거 모냥으루 찜찜해서 안 되야."

"김득희가 완강히 부인했잖아요."

"지금 김득희 사건이 딱 그짝이야. 심리적 증거라구 아나? 정황증거 말야. 정황은 딱 저 인간이 범인인데 알리바이가 애매하거나 증인이 없는 경우지. 막말루 내가 죽였다는 증거 있으면 갖고 오란 말이야 이렇게 대들면 우린 할 말 없어."

이미 수사팀은 선착장에서 멀지않은 매운탕집 부근에 도착했다.

"겨우 단서 하나 찾았는데 그건 아니란 거지? 반지 건은 명백히 밝혀졌구. 근데 이순임이 어떻게 자네 집에 들어와 살았어?"

순임 얘기에 승수의 얼굴이 굳어졌다.

"그러니까 현장주변을 샅샅이 뒤져서 반지든 뭐든 찾아내라는 겨. 김득희가 꼼짝 못허게. 첫째두 증거 둘째두 증거야. 이순임이가 자네 집에서 잠시 살았다고? 참 세상 요지경 속이네."

임 형사가 작은엄마를 가리켜서 이순임이 운운할 때마다 승수는 그게 영 어색해서 말을 돌렸다.

"그 작자가 저는 아니라구 백 번 우겨두 소용없어. 뻔한 얘기지 뭐, 실비집 여자 구하려다 지 마누라 죽인 거잖여. 결론은 났어. 사전모의한 건 아닐 수도 있어. 우발적인 범행이어두 동기는 충분해."

승수는 취조실에서 처음 순임과 마주치던 날, 동공이 커지고 어쩔 줄 몰라 하는 그와 달리 그녀는 승수를 생판 모르는 사람처럼 대했다. 승수가 사기컵에 담긴 따뜻한 물 한 잔을 가져다 주었을 때 무표정한 얼굴로 물 컵을 뚫어지게 바라보았다. 그녀는 긴 손가락을 천천히 물 컵에 갖다 댔다. 승수에게 뭔가 할 말이 있는 듯했지만 입을 굳게 다물고 그냥 자세만 옆으로 고쳐 앉았다. 이렇다 저렇다 변명도 없었다. 승수도 어떻게 된 일이냐고 따져 묻지 않았다. 가만히 보니 그녀가 입은 물방울무늬 원피스는 단순한 모양이지만 그녀에게 참 잘 어울린다는 생각이 들었다. 뜨거운 물 한 잔을 앞에 놓고 그들은 말이 없었다. 사기컵을 양손으로 잡고 손바닥으로 따뜻함을 느끼며 몇 차례 빙글빙글 돌린 일이 그녀가 한 행동의 전부였다. 그녀가 승수네 집을 나갔을 때 식구들 모두 그녀를 그리워했고 동생들은 그녀가 다시 돌아오기를 손꼽아 기다렸다. 승수도 한동안은 그녀가 언젠가는 골방으로 다시 돌아오리라는 기대를 버리지 않았다. 승수의 엄마도 그녀를 궁금해하는 눈치였다.

임 형사는 뚱뚱한 배를 들이밀고 언덕을 올라가기가 힘에 부쳤다. 헉헉거리면서도 말을 멈추지 않았다. 그는 잠깐 서서 복숭아

퍼팩트웨딩

낯빛의 청년을 바라보았다. 청년의 혈기가 부러웠다.

"근디 조 순경, 워디 강력반에서 일해볼겨? 시다바리할 만혀?"

승수의 눈이 휘둥그레졌다. 그러다 견장만큼 반짝 빛났다. 임 형사님 밑에서라면….

"말이 강력반이지 나가서 범인 잡는 것보다 종이때기에 조서 꾸미는 게 더 많어. 그게 일 미터여."

"임 형사님이 한 번 냄새 맡으면 그건 다 해결된 거라구 그러던데요?"

"그런 유언비어를 어떤 놈이 퍼뜨리구 다녀. 할 일 없이. 촌에서 강력반이고 나발이고 갈라놀 게 뭐 있어? 몇 명 되지도 않는데…. 우린 잡탕이여. 술 먹구 싸움하는 새끼들도 잡아들여야 허구, 살인사건 범인두 잡아야 허구. 말이 강력반이지."

"진짜 김득희가 범인일까요?"

"지가 패대기쳤는데 눈이 벌써 돌아가더라구 제 입으로 그러잖여. 튀기 녀석은 거기까지는 말했구. 증인허구 피의자허구 말이 일치허는디 뭐가 더 필요혀."

"김득희가 우발적으로 죽여서 연못 속에 밀어 넣은 거고. 다행히 그날 비가 억수로 와서 흔적이 사라진 거고."

"박연옥이가 제발로 물 속으로 들어간 거라고 김득희가 자꾸 우기는데 뻔한 얘기 아녀? 연못에 빠뜨려야만 자살한 게 되지. 결론은 났지만 이런 게 골치 아픈 사건이지. 명백하지 않은 게. 그게 우리 형사들한테는 무덤이야."

"깐돌이 말로는 나중에 그 여자가 미친 놈아! 소리쳤다는데요? 그러니까 그 여자가 그때까지는 살아있었단 소리 아녀요?"

"짜식 어설픈 추리력은…."

"형제는 몇이여?"

"6남매 중 셋째입니다."

"그려? 근디 말이여 이순임이가 자네 집에서 같이 살았다는 거 암만 생각해도 연결이 안 되네. 그거 참말이여? 시상 참 좁아."

둔덕을 사이에 두고 연못과 인가가 있었다. 움푹 들어간 곳에 집 몇 채가 옹기종기 모여 있고, 마을에서 조금 떨어진 둔덕 밑 연못가에 얼기설기 휘장을 쳐놓은 매운탕집이 있다. 이 집의 매운탕 이래야 천막에 솥단지만 걸어놓고 가운데 손가락 마디만 한 붕어 몇 마리 둥둥 떠다니는 시레기국이 전부였다. 임 형사는 그거라도 탁주 한 사발과 함께 곁들이면 천국이 필요 없을 것 같았다.

"발가락 쓰레빠 한 짝은 김씨 집을 아무리 뒤져두 안 나오구. 모르지 뭐 쓰레기더미에 파묻혀 있을 수도. 본인도 끝까지 지 꺼 아니라니깐 아닌 거겠지. 낚시꾼들이 빠트리고 간 걸 수도 있어."

"그건 사건의 핵심이 아닐 수도 있네요?"

"그럴 가능성도 있고 아닐 수도 있고. 제삼의 인물이 범인일 수도 있다는 걸 항상 염두에 둬야 혀. 오늘 고무신 한 짝이라도 찾으면 횡재하는 건데."

임 형사는 헐떡거리며 올라갔지만 걸음을 멈추지 않았다.

"건 그렇구 또 이용하허구 실비집 여자는 워떤 사이여? 그 자가 자네 동창이라며?"

승수는 난처해하며 말을 더듬었다.

"저 그게, 그냥 두 사람은 아무 관계가 없다고 합니다. 제가 직접 물어봤어요. 그 친구는 아주 성실하고 점잖은 친구여서 거짓말할 사람은 아닙니다. 본인이 아니라고 하니까 저도 그렇게 믿고 있습니다."

"형사 노릇 오래 하다 보면 의외로 그런 인물이 범인인 경우가 많어. 이용하가 꼭 그렇다는 건 아니구."

매운탕집 천막 앞에 교도소에서 갓 출소한 사람처럼 머리를 빡빡 깎은 중늙은이가 담배를 피우느라 쭈그리고 있었다.

"저기, 저 자식은 중대가리 마냥 왜 저렇게 머리를 박박 밀었디야? 반항하는 거 모냥으루."

긴 장마로 매운탕집이 개점휴업상태였다. 거친 비닐천막이 비를 맞아서 귀퉁이가 내려앉았고, 그 삐딱한 골 사이로 굵은 빗물줄기가 주루룩 흘러내렸다. 진흙바닥 위에 양철 드럼통을 거꾸로 놓고 그 위에 커다란 솥단지를 걸었다. 사포질도 안 한 긴 나무탁자가 덩그러니 있고 한눈에 봐도 꺼칠한 나무의자 몇 개가 흙탕물이 튄 채 뒹굴고 있었다. 주인은 동그란 머리통을 실오라기 하나 안 남기고 박박 밀어서 이마의 굵은 주름이 정수리까지 올라가있었다. 그는 천막 아래 쭈그리고 앉아 연기를 코로 내뿜으면서 부슬비 속을 지나치는 형사 일행을 쓱 훑어보며 염불 외우듯 중얼거렸다.

"저 똥파리들! 아휴, 재수 없는 인간들이 여긴 왜 왔어? 똥만 보면 바글바글 꼬이는 저 똥파리 새끼들!"

그는 쭈그리고 앉아 담배를 피워댔다. 마누라가 도망간 이후로 한 달 동안 공치는 날이 많아서 할 일이 없었다. 그는 경찰일행의 바지에 묻은 벌건 진흙을 무심코 쳐다보다가 뭔가 결심한 듯 담배를 휙 버리고 벌떡 일어났다. 천막 모퉁이에 있는 비닐우산을 집어들더니 앞서가는 경찰일행을 따라나섰다.

임 형사는 해가 나서 길이 말짱하든지, 비가 오려면 펑펑 쏟아지든지, 이도 저도 아닌 날은 모든 게 찌뿌듯하고 정신도 흐리멍텅한 느낌이 들었다. 자식새끼들이 북적거리는 단칸방으로 기어들어가고 싶은 생각이 굴뚝같았다. 일행은 찢어진 치마가 발견된 숲 근처에 도달했다. 조금 떨어져 우거진 잡목 사이에 깐돌이가 잠잔다는 군용텐트가 있었다. 사건이 일어난 장소, 정확히 말해서 고무신이 떨어진 장소와는 조금 멀었고 잡목 때문에 텐트가 잘 보이지 않아서 첫 번째 현장감식 할 때는 텐트를 무심코 지나쳤다. 임 형사 일행은 텐트 주변으로 갔다. 저쪽에서 소리 나는 걸 들었다는 거잖아. 꽤 먼데 그게 들렸을까? 비도 왔다는데. 군용텐트는 축축하게 젖어서 무게 때문에 거의 쓰러지기 직전이었다. 어른은 텐트 안으로 들어갈 수 없을 정도로 좁은 공간이 간신히 입을 벌리고 있었다. 내부는 컴컴했고 작대기로 휘젓자 기분 나쁜 날벌레들이 날아다녔다.

퍼팩트웨딩

"저 안에서 철수 녀석이 잠을 잤구만그랴. 쬐끄만 게 무섭지도 않았나? 근데 저 안에서 뭐가 보였겠어. 그날 비가 억수로 왔는디."

임 형사가 텐트 속으로 차마 들어가진 못하고 텐트 옆에서 깐돌이의 눈높이로 만들려고 똥 싸는 자세를 취했다.

"어떤 놈이 가다가 요기 바로 지 눈앞에서 중얼거리며 오줌 누더라구 갸가 그러잖어."

그는 나뭇가지로 텐트를 찔렀다. 손을 대면 벌레들이 손으로 기어오를 것만 같았다.

"아이구 축축혀라. 나는 범인보다 더 무서운 게 벌레들인데. 여기서 쓰레빠 한 짝이 발견됐는데 나머지 한 짝은 어디 간 겨? 빗속에서 아주 지랄발광들을 했구먼."

"비가 많이 왔다면 연못 속에 딸려갈 수도 있어요. 이 자리에서 사방 50미터 이내에 발견된 건 모두 수거해. 그리구 조 순경하고 김 순경은 텐트 먼저 철거하구."

"여그 똥 닦은 종이도 있는디 이것두 수거해야겠구먼. 누구 똥인지 대번에 아는 기술은 없는 겨? 요즘 나라에서 별별 기술을 다 자랑해쌌는데."

신참 경찰들이 축 늘어진 텐트에 성큼 다가가지 못하고 한 손에 우산을 들고 나뭇가지로 찔러댔다. 그때 뒤따라 온 매운탕집 남자가 비닐우산을 냅다 던졌다. 그의 비닐우산은 심하게 찢어져서 쓰고 있으나마나였다. 그는 자기 집 천막을 걷어내듯이 철심을 능숙하게 뽑아내고 젖은 천막을 한쪽에서부터 걷어내서 한곳에 포갰다. 저 새끼 저거 뭐 얻어먹을 거 있다고 설쳐대는 거야? 임 형사는 자기 일처럼 대드는 이 남자를 기이한 눈으로 지켜보았다. 박박 밀어낸 동그란 머리는 이마 위까지 깊은 주름이 올라와서 인상이 묘하게 보이는 사내였다. 몇 살이나 먹었을까? 한 사십대는 됐겠는 걸? 오십댄가? 생각하고 있을 때 박 경사와 임 형사의 바로 코앞에서 매운탕집 남자가 쭉 미끄러지더니 진흙탕에 슬리퍼 한 짝이 벗겨졌다. 그들은 동시에 유난히 발이 큰 남자의 뒤꿈치를 쳐다보았다. 발뒤꿈치는 심하게 갈라져 있었고 그의 발끝보다 일 센티가 작은 슬리퍼는 뒤축이 심하게 닳아서 뒤꿈치의 일부분이 땅에 닿았다. 뒤꿈치와 엉덩이에 진흙이 잔뜩 묻었다. 이 사내가 얼핏 여자슬리퍼를 신고 있지 않나 하는 생각이 들었다. 임 형사가 박 경사에게 눈짓을 했다.

"으이, 깜짝이야! 뭐여?"

두 사람이 매운탕집 남자가 하는 양을 바라보고 있는데 정순경이 단추 하나를 내밀었다.

"단추잖어? 이순임이 단추거나, 김씨 마누라 단추거나, 둘 중 하나 아닐까? 잘 챙겨둬. 앗, 따거라. 모기놈이 궁뎅이를 자꾸 물어쌌네."

그들은 풀숲을 헤치면서 탐문수사를 거듭했지만 그럴싸한 정보는 매운탕집 남자의 발이 크다는 사실과 그저 막걸리 한 사발 들

퍼펙트웨딩

이켰으면 하는 생각만 가득 안고 사건 현장을 철수했다. 돌아오는 길에 승수가 임 형사에게 물었다.

"그 남자 발 봤어요? 여자 슬리퍼 신고 돌아다니던데. 진창에 발자국 난 거 없어지기 전에 얼른 재봐야 하는 거 아니에요?"

"허, 서당개 삼년이면 풍월을 읊는다더니 딱 그 짝이네. 뭐야? 강력반 삼일 만에 벌써 범인 냄새를 맡은 겨? 강력반에 있을려면 뭐니 뭐니 해도 개코가 질이지."

"아니, 저, 제 예감이 틀릴 수도…."

"박 경사가 벌써 개시혔어. 폼으루 따라댕기지 말고 배워둬."

"아, 예."

승수가 멋쩍은 듯 모자를 만졌다.

*

"아니 내가 무슨 잘못을 했다구 이래요? 당신들 애먼 사람 잡지 말고…."

"야, 임마! 챙피 안 당할려면 입 다물고 따라 오기나 혀. 그냥 사실대로만 말하면 곱게 보내줄 테니까."

"이봐, 당신들! 나 못 건드려. 우리 육춘 형님이 경찰서장인 거 알구나 이러는 거야? 아얏! 아, 왜 때려요?"

정 순경이 잽싸게 매운탕집 남자의 양손을 뒤로 잡았다. 순식간에 일어난 일이다. 앞서가던 임 형사가 뒤돌아서서 정강이를 세게 찼다. 이 새끼 이거 입만 살아가지구서. 임마! 장마철에두 더위 먹냐?

현장 탐문 수사 이틀 후였다. 매운탕집 남자는 도망 간 마누라의 친정집에 찾아가서 행패나 부릴까 생각하다가 비가 오니 그것도 귀찮아졌다. 딴 데로 튀었겠지? 거기 얌전히 있을 년이 아니지. 비나 그치면 찾아가자 생각하며 천막 아래에서 담배를 피우고 있었다. 마누라도 없고 장사도 안 되니 이걸 걷어 치워야 하나 여러 가지 생각에 골몰하고 있었다. 그때 임 형사 일행이 들이닥쳤다. 그는 무슨 영문인지도 모르고 도망가다가 진흙 뻘에 슬리퍼가 벗겨졌다. 얼마 못 가서 임 형사의 매서운 손바닥이 그의 박박머리를 갈겼다. 그는 붙잡혀 와서 씩씩거리다가 텅 빈 조사실 안을 두리번거렸다. 곧 누가 들어오는 소리에 본능적으로 자세를 고쳐 앉았다. 임 형사가 손바닥으로 책상 아래 있는 남자의 두꺼운 장딴지를 쳤다. 그는 맨발에 작은 슬리퍼를 신고 있어서 발뒤꿈치가 새까맸다.

"발 내밀어봐. 이거 니 꺼 맞지?"

자동차타이어를 잘라 붙인 듯 검은 색의 질긴 코 슬리퍼는 사건이 난 다음 날 깐돌이가 물길을 만들어놓고 놀던 것이었다.

"내 꺼 아니예요. 내가 왜 그런 걸 신고 다녀요. 내 꺼 아니라니깐요."

그가 발을 움츠렸다. 임 형사가 구부렸던 허리를 펴고 그의 등짝을 쳤다. 다시 쭈그리고 앉아 그의 발을 빼서 억지로 신발을 신겼다. 코끼리 발에 신기는 형국이었다.

"새끼, 이거 무슨 수작을 부리고 있어? 잔소리 말고 빨랑 내밀어봐 새꺄!"

그는 순순히 신으면서 고개를 옆으로 돌리고 모르는 척했다.

"이걸 콱! 이순임이 죽던 날 밤 12시에서 1시까지…. 그 시간에 뭐했어?"

"아, 뭐하긴 뭐해요? 그 시간에 처자지 미쳤다고 깨있어요? 생각을 해봐요, 그 시간에 어떤 미친 놈이 일어나서 살인을 해요?"

"임마, 누가 너더러 살인했대? 누가 그래? 지 발 저려서 실토를 하는구먼. 실토를 해."

승수 일행이 매운탕집 천막 속을 샅샅이 뒤져 슬리퍼 한 짝을 찾아냈다. 깐돌이가 물가에서 가지고 놀던 슬리퍼와 똑같았다. 그리고 쌀 항아리 속 곰팡내 나는 낟알들 속에서 호젓하게 반짝이는 조그만 것, 세 돈짜리 금반지도 건져냈다. 승수가 금반지를 들고 취조실로 들이 닥치자 매운탕집 남자는 멋쩍어하며 고개를 돌렸다. 형사들이 그를 에워쌌다. 형사들이 에워싸자 그는 놀라서 두리번거리더니 곧 기가 죽어서 고개를 돌렸다.

"에이, 아침부터 재수가 없더니만!"

김인철, 45세, 특수공무집행 방해죄 등 다수의 범죄전력. 현재도 폭행으로 지명 수배 중. 박 경사는 매운탕집 남자의 신상을 보고 혀를 끌끌 찼다. 폭행전과가 여러 번 있는 그를 위압적인 표정으로 노려보았지만 한 건 했다는 표정은 감추지 못했다. 뭔가 실마리가 풀리는 듯했다.

"반지 빼려다가 여자가 반항하니까 목 졸라 죽이고 물속에 집어넣었지? 바른대로 말해."

박 경사가 말했다. 매운탕집 남자가 정색하며 말했다.

"아니에요. 반지 뺀 건 맞지만 그 여자는 이미 죽어있었어요."

임 형사가 때리는 시늉을 하니까 매운탕집 남자는 재빨리 고개를 돌리고 양손의 손가락을 최대한 벌려서 임 형사의 매운 손을 피하려 했지만 기어이 그의 등짝에선 찰싹 소리가 났다.

"니가 죽이구 물속으로 밀어넣었잖여. 이 새꺄, 그렇다구 사람을 죽여? 니가 인간이여?"

"아니라니깐요! 제가 안 죽였어요. 하느님한테 맹세해요."

이번에는 매운탕집 남자의 머리를 손바닥으로 쳤다.

"맹세는 무슨…. 박연옥이 손가락이 그래서 꼬부러졌구만 그려. 그날 김득희 왔다가는 거 봤어, 못 봤어? 그 여자 남편 말야, 공구리쟁이."

"못 봤어요. 내가 진짜로 안 죽였다니깐요. 그날은 아무도 못 봤지만 그 여자 죽기 며칠 전에는 밤에 어떤 남자가 언덕에 서있다가 물가로 내려가는 건 봤어요. 그날도 그 미친 여자가 왔다 간 것 같기두 하구. 아닌 것 같기두 하구. 아무튼 난 정말 안 죽였어요."

"그놈 인상착의 좀 얘기해봐. 김득희 얼굴 보면 혹시 알아볼 수 있겠어?"

퍼팩트웨딩

"몰러유. 깜깜한데 지가 어떻게 알아요?"

"그놈이 키가 커? 작어? 니가 본 남자가 키가 큰가, 작은가는 대충 알 수 있잖아."

"그걸 무슨 수로 알어요? 재본 것두 아닌데."

"장난해? 눈깔 뒀다 뭐해? 깐돌이 불러들여. 그 녀석이 현장에 있었잖아."

박 경사가 임 형사를 향해 눈짓으로 불러냈다. 임 형사, 나 좀 봐요. 박 경사가 임 형사를 불러내 귀에 대고 속삭였다. 저런 놈은 어린애한테 해코지하기 십상이야. 깐돌이 같은 부랑아에게 저 새끼가 뭔 짓을 못하겠어. 김득희 주변 남자를 탐문해보는 게 더 빠를 거야. 철공소 남자하구 왜 거기 노총각 하나 있잖아, 이발쟁이 장가놈. 또 조 순경 친구 이용하도 집에 있었다는데 알리바이가 확실하진 않아.

박 경사가 한참 후에 다시 돌아와서 매운탕집 남자에게 말했다.

"그럼 니가 안 죽였다고 쳐. 물속에 밀어넣은 건 맞지?"

"제가 미쳤어요? 힘들게 왜 그 짓을 해요? 비가 억수로 왔는데 시체가 물에 안잠기고 배겨요? 왜 그걸 힘들게⋯."

"이 새끼가 누굴 가르치려 들어!"

매운탕집 남자는 얼굴에 핏대를 올리며 정말이래니깐 나참! 하며 가슴을 쳤다. 지금까지는 무수히 거짓말을 해왔지만 이번만큼은 진짜 억울하다는 투였다. 너무 억울해서 머리를 호암지에 쳐박고 죽고 싶은 심정이라고 했다.

"땅 꺼져 임마! 한숨 그만 쉬어."

"아, 까짓거 내가 솔직히 다 말할 테니까 우리 마누리나 좀 찾아주슈."

"이 새끼가 정말! 어따 대고 마누랄 찾아내라는 거야. 니 말은 박연옥이가 이미 죽어있는데 반지만 빼고 물속엔 안 집어넣었다 그거지?"

"아이구 몇 번을 말해야 알아들으실래나. 아, 왜 때려요! 배고파 죽겠어요. 밥이나 주구 때려요."

"지금이 몇 시여?"

박 경사가 밖에 대고 소리치다가 아예 일어나서 취조실 밖으로 고개를 내밀고 뾰족한 턱으로 정 순경을 불러들였다.

"어이! 중국집에 전화해서 짜장면 몇 그릇 시켜봐."

"나는 설렁탕으루 시켜줘요. 짜장면 소화 안 돼요."

"이게 아직두 정신 못 차렸어."

아구야! 매운탕집 남자의 민대머리는 하루에도 여러 번 쥐어박혔다.

새까만 기름이 자르르 흐르는 짜장면이 들어왔다. 매운탕집 남자는 나무젓가락을 단숨에 가르더니 짜장면을 게 눈 감추듯 먹었다. 승수는 굶주린 개 한 마리를 눈앞에서 지켜보다가 반쯤 먹다 만 자기 그릇에 젓가락을 분질러 집어넣고 일어서려했다.

퍼팩트웨딩

"그 짜장면 안 먹을 거면 이리 주슈. 거, 아까운 걸 왜 남겨요?"

매운탕집 남자는 정신없이 퍼먹다 말고 머리를 그릇에 박은 채 엉덩이를 들었다. 까만 짜장이 묻은 나무 젓가락을 허공에 휘두르며 다꾸앙 그릇도 놔두고 가라고 했다. 승수가 속으로 뭐 이런 새끼가 다 있어, 하며 슬쩍 곁눈질했다. 그리고 먹던 그릇을 밀어주고 일어섰다. 그 남자는 나무젓가락으로 그릇을 마저 당겼다. 역시 짜장면은 복흥루야! 트림까지 하며 담배도 한 대 있으면 달라고 했다가 임 형사의 지독한 구둣발에 차였다. 그는 정강이가 떨어져 나간 듯이 팔짝 팔짝 뛰었지만 결국 담배를 얻어 피우고 느긋하게 연기를 내뿜었다. 입을 동그랗게 오무려 담배연기를 방울방울 계란 모양으로 만들면서 세상에서 가장 행복한 미소를 지었다. 그 남자가 입에 가득 연기를 품고 있다가 동그랗게 뿜어내니까 임 형사가 같잖아서 픽 웃었다. 매운탕집 남자는 도망 간 마누라가 다시 돌아온다면 더 이상 때리지 않고 잘해주리라 다짐했다. 손님들에게 절대 시비도 걸지 않을 것이고. 다만 마누라 주려고 꼬불쳐났던 반지를 들킨 것이 못내 아쉬웠다. 짜장면 배달부가 들어와 그릇을 챙겨갈 때 승수가 따라 들어왔다.

"저기요, 나가실 때 창문 좀 확 열어주고 가슈. 냄새 좀 빠지게."

유치장에 들어가 있던 공구리쟁이가 다시 취조실에 앉았다.

"이봐요 김씨, 당신이 정말 안 죽였다고 쳐요. 당신이 당신 마누라 패대기치고 그 자리를 바로 떴다 그랬지요? 그땐 분명히 비가 안 왔다 그랬구? 분명히 당신 입으로 그랬어?"

박 경사가 짜장면 먹은 입을 닦으며 말했다.

"나중에 딴소리 하면 어떻게 되는지 알지? 그때가 몇 시인지는 정확히 알아요?"

매운탕집 남자의 출현으로 뭔가 실마리가 풀리는 것 같아 공구리쟁이 주변을 형사들이 에워쌌다. 그는 전에 없이 말랐고 얼굴에 핏기가 하나도 없었다. 얼굴색이 마른 북어 빛깔에 가까웠다.

"지가 다 말씀디릴께유. 가만 있어봐유."

느릿한 공구리쟁이의 말에 임 형사 일행이 웃음을 터뜨렸다.

단서들

공구리쟁이의 얘기는 계속되었다.

그날 연옥을 따라 나온 날, 번개가 여러 번 번쩍거렸고 뒤이어 우르릉 쿵쾅! 하는 소리가 났다. 밤하늘은 깜깜했지만 간간이 번쩍거리는 빛으로 천지가 짧은 순간 밝게 빛났다. 짐승의 소리로 울부짖는 연옥을 보며 그녀가 도저히 인간이라는 생각이 들지 않았다. 그저 꿈꾸고 있는 거려니 생각했다. 갑자기 연옥은 더 이상 발악을 하지 않고 모래사장에 젖가슴을 풀어 헤치고 넋 없이 누워 있었다. 그녀는 미친 듯이 울부짖은 후에 먹구름이 드리운 하늘을 보며 한참동안 상념에 빠졌다. 조용했다.

공구리쟁이는 그제서야 실비집 여자가 생각났다. 혼비백산해서 뒷걸음으로 도망갔던 실비집 여자를 떠올렸다. 이 밤중에 돌부리에 걸려 오도가도 못하는 게 아닌가? 아니면 호암지에 빠진 게 아닌가? 자동차에 치였나? 별의별 생각이 다 들었다.

그는 널부러져 있는 연옥을 뒤로하고 실비집 여자를 찾아나섰다. 공구리쟁이는 저만치 아스팔트길에서 급히 길을 건너가는 실비집 여자를 보았다. 그 여자는 전속력으로 달려오는 트럭을 보지 못하고 신작로를 가로질러 달려가는 게 아닌가? 위험한 순간이었지만 그녀는 그대로 줄행랑쳤다. 급하게 멈춰 선 트럭 운전수가 욕을 해대는 소리도 들렸다. 운전수는 화를 못 참고 급기야 문짝을 박차고 신작로에 나와 실비집 여자가 지나간 길에 대고 고래고래 욕을 했다. 바로 건너편에서 지나가던 여인이 실비집 여자를 보고 놀라 멈춰서 있는 것도 보였다.

곧이어 비가 억수로 쏟아졌다. 한 치 앞도 안 보였다. 거리엔 사람의 그림자라고는 보이지 않았다. 비가 우레 소리와 함께 줄기차게 퍼부었다. 공구리쟁이는 흠뻑 젖은 야생들개의 몰골을 하고 실비집 여자를 찾아나섰다. 이렇게 굵은 빗줄기는 태어나서 처음 보았다. 폭우 속에 파묻힐 것만 같았다. 이대로 폭우 속에서 쓰러져 자고 싶었다. 지금 이 순간 이대로 멈춰 서서 물속에 가라앉고 싶었다. 아니, 여기서 쓰러져 잠들고 싶었다. 그러나 그는 중얼거렸다. 안 돼! 그녀를 찾아서 위로해줘야 돼. 이제 괜찮다고, 아무 걱정 말라고. 내가 짐승 같은 여편네를 죽도록 때렸으니까 더 이상 걱정 안 해도 된다고 말해야 했다. 그는 한시가 급했다. 우동가락만 한 빗줄기는 그의 얼굴을 사정없이 때렸다. 시원했다. 공구리쟁이는 이를 드러내놓고 크게 웃었다. 얼마 만에 크게 웃어보는 건가!

——————— 퍼팩트웨딩

그 시각 순임은 실비집에 무슨 정신으로 도착했는지 모를 정도로 혼이 빠져있었다. 문을 열자마자 불도 켜지 않고 의자에 털석 주저앉았다. 아무 생각도 나지 않았다. 방금 무슨 일을 겪고 왔는지 전혀 생각이 나지 않았다. 트럭 운전수가 왜 고래고래 소리 질렀는지…. 그녀가 어디를 갔다 오다가 연못가에 멈췄는지…. 기억이 가물가물했다.

아! 호암지에서 낯익은 청년을 만났지. 그가 뭐라고 말을 걸었지. 무슨 말을 나눴는지는 기억나지 않지만 뒤돌아서 터덜터덜 걸어가는 그의 넓은 어깨를 보았지. 그가 나를 알고 있었던가? 그를 따라가고 싶었다. 그런데 그다음은 생각이 안 났다. 지금 밖에 비가 너무 세차게 내려 간신히 식당 안으로 걸어 들어온 일만 생각났다. 일어나서 방에 들어가 바깥쪽으로 난 창문을 닫아야지 생각하지만 일어설 수 없다. 지금 물이 들어와서 방안에 물이 한강일 텐데…. 아, 어쩌나! 얼른 창문을 닫아야 해! 얼른 뛰어가서 저 비를 막아야 해! 비는 무서운 기세로 내렸다. 멈추는 방법을 모르는 것 같다.

그때 실비집 유리문에 그림자가 비쳤다. 유리문이 벌컥 열렸다. 그녀가 고개를 들었다. 어떤 남자가 비를 흠뻑 맞고 서있었다. 공구리쟁이였다. 그는 물에 흠뻑 젖은 한 마리 들개였다. 그가 천천히 다가왔다. 그는 괜찮냐고 물어보고 그녀가 다친 곳을 불빛이 환한 곳에서 들어올려서 만져보고 위로해주고 싶었다. 이제 괜찮다고 토닥여주고 싶었다. 안심해도 된다고. 그러나 무슨 말도 할 수 없었다. 잘못을 저지른 아이처럼 그냥 멀뚱히 서있었다. 아무 말도 하지 않았다. 말을 할 줄 모르는 사람처럼. 무리에서 이탈한 야생 들개처럼. 야생 들개는 다리에 힘이 빠져 저절로 무릎을 꿇었다. 실비집 여자가 다가와 그의 젖은 머리카락을 가슴에 묻었다. 그는 통곡을 하고 있었다. 그녀는 말없이 고개를 그의 머리에 기댔다.

*

"그러면 그날 밤 집에 안 들어가구 실비집에서 잔 게 맞구만. 첨부터 거기서 잤으면 잤다구 해야지 왜 일을 오리무중으루 맹글어? 시방 우리랑 숨바꼭질하자는 거야?"

"잠을 잔 건 아니구 거기 있다가 비가 그친 담엔 나왔시유."

"한심한 양반아, 잠을 잤으면 어떻구 꼬박 서있었으면 뭐할 거여? 그리구 거기서 새벽에 나왔으면 그다음 어딜 갔었는데? 오선자가 당신도 본 거야?"

"지가 갈 데가 어딨어유. 근데 오선자가 누구요? 공사장에서 눈 좀 붙이다가 집에 갔시유."

"그날 신작로길에서 이순임이가 허겁지겁 달아나다가 트럭에 치일 뻔할 때 길가에 서있던 건어물집 여자 말야. 당신이 그 여자 만났다는 걸 증명해줄 수 있냐 말야."

퍼팩트웨딩

"나는 그 짝을 봤지만 저 짝에서 날 봤는가는 모르겠시유."

"이 작자 데려가구, 오선자 불러서 다시 확인해봐. 그때 시간이 덕배 엄만가 하는 여자가 말하는 시간과 얼추 비슷한지 자세히 알아보구. 조 순경 친구라는 그 작자 알리바이도 다시 확인해보구. 그 작자 알리바이가 영 개운치가 않아."

그때 도박 전과가 있는 철공소 남자의 알리바이를 알아보러 나갔던 형사가 돌아왔다. 그는 완벽한 알리바이를 갖고 있었다. 철공소 안에서 밤새도록 화투를 쳤다는 동료들의 증언으로 일단 혐의를 벗었다.

"그날 모여 술만 마셨다는데 그거 다 그 패거리들이잖아. 도박하다 걸린 놈들."

"장문수하구 이용하만 남았네. 두 사람만 미심쩍은 거지?"

"장문수는 전과가 있구 이용하는 아직 깨끗허구. 그럼 지금 장문수 방을 한 번 덮쳐보는 게 어떨까?"

"무슨 근거로 덮쳐?"

"단서가 될 만한 게 나오면 다행인 거구. 아, 못 찾으면 당신 결백이 증명됐다구 하면 되잖아."

"허 거참, 위험한 발상인데…. 질식사인데 단서가 될 게 뭐 있겠어? 차라리 이용하를 다시 부르는 게 순서 같은데."

"장문수가 그 시각에 집에서 잠을 잤다고 했지만 본 사람이 없잖아."

"아무리 폭력전과가 있다 해도 막무가내로 잡을 수는 없지."

"김영자 얘기로는 새벽에 누가 들어오는 소리가 나중에는 장문수 방 쪽으로 들어가는 소리 같다고 했잖아."

"그 여자 얘기도 신빙성은 없어. 이랬다 저랬다, 박연옥이 어떤 사내랑 눈이 맞은 것 같다고도 떠들어대."

"그 작자가 폭력전과에 성폭행전과에 거기다 절도로 입건됐다 풀려난 전력도 있네. 현재도⋯. 도망갔을 수도 있어. 빨리 행동 개시해."

박 경사가 후다닥 겉옷을 집어들었다. 일행이 공구리쟁이 집으로 서둘러 갔다. 임 형사와 승수도 합세했다. 부르릉! 대기하고 있던 백차는 검은 연기를 세차게 뿜어냈다. 승수는 덮개가 없는 백차 조수석에서 바람을 온몸으로 맞으며 경찰이 되길 잘했다고 생각했다.

경찰차가 사이렌 소리를 내며 길갓집에 멈췄다. 사이렌 소리가 뙤약볕 아래 울려 퍼졌다. 장씨가 창문으로 뛰쳐나갈 걸 우려해 경찰관 몇 명은 미리 뒤쪽으로 돌아갔다. 장씨의 방은 쪽마루 밑에 불 때는 아궁이가 있어서 방문이 높았다. 그는 대낮부터 술에 취해 곯아떨어졌다. 정 순경이 세상 모르고 자고 있는 장씨를 흔들어 깨웠다.

"여봐! 장문수! 일어나봐. 같이 좀 갑시다."

셋방사람들은 임 형사 일행을 맞이할 준비를 진작부터 하고 있던 것처럼 장씨 방문 앞에 집합했다. 임 형사가 출석이라도 불러

주기를 고대하는 얼굴들이었다. 임 형사는 진짜 출석을 부르는 것처럼 집합해있는 동네사람들에게 하나하나 아는 척을 했다.

"뭔 일이래? 장씨가 뭐 잘못한 거라도 있나?"

"하이고 김씨도 잽혀갔는데 장씨도 잽혀가는 겨? 여기 터가 안 좋은가? 줄줄이 잽혀가네."

"이봐, 장씨 여그 경찰서에서 볼일 있대. 어여 일어나봐."

용감한 철공소집 여자가 열에서 불쑥 나와 장씨를 깨웠다. 웅성거리는 소리에 장씨가 영문도 모르고 부스스 일어났다. 그는 경찰복 입은 사람을 보더니 화들짝 놀라 달아나려 했지만 곧 그의 양손에 수갑이 채워졌다. 임 형사 일행이 장씨의 방을 뒤졌다. 여인의 속옷이 여기저기 구석에 처박혀 있었다. 누렇게 탈색이 된 여인의 속옷이 철 캐비넷 속에도 그득했다. 전부 끄집어내니 방 한가득 차지했다.

"어머나, 저거 정희 엄마 사리마다 아녀? 저 여자도 남편 놔두고 서방질한 거여? 아이고나 시상에 믿을 놈들이 없다니까."

"염병할 놈의 세상이네. 벽 하나 사이에 두고 남정네하고 배가 맞다니 세상이 어떻게 돌아가는 겨 시방?"

"에이 설마! 장씨 저놈이 미친놈이지."

사람들이 웅성거렸다.

"형사들이 어떻게 저걸 알아냈디야? 형사들이 참 용하네."

"장씨 얼굴에 범인인 게 써있어? 그나저나 승수가 출세했네."

승수는 여자들이 대놓고 출세했다고 떠들어대는 소리가 무색하게 다른 형사들과 섞여 열심히 방을 수색했다. 승수가 구석에 처박힌 여자속옷을 끄집어내 임 형사에게 건넬 때 여인들은 승수가 너무 대견해서 뛰어올라가 엉덩이라도 두드려주고 싶은 심정이었다. 승수가 찾아낸 속바지는 가랑이 부분이 누더기 조각천으로 덧대어 있었다. 임 형사는 자기 부인에게 사줄 속옷을 골라 펼쳐보듯 면으로 된 연옥의 속고쟁이를 쪽마루에 서서 펼쳐 보였다. 여자들은 아유! 남사스러워! 정희 엄마가 참 알뜰하게도 살았네! 하면서 죽은 이를 잠깐 기억했다. 병이 생기기 전 살뜰하게 살림을 한 흔적이었다. 정희는 학교에 가고 두 여동생들은 남의 일 구경하듯 무리 속에 섞여있었다.

  그것도 잠깐 셋방사람들은 다시 본론으로 돌아와 그들의 불륜을 마구 분개했다. 그들은 공구리쟁이 내외가 쌍방으로 외도했다고 생각하며 경악을 금치 못했다. 젊은 시절 다방레지였다가 한때 남의 첩으로 있었던 옆집 할망구도 그들의 부도덕함에 대해 입에 침을 튀겨가며 얘기했다. 자신들이 젊었을 때 얼마나 정숙했는지 증명해보라고 하면 정조증명서라도 바칠 태세로 분개해 마지않았다. 이 나라가 어쩔려고 저려. 한숨을 쉬며 나라 걱정까지 했다. 장씨는 승수일행에게 수갑에 묶인 채 볼품없이 끌려나왔다. 임 형사가 여자속옷을 보자기에 꽁꽁 싸맸다. 꾹꾹 눌러 쌌어도 부피가 꽤 되었다. 셋방사람들은 경찰의 꽁무니를 따라 신작로까지 줄줄이 따라 나왔다. 나 참, 살면서 별일도 다 보네! 하면서 꼬부랑 할머니도 따라가려고 지팡이를 찾았다. 어른, 노인,

아이들 할 것 없이 백차 꽁무늬에 줄을 섰다. 그들은 소풍가는 아이들처럼 들떠있었다.

형사들 앞에 선 장씨는 처음에는 완강히 부인하다가 몇 날 며칠 계속되는 추궁에 연옥의 뒤를 밤마다 미행했다고 실토했다. 밤이면 연옥이 호암지로 나간다는 사실을 알고 그녀 주변을 배회하다가 그날 일을 저질렀다고 털어놓았다. 그가 가지고 있던 연옥의 속옷들은 빨랫줄에 널어놓은 것을 훔쳤다고.

그날도 깐돌이는 잘 데가 없어 축축한 텐트 속으로 기어들어갔다. 장마철만 아니면 낚시꾼들 속에서 밤을 새우고 그러면 먹을 것이라도 얻어 걸릴 텐데…. 기나긴 장마는 끝날 줄을 몰랐다. 무섭지만 텐트 속으로 들어갔다. 자갈을 베고 누웠다. 번개가 번쩍거리다가 우르릉 쿵쾅 천둥소리가 이어 울렸다. 검은 먹구름이 몰려왔다. 벌떡 일어나서 귀를 꼭 막았다. 여전히 밤 시간은 무서웠지만 그날은 더욱 소름이 돋도록 오싹했다.

그때 멀리서 싸우는 소리가 들렸다. 싸우는 소리는 점점 다가왔다. 어떤 여자가 미친 듯이 울부짖는 소리도 들렸다. 깐돌이는 무서워서 귀를 꼭 막았다. 여자는 반미치광이 상태였다. 제정신이 아니었다. 깜깜해서 잘 보이지 않았지만 번개가 번쩍거릴 때 그 광경을 잠깐 목격할 수 있었다. 격렬한 싸움이 오래도록 지속되다가 잠시 아무 소리도 들리지 않았다. 연옥은 모래밭에 팽개쳐졌고 두 사람은 떠나갔다. 번개와 천둥은 멈추지 않았고 곧이어 비가 내렸다. 깐돌이는 앉은 채 텐트에 머리를 기대고 꾸벅꾸벅 졸았나 싶었는데 밖에서 소란스런 소리가 또 들려왔다. 졸려서 자갈에 머리를 댔는데 여자의 울부짖음이 괴성으로 변했다. 이발사 장씨가 물가에 누워있는 연옥을 덮친 것이다. 연옥은 발버둥 치며 그를 피하려 애썼다. 자갈밭에 누워 악을 썼지만 소용이 없었다. 힘센 장씨를 밀어낼 수 없었다. 연옥의 머리가 자갈에 부딪치고 거의 반라상태가 되었다.

"아아악! 이년이 미쳤나!"

연옥이 장씨의 팔을 물어뜯었다. 장씨의 입에서 신음소리가 흘러나왔다. "아악~"장씨의 팔뚝에서 살점이 떨어졌고 피가 흘렀다. 그는 갑자기 이성을 잃고 연옥의 목을 졸랐다. 연옥은 엄청난 고통이 밀려와서 이제 더 이상 소리를 지를 수 없었다. 입을 벌렸지만 소리가 나지 않았다. 연옥은 목이 비틀어지면서 순간 섬광처럼 나타난 보랏빛 한 줄기를 보았다. 보랏빛은 고통을 멎게 했다. 갑자기 몸이 가벼워지면서 벌떡 일어나고 싶었다. 그러다가 앞이 깜깜해지면서 팔다리가 늘어졌다.

장씨는 자갈밭에 피를 줄줄 흘리며 달아났다. 장씨가 달아날수록 하얀 물체는 더 빨리 따라왔다. 그것은 통통거리며 계속 따라왔다. 어떤 건가 뒤를 돌아봐야 확인할 수 있는데 고개를 돌릴 수 없었다. 하얀 물체의 통통 소리는 점점 커졌다. 장씨를 꼭 붙들 것만 같았다. 넓은 모랫벌이 끝날 줄 모르고 길게 이어졌다. 저수지 모랫벌이 원래 이렇게 길었던가? 땀인지 빗줄기인지 분간할

퍼팩트웨딩

수 없는 게 흘러내렸다. 모랫벌은 새벽녘이 되도록 끝날 줄 몰랐다. 장씨는 밤새도록 달렸다.

　장맛비가 무섭게 내렸다. 빗줄기가 수돗물처럼 굵었다. 연옥의 한 쪽 다리는 물에 잠길 듯 말 듯 찰랑거렸다. 비바람 속에서 깐돌이가 심하게 오줌이 마려워 어설프게 잠이 깼다. 밖에 나가 오줌 누고 싶다는 생각이 들었다. 그러다가 꾸벅 꾸벅 졸다가 다시 잠이 들었다. 물속에서 기분 좋게 수영하는 꿈을 꾸었다. 이미 그의 바지는 오줌인지 빗물인지 구분이 안 갈 정도로 흥건히 젖어있었다.

　신기하게도 밖은 고요했다. 비가 잠시 그쳤다. 어둠 속에서 또 한 명의 남자가 천막 쪽을 향해서 오줌을 누더니 연옥에게 다가갔다. 매운탕집 남자였다. 연옥은 목이 졸린 채 눈을 부릅 뜨고 누워있었고 한쪽 다리는 물속에 잠겨있었다. 그는 여자의 손을 더듬었다. 예감은 틀리지 않았다. 도톰한 반지가 느껴졌다. 틀림없는 금반지였다. 빼려 했지만 빠지지 않았다. 반지는 뭉툭한 마디 사이에 깊숙이 박혀있었다. 매운탕집 남자는 죽은 여자가 갑자기 손을 올려 그의 목을 조를 것만 같았다. 용기를 내어 손가락을 비틀어 반지를 뺐다. 그는 반지를 빼서 주머니에 넣고 뒤도 안 돌아보고 줄행랑쳤다. 눈을 부릅뜨고 죽은 그 여자가 벌떡 일어나 자기 뒤를 따라오는 것 같아 풀숲으로 곧장 뛰어갔다. 곧 미끄러져서 자갈밭에 나동그라졌다. 으으으으~ 그는 언덕을 미처 올라가기도 전에 덜덜 떨다 못해 신음에 가까운 소리를 냈다. 시체가 벌떡 일어나 뒷덜미를 잡을까봐 튀어나온 나뭇가지를 붙잡다가 뿌리채 뽑혀 자갈밭으로 다시 나동그라졌다. 그는 풀숲에서 미끄러지면서 얼굴과 팔 다리가 나뭇가지에 긁혔지만 다시 튀어나온 나무뿌리를 잡고 올라가 뒤도 안 돌아보고 뛰었다. 이때 슬리퍼 한 짝이 자갈밭에 떨어졌다.

연옥은 오른쪽 약지가 심하게 구부러진 채, 자갈밭에서 고개를 45도 각도로 틀고 검은 하늘을 응시한 채, 그대로 정지해있었다. 잠시후 시체는 폭우에 휩쓸려 연못 속으로 빨려 들어갔다. 둥둥 떠있는 하얀 옷자락 위로 빗줄기가 사정없이 내리치더니 그마저도 연못 속으로 사라져버렸다. 비는 악마처럼 퍼부었다.

그날 밤, 빗속에서 벌어졌던 격렬한 난투극도 흔적 없이 사라졌다.

데이트와 밀회 사이

　용하의 자췻방에만 가면 가끔 못 보던 물건들이 하나씩 놓여있었다. 책상 하나와 못에 걸어놓은 양복 두 벌이 전부인 그의 방에 새로운 물건이 놓여져있으면 금방 눈에 띄었다.

　"아재 저게 뭐야?"

　"내도 모르겠다, 그게 뭔가."

　용하는 남의 방에 몰래 들어와 사는 사람처럼 새로운 물건을 손도 안 대고 고스란히 제자리에 두었다. 주인집 할머니의 외손녀딸 주희는 가끔 용하 방에 몰래 들어왔다. 그녀는 용하 방을 청소도 해놓고 어질러진 이불을 가지런히 해놓고 제 집에 갔다. 그러고도 모자라 용하가 필요한 게 있다 싶으면 제까닥 사다가 책상 위에 올려놓고는 사라졌다. 어느 날은 반찬을 해서 빈 방에 들여놓고 몰래 사라졌다. 그럴 때면 용하는 얼굴이 심하게 붉어지고 그 물건을 만지면 전염병이라도 옮는 양 가까이 가지도 않았으며 아무노 손을 못 대게 했다.

　주희의 성은 심가이다. 여고 졸업하고 여기저기 좋은 선자리가 많이 들어오지만 용하가 맘에 들었는지 외할머니의 집에 생쥐가 풀방구리 드나들 듯 드나들었다. 주인집 할머니는 남 잘 되는 꼴을 절대 못 보고 셋방사람들에게 각종 공과금을 다 뒤집어씌우는 괴팍한 할망구다. 공구리쟁이에게는 뭐든지 공짜로 수리해달라 하고…. 세든 사람의 장작이나 연탄을 몰래 몰래 빼쓰고…. 할망구의 응큼한 행동은 일일이 열거하기 힘들 정도이다. 그런데 할머니의 피를 안 닮았는지 주희는 밝고 명랑하고 마음이 따뜻했다. 용하는 주희 얘기만 나오면 얼굴이 귀까지 붉어졌지만 그녀가 싫지 않은 기색이다. 그는 주희가 자꾸 앞에서 알짱거리니까 거절도 못하고 얼떨결에 떠밀려서 몇 번 만나기도 했다. 데이트라고 해봤자 용하가 퇴근할 무렵 다방에서 만나 차 한 잔 마시는 정도였지, 탄금대로 택시 타고 가 본 적이 없다. 천지에 피어있는 개망초 옆길을 산책하는 호사도 그 아가씨는 누릴 수 없었지만 용하와 마주칠 때마다 즐거워하는 기색이 역력했다. 주희는 주변사람들의 부추김 탓에 가끔 용하와 만나는 행운마저도 즐겁고 감사히 받아들이는 천진난만한 아가씨다.

"내가 그 아가씨 부모 좀 만나볼까?"

"누이요. 제발 그러지 마요. 아무 사이도 아니고 난 관심도 없어."

우리 엄마의 말에 용하가 펄쩍 뛰었다. 어쨌든 심주희와 물에 물 탄 듯 술에 술 탄 듯 그저 그렇게 만나고 있을 무렵 용하는 순임이 무사히 풀려났다는 소식을 친구 승수를 통해 듣게 되었다.

*

"그랴? 남대문시장에 나 따라다니면 돼. 부지런히 다니면 서울 가는 차비는 빠져."

덕배 엄마는 눈을 반짝반짝 빛내며 순임이 자기처럼 옷장사를 해볼 것을 제안했다. 그녀 덕분에 순임은 남대문시장을 따라다녔고 집집마다 다니며 아동복과 여성복을 팔았다. 언젠가 여유가 생기면 덕배 엄마의 계에도 들어가야지 하고 마음먹었다. 길거리에서 좌판을 벌려 먹고사는 덕배 엄마는 이제 골목 여인들의 우상이었고 그녀의 손은 미다스의 손이었다.

골목의 여인들은 언제 화냥년 소리를 했냐는 듯이 작은엄마를 위해 너도나도 옷 보따리 주변으로 고개를 들이밀었다. 그녀가 우리 집 들마루에 옷 보따리를 펼쳐놓으면 승미 엄마도 꼭 얼굴을 내밀었다. 그들은 아무리 봐도 이상한 처첩관계였다. 동네 여인들은 직접 입어보기도 하고 남에게도 자기 일처럼 두 팔 걷고 권했다. 그거 너무 잘 어울리니까 꼭 사라고 심하게 권하다가 아예 옷을 뺏어들고 외상으로 사도 된다고 옷 장수의 의견은 물어보지도 않고 던져 주었다. 골목여인들은 남에게 사라고 부추기는 데는 이미 일가견이 있었다. 허리에 큼지막한 리본이 달려있는 간딴구들은 그녀가 자주 갖고 다니는 어린애들 옷이었다. 명절이 되면 그녀는 부지런히 골목 이집 저집을 누비고 다녔다.

버스가 끼익 소리를 내며 섰다. 버스의 문이 덜커덩 열리더니 커다란 보따리 하나가 안에서 굴러 나왔다. 알록달록한 나일론천으로 감싼, 부피가 매우 큰 보따리였다. 연이어 그보다 좀 더 작은 보따리가 굴러 나왔다. 마지막으로 그녀가 꽤 묵직한 보따리 하나를 머리에 이고 버스에서 내렸다. 그녀는 머리에 이고 있던 것을 두 덩어리의 다른 보따리 옆에 내려놓고 머리와 코트 옷매무새를 매만졌다. 정신을 가다듬고 심호흡을 한 다음 제일 큰 보따리를 다시 머리에 올렸다. 그리고 손을 놓고 중심을 잡더니 양손으로 두개의 보따리를 들었다. 머리에 인 것이 안정이 된 듯 사람들 사이로 용케 나아가는가 싶더니 머리에 인 보따리가 쿵, 하고 바닥에 떨어졌다. 그녀는 여느 보따리 장수처럼 능숙한 솜씨가 아니어서 보따리를 머리에 이는 일이 쉽지 않았다.

순임이 남대문에서 물건을 떼 오는 날이었다. 그녀는 큰 보따리를 다시 머리에 이고 자유로운 양손에는 작은 보따리 하나씩을 들었다. 이제 균형만 잡으면 다리 건너 집으로 가는 데 시간이 많이 걸리지 않을 것이다. 한 번 서울까지 갔다 올 때 차비도 만만치 않아 평소보다 좀 더 많이 떼 온 게 화근이었다. 오늘 새벽차로 갔다가 국밥 한 그릇을 일행과 사 먹고 내려오니 저녁시간이 되었다. 얼굴은 지친 기색이 역력했다. 그러나 이 짐들을 어떻게든 집까지 실어다 놓아야 했다. 그녀는 다시 호흡을 가다듬고 지친 다리를 끌고 앞으로 나아갔다. 그러나 사람들은 그녀에게 관심이 없는 듯 툭툭 치고 지나갔다. 발걸음은 천근만근 점점 더 느려졌다. 머리에 얹어있는 짐이 쇠를 얹은 것처럼 목을 압박해왔다.

잠시 눈을 감고 비틀거리는 것을 진정시키려 서있는데 큰 보따리가 쿵 하고 땅바닥에 떨어지더니 하천가로 굴러 떨어지려 하고 있었다. 그녀는 황급히 양손을 놓고 떨어지려는 짐보따리의 끄트머리 천을 간신히 붙잡았다. 손을 놓으면 보따리는 영락없이 하천가로 굴러 떨어질 것이다. 그녀가 안간힘을 써서 끌어 올리려 했다.

그때, 육중한 힘을 가진 손이 굴러갈 준비를 하고 있는 보퉁이를 한 번에 끌어올렸다. 그녀는 양복 밑으로 삐죽 나온 흰 셔츠 소맷자락과 포마드 냄새에 놀라서 뒤를 돌아보았다. 용하였다. 주희와 만나기 위해 약속장소로 가던 중이었다.

"어디까지 갑니꺼?"

용하가 조심스럽게 그녀의 행선지를 물었다. 그녀가 생각해도 차부에서 여기까지 이 많은 짐을 끌고 온 게 신기했다. 건장한 남자가 옆에 있으니 갑자기 짐보따리가 혼자 힘으로는 가져갈 수 없는 크기로 변해버렸다. 세 개의 보퉁이는 아주 커다란 돌덩이로 변해있었다.

"아니요, 저어."

그녀는 짐을 내놓으라는 뜻으로 양손을 앞으로 내밀고 종종걸음으로 따라갔다. 용하가 이미 큰 보따리 하나를 번쩍 들고 앞서 가고 있었다. 작은 두 개의 보따리는 저만치 오던 길에 있었다. 그는 그녀의 말은 듣지 않고 성큼성큼 앞장서 가다가 큰 보따리를 땅에 내려서 매듭을 지어 단단히 싸매고 어깨에 둘러멨다. 다시 성큼성큼 앞장 서 갔다. 그녀는 멈춰 서서 나머지 두 개의 보따리를 머리에 이고, 손에 들고, 뒤따라갔다. 그녀의 집까지 가는 길은 꽤 멀었다. 두 갈래 골목길에 서서 그가 뒤를 돌아보았다. 순임은 무거운 짐 때문인지 얼굴이 상기되어 있었다.

"이리 무거운 걸 우째 혼자 지고 갈라켔습니꺼?"

용하가 나무라는 투로 투덜거렸고 순임은 그의 말투가 너무도 친숙하게 들렸다. 무거운 건 용하 같은 장정이나 지고 가야 한다는 말투였다. 순임이 어디 가는 길이냐고 물었을 때 그가 말을 더듬거렸다. 용하는 짐을 순임의 집 앞까지 옮겨다주고, 주희가 오랜 시간 기다리고 있을 것 같아 헐레벌떡 발걸음을 옮겼다. 시간이 꽤 지체되어서 마음 한편으론 주희가 포기하고 진작에 돌아갔기를 바라고 있었다. 이번에도 떠밀리다시피 만나는 건 아닌가 생각하며 다방으로 발길을 돌렸다. 순임을 골목에 혼자 두고.

그녀는 세 덩어리의 짐보따리를 발밑에 두고 황급히 돌아가는 그의 뒷모습을 바라보았다. 익숙한 뒷모습이었다. 눈발이 한두 개 그의 어깨에 올라앉았다. 초겨울 이었다.

커다란 극장 간판 윗부분에는 백열전등 여러 개가 크리스마스

트리처럼 늘어져있었다. 춘향전이 상영될 때의 극장 앞은 연일
축제 분위기였는데 백열등도 한몫했다. 용하는 아가씨를 기다리
게 한 죄로 암표까지 사서 영화구경을 했다. 하품이 나는 영화였
다. 홍콩영화라면 흥미가 있었을까. 용하는 아가씨를 바래다주고
골목길가에 있는 순임 방의 창가를 멀리서 바라보았다. 골목길로
불빛이 흘러나왔다. 그녀가 창문을 벌컥 열까봐 두려워 그림자
쪽으로 섰다. 그녀가 창문을 열고 목을 길게 빼서 밖을 내다보아
도 용하가 서있는 자리는 보이지도 않을 텐데 소심하게 몸을 뒤로
빼고 있었다. 그는 무심코 지나가는 사람으로 철저하게 가장하고
싶었지만, 한편으론 그녀가 알아봐주기를 기대했다.

　주희는 영화 관람을 즐겨서 내가 학교에 갔다 오면 기다렸다가
나를 데리고 극장에 갔다. 양훈, 양석천, 구봉서, 김희갑이 나오
는 희극영화를 주로 봤다. 그녀는 꼬마인 나와 시내를 배회하며
하루 종일 용하를 기다리다가도, 용하가 퇴근해서 돌아오면 용하
를 우연히 맞닥뜨린 것처럼 환호성을 질렀다. 자기도 방금 할머
니 집에 도착했고 용하와 만나게 될 줄은 몰랐다는 듯이.
　"어머, 저도 방금 할머니 집에 왔는데 이 시간에 마주칠 줄은
생각도 못했어요."
　용하가 퇴근해 돌아올 시간이니 그 시간에 마주칠 것은 삼척동
자도 아는 사실이다. 그런데도 주희는 매번 생각도 못했다고 우
겨댔다. 이 같은 그녀의 말과 행동을 통해 그녀가 얼마나 용하를

좋아하는지 어린아이인 나도 알 수 있었다. 용하도 그녀의 깜짝 행동이 싫지 않았는지 그녀가 저녁 무렵 나타나면 인적이 드문 저수지가 아니라 꼭 시내로 데리고 나가 짧은 데이트를 즐겼다.

그날은 나까지 끼어 중앙시장 근처 삼화다방 옆 중국집에서 짜장면을 사 먹었다. 이를 드러내고 웃는 중국인이 득달같이 달려와서 "들어와여 들어와여." 하며 한국말을 갈라지는 목소리로 어색하게 내뱉었다. 그의 한국말은 가래침 뱉는 소리로 들렸다. 우리가 맘이 변해서 다른 집으로 갈까봐 그랬는지 갈라지는 소리를 더욱더 크게 했다. 우리는 맘이 변하지 않았다. 용하는 짜장면을 곱빼기로, 나는 짜장면 보통, 심주희는 우동을 시켰다.

우리가 중국집에서 나와 시내를 조금 배회한 다음, 주희를 집까지 데려다주는 길이었다. 그런데 용하는 순임과 부딪치는 게 어색했던지 의식적으로 그녀가 사는 골목길을 피해서 주희네 집 근처로 왔다. 일부러 먼 길을 돌아왔지만 용하의 표정은 우연이라도 순임을 만났으면 하는 표정이었다. 그의 마음속을 순임이 알고 있었던 듯 저 멀리서 순임 비슷한 그림자가 희미하게 보였다. 예감은 틀리지 않았다.

작은엄마! 멀리서 짐보따리처럼 큰가방을 어깨에 힘겹게 둘러메서 한쪽으로 몸이 기우뚱한 자세로 걸어오고 있는 여인을 향해 내가 뛰어가며 소리쳤다. 다가가 보니 그녀는 추운데서 떨었는지 코트깃을 바짝 올리고 있었다. 밤인데도 그녀의 얼굴은 백합처럼 희게 빛났다.

"우리 짜장면 먹고 와요."

나는 미리 실토하며 멀리 가로등 불빛 아래 걸어오고 있는 두 사람을 손가락질 했다. 순임이 어색한 미소를 지으며 두 사람을 바라보았다. 누구도 용하의 표정을 알아챌 수 없었지만 나는 알 수 있었다. 그는 어색해하고 부끄러워하는 기색이 역력했다. 당황한 것도 같았다. 일부러 그녀의 집 근처로 가지 않고 멀리 돌아왔는데 여기서 마주치다니. 순임의 표정도 용하의 표정과 비슷했다. 주희는 서로 아는 사이인가 의아해하며 용하에게 아는 사람이면 소개해달라는 표정으로 눈을 동그랗게 떴다. 그러나 용하는 끝내 아무 소리 안 하고 얼굴만 붉히고는 지나쳤다. 벌써 저만치 성큼 걸어갔다. 나도 어색한 인사를 나누고는 순임을 한 번 더 뒤돌아보며 어정쩡하게 두 남녀를 따라 뛰어갔다. 나중에 순임과 헤어지고 한참 뒤, 주희가 궁금증을 참지 못하고 그 여자가 누구냐고 물었다. 용하 대신 내가 대답해주었다.

"내 친구 승미네 작은엄마예요. 옛날에는 승미네랑 같이 살았는데 지금은 같이 안 살아요."

그렇게 말하고는 저만치 앞장서 가는 용하를 따라가려고 걸음을 빨리했다.

용하와 주희와의 관계는 지지부진했다. 그들의 뜨뜻미지근한 데이트에 나는 여러 번 끼어서 다방에 가고, 중국집 가고, 아시

아극장에 따라갔다. 그들은 자폐증 아이처럼 세 군데를 벗어나지 못했다. 다방, 중국집, 극장. 궁전다방, 복흥루, 아시아극장. 이 코스를 돌고 집으로 돌아오면 엄마는 나를 대문에서 낚아챘다. 마치 내가 애인과 데이트를 마치고 온 것처럼 나를 붙들고 이것저것 물어보았다. 나는 최대한 무성의하게 대답했다. 성의있게 대답하면 엄마가 너무 진지하게 달려들 것 같아서다. 엄마는 대체 나를 통해서 뭘 알고 싶어 했던 건지 이해가 안 갔다. 엄마가 밥 상머리에서 식구들에게 주희를 추켜세우면 세울수록 나는 자꾸 주희의 격을 떨어뜨리고 싶어 안달이 났지만 밥만 꾸역꾸역 입속으로 집어넣었다.

집안 좋지, 인물 좋지, 학벌 좋지, 이건 엄마가 틈만 나면 내미는 주희의 이력서였다. 용하가 이런 천우신조의 기회를 놓친다면 평생 후회할 거라고 엄마는 점쟁이처럼 예언했다.

겨울의 깊은 골짜기에 들어섰다.

손을 호주머니 바깥에 내놓기만 해도 날이 너무 추워서 동상에 걸린 듯 찌릿했다. 어른들은 입버릇처럼 "이렇게 추운 날은 처음이야."라고 떠들었다. 그들은 매번 겨울을 보내면서도 겨울을 처음 맞이하는 사람처럼 '처음이야' 소리를 아주 좋아했다. 겨울 저녁이면 여전히 콩나물 종소리가 들렸다.

"아니, 왜 옷을 팔다 말고 보따리를 싸. 이 사람도 참!"

——————— 퍼팩트웨딩

"죄송해요. 제가 집에 일찍 가야 해서."

"외상 달아놔. 담에 올 때 줄게."

순임은 남의 집을 방문했다가도 해가 뉘엿해지면 풀었던 보따리를 서둘러 쌌다. 해질녘 골목에 들어서면 누군가 뒤를 따라오는 느낌이 들어 해 지기 전에 집으로 들어갔다. 오늘도 먼 거리에 가서 옷을 팔다가 문득 집에 갈 일이 걱정되어서 흥정을 끝내지도 못한 채 일어섰다. 부리나케 일어섰지만 벌써 밖은 어두웠다. 다행히도 골목에 사람들이 몸을 잔뜩 웅크리고 발을 동동거리며 지나갔다. 그들은 누가 더 고슴도치처럼 구부리나 내기라도 하듯 최대한 등을 구부렸다. 후다닥! 그녀는 뛰어가면서도 자기 발소리에 놀라 사색이 되었다. 외진 골목에서 괴한이 덮칠 것 같다는 생각만 하면 오싹 소름이 돋았다. 오늘은 늦지 말아야지 다짐을 하고 집을 나서지만 사람들과 물건을 팔고 흥정을 하게 되면 시간이 꼭 지체되었다.

옷 보따리 장사는 수입이 괜찮아서 몇 년만 더 하면 할머니와 아이를 시내로 데려올 수 있을 거라고 궁리하고 있었는데…. 아무래도 이 겨울이 지나면 바로 집부터 옮겨야겠다고 생각하며 발걸음을 서둘렀다. 휴우! 한숨을 내쉬며 방에 뛰어 들어가서 밖으로 난 창문을 꼭꼭 걸어 잠갔다. 커튼도 치고 한동안 불도 켜지 않고 숨소리조차 내지 않았다. 밤길이 이렇게 무서워보기는 처음이었다. 방안에서 숨을 죽이고 있으면 검은 그림자가 창밖에서 서성이는 느낌이 들어 머리카락이 쭈뼛거렸다. 자다가 커튼의 무늬만 보고도 놀란 가슴을 쓸어내린 적이 여러 번 있다.

오늘도 제발 골목에 한 사람이라도 지나갔으면 좋겠다. 제발 누군가 있기를…. 그녀는 마음속으로 되뇌이며 집으로 총총 향했다. 겨울밤은 더 빨리 찾아왔다. 전봇대 뒤에 나타난 검은 그림자만 보아도 소름이 쫙 끼쳐 올라왔다. 어제도 누가 뒤따라오는 느낌이 들어 정신 나간 사람처럼 대문으로 뛰어 들어갔었다.

휴우! 안도의 한숨을 토해내고 짐을 내려놓았다. 옷을 갈아입고 공동 수도에서 쌀을 씻고 석유풍로에 심지를 올렸다. 부엌이 따로 없어서 조그만 마루에 걸터앉아 저녁식사를 준비했다. 그때 나무 대문 밖에서 어떤 물체가 휙 지나가는 것을 보았다. 그녀는 소스라치게 놀라서 연탄 갈던 셋방 여인에게 대문 좀 닫고 오라고 소리쳤다. 새댁, 뭘 보고 그리 놀라? 밖에 아무도 없구만. 내가 더 놀랐네.

순임은 오늘도 장갑 낀 한 쪽 손으로 어깨에 멘 보따리를 잡고 둑방길을 지나쳤다. 눈앞의 눈보라는 그녀의 걷는 속도에 맞춰 너울거렸다. 지나치는 하천 둑 아래로 실개천이 따라왔다. 그녀는 가끔씩 뒤를 돌아보며 발걸음을 재촉했다. 오늘따라 크게 울리는 자신의 발자국 소리에 가슴을 쓸어내리다가 돌부리에 걸려 짐과 함께 휘청거렸다. 다행히 그녀의 구두소리 외엔 아무 소리도 나지 않았다. 코트 자락 속은 식은땀으로 흥건히 젖었다.

서둘러 보따리를 쌌기 때문에 싸맨 천이 옷의 무게로 축 늘어졌다. 조금만 더 가면 집인데 하면서 풀려가는 매듭을 꽉 틀어쥐고 뛰듯이 걸어갔다. 뛰어가는 사이 아동복 하나가 삐죽 나와서 대롱대롱 매달려 흔들거리다가 차가운 돌멩이 위로 떨어졌다. 오던 길로 되돌아가 줍는데 스산한 바람이 코와 입을 스쳤다. 아무래도 매듭을 단단히 지어야 할 것 같아서 보따리를 둑 위 평평한 곳에 내려놓고 다시 묶으려고 하였다. 쌔앵 바람이 한 번 더 그녀의 머리카락을 날렸다. 매듭 지으려는 생각도 잠시, 오늘 벌이가 좋았다는 생각에 그녀는 머릿속으로 얼마 벌었는지 계산했다. 비록 수입은 장부의 기록에 불과했지만 그래도 많이 버는 날이면 기분이 좋았다. 그러다 멀리서 개 짖는 소리에 그녀는 허둥지둥 보따리를 묶었다. 날은 이미 어두워졌다.

보따리의 매듭이 두꺼워 이빨로 매듭의 한쪽을 잡아당겼을 때, 바람이 휙 불었고 그 순간 검은 손이 그녀의 팔을 휙 낚아챘다. 그 바람에 옷가지들이 펄럭이면서 여기저기 흩어졌다. 순식간에 일어난 일이라 순임은 소스라치게 놀랐다. 검은 물체는 알아보지 못할 정도로 수염이 얼굴을 덮었고 어두운 곳에서도 팽한 두 눈만이 빛났다. 남자는 순임의 입을 틀어막고 두 팔을 낚아채더니 순식간에 끌고 갔다. 그들이 지나간 자리에 지독한 술 냄새가 풍겨왔다. 순임이 필사적으로 저항했지만 남자의 억센 손아귀 속에서 그녀의 두 팔은 꿈쩍할 수 없었다. 옷가지들은 이미 개천가 어둠 속으로 흩어졌다. 개가 사방에서 미친 듯이 짖어댔다.

주희와 데이트하던 용하가 멀리서 누군가 끌려가는 듯한 모습을 보고 후다닥 뛰어갔다. 주희는 돌발적으로 일어난 일이라 멈칫 섰다. 속사포처럼 뛰어가는 용하의 뒷모습을 보며 커다란 동공이 왕방울만 해졌다. 이어 여러 골목을 헤매고 있는 듯한 발소리가 들려왔다. 사라진 사람들을 찾느라 골목을 뒤지다가 제자리로 돌아오는 용하의 발소리가 다시 명료하게 들렸다.

"무슨 일이예요? 아휴 놀래….”

"잠깐만요.”

용하가 주희의 말을 손으로 제지하며 귀를 기울였다. 주희도 양손을 입 근처로 올리며 말을 멈추었다. 개짖는 소리 쪽으로 그가 후다닥 뛰어갔다 되돌아왔다. 그의 촉각은 여인 곁에 있어도 사라져간 그림자에 온전히 곤두서 있었다.

용하는 주희를 데려다주고 오던 길로 급히 발길을 돌렸다. 개들의 소리는 멈췄고 사방은 고요했다. 지나가는 사람도 없었다. 순임의 집이 있는 골목으로 들어갔다. 밖으로 난 조그만 창문은 불이 꺼져있었다. 꽤 늦은 시간인데도 그녀는 돌아오지 않고 있었다. 옷깃을 다시 세우고 그녀의 집 앞을 지나쳤다. 매섭게 추운 날이었다.

검은 그림자는 한 손으로 입을 틀어막고 육중한 팔로 목도리 두르듯 휘감고 그녀를 어디론가 질질 끌고 갔다. 순식간에 일어난 일이었다. 겨울밤에 사람들은 밖에 나오길 싫어했다. 동네 개들만 두 개의 그림자에 촉각을 세우다가 곧 발악이 이어졌다. 그들이 지나가는 자리마다 개들은 단합이라도 한 듯 컹컹거렸다. 검은 그림자는 김장쓰레기가 산더미처럼 쌓여있는 빈 창고로 그녀를 끌고 갔다. 꽁꽁 얼어붙은 배추찌꺼기가 오만하게 고개를 쳐들고 있었다. 창고엔 문도 없었고, 창문엔 유리도 없이 뻥 뚫려있었다. 누군가 문짝과 창문틀과 유리창까지 다 빼가고 거미줄만이 어둠 속에서 잔치를 벌이는 음침한 장소였다. 남자는 끌고 가면서도 여자의 따뜻한 체온을 느끼는 것에 약간의 죄책감을 느꼈다.

"지는 감옥에 있었어두 아줌씨가 어떻게 살고 있는지 다 알고 있었시유."

그의 목에서 쌔액쌕 소리가 났다.

"이제 고생은 면하게 해드릴 수 있어유. 지가 마음만 먹으면 돈은 얼마든지 벌 수 있어유. 지두 다 생각이 있어서…."

풀을 먹인 듯이 빳빳한 수염이 그녀의 얼굴 가까이 다가왔다.

"지가 감옥에 가 있었던 것도 다 아줌씨 때문이여유. 그래서 달게 받았시유."

묵언수행하다 갑자기 말문이 터진 사람처럼, 당장 숨을 거두려는 사람이 할 말을 꼭 해야겠다는 듯이…. 남자의 말은 폭포수였다. 말하는 중간 중간 씩씩거리며 한숨을 몰아쉬었다. 그녀의 목덜미를 한 손으로 목도리 두르듯이 움켜쥐고 가쁜 숨을 몰아쉬며 거미줄이 엉켜있는 회벽 쪽으로 몰아갔다. 벽은 얼음처럼 차가웠다. 털복숭이 남자는 이미 제정신이 아니었다. 그의 횡설수설은 날리는 눈발처럼 종잡을 수 없었다. 곤충이 송장처럼 매달려있는 거미줄이 그녀의 얼굴에 그물처럼 엉겨붙었다. 술에 흠뻑 취한 남자가 그녀의 얼굴 가까이 들이댈 때 눈을 감고 필사적으로 도망치려했다. 한 줌 솜뭉치에 불과한 그녀의 어깨는 무쇠 같은 팔에 잡혀 옴쭉달싹할 수 없었다. 연약한 날개였다.

"지는 감옥에서두 아줌씨 생각만 했어유."

그녀는 필사적으로 얼굴을 돌리고, 붙잡힌 양손을 잡아 빼려했으나 움직일 수 없었다. 공포감이 몰려왔다.

"제발, 이러지 마세요. 아아악~"

그의 눈빛을 보자 어쩌면 이대로 죽을 것 같은 두려움에 소리질렀다. 순임이 필사적으로 팔을 빼내려 소리 지르자 남자가 그녀의 입을 틀어막았다. 숨이 막혀 죽을 것만 같았다. 사방의 추위와 어둠은 지독한 불안감에 휩싸이게 했다.

어둠이 깔린 창고 안. 거미줄이 천장의 절반을 차지하고 있다.

"퍽!"

그녀가 극도의 공포에 떨고 있을 때 갑자기 큰 주먹 한 대가 남자의 얼굴을 향해 날라왔다. 주먹은 남자의 얼굴과 복부를 사정없이 가격했다. 주먹의 주인은 용하였다. 남자는 일격에 쓰러졌다. 희미한 불빛 사이로 코피가 옷자락에 떨어지는 게 보였다. 용

──────── 퍼펙트웨딩

하는 주희와 헤어지고 순임을 찾아 나선 것이다.

"아아악~"

남자가 턱을 손으로 움켜쥐고 주저앉아 발악적인 신음소리를 냈다. 끈끈한 액체가 그의 손을 타고 흘렀다. 동네 개 짖는 소리도 악쓰듯이 들려왔다. 개들의 촉각은 가히 신의 경지였다. 그들은 빈 창고의 주먹다짐을 환히 들여다보고 있는 듯이 앞 다투어 컹컹 소리를 냈다. 용하는 다시 일어나 우악스럽게 달려드는 남자에게 다시 한 번 일격을 가했다. 그가 남자의 멱살을 올려 잡았을 때 털북숭이 남자가 순간 번쩍 들렸다. 들려 올라간 남자도 놀라고 용하도 잠깐 놀랐다. 그때 용하의 양복저고리가 튀어나온 대못에 걸려 쭈욱 찢어졌다. 남자는 다름 아닌 공구리쟁이 김씨였다. 그는 그동안 술독에 빠져 살아 용하를 상대로 결코 힘을 쓸 수 없었다. 그는 대항을 포기했는지 고꾸라진 채로 꿈틀거리다가 더 이상 일어서지 않았다.

순임은 너무 놀라 용하와 김씨를 번갈아 쳐다보았다. 서있는 자리에서 한 발자국도 움직일 수 없었다. 그동안 그녀를 미행하면서 공포를 조성했던 사람이 바로 김씨라고는 꿈에도 생각하지 않았다. 오싹하고 소름 돋는 일이었다. 창고 안은 김장철이어서 동네 사람들이 배추 다듬고 남은 쓰레기를 몽땅 빈 집에 쏟아 부었는지 마른 푸성귀가 산더미처럼 쌓여있었다. 그들은 누가 더 많은 푸성귀찌꺼기를 버리나 시합이라도 하는 듯 크고 작은 무덤을 만들었다. 채소쓰레기 무덤은 꽁꽁 얼어있었다. 두 사람은 신음하는 김씨를 남겨둔 채 뾰족한 무덤을 타넘고 창고를 빠져나왔다.

"당분간 시골집에 가 있는 게 어떻겠습니꺼? 내일 당장 떠나이
소."

집 근처까지 와서 용하가 겨우 입을 열었다. 그러다 책임질 수
없는 말을 했나 싶어서 갑자기 말을 멈추었다. 자기가 무슨 자격
으로 고향으로 가라고 하는가 그녀가 오해할 수도 있겠다 싶었
다. 생각 같아선 부모님이 계신 무시리에라도 가 있으라고 말하
고 싶었다. 순임은 공구리쟁이로부터 아직 벗어나지 못하고 있는
듯 용하의 말에 별 반응이 없었다. 공포 때문인지 오들오들 떨고
있는 것 같았다.

"여기 있으면 그 작자가 언제 또 나타날지 모릅니더. 피해있는
게 좋겠심더."

고향으로 돌아가라는 소리보다 잠시 피해있으라는 소리가 한결
말하기 쉬웠다. 하천변을 걸어오다가 둑 아래로 여기저기 널부러
져 있는 옷들이 가로등 불빛에 희미하게 나타났다. 그들은 걸음
을 멈췄다. 천변 아래로 떨어진 옷가지들을 주우러 용하가 단숨
에 뛰어 내려갔다. 그녀도 조심조심 기어가다시피 하천가에 도달
해서 옷을 거두다가 하던 동작을 멈춘 채 양손으로 얼굴을 가리고
그 자리에 쭈그리고 앉았다. 고개를 파묻고 미동도 하지 않았다.

그녀는 잠깐 동안 양손으로 얼굴을 가린 채 있었다. 용하는 꼼
짝도 하지 않고 앉아있는 그녀를 난감한 표정으로 보다가 이내 옷

가지들을 주섬주섬 찾아들고 보따리를 단단히 묶어주었다. 그가 그녀의 얼굴을 가리고 있는 손등 위에 살며시 손을 대며 한 손으로 보따리를 건네주려 하는데 굵은 눈물이 그의 손등 위로 쏟아져 내려왔다. 눈물은 뜨거웠다.

그녀는 여전히 공구리쟁이에게 쫓기는 신세였지만 고향으로 피신을 가는 일 따위는 하지 않았다. 공구리쟁이는 순임에게 어떤 안락함과 평화로운 감정의 위로를 받고 싶어했는지는 몰라도 술만 마시면 순임을 찾아와 마음에도 없는 행패를 부렸다. 어떤 날은 엉엉 울었고, 어떤 날은 이제 다시는 찾아오지 않겠다며 머리를 벽에 쾅쾅 부딪쳤고, 어떤 날은 그냥 고맙다고 주절거렸다. 해코지를 할 위인은 못 되었다. 용하는 계속 그녀의 뒤를 맴돌며 보호막이 돼주었다.

바보 같은 용하, 정말 좋아하면 고백을 하든지! 왜 두 여인의 마음을 심란하게 뒤흔들어 놓는지 알다가도 모를 일이다. 주희는 이제나 저제나 용하가 청혼할 날만 눈이 빠지게 기다리다가 진짜로 청혼하는 날에는 냅름 대답하지 말고 조금 뜸을 들여야지 하면서 예행연습까지 하고 있었다. 그녀는 얼굴 표정이 항상 밝았고 옷매무새가 좋았다. 그녀가 파란 판탈롱을 입고 나타나면 온 동네가 환해졌다. 그녀의 소프라노 목소리는 듣는 사람을 유쾌하게 했다. 이처럼 나무랄 데 없는 혼처인 주희가 용하 앞에만 서면 쩔쩔매고 비굴해 보여서 나도 덩달아 비굴해지는 기분이 들고 마냥 찜찜했다. 주희만 한 여자는 요즘 세상에 없다고 우리 집 식구들이 이구동성으로 합창을 했다. 이때처럼 우리 집 식구들이 화합을 한 적이 없다. 남들이 보면 가족합창대회 연습하는 줄로 착각할 정도다.

너는 복덩이를 발로 차는 거다. 용하가 주희랑 결혼해서 이층집 짓고 사는 거 보는 게 엄마의 소원이었다. 엄마는 만약 주희가 아닌 다른 여자랑 결혼하면 분명히 불행한 결혼생활을 할 거라는 주술 섞인 예언도 서슴치 않았다. 주희만 한 아가씨는 네 평생 눈 씻고 다녀봐야 찾을 수 없을 거라고 장담했다. 엄마가 몰라도 한참 몰라서 하는 얘기였다. 이 거대한 음모 속에 내가 끼어있다는 사실을 식구들이 알면 경악을 금치 못할 것이다.

그 무렵 용하는 자취살이를 청산하고 우리 집 골방으로 다시 들어왔다. 용하는 퇴근 후면 순임이 오는 길목을 서성대다가 마주치면 아주 짧은 시간 다방에 가서 커피를 마셨다. 내가 두 사람 사이에 끼어 있을 때면 대담하게도 두 사람은 함께 저녁도 먹었다. 표면적으로는 아무 관계가 아님에도. 단지 공구리쟁이라는 적을 막아야 한다는 이유로.

그들이 저녁을 먹을 때 용하는 역시나 걸신들린 사람처럼 먹기에 바빴다. 곰탕 그릇 속에 밥 한 공기를 풍덩 빠뜨리더니 쉴 새 없이 숟가락질을 해댔다. 사흘 굶은 사람처럼 국물 한 숟가락 남기지 않고 위 속으로 집어넣었다. 순임은 미소를 지으며 번갈아

우리를 바라보았다. 그의 두툼한 입술에 묻어있는 번들거리는 국물자국을 향해 생긋 미소까지 지었다. 그녀의 미소는 국물자국까지도 사랑해주겠다는 표시로 보였다. 그녀는 곧이어 닥칠 재앙은 올 테면 오라는 듯이 배짱 좋게 미소를 지었고 종달새처럼 종알거리지는 않았지만 천연덕스럽게 이 순간을 즐겼다. 그녀는 아주 뻔뻔스러웠다. 용하는 생사를 건 비장한 표정이었는데 반해 그녀는 이 행복이 곰탕그릇 깨지듯이 한 시간 뒤에 산산조각이 날지라도 당돌하게 찰나의 쾌락을 즐기고 있었다.

만약 그들의 밀회가 탄로 난다면 세상 사람들은 얼마나 놀랄까? 충주시내를 온통 흥분의 도가니로 만들고 지루하고 할 일 없는 사람들에게 삶의 희망을 줄 것이다.

나는 이를 악물고 이 가여운 영혼들을 지켜줘야 했다. 그러나 그들의 밀회는 심심했다. 그들의 심장이 지금 얼마나 요동을 치고 있는지는 알 수 없지만 제삼자인 나는 꽤나 지루했다. 용하는 곰탕그릇 속에 빠져있을 땐 거의 말을 안 하는 버릇이 있다. 곰탕에 대한 그의 몰입도는 무당이 작두 위를 걷는 일과 맞먹었다. 그녀가 다정하게 말할 때면 용하는 그녀의 말을 들었다는 표시로 숟가락질을 잠깐 멈추었다가 다시 곰탕 그릇 속에 빠져서 위속으로 동글납작한 파가 동동 떠다니는 하얀 국물과 밥알들을 퍼 넣었다. 그녀는 엽차 컵을 양손으로 잡아 무릎에 가지런히 올려놓고 곰탕 그릇 속에 빠질 듯 수그린 용하의 정수리를 지그시 바라보았다.

그런데 이 슬픈 연인들이 서로 쑥스런 경계를 허문 일은 날아온 솜 덩어리 같은 눈뭉치 덕택이었다. 함박눈이 소복하게 어깨 위에 쌓이는 저녁이었다. 순임은 눈이 내리는 흐린 하늘을 쳐다보며 눈을 받을 생각이 아닌데도 장갑 낀 양손으로 눈을 받는 시늉을 했다. 나는 뛰어다니며 눈뭉치를 만들기 바빴다. 이제까지 눈사람을 제대로 완성해본 적이 없는데도 포기하지 않고 눈뭉치를 굴렸다. 고개를 코트깃에 푹 파묻고 지나가던 사람들도 자라목을 빼내고 눈발을 향해 두리번거렸다.

용하는 그녀의 검은 코트를 무심히 바라보다가 포근하게 내리는 눈을 맨손으로 감싸 쥐었다. 그날따라 순임에게 자기의 마음을 전달하지 않으면 기회를 영영 놓쳐버릴 것 같다는 생각이 들었다. 용하가 기회를 노리다가 순임이 방심하고 있는 사이 그녀의 코트자락에 눈뭉치를 슬며시 던졌다. 그의 행동은 입으로 하는 사랑고백의 다른 표현이었다. 내 마음이 바로 이거예요, 하는 듯이. 눈뭉치는 용하의 마음도 모르고 그녀의 코트 자락에서 피식거리며 싱겁게 흩어졌다. 그런데 그녀는 그의 돌발 행동에 소스라치게 놀라며 피하려고 팔짝 뛰었다. 코트 자락 밑의 구두가 화들짝 뛰어 올랐다. 그리 놀랄 일이 아닌데도 말이다. 그녀도 용하도 오래된 연인처럼 함박웃음을 터뜨렸다. 내가 보기에 별 웃기지 않는 일이었는데 두 사람은 입을 크게 벌려 웃었다. 눈이 오던 그날은 용하도 순임도 고의적으로 경계를 허물고 싶었나 보다. 그녀의 낭랑한 웃음소리가 귓가에 오래도록 여운을 남겼다.

퍼팩트웨딩

그 무렵 중학교 입시를 앞둔 오빠 정우는 여전히 과외공부 마치고 깜깜한 밤중에 집으로 들어왔다. 그는 세상의 고뇌를 전부 짊어진 것 같은 얼굴로 대문을 들어섰다. 정우가 고시공부 하다 온 사람처럼 온갖 유세를 떨고 들어오면, 엄마는 자동반사적으로 튀어나가 둥그런 쟁반에 밥상을 차려 바쳤다. 마치 밥상 들고 대문 앞에서 기다리고 있었던 것처럼 정우가 가방을 팽개치고, 마루로 신발 벗고 올라오는 일과 밥상이 동시에 따라왔다. 그가 일 분 일 초라도 밥 먹는 시간을 허투루 낭비하지 않게 하기 위해서다. 커다란 목단꽃이 화려하게 그려진 노란 양은 쟁반은 영국 여왕이 침대에서 받는 조식의 품격처럼 정성을 다해 떠받들어져 오만상을 찡그린 재수생 앞에 펼쳐졌다. 아재들도 그의 심기를 건드려선 안 되었다.

저녁이 되면 용하와 순임의 사이비 데이트 행렬에도 가끔 끼어야 했다. 용하가 순임을 바라보는 눈길은 미온적이면서도 동시에 진짜 사랑하는 대상에게만 보낼 수 있는 뜨거운 시선이었는데 나는 용하의 두툼한 뒷덜미에서 그걸 느낄 수 있었다. 순임은 이 행복은 분명히 깨질 거라는 걸 알고 있는 듯 가끔 창 쪽을 바라보며 멍하니 있었다.

탄일종이 땡땡땡

겨울의 한가운데이지만 앙상한 포플러 나무 사이로 햇살이 비쳐 오던 어느 일요일이었다. 그날 우리 세 사람은 교외를 산책했다. 짧은 신작로를 벗어나니 밭 한가운데 무덤이 있고 뜬금없이 개울이 나타났다. 가끔씩 평지도 나타나고 무덤을 닮은 구릉도 나타났다. 그러다가 삭막한 암갈색의 흙밭에 삐죽삐죽 베다가 만 지푸라기들이 듬성듬성 보이고 곧 눈 덮인 언덕이 나타났다. 산정상이라고는 하나 언덕에 불과한, 바람이 스쳐오는 소리가 귀에 들리는 유쾌한 동네에 우리는 있었다. 용하가 근무하는 동네의 뒷산 풍경이다. 칙칙하고 어두운 빛깔들뿐이지만 우리들의 마음은 더없이 평화로왔고 세상에서 가장 안락한 동산에 우리는 있었다.

순임은 기다란 코트를 입었고 긴 털목도리를 했다. 나도 붉은색 잠바에 온갖 색의 털실로 짠 장갑을 끼고 있었고 용하도 두툼한 코트를 걸쳤다. 우리는 대낮부터 다방, 중국집, 영화관을 가지 않고 그날은 뜬금없이 교외를 택했다. 순임은 추워 보였지만 연신 환한 미소를 지었고 행복해 보였다.

돌아오는 길에 주덕에서 넘어오는 시외버스를 기다릴 때는 너무 추워서 코가 떨어져 나가는 줄 알았다. 콧물이 주루룩 흘러내리는 걸 보고 내 코가 건재한 걸 확인했다. 순임이 코트자락 속으로 나를 집어넣고 얼굴만 빼꼼 내밀게 했다. 인가의 굴뚝에선 연기가 피어오르고 있었다. 텅빈 밭에서 놀던 아이들도 어느새 사라져버렸다. 허술하기 짝이 없는 싸리문 안의 흙집을 용하와 순임은 그리움과 연민으로 지그시 바라보았다. 그들을 가려줄 허술한 싸리문이라도 있었으면 하고 간절히 원하는 눈빛이었다. 피어오르던 연기는 90도로 삐딱하게 올라왔다. 바람이 더욱 세차게 몰아쳤다. 허허벌판에 저 멀리 고대하던 시외버스가 보였다. 시외버스는 머리에 눈을 잔뜩 이고 달려와서 덜커덩 입을 벌렸고 우리는 블랙홀에 빨려들어가듯 올라탔다.

버스에서 내려 장터에서 가락국수를 먹고 다시 추위 속으로 나왔다. 순임이 곧장 집으로 들어가라고 우리를 양손으로 밀어냈지만 우리는 그럭저럭 순임의 집 골목까지 오게 되었다. 용하도 돌아가야겠다고 생각을 하면서도 꾸역꾸역 그녀의 셋방이 있는 골목까지 따라왔다. 졸졸 따라 오는 우리를 보더니 그녀가 뜻밖의 소리를 했다. 잠깐 자기 집에 들어왔다 가라고.

콧물이 줄줄 흐르다 못해 뚝뚝 떨어졌고 일부는 바깥 날씨가 너무 추운지 목구멍으로 도로 들어갔다. 그녀가 한 발 먼저 들어가서 들어오라는 손짓을 했다. 도둑고양이처럼 들어가자고 약속한 것도 아닌데 우리는 살금살금 걸어서 그녀가 미는 미닫이문 속으로 살짝 들어갔다. 씨익 미소를 지으며 온기가 있는 방안으로 들어 왔을 때, 독립운동가의 친서라도 전하러 온 사람들처럼 우리는 강한 유대감을 느꼈다.

창문으로 들어오는 희미한 빛에 의존해서 그녀가 허공으로 팔을 휘젓더니 천장 가운데 늘어져있는 백열등을 딸깍, 하고 켰다. 사방이 환해졌다. 노란 불빛이 세간들을 비추었다. 깔아놓은 이불을 황급히 젖히며 그녀가 내 손을 아랫목으로 잡아끌었다. 용하와 내가 아랫목에 앉으니 방안이 꽉 찰 정도로 비좁았다. 비료 포장지 위에 아가리 지름이 15센티 정도 되는 항아리가 놓여있고, 그 옆에 신발 두 켤레가 있었다. 수저, 냄비, 칼, 도마 등 부엌에 있어야 할 가재도구가 앉은뱅이 밥상 밑에 있었다. 부엌용품과 현관용품이 윗목에 나란히 있었고 눈에 띄게 큰 옷가방이 이불 위에 있었다. 밖에서는 연탄을 갈기 위해 왔다 갔다 하는 발소리가 들리고 연탄집게 내려놓는 소리가 들렸다. 항아리 뚜껑 닫는 소리가 들리더니 잠시 후 그녀가 쟁반에 감주 두 사발을 들고 들어왔다. 줄 게 없네요 하면서 옆집에서 가져온 것이라며 마셔보라고 했다. 살얼음이 들어있는 감주는 이가 시리도록 차가웠지만 끝 맛은 들쩍지근했다. 용하는 단숨에 들이켰다. 그는 뭘 사양하는 걸 보지 못했다. 옹기종기 둘러 앉아 감주를 몰래 마시니 우리가 아주 가깝게 느껴졌다. 그들은 진한 사랑을 느꼈는지는 모르지만.

——————— 퍼팩트웨딩

골목으로 난 쪽창문은 전체가 얼음 같은 성에가 잔뜩 끼어서 아예 흰색 유리창을 끼운 것으로 보였고 그마저도 덜컹거렸다. 보통 새벽녘이 되어서야 성에가 끼는데 주책맞게 벌써 성에가 끼었다. 그러건 말건 우리는 히히거렸다. 목소리를 크게 내지 말라고 순임이 주의를 줘서 작은 목소리로 말하면서 키득거렸다. 우리들의 입에서는 입김이 나왔지만 좁은 방안에 흐르는 공기는 화롯불을 피워 놓은 듯 온기가 흘렀다. 겨울밤의 세찬 바람과 눈보라는 우리에게 아늑하고 따사로운 곳에서 빨리 나오라고 차마 재촉할수 없었을 것이다. 이날 우리보다 행복한 미소를 지었던 사람은이 세상 어디에도 존재하지 않았다.

순임의 집을 기습 방문하고 며칠 후, 우리는 자폐증상이 다시도져서 다방, 중국집, 영화관의 두 번째 코스인 중국집에 갔다. 영화관은 생략할 모양이다. 그날도 여느 때와 다름없이 뜨뜻미지근한 데이트 현장에 내가 끼어있었다. 동생들은 어렸고 오빠는목하 열공 중이고, 언니는 중학교 들어간 이후로 바깥출입을 안했으니 만만한 게 나였다.

아, 그런데 미적지근하지만 역사적인 현장에 내가 있었다는 사실은 매우 흥미롭다.

이 연인들은 쓸쓸하고 애잔한 눈동자를 하고 창밖에 날리는 눈발을 바라보았다. 백열등 때문인지 중국집의 실내는 노란빛이었고 창문의 나무창살은 푸른색을 띠고 있었다. 나무창살은 가느다란 십자가 모양이었다. 검붉은 공단커튼이 창 가장자리에 드리워 있었다. 바깥은 서서히 어두워졌고 창살 너머로 비친 백열등은 하늘하늘 가볍게 떨었다. 주방장 겸 주인이 드나드는 가는 빗줄기 같은 비닐커튼은 연기와 습기에 절어 끈적끈적해 보였다. 얼마나 끈적거리는지 달려가서 확인해 보고 싶었다.

주방장이 다가오자 그들은 고개를 내리고 주문에 몰두했다. 맨날 용하와 나는 짜장면을 시키고 순임은 하얀 우동을 시키지만, 주문할 때는 거창한 요리를 시키는 것처럼 벽에 써있는 메뉴판을 보며 한참 회의를 한 끝에 주문했다. 한국말이 서투른, 사람 좋은 중국인은 매번 가래 뱉는 소리로 손가락을 펴서 갯수를 확인했다. 고작 세 명뿐인데도 확인병에 걸린 사람처럼 두 개, 한 개를 거듭 확인했다.

드디어 갓 뽑아낸 면발이 우리 앞에 똬리를 틀고 나타났다. 순임은 나무젓가락의 종이껍질을 벗기더니 두 갈래로 갈라서 꺼칠한 부분을 쓱쓱 비벼대고 나서 나에게 건네주었다. 나는 정신없이 먹어댔다. 순임이 손수건으로 내 입에 묻은 짜장을 닦아주려 할 때였다. 스웨터를 입은 그녀가 상체를 약간 내 쪽으로 들어 올리려고 의자에서 엉덩이를 10센티 가량 뗐다. 용하는 정신없이 고개를 그릇 속에 파묻을 순간인데 이상하게 절반도 못 먹고 순임이 입고 있는 스웨터와 모직바지의 경계선을 바라보는 것 같았다. 순임도 용하의 시선을 느꼈는지 그녀의 손이 파르르 떨렸다. 그때 그가 그녀에게 청천벽력 같은 소리를 했다.

"우리 시골 가서 같이 살까요?"

그런데 그녀가 내 쪽으로 몸을 돌리고 있어서 용하가 그녀의 허리 밑 둔부에 대고 말하는 격이 되었다.

"지 말뜻은….."

그녀가 못 알아들은 줄로 알았는지 용하가 말끝을 흐리다가 결심한 듯 본론을 꺼냈다.

"우리 결혼해서 같이 사입시더. 헤어지기 싫습니더….. 여기서 말고."

나는 그때 나무젓가락을 든 채 순임에게 한쪽 팔을 잡힌 상태였다. 그런 말도 타이밍이 있는 거고 더 중요한 것은 상대방의 눈을 보고 말했어야 한다는 것이다. 용하는 암만 생각해도 그 분야에선 쑥맥이었다.

"영이야 안 되겠다. 수돗가에 가서 손을 좀 씻어야겠다."

그녀가 내 손을 잡고 수돗가로 가서 쪼그리고 앉더니 내 입과 손을 뽀드득 소리나게 닦았다. 수돗가는 온갖 잡동사니가 나뒹굴어서 잠시라도 앉아있을 공간이 없는데도 순임은 나를 앉혀놓고 오래도록 씻겼다. 차가운 물을 입술에 그만 문질러 댔으면 했는데도 그녀는 멈추지 않았다. 나도 분명히 들었는데 그녀가 못 들을 리 없었다. 그녀가 내 얼굴을 씻길 때 그녀의 손길은 '이 행복한 순간도 결국은 깨지는 거구나' 이런 뜻으로 전달되었다. 누군가가 발을 걸어 넘어졌을 때 짧은 순간 울어야 되나 싶을 때가 있는데 그녀의 기분이 그런 것이었을까? 순간 중국집과 전혀 어

울리지 않게 캐롤송이 들려왔다. 탄일종이 땡땡땡 은은하게 울린다~~

 그녀는 아무 말도 못 들은 것처럼 다시 자리에 앉아 손수건으로 물 묻은 손을 닦더니 불어터진 우동을 마저 먹었다. 국물 위에 둥둥 떠있는 하얀 계란의 무리들을 나무젓가락으로 걷어먹었다. 용하도 마저 먹어치우고 손수건으로 제 입을 쓱쓱 닦더니 손수건은 아무 잘못도 없는데 비닐 덮은 탁자 위에 휙 던졌다. 원탁위에 깔린 비닐덮개가 아래로 퍼지면서 옆면이 접혔다. 접힌 비닐이 꺾어지면서 모서리가 찢어졌다. 나도 괜히 눈치를 보며 두 개의 젓가락을 평행으로 해서 밥을 퍼먹듯이 국수가락을 떠먹었다. 용하도 그런 말을 꺼내놓고 무안했는지 돌발행동을 했다. 아무도 단무지를 먹지 않았는데 용하가 다꾸앙 좀 갖다달라고 소리칠 때 주변의 사람들이 우리를 흘깃거렸다. 순임이 놀라서 고개를 들고 토끼 눈처럼 동그란 눈을 만들었다. 중국집의 사환이 무슨 일로 화가 났는지 다꾸앙 그릇을 던지듯이 놓고 떠났다. 나중에 찌그러진 양은 주전자에 엽차를 가지고 와 컵에 들이 부을 때 그의 손톱 밑에는 때가 새까맣게 끼어있었다. 용하는 같이 살자고 한 게 무안했는지 다꾸앙 달라고 큰소리 친 게 무안했는지 얼굴이 벌개져서 고개를 숙이고 다꾸앙을 집어먹었다. 이 빠진 사기그릇에 노란 액체가 남을 때까지 애꿎은 다꾸앙을 바닥냈다. 그가 주인장! 여기 곱뿌에 엽차 좀 더 부어주세요, 라고 소리칠 때 나는 좀 창피했다. 나도 계속해서 먹기만 했다. 짜장면이 불어터질 때까

——— 퍼팩트웨딩

지 먹어보기는 처음이었다. 중국집의 시뻘건 공단커튼 사이로 함박눈이 소복이 쌓였다. 대체 몇 시인지 가늠할 수 없었다.

저 깊고 깊은 산골 오막살이에도 탄일종이 울린다~~

용하는 가만히 음미했다. 그녀와 깊고 깊은 산골, 오막살이에서 사는 꿈을.

굴뚝에서 연기가 피어오르는 집을.

중국집에서의 애매한 청혼이 있은 후 우리는 서먹한 마음으로 밖으로 나왔다. 눈이 쌓여서 차도와 인도의 경계가 모호한 길을 터벅터벅 걷기만 했다. 그녀가 사는 집 근처에 왔을 때 두 사람 다 나를 구석으로 몰고 가서 내 눈을 똑바로 보며 '오늘 여기서 들은 얘기 절대 어디 가서 발설하면 안 돼.'라고 입단속을 시키지 않았다. 그렇게 흔해 빠진 말을 할 사람들이 아니었다. 그들이 그런 말을 안 했어도 오늘 들은 얘기 발설하는 일은 천기누설에 해당된다는 것쯤은 알고 있었다. 나는 앞으로 어른으로 살면서 입에 아무리 거친 음식이 들어가도 '의리' 하나만큼은 꼭 지켜내리라 마음먹었다.

순임과 용하는 침묵 가운데 걷기만 했다. 발소리만 들렸다. 바람이 세차게 불었다. 그들은 사색에 빠져서 가운데 끼인 내가 바람에 날아가도 모를 지경으로 생각에 골몰하였다. 나는 다행히 날아가지 않고 용하의 손을 잡고 코를 훌쩍거렸다. 코를 풀고 싶은데 아무 말도 못했다. 그들의 가슴 저리는 무언의 사랑을 깰 것 같아서다. 내 목에 두른 털목도리도 갑갑해서 풀고 싶은데 그냥 용하의 손을 잡고 걸었다. 그들은 지금 나를 사이에 두고 있어도 그들의 머리는 서로의 생각을 교환중이다.

'지금 여기서 끝내는 게 서로를 위해서 좋아요.'

'무신 소립니꺼? 그럴 수는 없습니더. 지한테 맡기소.'

침묵 속에서 이런 말들이 내 머리 위를 넘나들었다. 내가 그들의 마음속에 있는 말들을 대신 말해주고 싶었다. 가죽장갑을 낀 용하의 손은 고목나무를 맨손으로 만지는 것처럼 온기가 없었다.

멀리 나무대문이 보였다. 한 여인이 두 개가 딱 달라붙은 연탄을 집게에 꽂고 나무대문 밖으로 나왔다. 멀리서 오는 우리를 봤는가 싶었는데 곧 고개를 돌리고 꽉 들러붙은 두 개의 연탄을 떼어내려고 연탄집게로 인정사정없이 내리쳤다. 그녀는 연달아 내리치면서 중얼거렸다. 연탄과 대화라도 나누는 것처럼 계속 중얼거렸다.

"이놈의 연탄이 왜 안 떨어지는 거야?"

계속 집게로 패대기치니 두 개의 연탄이 시뻘건 이를 드러내며 떨어졌다.

"휴, 간신히 떨어졌네. 지가 안 떨어지고 배겨?"

그 중 빨간 불꽃이 이는 연탄을 집게에 꽂고 나무대문 속으로 들어갔다. 나머지 하얀 연탄에서도 불꽃이 올라왔다. 긴 침묵 끝에 순임이 입을 열었다. 그녀는 용하가 중국집에서 한 말을 깡그

퍼팩트웨딩

리 무시해버렸다.

"우리가 만나는 건 오늘로 끝냈으면 좋겠어요."

그녀가 골목입구에서 꺼낸 말이었다. 그녀는 단호하게 말을 했지만 눈동자가 흔들렸다. 그러나 용하의 눈을 똑바로 바라보며 침착하게 말을 이어 나갔다. 당찬 그녀의 시선과 달리 용하는 시선을 어디에 두어야 할지 모르는 것 같았다. 내뱉은 말이 진심이었다 해도 용하는 거짓말하다가 들킨 소년처럼 부끄러워했다.

성냥팔이 소녀가 한꺼번에 성냥불을 켜자 나타난 황홀경이 신기루였다는 걸 순임은 잘 알고 있었다. 그동안 뻔뻔하게 깔깔거리다가, 용하가 결혼해서 같이 살자는 말을 내뱉자마자 쿵 하고 함정 속에 떨어진 느낌이 들었다. 정신이 번쩍 들었다. '우리가 결혼하는 거 생각해보지 않았어요?' 용하의 말 한마디는 재로 변한 성냥이었다. 그녀는 가련한 성냥팔이 소녀처럼 황홀경에 빠지다가 길에서 동사하고 싶지 않았다.

*

"여기 덕배 엄마 집이 워디유?"

다짜고짜 누군가를 찾는 목소리가 골목에서 들리자 저녁쌀을 씻던 동네 여자가 바가지를 들고 대문 밖을 내다보았다.

"그이는 왜 찾어유? 골목 끄트머리로 나가야 돼유."

옥시기 할머니가 얼마나 급한지 옥수수 삶던 솥이며 팔던 것을 그대로 두고, 앞치마도 풀지 않고 달려와서 덕배 엄마의 집을 물었다. 반백의 머리는 쪽을 졌지만 헐거워서 비녀가 45도 각도로 기울어있다. 그것도 곧 빠질 것처럼 댕강거렸다. 목소리가 심상치 않다.

"요 신작로 나가서 가겟방 뒷집이유. 왜유?"

동네 여자는 쌀바가지를 들고 물었다.

"왜 찾어유? 질 따라오슈. 근데 왜 찾어유?"

동네 여자가 앞서 가면서 왜 찾느냐고 뒤돌아보며 또 물었다. 옥시기 할머니는 무슨 말이 하고 싶은데 말이 안 나오는지 눈을 질끈 감았다 뜨며 손을 허공에 저었다. 무턱대고 집이나 안내하라고 했다. 동네 여자는 앞서 가는 동안 궁금해서 죽겠다는 표정으로 다시 물었다. 어여 가기나 해. 할머니는 따라가면서도 끙끙 앓는 소리를 했다. 문밖을 내다보던 다른 동네 여자들도 쌀바가지를 항아리에 올려놓고 우르르 두 여자의 뒤를 따랐다. 이들은 따라가면서 뭔 일이여? 왜 그래? 길갓집에 또 살인 났디야? 앞장서는 동네 여자와 똑같은 표정을 지었다.

"덕배 엄마가 요 며칠 안 보였는데. 애들도 안 보이고….."

길갓집에 살던 덕배네는 마당에 놓여있던 소금항아리까지 싣고 야반도주를 했다. 동네 여인들의 우상이었던 덕배 엄마가 야반도주했다는 소문이 시장터에 먼저 돌고 있었다. 골목여인들은 까맣게 모르고 있었는데. 주인집 할머니는 덕배네가 돈 벌어서 근처 큰 집으로 옮기는 거라고만 생각하고 있었는데 웬 날벼락이냐고

——————— 퍼펙트웨딩

했다.

덕배 엄마와 계를 안 하면 마치 충주시내 중산층대열에 끼지 못할 것 같아 골목 여자들이 앞다투어 그녀에게 매달 돈을 갖다 바쳤고 그녀는 후한 이자를 쳐주었다. 후한 이자는 텃세를 뚫고 중앙통에 당당히 진출한 덕배네의 후한 인심덕 이라고 모두들 이구동성으로 말했다. 이제 덕배네는 아무 걱정거리 없을 거라고 아부도 마다하지 않았다. 딴 데 가면 그렇게 이자 후하게 쳐주는 데 없다면서.

덕배 엄마의 인맥이야말로 상상을 초월할 정도였다. 우리 엄마, 큰외숙모, 가짜 꿀 장수 할머니, 월남치마 장수, 인삼 장수, 이불 장사 총각, 센츄리미장원 여자 등 덕배 엄마와 걸리지 않은 이가 없었다. 거기다 순임도 버는 돈을 몽땅 덕배 엄마에게 맡겼다. 공설시장 입구에서 고구마와 옥수수를 쪄서 파는 옥시기 할머니도 한 푼 두 푼 모은 돈을 덕배네에게 꼬박 바쳤다. 얼마나 급했으면 옥수수 찌던 것을 내동댕이 치고 달려왔을까. 설마 했던 옥시기 할머니가 덕배네 집 방문을 열었을 때 사람들은 기겁을 했다. 덕배네 방은 설사로 내장을 비우듯이 하룻밤 새 말끔히 비워졌다. 덕배가 만든 나무새총만 노란 고무줄이 끊어진 채 마루 끝에 있었다.

"으잉? 그제 밤에 갑자기 좋은 집이 나와서 부랴부랴 살림살이 싣고 떠났는데 뭔 소리려? 이 여편네 오늘 다시 와서 밀린 방세 준다고 했는데. 아이고오!"

주인집 할머니가 아이고! 소리를 하자마자 옥시기 할머니는 아이고! 소리가 큐 사인으로 들렸는지 그때부터 땅을 치며 통곡했다. 관중들은 그녀를 이미 포위해서 그녀의 통곡을 들을 준비를 하고 있었다. 쪽진 머리 사이로 삐져나온 흰 머리카락과 때 구정물이 흐르는 흰 치마저고리와 흰 고무신이 희다는 생각이 안 들었다. 그냥 옥시기 할머니가 태어날 때부터 몸에 지닌 소장품처럼 여겨졌다.

"애고오~ 내가아~ 천애고아로 태어나서어~ 목돈 한번 손에 쥐어보겠다고오~ 갖은 고생을 해서 모은 돈인데에~"

갑자기 옥시기 할머니의 구성진 목소리가 들려서 깜짝 놀랐다. 여인들이 자기네 떼인 돈보다 옥시기 할머니가 떼인 돈을 더 애석해했다. 순임도 틀림없이 많은 돈을 뜯겼을 거라고 했다. 어쩌면 순임과 덕배 엄마가 한 패거리일지도 모른다 고 했다. 모두들 골목에 나와서 하루 종일 수군댔다. 돈 떼인 걱정보다 남편들이 알까봐 더 걱정이었다. 서로 남편들이 알면 난리가 난다고 하면서, 다른 남편들이 골목을 지나치면 입조심하자고 쉿 소리를 내며 서로의 입에다 손가락을 들이댔다.

아침이 되었다. 깔깔이 커튼을 젖혀 보니 밤새 쌓인 눈이 티끌 한 점 허용하지 않았다. 청혼을 받으면 가슴이 두근거려 밤새 잠을 잘 수 없어야 했는데 어젯밤 아무 일도 없던 것처럼 순임의 정신은 너무나 맑고 말짱했다. 얼마 안 되는 세간들을 둘러보았다.

그것들은 이별의 순간을 예감한 듯 잔뜩 움츠리고 있다.

한바탕 성희가 끝난 뒤의 누추처럼 이 세간살이들이 갑자기 볼품없이, 한없이 초라한 고물로 전락해버렸다. 떠날 채비를 하자. 들고 갈 수 없는 것들은 날이 새면 셋방사람들에게 나누어주고 최대한 간단하게 짐을 꾸리자. 덕배 엄마에게 맡겼던 돈을 빼서 시골에 가서 옷가게를 하나 내자. 지금이 떠나기에는 적기이다.

하늘을 보았다. 잿빛의 하늘이지만 떠나기엔 딱 좋은 날씨였다. 그녀는 아직 골목의 소동을 모르고 있었다.

'내 인생에 이렇게 행복했던 순간이 다시 온다구요? 어림없어요.'

잿빛 하늘이 그 말을 대신 해주었다. 그동안 위태로운 길을 잘 맞지도 않는 신발을 신고 어정쩡하게 걸어왔다. 오늘 아침은 새 신을 신고 뽐내듯 순임의 발걸음이 경쾌했고 산뜻했다. 찬바람이 들어올 틈을 주지 않도록 코트깃을 여미고 장갑을 끌어당겼다.

다음 날, 용하는 퇴근 후 서둘러 순임의 셋방 골목길을 찾았다. 용하는 지나가는 행인인 척 창문을 지나쳤다가 다시 한번 되돌아 지나치면서 대문을 곁눈질했다. 다른 사람이 지나가면 그들과 섞여있는 무리처럼 행동했고 대문 여는 소리가 들리면 자동 반사적으로 걸음을 빨리했다. 그녀가 방에 있는데도 불을 일부러 불을 켜지 않은 거라고 생각했다. 창문을 두들겨볼까?

친구 승수의 말이 생각났다. 자네답지 않다고. 우스꽝스런 행동을 그만 멈추라고. 그러나 지금 누가 뭐라 해도 저 대문에서 그녀가 용수철처럼 불쑥 튀어나와 함박웃음을 터뜨릴 것만 같다. 추워요 얼른 들어와요 하면서 손을 잡아끌 것만 같다. 골목으로 난 창문을 두드려보고 싶었지만 꾸욱 참았다. 날이 깜깜해지고 사람 발소리가 뜸한 시각. 드디어 그녀가 골목 끝에 나타났다. 용하가 있는 자리에서 100미터 정도 될까. 그녀가 용하를 향해 걸어오고 있다. 너무 반가웠다. 용하는 환한 미소를 지으며 그녀를 향해 다가갔다.

'당신은 언제 봐도 백합처럼 빛나는 여자예요.'

용하는 심장이 두근거렸지만 티를 내지 않았다. 그녀가 다가온다. 그녀가 또독 똑 소리를 내고 걸어오지 않고 질질 끄는 소리를 냈다. 양손을 코트 속에 집어넣고 다가왔다. 그러나 힘이 없어 보였다. 가까이 다가왔을 때 용하가 투명인간인 것처럼 그냥 지나치려 했다. 용하가 팔을 잡았다. 겉옷 속에 파묻혀있지만 그녀의 몸이 뜨거웠다. 그녀가 팔을 빼다가 코트 속에 있던 장갑이 눈 위에 떨어졌다. 용하가 무안해서 슬며시 손을 거두고 허리를 숙여 장갑을 주웠다.

"날이 추운데 어디 다방이라도 갈까예?"

저녁 내내 추위 속에서 기다렸다가 꺼낸 말이라곤 기껏 다방에나 가자는 소리였다. 인간이 이 세상에 다방이란 걸 만들어 놓지 않았다면 그들은 무슨 말을 먼저 꺼냈을까?

"날이 너무 추운데 우리 어디 잠깐 들어가입시더."

그녀가 장갑을 받아 코트 속에 쑤셔넣었는데 손에는 짐보따리가 없었다. 외상값을 받으러 하루 종일 돌아다녔다. 가는 곳마다 덕배 엄마가 야반도주한 얘기뿐이었다. 모든 계획이 뒤엉켜버렸다. 살 집을 얻어 아이를 데려오겠다는 계획이 물거품이 되었다. 총각과의 사랑 놀음 따윈 코웃음 칠 일이었다.

"제가 참말로 말씀드리는 겁니더. 아무 걱정 마시고 꼭 기다려주소."

"여기서 더 이상 험한 꼴 당하지 않게 해주세요. 부탁입니다."

순임이 양손으로 다가오는 걸 막으며 뒷걸음질쳤다.

"그러니까 기다려달라는 거 아입니꺼? 참말로. 당분간 조용히 있으면서 지가 일을 해결해보겠심더."

"가요. 이만 쉬어야겠어요."

만사가 귀찮은 듯 얼굴을 찡그리며 손을 내저었다.

"많이 늦었지예? 저, 저, 잠깐이면 됩니더. 지가 다 알아서 할 테니 어디 가지 마시고 기다려주소."

절박한 마음과 달리 싱거운 대화가 오갔다.

"더 이상 찾아오지 말아주세요. 제가 여기 없을 겁니다."

그녀가 쓰러질 듯이 위태롭게 서있다.

"너무 늦어지예? 낼 이 시간에 우리가 매일 가던 다방에서 기다릴 겁니더. 지가 꼭 할 말이 있습니더. 꼭 나오시소."

그녀가 대문을 열고 들어갔다.

"오늘은 늦었으니까 그만 들어가 쉬어요. 낼 오시소? 궁전다방이라예."

용하는 미진한 듯 밖에 서서 두서없이 말했다.

"제가 다 궁리해놓은 게 있으니까 아무 걱정 마시고 오늘은 푹 쉬시라예. 저만 믿으소."

그녀가 마음을 바꿔 다시 튀어나오면 그 길로 손잡고 아무데나 뛰어가리라. 그러나 안에서 '새댁, 이제 들어올 사람 없으니까 대문 잠가!' 하는 소리가 들렸다. 뒤이어 나무대문의 걸쇠 잠그는 소리가 들렸다.

딸가닥!

그녀의 빗장도 동시에 잠겼다. 창문에 불이 켜지는 것이라도 보고 싶었다. 창문의 커튼을 젖히고 '당신, 눈 속에 있지 말고 들어와요.' 속삭여주면 대문을 부수고라도 뛰어 들어가리라. 그러나 그녀는 용하가 눈사람이 되어 꽁꽁 얼어붙어도 창문에 불을 켜지 않았다. 내 예감은 언제나 틀린 적이 없다. 시계탑에 갇힌 그녀가 뻐꾹새처럼 다시 튀어나와 용하의 인생을 송두리째 바꾸는 역사는 일어나지 않았다. 그는 그 자리에 못 박은 듯 우두커니 서 있었다. 그의 어깨에 눈이 소리 없이 쌓였다. 눈은 멈추는 방법을 몰랐다.

집으로 돌아가는 길은 눈보라가 앞을 가려 긴 시간이 걸렸다. 처음에는 눈발이 날리더니 집에 도착할 때쯤 발이 푹푹 빠져서 걷기가 힘들었다. 폭설은 가로등의 어설픈 불빛마저 가로막았다.

————————— 퍼팩트웨딩

그가 꽤 늦은 시각 대문 초인종을 눌렀을 때는 우리 식구 모두가 라디오 연속극에 빠져있을 때였다. 개는 초인종 소리를 무척 좋아해서 소리가 나기도 전에 개집이 들썩거린다. 내가 엑스란 내복차림으로 문을 열어주러 나갔을 때 용하는 온몸이 눈사람이 되어 대문 앞에 서있었다. 덩치가 아주 큰 설인이 되어. 엄마가 뒤따라 나왔다. 엄마가 그의 눈을 털어주며 뭐라고 한국말로 빠르게 말할 때 그는 그냥 목석처럼 서있었다. 방문 앞에 서있을 때 눈이 녹아서 방바닥에 뚝뚝 떨어졌다. 엄마는 용하 방에 뒤따라 들어와 걸레로 물 자국을 닦아내며 손놀림과 입놀림을 같은 속도로 맞추었다.

"얘가, 얘가, 이게 뭔 일이래? 애들두 아니구."

그날 밤 용하가 꽤 먼 길 눈보라를 뚫고 걸어왔다. 눈이 점점 쌓이더니 나중에는 한 발짝 내딛기 어려울 정도로 눈이 쌓였다. 몸살이 나버렸다. 육체로 힘쓰는 건 삼손이 못지않던 용하도 머리카락이 잘려나갈 것처럼 밤새도록 끙끙 앓았다.

그녀의 미소가 떠올랐다. 용하가 말을 더듬고 얼굴이 붉어져도 그녀는 미소를 지어주었다. 그가 짜장면 곱빼기를 큰 소리로 주문해도 창피해하지 않고 미소를 보냈다. 촌스럽게 엽차 갖다달라고 큰소리로 말할 때도 그녀는 미소를 보냈었다. 다꾸앙 달라고 소리칠 때는 눈을 동그랗게 뜨고 나무라는 듯이 흘기고 난 뒤에도 이내 미소를 지었다. 그녀의 미소는 '나는 당신의 촌스런 모습을 더 좋아해요'라고 말하는 듯했다. 그녀의 언어는 웅변이 아니고 시냇물처럼 소근거리는 대화였다. 그녀가 불현듯 보고 싶어졌다. 다시 뛰어가 문을 두드리고 싶었다. 좋아한다는 게 별게 아니고 함께 있는 시간을 즐기는 것이란 걸 그녀와 헤어지고 나서야 비로소 알게 되었다. 용하는 밤새도록 깨다가 꿈꾸다가 하기를 반복했다. 꿈속에서 그녀는 여전히 미소 짓고 있었다.

"니 일나봐라."

다음 날, 용하가 한나절이 되도록 이불을 뒤집어쓰고 있을 때였다. 엄마가 방문을 벌컥 열었다. 잔뜩 성이나 있었다. 나는 그때 마당에서 살얼음이 덮인, 햇빛에 반사되어 반들거리는 눈을 나무꼬챙이로 쑤셔대고 있었고 동생들도 따라서 얼음 눈을 쑤셔댔다. 엄마 목소리에 불길한 예감이 들었다.

"아이구, 아이구, 그년이 우리 집안을 말아먹으려고 작정을 하구 덤벼들었어. 아이구!"

세상 사람들이 놀랄 일이 지금 벌어지고 있다. 열린 문으로 찬바람이 훅 들어가니까 용하는 귀찮다는 듯 이불을 끌어올려 돌아누웠다. 엄마는 다짜고짜 이불을 들추고 어깨를 마구 쳤다. 지금 저 방에서 무언가 불길한 일이 벌어지려 하고 있다. 나도 공범자였기 때문에 일부러 쳐다보지 않고 꼬챙이만 찔러댔다. 엄마가 내 멱살을 잡고 방으로 끌고 들어갈 것 같아서 조마조마했다. 그러나 그런 일은 일어나지 않았다.

"니 일나봐라 동네 챙피해 죽겠네. 소문이 그게 참말이가? 쫌 일나봐라."

"누이요 왜 그러는데? 떼인 돈이 또 있는 기고? 얼만데?"

용하는 밤새 앓다가 날벼락을 맞은 얼굴로 일어났다. 곗돈을 다 뜯긴 모양이군 하면서 손으로 얼굴을 부볐다. 엄마가 용하의 면전에 대고 삿대질을 하다가 성이 안 풀렸는지 내복을 잡아뜯었다. 그러다가 뿔난 소가 머리를 들이대듯이 뽀글거리는 파마머리를 용하의 가슴팍에 들이댔다. 고래고래 소리 질렀다.

드디어 올 것이 왔다. 이런 상황이 벌어지리라 나는 이제나저제나 기다렸다. 우주가 놀랄 만한 어마어마한 일을 혼자만 알고 있기엔 마음이 무거웠다. 내가 지레 발설하고 싶었는데 동네사람들이 먼저 알려줬다. 고마운 동네사람들.

"이눔의 새끼야. 이런 미친 놈이 어딨어? 아이구 세상에 남부끄러 내가 못 살어. 못 살어."

엄마가 급기야 가슴을 치며 울음을 터뜨렸다. 용하가 당황해서 엄마의 팔을 잡았다. 와요? 용하가 더 크게 소리쳤다. 엄마는 다짜고짜 '내가 못 살어, 내가 못 살어' 하면서 고래고래 악을 썼다. 앞뒤 다 자르고 본론만 격하게 말해서 용하가 사태를 이해하는 데 시간이 조금 걸렸다.

"봐라 동네 여자들이 마카 떠들어대는데 그기 참말이가?"

엄마가 다시 죽일 듯이 용하의 어깨를 마구 치며 울어댔다.

"아이고 이 미친 놈! 내가 못 살어!"

축 처진 눈가주름은 꼭 짠 무명 행주처럼 자글자글했고 앙칼진 파마머리에 밍크스웨터를 껴입은 모습은 고슴도치를 연상케 했다. 그때 큰아재와 외숙모가 달려와서 엄마를 말렸다.

"아이고 세상에 이 오라질 년이 어디 꼬실 남자가 없어 총각한테 들이대? 이년이."

용하의 얼굴은 감기열로 벌겋게 달아올랐다.

"이년, 만나기만 하면 머리끄쟁이 잡고 동네방네 망신 줄 거다. 이년! 시내 얼씬도 못하게 할 끼다."

"누이요 무신 소린교?"

이때까지도 용하는 비몽사몽이어서 양손으로 얼굴을 부벼댔다. 밤새 앓고 나서 잠시 머리가 멍한 기분이 들었다.

"아니 도련님 진짜 몰라서 물어요?"

외숙모도 거들었다.

"허, 그래서 주희네 집에서 아뭇소리가 없는 거구만. 나는 지들이 별 뜻이 없어서 그런 건가 했지. 당장 가자. 주희네 집에 가서 결혼한다구 가서 인사도 드리구! 어여 일나라."

엄마가 고래고래 소리 지르며 용하의 손을 붙잡고 문 쪽으로 끌려고 했지만 꿈쩍도 안 했다. 얼굴을 부비고 있던 용하의 눈이 동그래졌다. 그 표정은 올 것이 왔구나 하는 얼굴이었다. 큰아재 부부가 끌고, 업고 데려온 아이들이 삽시간에 골방을 점령했다. 아이들은 생쥐처럼 각자의 목표물을 향해 쪼르르 흩어졌다. 엄마는 뭐가 분한지 거의 울분을 토하듯이 땅을 치며 분해했다.

"아이구 내 팔자야 죽도록 공부시켜놨더니 그 짓거리나 하구 다녀?"

용하의 내복을 잡고 마구 비틀었다. 순임은 세상 모든 여자들의 적이었다. 용하는 내복바람으로 이부자리 속에 앉아있다가 나의 사촌들이 책상 위로 올라가 종이를 찢으려 하니까 고개를 돌려 책상 위를 넘겨보았다. 외숙모가 아이를 나무라면서 끌어내리니까 아이가 발버둥 치며 놓아 달라고 소리쳤다. 용하는 얼굴만 마른세수 하듯 부벼 대다가 엄마가 당장 쳐들어간다는 말에 화를 버럭 내고 소리를 빽 질렀다.

"가기만 해봐라 내 인연 끊을 끼다."

"끊어라 끊어 이 미친놈아! 그게 할 소리야? 어디 여자가 없어서 그런 화냥년하고 놀아나! 인연 끊어라 끊어! 벌써 낌새를 알아채고 도망갔어, 그년이."

"뭐야? 가서 니 무슨 짓 했노?"

"정신차려 이놈아! 그 갈보년이 벌써 도망갔어. 눈에 띄기만 하면 머리끄쟁이 잡고 동네방네 망신 줄라켔는데 벌써 도망갔어."

용하는 엄마가 순임을 만나지 못했다는데 안도하고 체념하듯 말했다.

"가지 마소. 소용없는 기라."

용하가 엄마를 뿌리치고 부스스 일으켜 시계를 보더니 벌떡 일어났다. 식구들이 전부 용하를 쳐다보았다. 그는 부엌에서 더운

물을 한 바가지 떠다가 세수를 했다.

"어데 가노? 저녁밥 안 먹고. 그년한테 가나?"

"내 볼일 있어 나간다."

엄마는 그런 무식하고 되지 못한 년하고는 상종을 하지 말라며 코트를 걸치면서 신발을 신는 용하 뒤에 바짝 붙어서 잔소리했다. 밖으로 나가는 용하의 뒤를 대문까지 따라 가며 시골 부모님 생각해서 절대 딴짓 하지 말라고 살살 달랬다. 울고불고 파마머리를 들이댈 때와는 달리 교양있게 말했다. 그 여자가 아무리 꼬리를 쳐도 절대 넘어가지 말고 빨리 주희하고 혼인하라고 했다. 다들 저녁밥 먹으라고 내가 소리쳤을 때는 벌써 어둑해질 때였다. 식구들의 숟가락과 젓가락이 이쪽저쪽으로 넘나들었다. 순임을 성토하는 소리도 같이 넘나들었다. 입에 가득 밥을 물고 그들이 성토하는 소리는 '때려 죽이자, 김일성!' 하는 소리로 들렸다.

그날 저녁, 용하는 순임에게 만나자고 한 시각에 맞춰 궁전다방으로 들어갔다. 혹시라도 그녀가 용하를 기다리다 갔을까봐 계단을 두세 개씩 성큼성큼 올라갔다. 다방으로 올라가는 이층 계단은 올갱이 속처럼 꼬불꼬불했다. 한 사람이 간신히 지나갈 정도로 비좁고 가파르고 껌껌한 계단이 끝도 없이 이어졌다. 그런데 그 다방에는 뜻밖에도 금다방 레지 김민자가 카운터에 앉아있었다. 그녀는 금다방이 경영난으로 문을 닫자 시골다방에 내려갔다가 몇 년 뒤에 다시 여기로 온 것이다. 그녀는 날이 추워서 그런지 예전처럼 멋을 부리고 우아하게 앉아있지 않고 공단한복 위에 털조끼를 입고 털버선을 신고 있었다. 그래도 추운지 사람들이 들고날 때마다 일어서서 손을 비비며 문 닫는 일을 반복했다. 머리도 요염하게 틀어 올린 게 아니라 부스스하게 붕 떠있는 파마머리였다. 눈가에 잔주름이 자글거렸다. 커다란 연탄난로에 올려놓은 주전자의 코끝에서 김이 모락모락 나왔다. 동지가 한참 지났는데도 크리스마스 장식용 반짝이들이 김민자의 뒤통수에 늘어져 있다. 용하가 자리를 잡고 앉으니까 김민자가 쪼르르 따라와 곁에 앉았다. 용하가 어색하게 말했다.

"저어, 지가 누구를 기다립니더."

"아, 애인이 올 시간이 됐다구요? 말투가 춘삼 씨 닮았네? 맞지요 춘삼 씨 동생? 호호호. 내가 귀신이에요, 사람 알아보는 건."

순찰을 하다가 몸을 녹이러 다방에 들어온 승수는 커다란 덩치에 어울리지 않게 쪼그리고 앉아있는 용하의 몰골을 보더니 한심해하는 눈초리를 보냈다. 진짜 순임과 엮이기라도 한다면 친구관계를 끊을 태세였다. 그는 가죽장갑을 벗어서 던지듯이 놓으며 특유의 독설을 내뱉었다. 한심한 녀석! 미련 곰투가리!

"이 세상에 여자가 그렇게도 없냐? 멍청한 자식!"

승수가 담뱃불을 붙이다가 기가 막히다는 듯 고개를 돌렸다.

"야, 새꺄! 그 여자가 여기 나타나면 내 손에 장을 지진다."

"이씨 형제들 때문에 또 한 여자가 당했네. 내가 춘삼 씨와 헤어지고 나서 이렇게 바짝 늙었잖아요."

순임은 끝내 나타나지 않았다. 용하는 다방을 나와서 그녀의 집으로 발길을 돌렸다. 셋방 여인이 대문 밖에 나와서 연탄재와 씨름을 하고 있다. 그녀가 뭐라고 중얼거리면서 결사적으로 연탄 집게를 내리치는 모습이 꼭 용하를 나무라는 뜻으로 들렸다. 셋방 여인이 용하에게 바보, 바보! 바보 천치 같은 자식! 하면서 연탄을 패대는 것처럼 들렸다. 그는 연탄 두 장이 어서 갈라지기를 기다렸다. 이눔의 연탄이 또 속을 썩이네. 셋방 여자가 눕혀놓은 채 꽉 달라붙은 연탄을 향해 집게를 내리쳤다. 저 연탄이 갈라지기만 하면 순임의 행방을 알 수 있을 것만 같다. 드디어 꽉 달라붙었던 연탄이 갈라졌다. 셋방 여자가 드디어 한숨을 밖으로 내쉬고는 하얗게 타버린 연탄을 담벼락에 쌓아놓고 덜 탄 연탄을 집어들었다. 용하가 다가가 문간방 사는 젊은 여자에 대해 물었다.

"하이고, 오늘은 문간방 사는 새댁 찾는 사람이 많네? 아까 낮에 난리가 났었어요. 어떤 여자들이 아침나절에 떼로 몰려와서 빈방에 대고 고래고래 욕을 해대더니…. 누구유? 그 여자들이, 누나들이여?"

용하는 별 말이 없었다.

"살림살이 죄다 나눠주구 일찌감치 떠났어요. 빨리 가길 잘했지. 그 여자들한테 머리끄덩이 잡힐 뻔 했잖아. 참한 색시가."

꾸벅 인사를 하고 돌아서는 용하의 등 뒤에 대고 덧붙였다.

"심성 좋구 참하게 생겼는데 너무 안됐어. 외상값 받으러 언젠가 오긴 올 거야. 남은 짐두 있구. 젊은 여자가 고생만 하고, 있는 돈 전부 뜯기고."

끝도 없이 눈이 쌓인 날 순임은 떠나갔다. 성스럽고도 장엄한 이별의 순간은 이 세상에 존재하지 않는다는 걸 증명이라도 하듯 맥없이 헤어졌다.

이순임. 그녀의 아버지는 육이오 때 행방불명됐고, 어머니는 순임이 세 살 되던 해 병으로 죽었다. 그 후 순임은 큰아버지 집에서 자랐다. 여기까지는 누구에게나 있을 법한 보통의 삶이다. 그러나 큰집의 생활은 그리 녹록하지 못했다. 말을 배우기도 전에 그녀는 고사리 손으로 무명 빨래를 해댔고, 하루 종일 부엌살림을 했다. 큰 엄마와 사촌들이 따뜻한 방안에서 와자지껄 떠들 때 순임은 컴컴한 부엌에서 찬물에 손을 담그고 추위에 떨며 설거지했다. 사촌들이 전부 학교에 가고 없을 땐 큰어머니와 뙤약볕에서 들일을 해야 했다. 난봉꾼 큰아버지는 강 건너에 딴 살림을 차리고 있어서 명절에나 얼굴을 볼 수 있었다. 그래도 큰아버지는 순임을 보면 머리를 쓰다듬어주며 손에 동전을 쥐어주었다. 그러나 동전이 순임의 손에 머무르는 시간은 큰아버지의 도포자락이 안 보일 때까지만이었다.

외할머니가 산등성이를 넘어 순임이 사는 곳으로 찾으러 오기 전까지 순임은 큰어머니의 학대에 시달렸다. 외할머니는 장터에서 우연히 순임이 학교도 못 가고 식모처럼 살고 있다는 소식을 듣고 그 길로 순임을 찾아 나섰다. 지팡이를 짚고 고개 넘어 물어

물어 찾아간 곳에서 처음 맞닥뜨린 장면은 돼지우리 앞에서 중년의 아낙이 어린 소녀에게 고래고래 소리 지르며 야단치는 장면이었다. 세 살 때 보고 10년 동안 본 적이 없건만 뒷간 앞에서 울고 서있는 소녀가 순임이라는 것을 한눈에 알 수 있었다. 외할머니는 그 광경을 보자 눈에 불을 켜고 달려들었다. 멀리서부터 쏜살같이 달려들어 아낙에게 지팡이를 휘둘렀다.

"이년들! 네깟 것들이 뭔데 우리 손녀한테 손찌검을 해싸!"

그길로 엄동설한에 맨발로 외할머니에게 끌려왔다. 외할머니는 읍내에 들러 순임에게 털신을 사주고 털스웨터를 사주면서 짬짬이 눈가를 손으로 닦았다. 눈곱을 닦는 외할머니의 손은 비쩍 말라서 거죽만 붙어있었다. 쌈짓돈을 털면서 저 연놈들 보란 듯이 이젠 내가 키울 거다 소리쳤다. 그러나 당당하게 데려온 외갓집도 순임에게는 안락한 장소가 아니었다. 눈치 보는 대상이 큰어머니에서 외숙모로 바뀌었을 뿐 순임이 하는 일은 똑같았다. 그래도 뒤란 울타리에서 살구꽃이 흐드러지게 필 땐 저 산 너머에서 친절한 신사가 나타나 순임을 데려가진 않을까? 그 신사가 뭔가 반짝이고 예쁜 걸 순임에게 건네지 않을까? 그 신사는 아버지였다가 연인으로 바뀌었다. 그런데 개살구가 마지막 한 알까지 땅에 떨어져도 신사는 나타나지 않았다.

순임은 동트기 전에 일어났다. 커다란 가방에 당장 필요한 옷가지들만 챙겨 넣고 나머지 살림살이들은 보따리에 싸서 셋집의

　　　　　　　　　　　　　　　　　　퍼팩트웨딩

창고에 넣어두었다. 열두 시에 출발하는 차표를 구입했다. 장갑을 벗고 시계를 보았다. 5분 뒤에 차가 움직일 것이다. 순임도 가방을 버스 옆구리에 밀어 넣었다. 휘발유 냄새가 역하게 올라왔다.

차에 올라타자마자 버스는 출발했다. 반들거리는 눈 위로 버스는 유람하듯이 쉬엄쉬엄 기어갔다. 지렁이처럼 꼬불거리는 길에 하천이 계속 따라왔다. 하천에서 길로 이어지는 삐딱한 둔치에 헐벗은 나무들이 애처롭게 서있다. 하천의 반대편은 끝이 안 보이는 산줄기가 이어져있다. 순임은 용케 자리를 잡고 창밖을 내다보았다. 지나치는 나무들이 순임에게 '바보, 바보' 하며 손가락질을 했다. '총각이 널 아주 좋아하는데 잡았어야지. 천하의 바보' 나무들이 빠르게 지나치며 순임을 나무랐다. 나무는 수줍은 청년의 모습이었다가 홍당무 같은 얼굴로 변했다. 그가 뿌연 입김 속에서 아른거렸지만 이내 빼곡하게 서있는 사람들 속으로 청년의 모습은 사라졌다. 그는 순임이 절대 가질 수 없는 환영이었다.

드디어 지루한 산골 풍경이 멈추고 버스는 어느덧 왁자한 읍내로 들어와 문을 열고 사람들을 쏟아냈다. 순임도 멀미에 지친 얼굴로 부스스 일어났다. 버스가 자다 깨다 하면서 눈 사이를 굴러 겨우 도달했다. 보통 때보다 한 시간이 더 걸렸다. 순임이 버스에서 내렸다. 버스 옆구리로 다가가 고개를 옆구리에 들이밀고 힘겹게 짐가방을 꺼냈다. 고개를 들어 산등성이를 바라보았다. 저만치 그가 또 서있다. 그는 냉큼 달려와서 순임의 짐을 받아주지 않고 멍하니 서있다. 그의 등 뒤로 나무가 배경으로 서있다. 나무라도 배경이 되어주지 않았다면 정말로 그가 달려오길 기다렸을 것이다.

순임이나 용하나 손해본 건 없었다. 용하는 원래의 상태로 돌아왔고 순임은 돌고 돌아서 여기 길 위에 있으니 공평한 분배였다. 순임은 굴뚝에서 뿜어대는 뿌연 연기를 마신 듯 현기증이 일었다. 허기가 졌다. 이 와중에도 꾸역꾸역 위 속으로 뭔가를 집어넣고 싶어졌다.

저녁나절이었다. 돼지국밥집이 보였다. 커다란 가방을 산타클로스처럼 메고 안으로 들어갔다. 식당 안은 개미 한 마리 보이지 않고 비릿한 냄새만 나그네를 반겼다. 주인 여자는 뭘 잡수려우? 하면서 목면행주로 밥풀이 묻은 탁자를 닦았다.

순임이 벽에 적힌 돼지국밥을 손가락으로 가리켰다. 투박한 뚝배기에 펄펄 끓는 국밥이 나왔다. 특유의 향을 내뿜으면서 상 위에서 한참 지글지글 소리를 냈다. 끓는 소리가 멈추기를 기다리면서 돼지 한 마리 속에 들어있던 내장이며 간, 오소리, 비곗덩어리들이 돌아다니는 것을 가만히 응시했다. 숟가락을 들었다. 뜨거운 것을 위 속으로 마구 퍼넣었다. 그리움과 슬픔을 주체할 수 없어서 돼지국밥을 위 속으로 마구 퍼넣었다. 국자라도 달래서 한꺼번에 부어버리고 싶었다. 뱃속에 돼지의 부산물들이 제멋대로 떠다니는 것을 느꼈다. 국밥 위에 떠다니는, 원래는 빨간 핏줄

찌꺼기에 불과했던 돼지내장이라는 걸 숟가락으로 건져서 위 속으로 눌러서 집어넣었다. 안 들어가려고 자꾸 기어 나오는 걸 꾹꾹 눌러서 집어넣었다. 그를 갖고 싶다는 비릿한 욕망이 끓어오르는 걸 숟가락으로 꾹꾹 눌렀다. 목구멍까지 치밀어 오르는 걸 꿀꺽 삼켰다.

함께 걸어가는 꿈을 꾸는 건 안 되는 일일까요? 같이 있고 싶어요. 당신의 말소리를 듣고 싶어요. 그러나 그들은 한 번도 진심을 내뱉지 못하고 서로를 속였다. 간교하게, 교활하게, 간사스럽게. 다 같은 말이지만 그들이 눈빛을 교환할 때 그들이 던지는 각각의 의미는 달랐다. 갑자기 숟가락을 놓고 펑펑 울었다. 설거지하던 주인여자가 순임의 짐보따리와 순임의 얼굴을 번갈아 쳐다보았다.

"워디 사람이여? 시내 사람 아니지?"

얼굴을 가린 순임의 양손 사이로 눈물이 주루룩 흘렀다. 주인여자가 다가왔다.

"색시 소박 맞았구랴. 기여?"

주인여자가 기발한 생각이 떠오른 것처럼 순임의 등을 탁 쳤다.

"손님이 먹다 남은 잔술 한 병 있는데 주랴?"

주인여자가 큰 인심 쓰듯 조그만 사기컵과 반쯤 남긴 소줏병을 들고 왔다. 정말 큰 인심을 썼다. 그녀는 줄곧 순임이 어디 사람인가를 궁금해했다. 내 근본이 어딘 줄은 모르겠고요 큰집이 갈목인데 거기서 남의 손에 끌려 나왔어요. 나는 이제 돈 한 푼 없어요. 믿던 여자한테 다 뜯겨서 알거지예요. 갓골에 90이 다 된 노인이 아이를 보고 있어요. 그 노인도 언제까지 살아있을지 장 담 못해요. 진짜 알맹이는 쏙 빼고 주인여자를 붙잡고 이런 얘기 를 두서없이 하고 싶었다.

나두 소박맞고 떼밀려서 여기 왔다우. 누가 내 속을 알겠나? 그래두 그 댁은 짐칸이나 실어 보냈네. 아주 쌍놈집은 아니구만. 나는 배알도 없는 년이야. 우리 남편이 언젠가는 날 찾아와 빌겠 지 이런 헛된 희망을 품고 산다우. 서울로 이사 가서 소식 끊고 산 지가 삼십 년인데…. 그 인간 풍 맞아 죽었을지도 몰라. 그녀 는 희망과 체념과 악담을 동시에 했다. 순임에게 가져온 잔술을 주인여자가 홀짝거리며 다른 사람들은 절대 자기 속을 모른다고 했다.

순임이 떠나 온 지 한 달이 되었다. 용하도 성내동 차부에 와서 용궁 가는 버스를 타려고 차표를 사서 기다리고 있다. 사람들이 두꺼운 솜외투를 걸치고 가방을 들고 양지 쪽에 모여들었다. 담 배를 피우며 기다리고 있는 그들의 얼굴은 겨울 외투처럼 암갈색 의 낯빛들이다. 용하도 양지 쪽 끄트머리에 서 있다. 그런데 저쪽 그늘진 곳에서 낯익은 광경을 보았다.

흰색 와이셔츠에 넥타이를 매고 남색 외투를 걸친 중년의 남자 가 가방을 든 어린 소녀에게 말을 걸고 있었다. 어린 소녀는 시골 서 갓 올라온 행색을 하고 어디로 가야할지 몰라서 난처해하는 표정이 역력했다. 중년의 남자는 먼지떨이개로 버스를 털고 있었다. 간간이 중년남자의 말소리가 들렸다.

"너 어디서 왔니? 오늘 잘 데는 있니? 여기 버스차장들 숙소가 있는데 잘 데 없으면 하룻밤 여기서 자도 되는데….."

말투가 무척 부드러웠다.

"집은 어디니? 부모님이 계시다면 오늘밤 여기서 자고 집으로 돌아가는 게 어떠니? 내가 태워다줄게. 부모님이 걱정하실 텐데. 형제는?"

진심으로 걱정해주는 소리로 들렸다. 아버지가 딸에게 건네는 정도의 말이었다.

"지금 배고프지 않니? 숙소에 가면 밥해주는 아주머니가 있는데 대합실에서 잠깐만 기다리고 있을래?"

너무 친절해서 누구라도 그의 말에 귀를 기울이고 싶을 정도였다. 그 처녀는 그가 지금 손잡고 어디로 가지고 하면 따라갈 정도로 그의 말에 솔깃해했다. 계속 먼지를 터느라 옆모습만 보여주며 들려오는 그의 목소리는 정말 겸손해 보였고 그의 옆모습은 아주 믿음직스러웠다. 조금 후 그는 먼지떨이개를 벽에 대고 탁탁 털더니 겉옷을 벗어 팔에 걸고 버스에 올라탔다. 그가 운전하는 버스는 차부를 한 바퀴 빙 돌아 일렬로 줄지어 서있는 여러 대의 시외버스들 사이에 끼어들어갔다. 능숙하게 운전하는 모습이 창을 통해 슬쩍 보였다. 둥그렇게 원을 그리는 그의 흰 와이셔츠는 눈부시게 빛났다. 멋있어 보였다. 그는 바로 승미 아버지였다.

그 어린 소녀는 대합실 후미진 곳에서 가방을 든 채 남색 외투를 걸친 승미 아버지를 기다리고 있는 눈치였다. 생판 모르는 사람이 보면 승미 아버지는 매너 있고 친절한 신사였다. 그는 겁먹은 눈동자를 가진 한 소녀를 세상의 위험으로부터 보호해주려는 아버지처럼 자상해 보였다. 그런데 용하는 달려가서 그 남자의 멱살을 잡고 싶다는 생각이 들었다. 여러 사람들 앞에서 그 인간을 버스에서 끌어내려 진흙탕에 패대기치고 싶었다.

나는 그때도 알아챘지만 순임은 용하와 행복해하는 중간에도 이별을 예감한 듯 깊은 한숨을 쉬었고 애절한 눈빛으로 바라보았다. 이 행복한 감정은 분명 가짜일 것이니 빨리 그가 가짜라고 말해주길 기다리면서 그를 바라보았다. 행복한 순간이 금방이라도 깨질 것 같아 두려웠을 것이다. 그때 그는 무슨 생각을 하고 있었는지 모르지만 그도 그녀의 눈길을 알아챘던 것 같다. 그의 눈은 '절 함 믿어보소' 하고 있었다. 그러나 그들은 사태를 알아차리는 데 너무 신속했다. 정말 가짜 사랑이었나 싶을 정도로 아무 일도 없는 듯 용하는 무시리로 가는 버스에 몸을 실었다. 그는 순임과 도망을 가거나 자살소동을 벌이는 일 따위는 하지 않았다. 온집안을 발칵 뒤집어놓는 호기를 부리지 않았다. 그는 흥미진진한 인생에 발을 담그기가 끔찍하게 무서웠던 게 아닐까?

온 식구가 모처럼 화합을 해서 두 사람을 뜯어말리려고 잔뜩 벼르고 있었는데 싱겁게도 두 사람은 아무 일도 없었던 것처럼 원상태로 돌아왔다. 오히려 집안 식구들이 대놓고 말릴 대상이 사라져서 무안해졌다. 할 일이 없어져서 서운해하는 기색이 역력했다. 순임이 떨어져나갔다는 소식에 동네사람들도 무척 서운해했다. 엄마를 제외한 나머지 식구들은 저들을 다시 맺어주고 싶은 착각에 빠질 뻔했다.

용하는 지금 양가 어른들께 깊이 사죄를 하고 순이와의 결혼을 허락해달라고 고향으로 가는 중이다. 봄으로 가는 길목의 추위가 싫었고 피곤이 몰려와 머리가 지끈거렸다. 용하가 무시리로 떠나고 나서 우리 집에서는 난리가 났다. 주희와의 결혼이 초읽기에 들어갔는데 순임 때문에 깨졌다고, 다 된 밥에 코를 빠트렸다고, 엄마는 허공에 대고 무시무시한 욕세례를 퍼부었다.

"니가 그러면 무사할 줄 알아? 하늘 무서운 줄 알아라, 이 첩년아!"

이렇게 천장에 대고 손가락질할 때 나는 허공에 누가 있는 줄 알았다. 아마 순임이 옆에 있었다면 엄마 손에 살아남지 못했을 것이다.

*

무시리의 이른 봄은 아직도 겨울의 터널에서 벗어나지 못했고 깊고도 음침했다. 외할아버지와 용하는 선물꾸러미와 사주단자를 들고 공실 할배집을 찾아가는 중이다. 눈 사이로 듬성듬성 봄의 기운이 느껴졌지만 부자는 말이 없고 발소리만 터덜터덜 지루하게 울렸다. 단벌의 회색 두루마기 속에는 늙고 꼬부라진 촌부의 등허리만이 보일 뿐 외할아버지의 기품 있고 허세부리던 모습은 온데간데없이 사라졌다. 외할아버지는 시시때때로 헛기침과 헛발질을 했다. 그의 입은 원래부터 말을 못하는 사람처럼 좀체 벌어지지 않았다. 용하는 나의 외할아버지와 보조를 맞추느라 몇 번인가 걸음을 멈추었다. 회색의 하늘과 검푸른 들판을 번갈아 보았고 때로 고개를 숙여 논둑길에 풀풀 이는 마른 흙먼지를 바라보았다. 그러다 잠시 고개 들고 무념무상의 빈 하늘을 올려다보았다.

이미 순이네 집에 연락을 한 상태여서 순이 엄마는 새벽부터 일어나 부엌에서 분주하게 찬을 준비했다. 손이 꽁꽁 얼어붙어서 연신 뜨거운 물에 녹였다가 빼냈다. 공실 할배는 마당을 왔다 갔다 하다가 가마솥에서 올라오는 김을 보고 흐뭇한 미소를 지었다. 그러다 부엌문을 열어젖혔다.

"쟈가 뭐하노? 신랑자리 온다카는데…. 니 이카고 있을 때가?"

부엌에서 일하는 순이에게 곱게 단장하라고 재촉했다. 드디어 흙 담벼락이 위태롭게 무너져있는 공실 할배의 집이 보였다. 오두막 같은 초가집은 이엉이 썩고 내려앉아서 드나드는 입구가 안 보일 정도로 엎드려 있었다. 품격 있는 가문과 체통을 가졌다는 양반자손의 살림살이는 누추하고 퇴락해 보였다. 격조 있는 가옥

——————— 퍼팩트웨딩

은 고사하고 운치 있는 뒤뜰이나 돌담조차 전무했다. 사랑방조차 달려있지 않았다. 정갈한 의복과 품위 있는 말투와 풍류를 아는 걸음걸이는 아니더라도 양반의 흔적이라도 남아있겠거니 생각하면 오산이다. 그저 산업화에 편승하지 못한 걸 한스러워 하며 자존심도 버린, 황폐한 체통만 가지고 겨우 명맥을 유지하는, 손바닥만 한 초가집의 방 두 칸이 사돈집의 살림살이 전부였다.

용하는 심호흡을 크게 하고 싸리문에 들어섰다. 외할아버지도 헛기침을 크게 했다. 순이 아버지와 순이 엄마가 뛰어나와서 손님을 맞이했다. 순이의 부모는 젊었지만 고된 노동으로 까만 얼굴에 골 깊은 주름과 수줍음과 무력함이 고스란히 나타났다. 까치가 요란하게 울었고 햇볕이 황토벽에 드러난 수숫대와 흙부스러기들을 환하게 비추었다. 빈곤한 살림살이가 가감 없이 드러났다.

"하이고, 오싰능교? 추분데 안으로 들어오시소."

용하와 외할아버지는 순이 부모 내외의 환대를 받으며 공실 할배가 있는 안방으로 들어갔다.

"그냥 오시지 뭘 이런 걸 다 사 가지고 오시니라…."

구멍 난 창호지 문짝이 너무 얇고 좁아서 사람이 고개를 숙이고 몸을 옆으로 비껴서야만 들어갈 수 있다. 외할아버지가 먼저 들어가고 몸집이 큰 용하가 나중에 들어섰다. 햇볕에 있다가 들어간 안방은 토굴처럼 컴컴했다. 어두운 가운데 흰 무명저고리를 걸친 공실 할배의 모습은 깜깜한 굴속에서 생활하는 부족장처럼 위엄이 있었다. 너무 어두워서 부족장의 허세만 희미하게 보이고 전리품들은 보이지 않았다. 잠깐이지만 공실 할배에게서 승리의 미소가 엿보였다.

"아이고 어르신 지들이 인사가 늦었네예. 참으로 송구스럽습니더."

외할아버지가 절을 하려고 하니 공실 할배도 순이 아버지도 깜짝 놀라며 뜯어말리다가 같이 절을 했다.

"사돈끼리 무슨 송구는…. 오시느라 애썼소."

곧이어 용하가 정중하게 절을 올렸다. 언제적 신문을 붙여놓았는지도 모를 정도로 너덜너덜한 벽을 등지고 절을 하는 용하의 모습은 절도가 있었고 토굴 속에서 광채가 났다. 겸손과 예의범절이 과하게 넘쳐나는 용하의 모습을 보고 공실 할배는 수염을 쓰다듬었고 순이 아버지와 외할아버지는 누구라도 용서해줄 것 같은 너그러운 미소를 지었다.

"우리 '아'는 참말로 누구라도 신부감으로 탐내지만서도 한 번 말이 오간 사람하고 신의를 지키느라 여지껏 조신하게 집안일만 하고 있으요."

"하무요 하무요 이 집의 손녀딸은 훌륭한 규수지예. 어데 내놔도 손색이 없지예. 지들이 참말로 면목이 없습니더. 어르신 좋게 봐주시면 공은 살면서 갚을 겁니더."

공실 할배가 정색하고 손을 내저었다.

"아이라예. 면목은 무슨? 저리 허우대가 좋은 청년하고 짝을 맺게 되서 지들도 영광이라예. 이 서방이 동네선 수재 아니라요? 난 인물이지요."

"부끄럽소이다. 그라고 말씀 낮추소. 야들한테는 조부 아닌교? 말씀 낮추소."

그놈의 수재타령은…. 무슨 근거로 수재타령을 하는진 몰라도 공실 할배는 용하를 수재라고 한껏 추켜세웠고, 외할아버지는 당연한 말을 뭘 새삼 하느냐는 얼굴을 했다. 공실 할배가 항렬은 외할아버지에게 아저씨뻘이지만 나이는 외할아버지보다 겨우 한 살이 많았고 우리 외할아버지와 사돈이 되는 순이 아버지는 외할아버지의 맏딸인 우리 엄마보다 훨씬 젊었다. 외할아버지가 최대한의 예의를 갖추며 말을 했고 부엌에서는 딸그락딸그락 찬을 준비하는 소리가 크게 들렸다. 달그락 소리가 크게 날수록 공실 할배 얼굴은 더욱 환해졌다. 그는 연신 수염을 쓰다듬었다. 외할아버지가 사주단지를 내밀었다. 공실 할배가 겉봉에 근봉으로 마무리한 종이를 펼쳤다. 그는 근엄한 얼굴로 훑어 보다가 고개를 들었다.

"십일월 초사일 묘시 생이라요?"

"천생연분이라예. 우리 순이도 묘시 생입니더."

공실 할배 옆에서 고개를 빼들던 순이 아버지가 실오라기라도 건진 듯이 거들었다.

"으흠 묘시라요? 이 혼서지래 다시 거둬들이는 일은 없으요?"

공실 할배가 정색하며 물었다.

"어데예? 다신 그런 일은 없을 거래요. 천벌 받을라꼬요. 하무 요."

나의 외할아버지가 연신 허리를 굽히며 다신 그런 일이 없을 거라고 힘주어 말했다. 순이 아버지도 공범자인 것처럼 고개를 숙였다. 드디어 방문이 열리고 빈상이 먼저 들어왔다. 방문이 좁아서 상을 펼친 채 들어올 수 없어서 옆으로 뉘여서 들어올 때 방문 쪽에 앉았던 용하가 엉거주춤 일어나 상을 받으려 하니 순이 아버지와 공실 할배가 간만히 있으라고 극구 말렸다. 어데? 그냥 앉으시오. 순이 엄마가 들어와 끝도 없이 반찬을 놓았다. 순이 아버지와 공실 할배는 용하 앞으로 계속 반찬을 밀어넣으며 찬은 없지만 많이 먹으라고 했다. 찬이 너무 많아서 일부는 바닥에 내려놓는데도 찬은 없지만 많이 먹으라고 했다. 외할아버지와 공실 할배는 음력 2월 22일 봄날에 공리 마을 순이네 집에서 혼인하기로 약조하였다. 꼭두새벽부터 왕의 간택을 기다리는 모습으로 새 단장을 하고 있던 순이는 그날도 용하 얼굴을 볼 수 없었다. 15살에 혼담이 오가고 나서 5년 동안 새신랑 얼굴을 한 번도 못보고 조신하게 있으라는 말만 앵무새처럼 들으면서 혼인날을 눈이 빠지게 기다렸다. 이때 처녀 나이는 스무 살이었다.

용하와 외할아버지는 예비사돈 집에서 거하게 대접을 받고 십 리 길을 걸어서 무시리로 돌아왔다. 부자는 돌아올 때도 말이 없었다. 날이 어둑해져 있었다. 외할머니는 이제 동네에서 낯을 들고 살게 되었다며 환한 웃음을 터뜨리며 용하의 소매를 붙잡고 반

퍼팩트웨딩

응을 살폈다.

"그래, 색시는 어떤고?"

외할머니가 궁금해서 용하를 붙잡고 물었지만 용하는 졸라맸던 넥타이를 풀며 대답 없이 방으로 들어갔다.

"참말로 괴이한 일이고. 색시를 보러 갔으면 만나봐야재."

"아, 만나보고 자시고 할 게 뭐 있겠노? 날 잡았으니 잔칫날 보믄 되는 거재."

외할아버지가 당당하게 소리쳤다. 용하는 힘든 노동을 하고 돌아온 사람처럼 기력이 소진해서 넥타이를 바닥에 던지고 벌렁 드러누웠다.

다음날 일찌감치 충주로 돌아온 용하는 아무 일도 없는 듯 방에서 책을 보고, 라디오를 듣고, 보던 신문을 찢어서 변솟간에 다녀오고, 저녁밥을 먹고 일찍 잠이 들었다.

이튿날 아침. 용하는 출근하느라 봉당에 서서 구두주걱을 찾았다. 엄마가 기다란 구두주걱을 찾느라 신발장을 뒤졌지만 구두주걱은 그 자리에 없었다. 용하는 구두를 신느라 고개를 숙였고, 구두가 잘 안 들어가서 코를 땅에 박고 발을 구겨 넣으려고 애썼다. 그러느라 얼굴을 땅바닥에 대고 혼인 날짜를 통보했다. 음력 2월 22일 공리마을에서 할 거라고, 남의 집 얘기처럼 말했다. 그때까지도 참상을 이해 못한 엄마는 용하의 뒷덜미를 뻔히 쳐다보았다. 구두주걱을 뒤늦게 찾아서 들고 있던 엄마는 만화에 나오는 얼굴처럼 경악을 했다. 설마설마 했는데 이렇게 번갯불에 콩 구워먹듯 일이 처리될 줄은 꿈에도 생각하지 않았다. 엄마의 벌어진 입을 뒤로하고 용하는 아무 일도 아닌 것처럼 대문을 나섰다. 대문 닫는 소리와 함께 엄마는 사태를 이해했고, 자동반사적으로 길길이 뛰었다. 첩년이 끼어들지만 않았으면 주희하고 결혼이 성사되는 건데 그 돼먹지 못한 년이 용하 인생을 망쳐놓았다고 분해했다. 이번에는 봉당에 서서 하늘을 향해 삿대질을 했다. 순임은 아직도 우리 집 어딘가에 존재했다.

엄마는 아직도 분이 안 풀렸는지 용하가 아침에 대문을 나가면 잠긴 철대문에 대고 삿대질을 하면서 '저 등신 같은 놈'으로 하루를 시작했다. '저놈이 등신이지 달래 등신이여?' 이게 요즘 우리 집의 아침인사였다. 용하는 등신 같은 놈이라고. 정작 용하는 느긋하게 신문에 코를 박고, 라디오를 크게 틀어놓고, 누워서 책보고….

엄마가 용하방의 문을 열고 한참 떠들었다. 혼인날에 연락할 사람들을 두서없이 말했다. 용하는 책에서 눈을 떼지 않고 말했다.

"문 닫으라 그마. 그리하면 될 끼고 문제될 게 뭐 있겠노?"

이번엔 엄마가 양복 맞추러 가자고 했다.

"구식결혼에 양복이 뭔 필요 있노? 됐다 그만."

"니 색시 얼굴 봤나? 인물은 어떻노?"

"뭘 봐요? 잔칫날 보믄 되지."

외할아버지와 똑같은 소리로 엄마를 타박했다. 엄마는 외할머니와 똑같은 톤으로 궁시렁거렸다.

"야가, 야가! 코가 삐뚤어졌는지 얼굴이 곰보딱진지 봐야 할 거 아냐? 잔칫날 그걸 알면 니 우옐 낀데?"

"코 안 삐뚤어졌으니 걱정 말고 문 닫으라 고마."

"저 말 뿐새 하구는…. 방 얻어놨다. 낼 함 가보그라. 가봐서 니 맘에 들면 정식으로 계약하고."

"무슨 소린교? 왜 시키지 않은 일을 해싸요? 당장 가서 방 물리라케요."

용하가 누워있다가 벌떡 일어났다.

"무슨 소리야? 방을 얻어야 신혼 살림을 하지?"

"당분간 색시는 시골에서 어무이 아부지허구 살기로 했다. 당장 가서 물리소."

"나 참 별일도 다 있네. 혼인하면 같이 살아야지 무슨 짓이야. 저 속을 알 수가 없어."

엄마는 방문을 탕 닫고 '저 등신 같은 놈, 주희하구 결혼하면 꽃방석에 앉을 텐데.' 하고 중얼거렸다.

드디어 그날이 왔다. 그날은 바로 정오의 햇볕이 쪼그라진 초가집을 환하게 비추고, 동네사람들이 해바라기처럼 환하게 웃는 날이다. 말 많고 탈 많던 막내아재가 순이네 앞마당에서 멍석을 깔아놓고 결혼식을 올리는 날이다.

사모관대를 입은 용하는 궁궐에서 집무를 보다가 온 관리처럼 옷 입은 품새가 꼭 맞아떨어졌다. 그는 연신 히죽거리며 빛바랜 남색의 관포자락을 휘날리며 돌아다녔다. 어떤 신사가 와서 국회의원 이름으로 봉투를 주고 갔다고 외할아버지가 빼기면서 봉투를 흔들었다. 대낮부터 술에 취한 동네 노인이 식어터진 돼지편육을 고춧가루 묻은 젓가락으로 그 신사에게 쑥 내밀었다. 노인이 지렁이라도 집어올린 것처럼 신사는 깜짝 놀라며 크게 손사래 쳤다. 그러나 잠시 후 화들짝 놀란 게 미안했는지 깍듯이 니은 자로 엉덩이를 들고 술병을 잡고 막걸리를 따라주었다. 일어날 때 칼같이 각이 잡힌 그의 양복바지가 약간 구겨졌다. 그는 음식에 손 까딱도 안 하고 돌아섰다.

사진사가 다 모이라고 명령했다. 사진사는 진지한 얼굴로 백여 명의 대오를 소리쳐 가며 정비했다. 햇볕에 이맛살을 찡그린 자는 얼굴 펴라고 명령하고, 입을 꼭 다문 자는 활짝 웃으라고 명령하고, 키가 큰 사람은 뒤로 빠지라고 명령하고, 발길질하는 아이들은 무섭게 야단치고…. 외할아버지도 사진사처럼 사람들에게 명령했다. 거기 구탱이에 서있지 말고 앞으로 나와서 사진 찍으라고 허접한 두루마기를 걸친 오촌 아재에게 화까지 내며 소리쳤다. 오촌 아재가 꿈쩍도 하지 않자 동네사람들이 이구동성으로 오촌 아재를 나무랐다. 오촌 아재의 쪼글쪼글한 얼굴이 가려져서 동네사람들이 더욱 화를 냈다. 그는 수줍어하며 한 발짝 앞으로 나왔다. 드디어 각기의 생이 고스란히 기록될 운명의 순간이 왔다. 입가에 함박웃음을 머금은 외할머니는 더 이상 동네사람들에게 손가락질 안 받아도 된다는 안도감에 입가의 주름이 더 쪼글거렸다. 드디어 사진사가 마술사가 걸쳤을 법한 검은 휘장 속으로 쏙 들어가서 손만 빼꼼히 내밀었다. 말소리도 찍힐 것 같아 찬물 끼얹은 듯 조용해졌다. 이 자리에서 떠들었다가는 동네서 추방될 기세였다. 삐죽 나온 그의 손은 고무유축기처럼 볼록 튀어 나온 정육면체를 꼭 누르며 순박한 영혼들을 잡아챘다. 생애의 한 순간이 이 세상에 기록되는 순간이었다. '찰칵' 소리가 끝나자 사람들은 탄성을 질렀다. 정지된 심장이 다시 뛰기 시작하듯 사람들의 얼굴엔 생기가 돌았고 다시 시끌거렸다. 그들은 막걸리 트림을 내며 공실 할배의 손을 잡고 덩실거렸다.

용하는 무사히 결혼식을 마치고 무시리 집에서 이틀을 보내고 충주로 왔다. 용하가 충주로 떠나올 때 순이는 부엌에서 설거지를 하고 있었고, 용하가 떠난 다음 날부터 새벽에 일어나 군불을 때고 어두컴컴한 부엌에 들어가 시부모에게 조석을 끓여바쳤다. 장소만 바뀌었을 뿐 그녀가 하는 일은 처녀 때나 똑같았다. 순이의 입이나 코도 비뚤어져 있지 않았고 곰보딱지도 아니었다.

용하의 일상은 변한 게 없다. 그는 늘 가난했고 아침이면 어김없이 출근했다. 서류봉투 속에 네모난 양은 도시락을 집어넣고 반으로 접어서 자전거 뒷자리에 꽁꽁 묶고 하루를 시작했다. 그가 매일 자전거를 타고 지나치는 하천은 어김없이 졸졸 흘렀다.

그는 한때 야망을 품었고 기지개 펴기를 염원했다. 그리고 누군가를 그리워했다. 그러나 이제는 충주와 무시리를 한 달에 한 번 오가는 반복된 생활이 그의 운신을 지배했다. 그의 야망은 자갈길을 달리는 자전거처럼 털털거렸다. 그의 행동 어디에도 순임의 그림자는 볼 수 없었다. 표면적으로는.

다른 시작들

"내가 이 사람 저 사람한테 돈을 엄청 뜯겨봐서 아는데 돈 갖고
튄 사람 만나봐야 좋을 거 하나도 없어. 잊어버려. 덕배 엄만가
하는 여자를 붙잡는다 해도 이미 정이 들 데로 들어서 길에서 딱
만나면 그 여자가 무슨 수를 써서라도 새댁돈 더 빼갈 걸?"

  그의 이야기. 젊은 총각과 잠시 스쳤었다는 전설 같은 얘기는
오래도록 남겨두었다. 주인여자의 입에 함부로 오르내리는 게 싫
어서 고스란히 남겨두었다. 그가 바로 산 너머에서 뭔가 반짝이
고 아름다운 걸 들고 온다던 바로 그 신사였다. 그의 체온을 느
껴본 적도 없다. 그의 머리가 약간 곱슬머리였나? 도무지 기억이
안 난다. 얼굴을 마주보고 눈동자를 들여다본 적도 없다. 아니
일부러 딴 데를 봤다. 들킬까봐. 들켜도 되는 건데…. 일부러 들
켰어야 했는데…. 그 앞에서 한 번쯤은 마음을 전달했어도 되는
건데…. 그러고도 뻔뻔스럽게 감히 사랑한다고 생각했다. 암만
생각해도 오만했다. 나무 등걸에 앉아 각자 딴 방향을 바라보고

있어도 좋았고 들판에서 시외버스를 하염없이 기다리고 있어도 행복했다. 피어오르는 굴뚝의 연기를 똑같이 바라볼 때의 평안함이란 말로 표현할 수 없었다. 잠깐 동안 느꼈던 사랑의 온기가 체온을 통해 느끼는 게 아니라 머릿속에서 머물렀다.

온천지역이라 한 떼의 손님들이 들이닥쳤다가 바람처럼 사라졌다. 순임은 비닐탁자에 묻은 기름찌꺼기를 행주로 박박 밀다가 다시 물을 묻히고 돌아와서 하던 일을 계속했다. 유리창 밖으로 봄의 기운이 느껴졌다. 외로운 국밥집 주인여자에게 순임은 오래된 친구처럼 그녀의 푸념을 마음껏 들어주었다.

순임은 돼지국밥집 여자의 방에 머물렀다. 다행히 범이가 있는 곳이 가까워서 가끔 볼 수 있어서 좋았다. 처음에는 밥이나 얻어먹으려고 머물렀지만 차츰 주방일이나 손님들 입맛에 맞게 조리하는 일은 순임이 도맡아하게 되었다. 주인여자는 아예 뒷전이고, 그럭저럭 밥값 하는 사람이 아니라 순임이 앞에 나서지 않으면 일이 안 되었다. 주객이 전도되었다. 그녀는 순임이 돼지머리를 썰어서 뭉텅뭉텅 손님상에 내놓건 말건 새치만 뽑았다. 비좁은 방에서 잘 때 주인여자의 신세한탄을 들어주는 걸로 그날의 일과가 끝이 났다. 그녀는 신세한탄이 끝나면 정전기가 일어나는 스웨터를 머리 위로 벗어던지고 빨간 내복바람으로 이불 속으로 들어갔다. 빨간 내복을 입고 오줌 누러 나갈 때면 어둠 속에서 비쩍 마른 장작개비가 사람모형으로 움직이는 것처럼 보였다. 순임

퍼펙트웨딩

은 식당에서 일하는 와중에도 차부 쪽을 넘겨다보며 혹시 그가 버스에서 내려서 이쪽으로 걸어오지 않을까 부질없는 생각도 잠깐씩 했다. 그러나 끝내 산 너머에서 신사는 다시 오지 않았다. 모자를 벗어들고 정중히 다가오는 사람은 끝내 나타나지 않았다.

범이는 엄마 곁에서 밝게 자라 4학년이 되었다. 하루 종일 새치만 뽑던 국밥집 주인 여자는 뜨내기 손님과 눈이 맞아 순임에게 식당을 헐값에 넘기고 신나 하며 떠났다. 그녀는 떠날 때 미련하게 기다리지 말고 새사람 찾어, 하고 충고를 해주고 떠났다.

그녀가 커다란 가방을 들고 양복 입은 신사가 기다리는 차부로 나풀나풀 뛰어갈 때 순임은 돼지내장국밥이라고 써있는 글자 사이로 밖을 내다보았다. 노인의 주름살 같은 내장들이 수북이 쌓여있는 광주리 사이로 밖을 내다보았다. 비릿한 냄새가 올라왔다. 주인여자가 새 연인을 향해 뛰어갈 때 그녀의 가슴이 콩닥콩닥 뛰고 있는 게 뒷모습에서 보였다. 양복 입은 신사가 담뱃불을 비벼 끄고 주인여자의 넓은 이마를 향해선지, 그녀의 커다란 가방을 향해선지 모를 야릇한 웃음을 지었다. 순임은 유리창에 서서 그녀가 차부로 뛰어가 그 남자를 만나는 장면까지만 바라보고 고개를 돌렸다. 산 너머에서 내려온 신사를 닮은 남자에게 안전하게 인수인계되는 것만 보았다. 그녀에게 특별히 행복을 빌어주지도 않았고 그저 지금 가슴이 뛰는 이 순간만 즐기기를 바랐다. 순임은 고개를 돌리고 콩나물시루에 물을 주었다. 주인여자가 벗어놓은 플라스틱 슬리퍼는 방금 방에서 짙은 화장하고 튀어나온 모습으로, 한 걸음의 보폭으로 서로 방향을 달리해서 벌어져있다. 콩나물시루를 괴어놓은 나무 판대기 밑으로 물이 주르룩 흘러내렸다. 기계적으로 바가지 물을 부으면서도 그가 아직도 그녀를 사랑하고 있을 거라는 이기적인 생각을 했다. 그가 아직도 그녀를 사랑하고 그리워할 거라는 끔찍한 예감이 들었다.

*

"애들은 우예고 여 와있노?"

용하가 자전거를 끌고 장날에 모여든 사람들 사이를 가다가 맹옥아부지예! 부르는 소리에 멈춰섰다. 좌판에는 형형색색의 신발들이 해를 향해 입을 쫙 벌리고 있다. 용하와 순이 사이에는 학교에 다니는 첫딸 명옥이부터 올망졸망한 아이들이 네 명이나 된다. 벌써 10년의 세월이 훌쩍 지났고 지금 이들은 5일마다 열리는 장터 한가운데 멈춰있다. 순이가 좌판에 펼쳐놓은 신발들을 이것저것 집어서 신어보니까 용하가 보다 못해서 자전거를 세워놓고 하나 집어들었다. 얼라들 기다린다. 빨리 가자 그만.

"고동애 한 동가리 살까예?"

용하는 짐보따리를 든 순이를 자전거에 태우고 아이들이 기다리는 집으로 페달을 돌렸다. 저 멀리 연기가 피어오르고 있었다. 자전거는 갈색의 나무대문 앞에 멈췄다. 대문소리에 아이들이 한달음에 뛰어나왔다. 간난쟁이를 빼고 세 명의 아이들이 용수철처럼 튀어나와서 순이가 손에 든 물건을 빼앗다시피 낚아채곤 순식간에 방안에 펼쳐놓았다. 셋째도 만져보고 싶다고 달려들었지만 둘째 아이가 빼앗자 울음을 터뜨렸다. 시끄럽다. 고마 치아라 밥 묵게. 용하가 파자마 바람으로 신문을 보다가 소리쳤다. 순이가 들어와서 신발을 빼앗고 우는 애를 포대기에 업었다. 용하는 아이들이 떼를 쓰고 떠들어도 신문에 코를 박았고, 순이는 서둘러 밥상을 차리느라 옹색한 부엌에서 뚝딱거렸다. 고추장과 된장을 푸기 위해 푹 들어간 부엌 문턱을 오르락 내리락 했다. 장에서 사온 고등어를 팬에 굽고, 푹 삶은 시레기를 썰어서 된장국에 집어넣었다. 마당에는 하얀 기저귀가 나풀거리고, 개밥 그릇이 엎어져 있다. 꽁꽁 얼어붙은 찬밥 한 덩이가 개집 옆에 나뒹굴었다. 안에서 시끄러운 소리가 들렸다.

"맹옥아! 상 피라! 맹옥이 안 들리나?"

순이가 애를 업은 채 밥을 주걱으로 푸며 소리쳤다. "이 지지바야. 상 피라는 소리 안 들리나?" 곧이어 상 펴는 소리와 숟가락 놓는 소리가 동시에 들렸다. 밖은 어두워졌고 어둠 속에서도 굴뚝의 연기는 하늘로 피어올랐다.

*

머리를 손수건으로 질끈 동여맨 여자가 순임의 국밥집 창문을 두리번거렸다. 큰맘 먹고 단장하고 나온 차림새였지만 옷매무새가 퍽 남루해 보였다. 순임은 지나가는 사람이려니 하고 대수롭잖게 생각했는데 그녀는 계속 문 앞에서 얼쩡거리며 안에서 아는 체해주기를 바라는 것 같았다. 으흠~ 헛기침까지 했다. 순임은 그때 식당바닥에 주저앉아 나물을 다듬으며 벽시계를 흘끗거리고 있었다. 범이가 학교에서 돌아올 시간이다. 밖에서 두리번거리던 여자는 순임의 눈과 마주치자 살짝 아는 체했다. 낯선 여자는 쭈뼛거리며 한 발 들여놓다가 더 이상 들어오지 않고 문턱에서 안의 동태를 살폈다. 순임의 시선이 그녀를 좇았다.

"기셔유?"

"아, 들어오려면 들어오구…. 말면 말구…. 공짜밥은 없어요."

순임이 다시 고개를 숙이고 나물을 다듬었다. 순임이 대꾸하자 용기가 났는지 남루한 여자는 대놓고 주변을 두리번거렸다. 뉘시요? 순임이 다듬던 나물을 손으로 밀어 길을 내고 다가갔다. 여자는 콩나물시루를 발견하고 친숙한 물건 보듯이 반색을 했다. 순임의 눈동자가 이상한 여자 다 보겠네 하는 뜻으로 그녀를 따라갔다.

"콩나물이 실허게 컸네. 요럴 땐 물 너무 주지 말구 얼른 뽑아먹어. 안 그럼 금세 세버려."

남루한 여자가 다짜고짜 콩나물에 대해 아는 체했다. 그녀는 순임의 눈을 일부러 피하며 식당 이곳저곳을 눈으로 훑었다. 생전 처음 식당에 들어오는 사람처럼 눈을 번득였다. 그녀는 허름한 깔깔이 치마를 입고 흰 양말에 흰 고무신을 신었지만 흘러내린

　　　　　　　　　퍼팩트웨딩

앞 머리카락에서 고단한 세월이 느껴졌다.

힐끔거리던 여인은 덕배 엄마였다. 너무 늙어서 처음에는 알아보지 못했다. 순임이 말을 거니까 그녀는 갑자기 순임을 부둥켜안고 엉엉 울었다. 아이고 내가 진작에 찾아 올려구 했는데…. 순임이 "왜 이래요?" 하며 그녀를 밀어내니까 하던 말을 끊었다. 순임은 백주의 침입자에게서 경계태세를 풀지 않았다. 내가 자네 볼 면목이 없어서 이제야 왔네. 새댁한테만은 빈손으루 못 오겠더라구. 내가 죽일 년이지 그게 어떤 돈인데 남의 피 같은 돈을…. 내가 죽일 년이지. 그래두 새댁은 살 만은 헌가 보네. 그녀가 또 엉겨붙자 순임이 어색해하며 그녀를 떼어놓았다. 그녀는 의자에 앉더니 치마를 들쳐 코를 풀며 그동안 일어났던 얘기를 봇물처럼 쏟아냈다. 덕배 아버지 병치레만 하다가 빚만 잔뜩 지고, 덕배는 아는 형을 따라 서울로 올라갔다는 것이다. 동생마저 덕배를 따라 올라갔다. 순임의 존재를 진작부터 알고 있었지만 나타날 용기가 없어 이제야 왔다고 실토했다.

"그동안 날 얼마나 원망했을까? 내가 죽일 년이지. 그래두 자네는 살 만은 하나 보네. 나보다 낫네 그려."

덕배 엄마는 순임이 자기보다 살 만하다는 소리를 연거푸 했다.

"파란대문집 총각허구는 그길로 못 만난 겨? 얄궂은 사람일세. 사람 마음을 들쑤셔났으면 정표라두 줘야지. 그렇게 훌쩍 가버려?"

그녀는 용하를 파란대문집 총각이라고 불렀다. 순임은 덕배 엄마에게 눈길을 주지 않고 하던 일을 계속했다.

"파란대문집 여편네도 보통내기가 아냐? 자네가 그 집에 들어간다 해두 그 여자 등쌀에 배겨내지두 못혀. 그 집두 펄펄 뛸 만하지. 애 딸린 과부가 얌전한 총각을 후려냈는데 가만 있겠어?"

파란대문집 여편네는 우리 엄마였다. 덕배 엄마는 순임을 곁눈질하며 먹고 자는 것만 해결해준다면 눌러있고 싶은 눈치였다.

순임은 처음에 덕배 엄마를 많이 원망했다. 그런데 원망하는 마음이 어느 날부터 서서히 사그라들더니 덕배 엄마가 어떻게 살고 있나 궁금해지기까지 했다. 남대문시장을 데리고 다니며 순임을 살뜰히 챙겨주던 여자였다. 그런 그녀가 10여 년 만에 쭈뼛거리며 나타난 것이다. 한편으로 반갑기도 했지만 티를 내지 않았다. 사실 순임 혼자 식당을 꾸리기가 벅찼다.

"두 사람이 키두 맞구 얼굴 생김새나 성품두 비슷허구 짝으로 잘 맞아 보이긴 헌데 저 짝은 총각이구 새댁은 뭐…. 골목에서 안 쫓겨나면 다행인 거지. 에구, 기울어두 여간 기울어야지."

덕배 엄마 입은 쉴 줄 몰랐다. 그러나 그녀는 아무 상관이 없던 사람처럼, 맨숭맨숭한 얼굴로 하던 일을 계속했다.

"그래서 저 집에서 난리친 거지. 난 그때 짐 싸갖구 도망가느라 잘은 모르겠지만 뭐 안 봐도 얼마나 난리통이었는지 짐작은 가. 새댁이 맘고생 많이 했지? 다 이년 탓이여. 돈 잃고 총각 뺏기고…. 아휴 내가 죽일 년이지."

──────── 퍼팩트웨딩

순임은 양동이에 담겨진 물을 한 바가지 가득 떠와서 펄펄 끓는 들통을 열고 물을 부었다. 튀어 오른 뜨거운 물을 피하느라 인상을 찌푸렸다. 풍로의 심지를 조절하느라 엎드렸을 때 순임의 웃옷 자락이 고무줄 치마 밑으로 빠져나왔다. 덕배 엄마는 여전히 순임에게서 여성적인 우아함과 품위를 찾으려고 사방을 두리번거렸다. 그러나 등허리에 삐죽나온 웃옷 자락을 보고 더 이상의 품위 찾는 일은 포기했다.

　갑자기 남자손님 세 명이 들이닥치자 순임은 자동반사적으로 손님 맞을 태세를 했다. 그녀는 익숙한 솜씨로 쟁반에 밑반찬을 담아 테이블에 척척 놓으면서 손님들하고 농담을 했다. 고무신을 벗어 동상에 걸린 발을 긁고 있던 덕배 엄마는 순임의 변죽에 입을 딱 벌렸다. 그들의 걸죽한 농담을 들으며 저 여자가 10년 전에 수줍음 타던 그 색시가 맞나 싶어 눈을 크게 떴다. 요상한 함정에 빠진 기분이었다.

　"아, 뭐해요? 얼른 와서 수저 안 놓고."

　순임의 소리에 놀라 덕배엄마가 벌떡 일어났다.

　덕배 엄마가 순임의 식당에 은근 슬쩍 눌러 앉은 지 한 달이 지나갔다.

　"그 총각은 각시가 새끼를 넷이나 낳았디야. 금슬이 아주 좋디야. 파란대문집 여자가 덮어놓고 사람 깔보는 버릇 있잖여? 그런데 그 각시한테는 나쁘게 말 안 해. 그길로 요 몇 해 본 적은 없어."

"아주머니, 누가 애를 넷을 낳건 다섯을 낳건 손은 놀리면서 떠들어도 되잖아요."

"아따 산더미 같은 설거지 끝내고 잠깐 서있두 못혀? 이제 한숨 돌리는 건데. 딴 사람 얘기두 아니구 앞집 총각 얘긴데 궁금허지두 않어?"

덕배 엄마가 손을 잠시 놓자 순임은 앞집 총각이든 뒷집 총각이든 간에 일이나 하면서 입으로 떠들라고 했다. 순임은 덕배 엄마가 주워들은 풍월로 틈만 나면 용하 얘기를 떠들어대도 그가 하등 상관이 없는 사람처럼 대했다. 그녀는 덕배 엄마에게 잠시도 쉴 틈을 주지 않았지만 덕배 엄마의 입은 하루종일 떠들어도 하루종일 근질거렸다.

순임은 돼지 등뼈를 통째로 머리에 이고 와서 수돗가 한 켠에 던졌다. 꽤나 무거웠던 듯 얼굴이 짓눌리고 벌개져서 오자마자 바닥에 동댕이쳤다. 그길로 주저앉아 방망이로 사정없이 뼈를 내리쳤다. 핏물이 얼굴에 튀었다. 곱돌에 예리하게 간 칼로 뼈에 붙은 살을 도려내면서 덕배 엄마를 찾았다. 그만 자고 일어나요! 덕배 엄마는 골방에서 잠깐 눈을 붙이다가 수돗가에 벌어진 광경을 보고 깜짝 놀랐다. 그녀는 순임의 이마에 미친년 머리카락처럼 핏자국이 엉겨붙은 모습을 보고 입을 다물지 못하고 멈춰 섰다. 피투성이 내장들이 빨래더미처럼 수북이 쌓여있고, 고무대야엔 멀건 피가 한가득 담겨있고, 순임은 피를 튀겨가며 칼로 내리치고 있었다. 덕배 엄마는 혼이 나간 듯 망연자실했다. 순임을 아무리 이해하려 들어도 이해할 수 없었다. 그녀는 덕배 엄마 꽁무니를 따라다니던 옛날의 순임이 더 이상 아니었다.

*

"누이요!"

"어데고? 공일날 돼서 시내 나왔나? 얼라들 잘 크고? 와?"

"맹옥이 엄마가요."

"와? 맹옥 어미 또 애 가졌드나? 고만 낳아도 될 낀데. 그 입을 무슨 수로 다 틀어막노?"

용하가 엄마에게 전화를 했다. 공중전화여서 이쪽의 말이 잘 안들리니까 상대편은 더 크게 소리쳤다.

"그기 아이라요. 맹옥이 어미가 도립병원에 입원했으요."

"와? 애 날 때도 병원 한 번 안 갔다고 자랑해쌌더니만…. 어데가? 어디 아픈가? 내 지금 한약방 가서 진맥 짚고…. 내도 신경통이 있어갖고…. 아이다 쪼매 있어봐라 금방 갈 끼다."

순이가 도립병원에 입원했다. 머리가 아파서 하루에 한 번은 뇌신을 입안에 털어 넣었다. 이름도 생소한 뇌암이란다. 뇌신으로 해결되는 두통이 아니라 머리에 있는 암덩어리를 제거해야 했다. 도립병원에선 서울 큰 병원에 가라고 했다. 처음 병원에 가던 날, 순이는 집안일에 잠깐 손을 놓는다는 게 미덥잖아서 걱정스런 얼굴로 병원에 들어섰다.

"맹옥이 가시내 개밥 줘야 할 낀데. 연탄은 광 문 쪽에 있는 걸 먼저 때야 될 낀데. 안쪽에 있는 건 젖어서 불 안 붙는다. 금맹이 고건 뜨시게 묵여야 할 낀데. 배탈나싸서."

"하이고, 병원 가는 사람이 별 걸 다 걱정하네. 젖은 건 때지 말라꼬 내 일러줄끼다. 걱정 마라."

엄마가 입원실에 와서 목에 둘둘 싸맸던 명주목도리를 풀렀다. 순이가 핼쓱한 얼굴로 엄마를 맞이했다. 엄마는 순이에게 "그냥 누버있게 누버있어." 하며 흰 목도리를 침대에 걸쳤다. 그냥 병문안만 하면 좋으련만 누워있는 사람 복장 터지는 소리를 했다.

"별일이네. 우리 집안엔 폐병쟁이도 없구, 풍 맞은 사람두 없구, 암 걸린 사람두 여태 없었는데…. 별일이네."

엄마는 우리 집안은 병적으로 아주 깨끗한 집안이라고 힘주어 말했다. 엄마는 우리 집안이 인공 때 부역을 살거나, 삼팔선을 넘었다고 의심되는 행불자도 주변에 한 명도 없는, 사상적으로 완전무결하게 깨끗한 일과 육체적으로 깨끗한 일을 동일시하고 아주 자랑스러워했는데 그게 깨져서 무진장 서운해했다. 순이는 침대에 누워서 깨끗한 이씨 집안에 병으로 오점을 남기나 싶어서 안절부절 못했다.

용하는 구식 결혼을 마치고 이틀 만에 혼자 충주로 왔다. 그리고 세 번의 해가 바뀔 때까지 순이는 무시리에서 시부모와 살았다. 결혼식을 올린 다음날부터 부엌에 들어가 불 때서 밥을 했고, 밤이면 빈 방에 들어가 꼼짝없이 앉아있다가 시부모가 부르면 지체 없이 일어났다. 아이를 등에 업고 부엌에 있다가도 밖에서 용하가 왔다는 소리가 들리면 가슴이 두근거렸다.

"여 보그라. 내 쟈가 온다케지 않았나? 괴기 사들고 왔다. 무 넣고 푹 끼리봐라. 언나 이리 다고."

어느새 시어머니가 부엌에 들어와 용하 소식을 알렸다. 순이는 포대기를 풀러 아이를 넘겨줬다. 용하가 온 날 저녁의 굴뚝 연기는 더 거세졌고 부엌에선 김이 맹렬하게 올라왔다. 용하가 다니러 온 날은 잔치 분위기였다. 옆집도 덩달아 잔칫집처럼 들썩거렸다.

어느 여름날 옆집 여자가 부엌에서 일하고 있는 순이에게 청천벽력 같은 소리를 했다. 각시를 오랫동안 내버려두고 안 데려 가는 건 십중팔구 남편이 딴 살림 차린 게 분명하다고 했다. 동네에선 이미 소문이 파다한데 순이만 모르고 있다고 귀띔을 해줬다. 내리 딸만 둘을 낳고도 아들타령을 안 하는 걸 보면 아들이 따로 있을 거라고 했다. 옆집 여자 말이 하나도 틀린 데가 없이 아귀가 딱 들어맞았다. 순이는 결혼해서 한 번도 용하가 하숙하고 있다는 곳에 가본 적이 없다. 남편이 아들타령을 입에서 내뱉은 적도 없고, 두 딸을 그렇게 귀여워하는 기색도 없었다.

순이는 며칠을 전전긍긍하다가 친정에 다니러 간다면서 큰딸 명옥이는 놔두고 작은 애를 들쳐 업고 용하를 찾아나섰다. 충주로 가는 버스 안에서 별의별 상상을 했다. 용하가 개구쟁이 얼굴을 한 어린 아들을 번쩍 들어 올려 무등을 태우고 앞서 가고 있었다. 아이는 까르르 웃는다. 그 뒤에는 민소매 원피스를 입은 여인이 환한 미소를 짓고 따라가는 모습을 상상했다. 그들 앞에 예고도 없이 나타나 본부인이 엄연히 있다는 걸 보여줘야 했다. 갑자기 마음이 조급해졌다. 옆집 여자도 하루라도 빨리 가보라고 재촉했다. 버스가 꼬불꼬불 산고개를 넘을 때도 환하게 웃는 민소매 여인이 아른거렸다.

저녁나절, 땀에 절어 고개를 떨어뜨린 아이를 업은 젊은 여자가 가방을 들고 하숙집 대문을 밀었다. 그녀가 쭈뼛거리며 들어섰을 때, 아이는 하루 종일 보채다가 엄마 등에서 곤히 잠 들었다. 그때 용하는 하숙방 앞 공동 수도에서 발을 씻으려고 양말을 벗고 있었다. 흰 런닝셔츠를 입고 바지를 무릎까지 걷어 올리고. 동사무소 김 주사는 "덥다 더워."를 연발하면서 등목을 하려고 웃통을 활짝 벗고 새까맣게 탄 등짝을 구부릴 때였다. 소름 끼쳐도 난 몰라요 하면서 다른 하숙생이 바가지물을 번쩍 올릴 때였다. 동사무소 김 주사가 삐그덕 소리에 구릿빛 팔뚝 사이로 고개를 돌렸다. 하숙집 주인여자는 평상에 하숙생들의 밥상을 차리고 있다가 저녁에 나타난 젊은 여인을 보고 밥주걱을 든 채 다가갔다. 평상에 앉았던 남자들이 일제히 아이 업은 젊은 여인을 쳐다보았다. 순이는 아이를 다시 한번 추스르느라 정작 자신에게로 향한 여러 개의 눈을 알아채지 못했다.

"뉘시여? 다 저녁에? 여긴 물건 살 사람 없시유. 가져 가."

주인여자는 젊은 잡상인인가 하고 대문 닫으려고 다가갔다. 용하는 순이가 아이를 업고 나타나자 깜짝 놀랐다. 그녀가 찾아오리라고는 꿈에도 생각해 본 적이 없었다.

"이 선생 아주머니여? 먼 길 오셨구만 날도 찌는데…. 저런! 얼른 애부터 받아요. 애가 더위먹으면 어쩌려고."

순이는 용하가 좁아터진 하숙방에 기거하며 하숙집 밥을 얻어먹고 매일 출퇴근을 한다는 걸 알고 어쩔 줄 몰라했다. 그녀가 생각했던 묘령의 민소매 여인과 용하를 닮은 개구쟁이 눈빛의 어린 아들은 어디에도 없었다.

그날 밤, 책이 켜켜이 쌓여있는 비좁은 하숙방에서 하룻밤을 자는데 아이는 잠자리가 바뀌어서 밤새 울어대고 순이는 좌불안석이었다. 혼자 자기도 비좁은 하숙방은 고구마솥처럼 푹푹 쪘다. 다음날이 마침 토요일이어서 용하는 오전만 근무하고 온다고 했다. 용하를 기다리면서 아이에게 젖을 물렸다. 하숙집 주인여자가 삶은 옥수수를 들고 들어왔다. 용하가 딴 살림 차리는 걱정은 눈꼽만치도 할 필요가 없다고 했다. 높은 사람이 와서 회유를 해도 안 넘어갈 사람이라고 했다. 그날 오후 용하와 순이는 무시리 가는 버스를 탔다.

"참말로 우째 여 올 생각을 다 했노? 니 무시리 가서 딴 살림 차렸다고 해라. 아들도 하나 있고…. 우예 그런 생각을 했노? 나 원 참."

용하가 말문이 막힌지 고개를 돌렸다. 순이는 아뭇소리도 못하고 어린 애만 달랬다. 시부모가 연달아 돌아가시고 그 다음 해가 되어서야 용하와 살림을 합쳤다.

순이는 침대에 누어 그때 생각을 하고 혼자 피식 웃었다. 그때 생각만 하면 얼굴이 화끈 달아올랐다.

"와 히죽 웃노?"

"의사가 수술 안 해도 된다카이 좋아서 웃지요. 이보다 더 좋은 일이 어디 있겠어요."

용하는 헛기침 하며 고개를 돌렸다. 순이는 충주 도립병원에서 입원과 퇴원을 반복했다. 그때마다 나의 엄마는 아픈 다리를 끌고 병문안을 가서 아편쟁이도 하나 없는, 깨끗한 우리 집안에 이 무슨 변고래? 하며 끝까지 여주 이씨 가문의 대변인 노릇을 멈추지 않았다.

"고모 오셨어요?"

"오냐, 느이 아부지는?"

명옥이가 손가락으로 부엌 쪽을 가리켰다. 아이들이 밖에서 놀다 말고 충주 고모 왔다고 잠깐 얼굴을 들이밀더니 그새 사라졌다. 엄마가 뛰어나가는 명옥이를 불러 세웠다.

퍼팩트웨딩

"너는 느이 에미 저래 아픈데 밥도 하고 빨래도 기비고 그러지…."

동생들하고 똑같이 천방지축으로 날뛴다고 핀잔을 주었다. 어둠침침한 방에 들어섰다. 살가죽만 남은 순이가 힘없이 누워있었다. 퀭한 두 눈은 무슨 생각을 하고 있었는지 천장을 바라보고 있다가 방문객의 등장에 눈동자만 돌렸다. 고개 돌리기도 힘들어 보였다. 부엌에서 설거지 하던 용하도 방으로 들어왔다. 엄마가 봉지에서 사과를 꺼내 칼로 깎았다.

"그냥은 못 먹을 낀데. 숟가락으로 긁어 줘야…."

"보소. 배 있으면 쪼매 깎아 주소."

용하의 목소리에 순이가 힘없이 고개를 돌리더니 말했다. 엄마와 용하가 동시에 쳐다보았다.

"배 깎아 주소."

순이의 재촉에 엄마가 얼른 사과 반쪽을 숟가락으로 긁어서 순이의 입에 집어넣었다.

"이기 묵어봐라. 달달하니 맛있다."

순이가 입술을 움직여 입맛을 다시다가 거죽만 남은 손으로 숟가락을 팍 쳤다. 사과즙이 사방에 튀었고 숟가락이 나동그라졌다. 매사에 고분고분하던 순이가 거친 행동을 하니까 두 사람이 놀라 서로 쳐다보았다.

"배나 사과나 그게 그거지. 웬 배 타령을 해싸."

엄마가 마뜩찮은 표정으로 중얼거리며 걸레질을 했다.

"보소, 맹옥 아부지예! 배 깎아 주소."

순이가 또 배타령을 했다. 용하의 표정이 아주 난감한 얼굴이었다.

"이 시간에 어디 가서 배를 사노? 나중에 시내 갔다가 사 가지고 올게. 쪼매 참아라."

용하가 순이를 달랬지만 그녀는 막무가내로 배를 사 오라고 했다. 엄마가 역정을 냈다.

"애들 나두고 어데가서 배를 사 오노? 이 시간에."

배를 사러 시내로 나가려는 용하를 엄마가 붙잡아 앉혔다. 밖으로 나간다 해도 배를 구할 방도는 없었다.

"고마 됐다! 내 또 올 거니까 그때까지 참으라고마. 지금은 철도 아니고. 애들을 돌봐야지, 애들을! 애들은 저래 종일 밖으로 내돌리고. 이거 원."

엄마가 화가 나서 소리쳤다. 용하가 엄마에게 가라는 손짓을 했다.

"배 깎아 주소."

순이가 또 배를 깎아 달라고 했다. 일어서려던 두 사람의 눈이 동그래졌다. 밖으로 나오면서 엄마가 용하의 소매를 붙잡으며 말했다.

"야, 야, 맘 단디 먹으래이. 갈 때가 됐나부다. 안 하던 행동을 하고. 이 가시나들은 다 어디 처박혔노? 온종일 싸돌아 다니기만 하고."

———————— 퍼펙트웨딩

엄마가 충주로 돌아가고 며칠 뒤 일요일, 용하는 여느 때처럼 아이들에게 아침을 먹이고 나서 미음을 들고 방으로 들어갔다. 아이들은 저희들끼리 노는 데 이골이 나서 건넌방으로 몰려갔다. 순이는 미음조차 목구멍으로 넘기지 못할 정도로 병이 악화되었다. 그런데 그날은 기분이 좋은지 천장을 바라보고 싱글벙글 웃었다.

"기분 좋은 일이 있나보지? 왜 웃는데? 미음 좀 먹어보소."

"아 글쎄, 강새이 한 마리가 졸랑쫄랑 내 앞에 가는 기라요."

그녀는 만면에 미소를 지었다.

"무실에 갈라고 내카 서있는데 강새이가 쫄래쫄래 어데로 가요. 그래 따라갔더니 정자 가시나가, 아, 그, 혼인날 받아놓고 죽은 친구 있잖아요. 갸가 강아지를 냅다 안더니만 싱글싱글 웃잖아요. 허어, 허."

그리고 말을 이었다. 니 정자 맞나? 내카…. 휴우…. 내카 물었지, 니가 참말로 정자 맞나? 허어, 헛! 그녀는 정말 기분이 좋은지 웃는 소리가 희미하게 들렸다.

아이들

정희가 한여름에 목에다 스카프를 매고, 하이힐을 신고 나타났다. 구불거리는 곱슬머리를 하고. 나는 그만 너무 놀라 턱 빠지는 줄 알았다. 다이아몬드가 반짝하는 왕구슬 눈을 가진 민애니의 만화 주인공이 시내를 활보하는 줄 알았으니까.

나는 그날 하루 종일 땡볕에서 교련시간에 제식훈련과 구급법을 익히다가 집에 오는 길이었다. 정해진 시간 안에 옆 사람의 머리를 붕대로 칭칭 감는 연습을 종일 해댔다. 전쟁 날 때를 대비해 친구의 둥그런 머리통을 미이라처럼 둘둘 말고 재빨리 오열에 맞춰 똑바로 서는 동작을 수없이 반복했다. 미이라의 두건이 헐거우면 교련선생이 지나가면서 막대기로 툭툭 쳐서 간신히 얽어맨 붕대마저 매가리 없이 툭 떨어졌다. 니들 같은 놈 때문에 우리나라 안보가 심각한 거야! 알기나 알어? 우리는 열도 제대로 맞추지 못하고 친구의 머리통을 미이라로 만들지 못한 것에 심한 죄책감을 느꼈다. 우리 때문에 조국통일이 안 된다니 이만저만한 대역죄인이 아니었다. 예비고사를 목전에 둔 고3생에게 제식훈련

퍼팩트웨딩

과 구급법만 죽도록 시키는 돌머리들. 어쨌든 그날 땡볕에서 부지런히 인공호흡법을 익히고, 영어선생과 교련선생과 미술선생과 음악선생과 윤리선생과 각종 과목의 선생님들을 돌아가며 입에 올리고, 목이 터져라 구호를 외치고 집에 오는 길이었다. 그런데….

그런데 저만치서 비쩍 마른 숙녀가 핸드백을 어깨에 걸고 나를 향해 걸어왔다. 로타리 한가운데서 우리는 대번에 알아보았고 너무 반가워서 서로를 향해 달려갔다. 정희도 커다란 젖가슴을 덜렁거리며 뛰어왔다. 나는 그때 고등학생이었는데 주근깨에, 뿔테 안경에, 교련복에, 땀 냄새에 잔뜩 절어 있었고, 정희는 생뚱맞게 왕방울 눈에 마스카라까지 하고 진한 향수 냄새를 풍기고 있었다. 한여름에 보라색 스카프를 목까지 졸라매고 한껏 치장을 했다. 나는 그때 정희가 직장도 잡고 이제 생활이 안정되었나 보다, 동생들 잘 건사하고 중풍으로 앓아누운 아버지에게 꼬박 약을 타다 주고. 정말 얼굴이 좋아 보여서 기뻤다. 정희가 저렇게 밝은 얼굴을 하고 생에 대해 의욕이 충만해있는 모습은 처음 보았다. 그때 그 애는 자기는 일찌감치 사회생활을 하지만 동생들만은 전부 대학 공부시킬 거라고 했다. 그 애의 눈은 삶에 대한 의지로 이글이글 불타올랐다. 쫄면을 입에 가득 넣으며 자기 부모 같은 인생을 절대 살지 않겠다고 거듭 말했다. 그리고 곧 잊혀졌다.

그런데 신기하게도 삶이 겸손하게 굴러갈 때 신은 곧 지루함을 느끼고 자꾸 심술을 부린다. 우리가 오만해질까 봐서다. 내가 대학에 들어가고 휴교령이 내려 집에서 쉬고 있을 때 정희를 또 만났다. 저번에 만났을 때와는 다른 얼굴을 했다. 부쩍 성숙해진 모습이었다.

"어쨌든 반갑다. 너 지금 뭐하니?"

"응, 서울에서 회사 다니다가 잠깐 쉬고 있어. 오늘 누구 좀 만나려고…."

내가 속사포처럼 그녀의 근황을 물어볼 때 정희는 잠깐 멈칫하며 저기 저 돈가스 집으로 들어가자고 내 팔을 잡아끌었다. 나에게 할 말이 많은 듯했다. 돈가스란 소리에 눈을 번득이며 그녀의 하이힐 뒤꿈치를 밟았다. 그 애가 맞은편에 앉은 나를 잡아끌더니 귀에 바짝 대고 속삭였다. 나, 준호랑 사귀어. 나는 그때 돈가스를 먹다가 입안에 가득 들어있던 게 다 튀어 나올 뻔했다. 하마터면 돈가스 파편으로 아까운 나머지 조각을 건드리지도 못하고 포크와 나이프를 중간에 내려놓을 뻔했다. 아마도 준호는 그 애의 왕방울만 한 슬픈 눈동자에 홀렸을 것이다. 아니면 지금은 중풍으로 앓아누운, 늘 술에 취한 공구리쟁이를 부축해서 들어가는, 정희의 가느다란 다리를 보며 연민을 느꼈을 것이다.

앞으로 어떤 파노라마가 펼쳐질 것인가는 안 봐도 안다.

돈가스를 파는 곳은 정식 경양식집이 아니라 비빔밥, 만두, 순두부백반, 돈가스 등 여러 개의 식당이 같은 테이블에 섞여있는

——————— 퍼팩트웨딩

사이비 경양식집이었다. 돈가스 접시는 감자를 쪄서 마요네즈에
버무려 동그랗게 뭉치고 그 옆에 당근을 얇게 저며 조잡하게 데코
레이션했다. 내가 나뭇잎 모양의 당근을 포크에 찍어 입에 넣으
며 준호가 어쩌구 하며 말하니까 정희가 옆 사람 눈치를 보며 그
의 이름은 빼고 말하라고 주의를 줬다. 나도 주변을 둘러보았다.
사람들이 돈가스 줄에 길게 늘어섰다. 그 중 만두 먹는 커플이 까
르르 웃으면서 우리 옆에 바짝 앉았다. 정희는 요즘 준호가 운동
권으로 유명한 사람이 되어서 혹시라도 다른 사람들이 우리 대화
를 눈치 채면 절대 안 된다고 했다. 어느 새 준호가 그렇게 유명
인이 되었나 신기해하며 그러마고 했다. 그러다가 무의식중에 내
입에서 그의 이름이 여러 번 튀어나왔다. 정희는 제 입에 검지손
가락을 갖다 대며 일제시대 독립군처럼 눈동자를 재빨리 굴리며
주변을 살폈다. 그러곤 우리를 염탐하는 일본 형사 같은 사람을
찾아내려 애썼다.

　강렬한 향수가 코를 찔렀다. 나는 질긴 돈가스를 썰려고 애썼
지만 그녀의 싸구려 향수에서 풍기는 불길한 예감을 지울 수 없었
다. 또 한 번의 검은 그림자가 내 눈 앞에 보이는 듯했다. 나는 심
히 걱정되었다. 정희가 좌절을 겪을 것 같아서다. 왜 하필이면 골
목에서 가장 재수없는 녀석을 좋아할까? 아무것도 모르는 남자
와 새처럼 가볍게 날아갈 것이지. 왜 구덩이 속으로 들어가는지
안타까웠다. 그러나 이게 다 무슨 소용이 있겠는가? 게임은 이미
시작되었는데…. 그녀가 또 한 번의 회오리바람을 견뎌내는 수밖

에….

*

순임은 평화롭고 안락한 오솔길을 걷고 있었다. 저 멀리 잡목이 우거진 흙벽돌집 앞에 그가 서있다. 환한 미소를 지으며 와 이리 늦게 오노? 하며 가볍게 타박하는 소리가 들렸다. 순임도 가볍게 응수했다. 온 천지가 안개비에 포근히 휩싸였다. 목줄기에도 안개비가 촉촉이 스며들어왔다. 순임은 눈을 감고 향내를 맡았다. 그의 숨결이 귓가에 느껴졌다. 간지러웠다. 눈을 떴을 때 그는 사라지고 없었다. 그가 서있던 자리에 흙벽돌과 칡넝쿨만 남았다.

얼마나 잤을까? 눈을 떠보니 산등성이 너머로 서서히 저녁그림자가 다가오고 있다. 열 살의 순임이 울다울다 지쳐서 잠이 들었다 깼을 때 얼핏 보았던 산 너머 그림자였다. 그때의 어두운 그림자가 서서히 다가오고 있다. 꿈이었지만 그를 만나서 반가웠다.

안 자던 낮잠을 다 자구 그랴? 졸거면 안에 들어가서 맘 편히 자든지. 의자에 앉아서 잠깐 졸았나 싶었는데 덕배 엄마 소리에 눈을 떴다. 파란대문집 총각이 안림동에서 홀애비로 살고있다고 다리 놔주겠다고 눈만 뜨면 떠벌리는 덕배엄마 소리가 귀에 익었나보다.

순임은 갑자기 외상값 받아야겠다는 생각이 나서 벌떡 일어났다. 앞치마를 벗어 의자에 걸쳐놓고 서둘러 장부를 찾는데 삶은 우거지를 찬물에 씻던 덕배 엄마가 고무장갑을 벗어 물기를 쭉 뺐다.

"돈 됐다 뭐햐? 고무장갑두 넉넉히 사놓구 얼굴에 찍어 바를 거두 사구 그러지."

덕배 엄마의 잔소리에도 순임은 묵묵히 외상값을 받으러 나가다가 수돗물 잠그러 되돌아섰다. 다시 나가는 순임의 등 뒤에 대고 덕배 엄마가 덧붙였다.

"파란대문집 총각이 몇 년째 홀아비로 지낸다는데 어떻게 사나 궁금허지두 않어? 내가 다리 놔주랴?"

순임은 한마디 하려다가 그냥 돌아섰다.

"시내 양장점 가서 모냥도 내고 그러지. 사람이 우째 그리 인색해?"

그녀는 들은 체도 안 하고 저녁 어스름 속으로 사라졌다.

다시 날이 밝았다. 아침햇살이 유리창을 통해 들어왔다. 순임이 오랜만에 거울을 보았다. 눈가에 기미가 끼었고 쌍거풀은 축 처져있었다. 로션을 밤톨만큼 덜어 굳은살 박힌 손바닥에 비볐다. 손바닥을 얼굴에 세수하듯이 부벼댔다. 거친 손바닥으로 얼굴에 생채기를 내듯 비볐다. 오랫동안 잊혀졌던, 그러나 익숙한 향기가 은은히 퍼져 나왔다. 돼지내장의 비릿한 냄새가 아닌 레몬향기였다. 그리운 향기였다. 그의 향기였다. 지금 그녀는 오랜만에 머리를 단정히 빗고 거울 앞에 섰다. 서랍에서 흰 양말을 꺼내 신고 가방을 손에 들었다. 탁자를 닦던 덕배 엄마가 기이한 시선으로 바라보았지만 말없이 버스정류장으로 갔다. 쫓기듯 상모리로 온 지 12년 만에 충주행 버스를 탔다.

그를 떠나던 날, 숨 쉴 수 없을 정도로 눈이 내렸다. 머플러를 썼지만 함박눈이 우박처럼 머리를 때렸다. 그동안 쟁반을 머리에 이고 배달을 다니느라 거울 한 번 제대로 본 적이 없다. 차창에 비친 얼굴은 변해있었다. 차창에 비친 순임을 닮은 여인이 순임을 바라보고 있다. 차창 밖의 여자는 순임에게 말하고 있다. '당신은 용기있는 사람이야!'라고.

봄이 오는 길목이었다. 아침에 나올 땐 분명 해가 있었는데 버스에서 내렸을 땐 보슬비와 진눈깨비가 같이 내리는 우중충한 날씨로 변했다. 그러나 지금은 가벼운 설렘으로 변했다. 비는 그쳤지만 안림동 산동네로 올라가는 길은 진창길이었고 산비탈에 집들이 다닥다닥 붙어있었다. 신발에 흙이 요란하게 묻었다. 잘못 디디면 진창 속으로 푹 들어가 양말에도 진흙이 올라왔다. 나두 파란대문집 여자한테 들었는데 안림동 산꼭대기에 산디야. 그 집 동생이 혼자서 애들 밥해 먹이고 다닌 지가 꽤 됐대. 덕배 엄마가 지나가는 말로 주워들은 그에 관한 소식은 이게 전부였다. 입으로는 실없는 소리 그만하고 얼른 일이나 하라고 핀잔했지만 그의 얘기는 머릿속에서 돌아다녔다.

　30도 정도 기울어진 언덕바지에 고개를 갸우뚱하고 서있는 복덕방으로 들어갔다. 복덕방 영감이 유리문 밖으로 나와서 손수 그의 집을 가르쳐주었다. 근데 뉘신데 그 집을 찾아요? 친척이여? 복덕방영감이 앞장서려는 걸 간신히 말리고 혼자 찾아가겠다고 우겼다. 영감은 못 미더운지 순임이 언덕 위로 올라가 보이지 않을 때까지 서있었다. 가끔 뒤에서 순임을 조종하는 소리가 들렸다. 그 변솟간 끼고 왼쪽으로 올라가라니깐. 영감은 순임이 누구인지 무척 궁금해하며 계속 떠들었다.

　벽돌을 받치고 삐딱하게 서있는 함석대문 옆 벽돌담 위에 복덕방 영감이 말한 그의 집이 보였다. 산꼭대기에 거짓말처럼 그의 이름이 나타났다. 직사각형 안에 그의 이름 석 자가 보였다. 그가 눈앞에 나타난 듯 가슴이 쿵쾅거렸다. 같은 이름을 가진 다른 사람이어도 가슴에서는 쿵쾅 소리가 멈추지 않을 것이다. 다가갈수록 아이들 떠드는 소리가 들렸다. 조금 멈칫하다가 대문을 열고 고개를 밀었다. 마당 한 켠에 지푸라기로 칭칭 동여맨 수도가 먼저 보였다. 밖에서 인기척을 내도 안에서는 아이들끼리 싸우는지 시끄러운 소리만 들렸다. 아무도 제지하는 사람이 없는 걸 보면 안에 어른은 없는 것 같다. 빨랫줄이 허공에 늘어져있고 새끼줄로 꽁꽁 동여맨 수도가 양동이로 물을 똑똑 떨어뜨리고 있다. 두 겹으로 싸맸는지 중간으로 갈수록 배불뚝이 모양 불룩했다. 틈하나 없이 새끼줄로 겹겹이 싸맨 모양이 빈틈을 싫어하는 그의 성격을 닮아있었다.

　그도 틀림없이 어두운 색의 겨울 외투를 겹겹이 걸치고 있을 것이다. 사방은 봄인데 이 골짜기는 아직도 봄을 느끼지 못하고 코트깃을 올리고 마른기침을 하며 이 비탈을 내려갈 것이다. 발길에 차이는 연탄재를 무심코 지나칠 것이다. 아니 그는 지금 지독한 봄 감기에 걸려서 아직도 가죽장갑에 마스크를 하고 나갈지도 모른다. 헤어질 때 그 모습, 그 차림 그대로 언덕 위에 서있을 것이다. 아니 일부러 봄 냄새를 맡지 않으려 이곳에 칩거하고 있는지도 모른다. 아니 집에 없는 게 나을 것이다.

　사방에 널부러진 아이들의 신발은 진흙이 2센티 두께로 붙어있었다. 아이들의 나이를 짐작하며 흙 마당에서 잠시 머뭇거리는데 갑자기 구멍이 송송 뚫린 창호지문이 벌컥 열렸다. 어두컴컴한 방 안에서 열 살 넘어 보이는, 키가 훌쩍 큰 여자아이가 밥상을 들고 튀어나오기 직전이었다. 가슴 부분에 격자무늬를 넣어짠 스웨터를 입은 여자아이가 멈칫하며 놀란 토끼 눈을 했다. 아이들만 있는 집에 물건을 훔치러 들어온 사람을 보는 것처럼 경계를 했다. 큰아이 뒤에 아홉 살 정도 된 단발머리 여자아이가 베개를 등에 업고서 고개를 빼꼼히 내밀었다. 또 한 명의 상고머리 여자아이가 작은 남자아이를 밀치고 내다보았다. 바닥에 넘어졌다가 울 새도 없이 벌떡 일어나는 남자 아이 얼굴에 밥풀이 붙어있었다. 여덟 개의 눈동자가 마당에 선 여인을 빤히 바라보았다.

　"밥상 내가려던 중이었구나."

순임이 밥상을 받아주려 하니까 큰아이가 멈칫하다가 그녀의 손을 피해 신발을 신었다. 방 옆에 바짝 붙어있는 부엌으로 밥상을 가져갔다. 순임이 따라들어 가니까 돌아보며 누구세요? 당돌하게 물었다. 그 애가 밥상을 컴컴한 부엌바닥에 내려놓았다. 순임이 누구라고 말하기가 거북해서 움푹 파인 부엌 안으로 발을 내딛다가 양동이에 부딪쳤다. 꽤 어둡구나 하며 컴컴한 부엌 천장에 매달린 알전구에 손을 뻗어 스위치를 켰다.

　"대낮에 왜 불을 켜요, 전기 아깝게? 근데 누구세요?"

　꼬마애가 당돌하게 말하며 스위치를 다시 껐다. 보통 야무진 아이가 아니었다. 이 아이는 순임이 정체를 밝힐 때까지 순임의 꽁무니를 따라다닐 태세였다. 부엌은 연탄가스 냄새로 가득찼고 미역국을 먹었는지 막내아이 머리통만 한 국자에 미역이 말라 붙어있었다. 부뚜막엔 음식이 반쯤 담긴 그릇이 널려있었고 자세히 보니 부엌바닥에도 음식찌꺼기가 붙은 냄비가 돌아다녔다. 언제 끓여 먹었던 냄비인지 가늠이 되지 않았다.

　"이 미역국은 네가 끓인 거니? 참 맛있어 보이네."

　"아뇨? 제가 안 끓였는데요. 근데 누구세요?"

　"네가 명옥이구나."

　순임이 대답 대신 니가 명옥이어서 반갑다는 투로 설거지거리가 수북이 담긴 그릇을 쳐다보았다. 쌀포대는 입이 벌어져있고, 포대 안에 아기 밥주발만 한 그릇이 들어 있었다. 포대주변 사방에 닭모이 주려고 흩뿌려 놓은 것처럼 쌀알들이 여기저기 흩어져

있다. 입이 벌어진 쌀포대를 여며야 할 것 같다. 그러나 명옥이가 매의 눈으로 그녀의 동작을 좇아서 쳐다보고 있다. 발을 떼지 못하고 눈으로만 사방을 훑었다.

그게 이유였다. 그냥 그가 어떻게 사는지 궁금했다. 다른 이유는 없었다.

그가 순임을 궁금해하는지는 몰라도 순임은 그가 궁금했다. 사방 한 평도 되지 않는 어두컴컴하고 조그만 부엌에 발 디딜 틈 없이 밥그릇이 도사리고 있었다. 뭐라도 해야 어색하지 않을 것 같다. 설거지라도 해야 염탐꾼처럼 보이지 않을 것이다. 아이들의 눈에 절대로 염탐꾼처럼 보여선 안 된다. 정말로 볼일이 있어서 온 동네 아줌마처럼 보이고 싶었다. 순임이 쌀포대를 여미는 대신 커다란 그릇에 음식이 말라붙은 그릇들을 담아서 수돗가로 가져갔다. 누구신데 우리집 그릇들을 가져가요? 명옥은 지저분한 그릇들을 순임이 가지고 달아날까봐 쪼르르 따라다니며 경계를 풀지 않았다. 도둑으로 의심을 받건 말건 아랑곳 않고 수도를 세게 틀고 쭈그리고 앉았다. 수돗물이 옷으로 튀었다. 짧게 잘라 노끈으로 동여맨 고무호스의 끝을 붙잡았다. 명옥이는 여전히 등 뒤에 서서 순임을 주시했다. 나머지 아이들은 낯선 여인이 수돗가에서 고무호스의 끝을 잡고 있는 모습을 마루에 쪼그리고 앉아서 구경했다. 아주 신기하고 궁금하다는 얼굴로. 가끔 저희들끼리 바라보며 서로에게 수줍은 미소를 보냈다. 아이들은 떠들기라도 하면 신기한 구경거리가 연기처럼 사라질까봐 숨을 죽이고 바라보았다. 베개를 업은 단발머리 아이도 주저앉았다. 그들의 눈동자는 이게 무슨 상황이야? 말하는 듯이 동그래졌다가 곧 웃음기 가득한 반달 모양으로 변했다. 꼬마아이들도 수돗가에 앉은 여인이 그릇들을 씻어서 몽땅 가져가면 어떡하지? 아버지에게 도둑맞았다고 말해야 하나? 저 여자가 저걸 다 씻으면 분명히 몽땅 가지고 달아날 거야 이런 걱정을 하면서도 신기한 구경거리를 놓치지 않았다. 상고머리 아이는 아예 턱을 괴고 반쯤 누워서 수돗가풍경을 관찰했다. 아이들 너머 방안 풍경은 이불더미와 아이들 옷가지들로 방안이 꽉 찼다.

  신기한 구경거리의 주인공은 조금 머뭇거리다가 곧 그릇들을 닦기 시작했다. 분주하게 부엌과 수돗가를 오가며 몇 년 동안 닦지 않은 그릇들을 순식간에 반짝거리게 만들었다. 그릇을 닦아서 그릇장에 차곡차곡 정리해놓으니까 명옥이도 십 년 묵은 체증이 내려간 얼굴을 하며 순임이 시키는 대로 부엌에서 씻지 않은 그릇들을 내왔다. 나무선반도 행주로 닦아놓고 타일을 박은 부뚜막도 수세미로 박박 문질러 닦아놓았다. 이제 겨우 타일과 타일 사이의 회칠을 한 흰 선이 보였다. 타일은 다시 바둑판이 되었다. 부엌 옆에 연탄이 일렬로 서있다. 깨진 연탄이 양철쓰레받기에 담겨져있다. 연탄을 갈고 부엌문을 열어두었다. 다시 수돗가로 가서 양동이에 물을 받다가 뒤를 돌아보았다. 아이들은 싸우는 걸 멈추고 숨을 죽이고 바라보았다. 아이들의 숨소리가 들리는 듯했

다. 새액색~

  염탐이 끝났으니 가야 했다. 설거지는 염탐의 구실이었다. 코
트깃을 올리고 마스크를 한 남자가 나타나기 전에 가야 했다. 그
가 들어와서 기침을 하면 그제서야 밍그적거리며 일어날까? 일부
러 밍그적거리다가 그에게 확 들켜버릴까?

  그를 만나면 꿀 먹은 벙어리처럼 있지 말고 할 말도 준비해야
했다. 당신이 네모난 가방을 들고 모자를 쓰고 산 너머에서 내려
오길 얼마나 기다렸는데요. 목둘레엔 흰 토끼털이 달린 빨간 코
트를 손에 들고 오길 얼마나 기다렸는데요. 당신은 내가 찾아낼
때까지 끝내 나타나지 않았어요. 그러나 난 알고 있어요. 당신이
산 너머에서 내려온 신사라는 걸. 언젠가는 뚜벅뚜벅 걸어서 내
게로 오리라는 걸. 당신은 내가 궁금하지도 않아요? 궁금하면 우
옐 낀데? 시집 가 잘 살고 있겠지 마. 대문 쪽에서 그의 목소리가
들리는 듯했다. 그러나 대문은 열려있는 채 아무소리도 나지 않
았다.

  나무대문을 살며시 닫아주고 비탈을 내려왔다. 아이들은 유령
처럼 나타났다가 바람처럼 가버린 여인의 얘기를 그에게 할 것이
다. 유령이 아무 말도 없이 그릇만 씻고 갔다고. 퇴근하고 돌아온
아버지에게 밤새도록 얘기할 것이다. 그 아줌마가 누구야? 아버
지 아는 사람이야? 언제 또 와? 그는 치아라 그만! 밥 묵자! 하며

헛기침만 할 것이다.

비탈길의 나무판대기집들은 아이들의 낙서로 도배되어 있다. 성기에 커다란 동그라미를 여러 겹 에워싼, 큰 대 자로 서있는 소년의 그림이 회칠이 떨어져 나간 벽면에 그려져있다. 진창만 아니었다면 오늘도 어김없이 아이들은 낙서를 할 것이다. 오늘도 어김없이 성기를 그려 넣을 것이다. 미운 아이 이름을 적어 넣을 것이다.

순임은 곧바로 집으로 들어가지 않고 시내를 돌아다녔다. 성급하게 봄옷을 입은 사람들은 슬슬 몰려오기 시작한 찬 공기 때문인지 걸음을 빨리했다. 모든 사람들이 순임과 반대방향으로 목적지를 향해 재빨리 걸어갔다. 목적지가 없는 사람은 순임 혼자뿐이었다. 느릿한 걸음을 걷는 사람도 순임 혼자뿐이었다. 그와 마지막으로 헤어졌던 골목길에 들어섰다. 어느 집 창문으로 노란 불빛이 새어나왔다. 저녁식사의 단란한 풍경이 창문 너머로 보였다.

아따! 하루종일 어딜 싸돌아 다니다 온다냐? 서울서 온 흰 양복쟁이 손님허구 바람난 줄 알았어. 오늘 말도 못 허게 손님이 많아서 혼이 쏙 빠지는 줄 알았구만. 내가 오죽허면 상범이더러 숟가락 놔라 물 떠라 시켰겠어? 이 집 귀한 아들을. 깜깜해져서 들어갔을 때 덕배 엄마가 호들갑을 떨며 한 말이다.

"아 참! 아까 낮에 잠깐 뜸할 때 큰엄마라는 사람이 왔었는데 그 할망구가 새댁 올 때까지 기다린다구 조오기서 몇 시간을 앉아있다 갔어. 큰엄마라는 사람이 어찌된 게 상범이한테 땡전 한 푼 안 주대? 니가 상범이냐? 한 번 딱 물어보고는 개가 닭 쳐다보듯이 빤히 쳐다보구 앉았더라구."

상범이는 숙제하다가 골아 떨어졌고 덕배 엄마가 내복바람으로 허리를 두드리며 말했다.

"그 할망구 얼굴에 심술이 뚝뚝 떨어져. 근데 큰엄마가 맞긴 맞어? 집두 절두 없다더니."

순임이 상범이를 깨워 웃옷을 벗기려 하자 덕배 엄마가 말렸다.

"하루 죙일 호떡집에 불난 것처럼 사람들은 몰려들구, 손은 없구 난리통이었는데, 원 그 할망구! 여기서 떡 하니 자리 차지하고 앉아서…."

순임은 상범의 책과 필통을 가방에 넣어주었다.

"아니 그 노친네는 그렇게 바쁜 거 알믄 알아서 비켜줄 일이지. 빚 빌러 온 사람 마냥, 나 원 참! 그런데 워디 갔다 온 겨? 진짜 빚 받으러 갔다 온 겨? 거참 요상하네. 안 하던 짓을 다 하구 그래."

다음 날 순임이 탁자를 닦으며 하루를 시작하려 하는데 몸집이 큰 노파가 지팡이로 문을 쓱 밀었다. 둔탁한 소리가 났다. 노파가 발걸음을 무겁게 뗐다. 한쪽 발에 무거운 몸집이 실려서 한 발자국 뗄 때마다 바위를 들어올리듯 안간힘를 썼다. 몇 발자국 걷

——————— 퍼팩트웨딩

는 장면을 덕배 엄마와 순임은 숨죽이고 바라보았다. 노파는 발을 떼느라 두 사람이 어떤 표정을 짓고 있는지 아직 파악하지 못했다. 노파는 온힘을 다해 집중하고 있는 일이 끝나면 분명 순임을 쳐다보며 은혜도 모르는 년이라고 말할 게 틀림없다. 예감은 적중했다.

"순임이 있냐? 이 은혜도 모르는 년!"

순임과 덕배 엄마가 동시에 노인을 쳐다보았다. 걸레를 든 채 몇 초 정도 쳐다보았다. 잠시 정적이 흘렀다. 처진 볼에서 거만과 아집이 뚝뚝 떨어지는 늙은이가 서 있었다. 노파는 순임이 맞이해줄 거라고 기대했는지 볼이 잠시 씰룩거렸다.

"으흠! 사람 구경 첨 하나? 손님이 왔으면 물 한 잔이라도 내올 일이지. 멀뚱멀뚱 쳐다만 보고 있어?"

노인이 절룩거리며 서너 발자국을 뗌과 동시에 지팡이를 옮겼다. 에헴! 하고 헛기침을 했다.

"으흠, 조반도 안 먹었는데 어디 국밥 한 그릇 얻어 먹어보자. 지척에 살면서도 생전 오라 소리 한 번 안 해서 내 발로 직접 찾아왔다. 으흠!"

둔탁한 가래소리가 났다. 덕배 엄마가 순임의 얼굴을 쳐다보았다. 순임은 미간 하나 찌푸리지 않았고, 꼭 다문 입매무새는 고요했다. 그러나 눈동자는 심하게 흔들리는 듯했다. 덕배 엄마가 곧 의중을 알아차리고 부엌으로 들어가면서 호들갑을 떨었다.

"하이고 이제 국솥 올렸는디 뭔 아침타령이래. 잡숫고 싶으시면 서너 시간 기다려요. 그동안 물이나 한 잔 드시고. 물 갖다 드려유? 물은 시방 돼유. 물은 공짜유.”

노인은 육중한 몸에 다리를 질질 끌며 의자를 찾더니 지팡이를 손에 쥔 채 간신히 의자에 앉았다. 사기컵에 담긴 찬물이 노파 앞에 놓여졌다. 노파가 힐끗 쳐다보았다. 모본단 치마 밑으로 양말이 삐죽 나왔다. 양말 속에 드러난 노인의 종아리는 마치 빵틀에서 빵 반죽이 부풀대로 부풀어 올라온 것처럼 피부가 팽창해있었다. 노인은 덕배 엄마가 갖다준 물을 거들떠도 안보고 순임을 훑어보았다. 기세등등했다. 지팡이를 들어 올려 순임의 코앞에 댔다.

“넌 오랜만에 봤는데 인사도 안 하냐? 키워준 공두 모르고. 지척에 살면서 어째 한 번 들여다보질 않어. 배은망덕한 거!”

노파가 벌레 씹어먹은 얼굴을 했다. 순임이 약간 놀라는 기색이었지만 곧 평정을 되찾았고 하던 일을 했다. 겹겹이 포개놓은 사기그릇들을 선반 위에 올리고 어슷 썰어놓은 대파를 소쿠리에 가득 담았다. 큰엄마라는 여자가 양심이 있으면 찾아오지 못할 거라고 생각했다. 그러나 불만과 그릇된 아집으로 가득찬 노파의 얼굴에서 양심은 눈꼽만큼도 찾아볼 수 없었다. 노파가 약간 기가 꺾인 소리로 말했다.

“나두 여기 오구 싶지는 않았는데 니 오래비가 지금 가막소 가게 생겼어.”

오래비라는 말에 순임은 끔찍한 장면을 목격한 듯 고개를 돌리고 노파를 쏘아보았다. 순임의 눈은 분노에 차서 이글거렸다. 노파가 똑바로 보지 못하고 고개를 돌렸다.

아홉 살 때 일이었다. 그날도 순임은 피곤에 찌들어서 구석진 곳에서 쪽잠을 자고 있었다. 그 오래비라는 작자가 새우처럼 몸을 둥그리고 자던 순임을 겁탈할 때, 어린 순임의 멱살을 잡고 죽도록 매질하던 여자가 바로 큰엄마였다. 집안 망신시키는 년이라고 소리 지르며 옷을 벗겨 내쫓던 여인이었다. 저녁 내내 들판에서 울다가 깜깜한 밤중에 부엌에 몰래 들어와 밥을 훔쳐 먹다가 곧 노파에게 들켜 호되게 야단맞았다. 영문도 모르고 울며 빌고 또 빌었다. 노파는 피도 눈물도 없는, 쭈글쭈글한 노인의 피부를 뒤집어쓴 양철인간이었다. 순임의 등 돌린 모습을 보고 노인은 약간 기가 꺾였다. 순임이 탁자를 닦다말고 부엌 쪽을 향해 소리쳤다.

"아주머니!"

순임이 덕배 엄마를 불렀다.

"국이 끓으면 이분에게 한 그릇 대접하세요. 돈이 없으신가 본데."

뜻밖의 말에 노파는 약간 움찔하는 눈치였지만 옛날의 기세등등하고 거만한 모습은 그대로였다.

"그래 니가 돈 좀 벌었다고 동네 소문이 자자한데 늦었지만 널키워준 값을 받아 갈란다. 어려운 걸음 했으니 국밥두 한 그릇 얻

어 먹어 보구. 나두 이렇게 찾아오구 싶지 않았다만 니 오래비가
사업하다 망해서 손 좀 벌리러 왔다."

순임이 행주를 탁자에 던지더니 양손을 허리에 잡고 노파 앞에
버티고 섰다. 여차하면 노파를 끌어낼 기세였다.

"누가 오래비예요? 그런 사람 몰라요. 난 당신도 누군지 몰라
요. 오늘 하루만 공짜로 드릴 테니 기다렸다 먹고 가요."

순임이 따지듯이 대들다가 부엌을 향해 소리쳤다.

"아주머니, 오늘 한 번만 저 노인에게 공짜로 주세요. 담엔 어
림없어요."

"그려 그려. 두 번 공짜는 이 세상에 없지. 아이구, 국이 끓는다
끓어. 기둘리세요. 노인 양바안~ 맛나게 한 그릇 퍼 올릴게요."

부엌에서 노랫소리와 함께 들려왔다. 노인이 부들부들 떨며 지
팡이를 잡고 일어섰다. 그의 눈은 분노로 이글거렸다. 아홉 살 순
임에게 침을 튀겨가며 모질게 퍼붓던 입술도 이글거렸다.

"너 이년, 천벌 받을 년! 키워준 공도 모르고! 니가 이러다간 종
당에는 천벌 받는다 천벌 받어! 피붙이가 가막소 가게 생겼다는데
도 모른 체하는 년! 배은망덕도 유분수지!"

한 손으로 탁자를 짚고 서서 지팡이로 탁자의 물을 탁 쳤다. 물
이 탁자에서 자유자재로 그림을 그리고 사기컵은 바닥으로 툭 떨
어져 쨍그랑 소리를 내며 산산조각이 났다. 노인은 지팡이를 짚고
느린 걸음으로 문턱을 나섰다. 모본단 치마 속에 감춰진 비곗덩어
리가 간신히 문턱을 넘어갔다. 치마도 문지방을 쓸며 넘어갔다.

───────── 퍼팩트웨딩

"저런 염병할 노인네 같으니라구! 에라, 이 할망구야! 풍이나 맞아라! 빌어먹을 할망구!"

덕배 엄마가 노인의 등 뒤에 대고 고래고래 소리질렀다. 퉤 퉤 퉷! 물도 한 바가지 문밖으로 버렸다. 오전 햇살 아래 버려진 물은 노파의 발 밑에서 흙먼지를 일으켰다. 밖에 나가서 유리문에 대고 떠드는 노파도 만만치 않았다. 그들은 유리창 하나를 사이에 두고 욕하기 시합을 했다.

유리문 안에서 순임은 부지런히 탁자를 닦고, 손님이 드나드는 데 불편한 물건을 치우고, 수저통을 놓고, 노인이 앉았던 의자를 집어넣고, 걸레를 들어 유리창까지 닦았다. 유리문 밖의 노인은 악담을 퍼붓다가 지나가는 행인을 붙잡고 유리문 안에 있는 저 배은망덕한 년에 대해 끝없이 험담을 늘어놓았다.

"나 좀 보소! 천애고아를 데려다가 죽겠다고 키웠놨더니 저년이 저 잘난 줄 알고 나를 박대하고 있소! 아이구 원통해라. 저 천벌받을 년, 쌍판대기 좀 보소!"

손님맞이를 준비하는 상가 사람들이 하나둘 고개를 내밀었다. 노인은 의기양양해서 지팡이를 사방으로 휘두르며 고개 내민 사람들에게 동의를 구했다.

"내 말이 어디 틀립디까? 여러분 어디 말 좀 해보시오. 은혜도 모르는 년이요, 저년이!"

지팡이로 순임의 얼굴을 가리켰다.

"저년 저 낯짝 좀 보시오. 핏덩이 데려다 키웠더니 돈 좀 손에 쥐었다고 괄시를 해!"

노파는 어린 순임을 한겨울에 빨랫거리를 들고 냇가로 내몰고
도 모자라 하루종일 일을 시켰다. 손등은 갈라지고 피가 났다. 부
엌에서 밥을 몰래 먹으면 오늘처럼 고래고래 소리질렀다. 노파가
유리문 밖에서 지팡이를 휘두르며 고래고래 소리를 지를수록 노
파의 악행을 자기 입으로 떠벌리는 느낌이 들었다. 천애고아 데
려다가 입히고 먹이고 재우고 했더니, 하는 소리는 내가 어린애
를 헐벗고 굶주리게 하고 땡볕에서 노동만 시켰더니, 하고 떠드
는 소리로 들렸다. 순임은 노파의 소리에 박자를 맞추듯이 마른
수건으로 유리창을 박박 닦았다. 호~ 입김을 불어 닦은 말간 유
리창으로 눈부시도록 빛나는 햇살이 들어왔다.

그녀는 유리창을 세게 문지르면서 그의 마른기침을 떠 올렸다.
말간 눈동자를 가진 그의 아이들을 떠올렸다. 그가 매일 자고 일
어났던 이부자리를 떠올렸다. 대못에 걸려있던 그의 파자마를 떠
올렸다. 어질러진 방안 풍경을 떠올렸다. 윗목에 셀 수 없을 정
도로 짝짝이 양말들이 나뒹굴었고, 공책과 연필과 책들이 뒤엉켜
있고, 개다 만 이부자리 옆에 밥그릇이 돌아다녔다. 밥그릇과 양
말들 사이로 아이들이 뛰어다녔다. 아이들의 손등은 벌겋게 텄고
오줌냄새가 방안 가득했었다. 그것도 마저 치우고 왔어야 했다.
순임은 그가 없는 시간 동안 추위는 두려웠지만 고독은 두렵지 않
았다. 그가 같은 하늘 아래서 숨 쉬고 있는 줄 알기 때문에 고독

하지 않았다. 비행기가 지나가면 그도 비행기를 보았겠지. 장마 철이면 그도 꼼짝 않고 집안에 머물러 있겠지?

상점유리문 안에서 이쪽을 흘끔거리던 사람들도 노파의 푸념이 지겨웠는지 하나둘씩 고개를 돌리고 장사 시작할 준비를 했다. 노파는 관객이 줄어드니 제풀에 지쳐서 계속 중얼거리며 멀어져 갔다. 봄 햇살 아래 실성한 노인처럼 가끔 한 번씩 뒤돌아보며 이쪽을 향해 지팡이를 휘둘렀다. 불경을 외듯 중얼거리며.

*

"병신 같은 놈! 진짜 별짓을 다 하고 있네."

내가 중얼거리며 준호의 하숙방 문을 벌컥 열었을 때 물이 반쯤 담긴 그릇이 윗목에 널부러져 있는 게 먼저 눈에 띄었다. 지나치게 쌀쌀맞고 예의가 넘쳐나는 그의 어머니에 비해 그는 무기력했고, 방안은 드라마 찍으려고 일부러 어지럽힌 것처럼 끔찍했다. 잡동사니가 널부러진 그의 하숙방과 한 치의 오차도 허용하지 않는, 지나치게 깔끔한 그의 어머니. 이처럼 극명한 대비를 이루는 모자지간도 없다. 그들은 서로 얼굴도 안 보려했다. 이들 모자는 얼굴만 맞대면 으르렁댔다. 내가 방문을 열었을 때 그는 쳐다보지도 않고 몸을 반쯤 일으켰다. 그가 몸을 반만 일으켰다는 건 찾아온 사람에게 최대한의 예의를 차린 것이다. 준호가 얼굴을 손으로 비볐다. 오늘 세수는 이걸로 끝인 것처럼 계속 비벼댔다. 그리고 눈을 껌벅였다. 해가 정수리에 있는데도 눈이 안 떠지는지 실눈을 껌벅였다. 지랄하고 자빠졌네.

"대체 이 꼴이 뭐니? 거울이나 한번 쳐다봐라."

내가 이불을 걷었다. 이 무기력하고 연약한 남자는 며칠째 밥을 굶고 있다가 급기야 어젯밤에 공중전화에 대고 헛소리를 해댔다. 속옷바람으로 전화를 받은 나는 준호가 헛소리 하는 게 유언장을 육성으로 읽는 환청으로 들렸다. 새벽 댓바람부터 꼬부라진 안암동 골목을 한참 헤매고 나서야 그가 있는 곳을 가까스로 찾아냈다. 준호가 부스스한 얼굴로 나를 맞이했다.

"내가 널 아주 잘 아는데 우유부단한 거, 그게 니 인생을 망치게 할 수도 있어. 너만 망하는 거라면 문제없는데…. 어쨌든 옷이나 갈아입어. 그리고 잘 들어. 지금부터 사생결단을 내는 거다. 정희를 택할 건지, 니 엄마를 택할 건지."

내가 이 방의 주인인 것 마냥 옷 무더기를 마구 파헤쳐 남색스웨터를 찾아냈다. 스웨터의 주둥아리를 벌려 그의 눈과 코와 입을 통과하게 했다. 그는 따가운지 도리질을 하다가 얌전히 양팔을 꿰었다. 걷어낸 이불 사이에서 보물찾기하듯이 돌돌 말린 양말을 찾아냈다. 쭉 펴서 그 앞에 던졌다. 나는 비닐옷장 속에 사람의 다리가 구겨서 들어앉은 것 같은 청바지를 찾아내어 그의 코 앞에 던졌다. 뱀처럼 똬리를 틀고 있는 허리띠도 던졌다. 그는 어느새 순한 양처럼 양말을 꿰신고 팬티 바람으로 벌떡 일어나서 바지를 입었다. 우리는 이불을 밟고 널부러진 옷가지들 사이를 용케 피해 밖으로 나왔다.

준호가 처음 우리 옆집으로 이사왔을 때 나는 저렇게 하얀 피부를 가진 아이를 세상에 태어나서 처음 보았다. 그는 백반증을 앓는 사람처럼 피부가 지나치게 뽀얬었다. 그 애가 책가방을 메고 포도덩굴이 아치를 이루는 자기 집 대문으로 들어가려고 걸어갈 때 얌전한 얼굴을 한, 콧날이 뾰족한, 마치 현자처럼 생긴 어린 아이의 옆모습을 얼핏 보았다. 나는 그 애 뒤를 따라가서 그 애가 뭘 먹고 사는지 확인해보고 싶었다. 그 애도 나처럼 매일 시큼한 깍두기를 먹고, 형제들과 먹을 걸 가지고 치열하게 싸우고, 허구헌 날 엄마에게 빗자루로 혼나는지 알고 싶었다. 처음에는 우리가 골목에서 아무리 떠들어도 꼼짝 않고 집안에만 틀어박혀 있더니 어느 날부터 슬그머니 덕배의 찢어진 런닝셔츠 너머로 고개를 내밀었다.

어느 여름날, 아직 뙤약볕이 가시지 않아서 골목에 애들이 한 명도 보이지 않을 때였다. 그때 준호가 혼자 나와서 어슬렁거리며 담벼락 시멘트벽돌을 손가락으로 후벼파고 있었다. 나는 그때 맨발에 슬리퍼를 신고 찐 감자를 우물거리고 있었는데 뜻밖에도 그 애가 정색을 하고 내게 말을 걸었다.

"너는 아버지 안 계시니?"

이 무슨 귀신 씨나락 까먹는 소린가? 우리 엄마가 맨날 즈이 엄마하고 함석 물받이통 가지고 싸우니까 제 눈에는 악다구니하는 우리 엄마만 보이고 수줍은 듯 골목을 지나치는 우리 아버지는 안 보였던 모양이다. 나도 뭐라고 응수해야 했는데 난생 처음으로 그 녀석 목소리를 들어보는지라 얼떨떨해서 나두 엄연히 아버지가 있다는 소리를 입안에서만 웅웅거렸다. 입안의 감자도 목구멍으로 넘어가지 않았을 때였다. 그 애는 다시 내 발가락을 뚫어지게 쳐다보다가 안됐다는 듯이 내 얼굴을 바라보았다. 그 애가 고개를 들었을 때 그때 준호 얼굴을 자세히 보게 되었다. 뽀오얀 얼굴의 코와 입 사이에 까만 점이 도드라진 게 눈에 확 띄었다.

"너 그거 아니?"

그 애는 대뜸 물었다. 그 말에 나는 뭘 알고 있냐고 되물었다.

"엄지발가락이 집게발가락보다 짧으면 아부지가 먼저 돌아가시는 거래. 느이 아부지 돌아가셨지?"

그가 자신만만한 얼굴로 우리 아버지 돌아가셨을 거라고 어거지를 쓰며 내 엄지발가락을 쳐다보았다. 나는 다시 정신을 차리고 아니라고 대답했다. 그랬더니 그럼 앞으로 느이 아부지가 엄마보다 먼저 돌아가실 거야. 확신한다는 듯 말을 하더니 흰 양말을 벗어서 주머니에 쑤셔넣었다. 그러고는 제 발가락을 보여주면서 자기는 엄지발가락이 집게발가락보다 길어서 엄마가 먼저 돌아가실 거라고 했다. 우리는 뙤약볕 아래에서 나란히 발가락을 대보았다. 그리고 사이좋게 결론을 내렸다. 준호네는 나중에 엄마가 먼저 돌아가시는 걸로. 우리 집은 엄마보다 아버지가 먼저 돌아가시는 걸로. 둘 다 진지한 얼굴로.

정희는 자기 인생이 너무 싫증나서 누워있는 채 이대로 조용히 멈췄으면 했다. 그냥, 조용히, 가만히, 싫증난 인생을 돌이켜보고 싶었다. 정희의 엄마는 길갓집의 뒷방에서 숨죽인 듯 생각에 잠겨있던 때가 많았다. 그러다가 호암지에서 죽었을 때도, 아버지가 감옥에 들어갔을 때도, 정희는 생에 대해 굴복하고 싶은 마음은 추호도 없었다. 이길 자신이 있었다. 열심히만 하면 인생은 얼마든지 역전시킬 수 있는 거라고 생각했다. 그러나 준호 엄마가 코웃음 치며 벌레 보듯이 쳐다본 그 순간 모든 것이 와르르 무너졌다. 그녀는 어디서부터 자기 인생이 꼬였는지 가만히 누워서 생각하는 중이었다. 그 집에 비집고 들어갈 틈도 없고 자신도 없었다. 헤어지는 것이 서로를 위해 좋겠다고 생각하며 그저 침착하게, 관조하듯이, 옛날 엄마가 그랬듯이 조용히 누워있었다.

준호와 내가 정희의 자췻방을 찾아갔을 때 정희는 물 한 모금 먹지 않고 며칠을 냉방에서 송장처럼 누워있었다. 그렇다고 수면제 먹고, 연탄가스 일부러 들이마시고 한 게 아니라 그냥 일어나고 싶지 않단다. 우리는 그런 것도 모르고 정희가 자살하려는 줄 알고 호들갑을 떨며 창문을 열고, 바보, 절대 죽어선 안돼 이바보야! 싸워 이겨야지 죽긴 왜 죽어, 하면서 엉엉 울어댔다. 정희는 우리의 호들갑에 적잖이 놀라면서 몸을 일으켰다.

준호는 그런 정희가 너무 가여워서 부둥켜안고 엉엉 울었다. 그는 꺼이꺼이 울면서 절대로 헤어지는 일은 없을 거라고 정희를 어루만져주었다. 준호는 자신이 얼마나 정희를 사랑하는지, 얼마나 많은 잘못을 했는지, 고해성사를 하듯 낱낱이 고해바치면서 죽어도 헤어지지 않겠다고 거듭 다짐했다. 준호가 심하게 자책하며 자긴 부모도 필요 없고 오직 너만이 삶의 희망이라고 말하는 대목에서 내가 며칠 전 니 엄마를 택할 건지 정희를 택할 건지 빨리 사생결단을 내라고 다그친 게 미안할 정도였다. 자긴 부모가 절대로 필요 없다고 싹둑 잘라 말했다. 짜식! 그렇다고 부모가 필요 없다고 단번에 말하는 건 좀 그렇지! 네가 부모하고 절연하면 마지막 학비와 생활비는 누가 댈 건데…. 상황 봐가며 끊든지 해야 할 거 아니야? 그들이 영영 떨어지지 않겠다고 맹세하는 사이 내 머리 속엔 이런 셈법이 떠올랐다. 준호가 하숙방을 아예 옮겨서 정희와 살림을 합치겠다고 선언했을 때 정희가 약간 멈칫하는 걸 나는 놓치지 않았다.

"지금 준호가 나랑 같이 살자고 하는 거니? 그런데 아직 자리를 잡지 못해서…. 여러 가지로…."

정희가 딱 부러지게 거절하지 못하고 어정쩡하게 자기 형편을 말했다. 여기서 살긴 너무 협소하고…. 진짜 중요한 사실은 난 너를 먹여 살릴 힘이 없어 정희가 이렇게 말하고 싶었을 것이다. 그러나 준호는 단호하게 서로 사랑하는데 따로 살 이유가 없다고 했다.

부잣집 명문대생이 명예와 부, 모든 걸 뿌리치고 보잘 것 없는 그녀에게 냉큼 오겠다니 표면상으론 꽤 괜찮은 스토리였다. 정희는 이 순간 너무 감격해서 할 말을 잃어야 했다. 그 애 평생 이렇게 사랑받고 있다고 느껴본 적은 단 한 번도 없었고, 여태 남의 눈치만 보며 살아왔기에 그녀는 감격해야 마땅했다. 죽을힘을 다해서 부었던 적금도 그들의 사랑을 위해서 깰 판이었다. 그러나 그녀의 눈은 당황스러워하는 빛이 역력했고 나는 그걸 놓치지 않았다.

저들은 저렇게 서로를 애틋해 하고 헤어질까봐 두려워하는데…. 약간 찜찜했지만 내가 초를 칠 수 없어서 입을 다물었다. 그들의 결합은 화장실 갔다 와서 손 안 씻은 것 마냥 뭔가 꺼림칙하고 찜찜했다. 고추장비빔밥을 양푼에 비벼먹고 양치질 안 하고 입맞춤 하는 것처럼 입안이 어째 텁텁했다. 그러나….

어쨌든 이 가난한 연인은 나로 인해서 해피엔딩이었다. 과격한 해후였지만.

나는 그들에게 사랑은 모든 장애물을 다 넘을 수 있다고 유치한 설교도 했던 것 같다. 그들은 순순히 내말을 알아들었고 서로를 진정으로 사랑한다고 생각했다. 지지리도 고생만 하던 정희의 인생에 찬란한 햇살이 비추는 듯했다. 그러나 한국말은 끝까지 들어봐야 안다. 시작은 좋았으나 끝도 꼭 좋으리란 법은 없다. 나는 그 이후로도 내 오지랖이 넓어서 벌어진 실수를 도로 주워 담느라 내 인생의 절반을 보냈다. 나는 눈꼴이 신 사람에게는 가끔 심통을 부리지만 나보다 약한 자에게는 한없이 마음이 약해져서 그 자가 반드시 역경을 딛고 일어서는 것을 내 눈으로 봐야 직성이 풀리는 성격이다. 정희의 일도 나의 공명심에서 비롯되었다.

　우리는 한 사람이 지나가도 비좁은 골목길을 돌고 돌아서 중국 집의 휘장처럼 생긴 붉은 천을 들쳐 올렸다. 그러나 휘장을 들쳐 올린 순간, 들어온 걸 곧 후회했다. 우리는 신발을 벗고 향 냄새가 진동하는 마룻바닥에서 한 시간여 기다린 후에야 용하다는 점쟁이와 마주했다. 되지도 않는 사법시험에 매달리는 저 빌어먹을 인간이 요번엔 붙을 건가 말 것인가 너무 궁금해서 가만히 있을 수 없었다. 들어가지 않겠다고 버티는 정희를 막무가내 끌고 들어왔다. 내 속마음은 그 자식이 하루라도 빨리 시험에 떨어져서 이제 고만 밥벌이 좀 하라고 내뱉을 뻔했다. 그 골 빈 녀석이 언제까지 정희의 등골을 빼먹을 건가 속 시원히 알려달라고 말하고 싶었다. 나는 포기한 지 오래지만 정희는 실낱같은 희망을 버리지 않은 눈치다. 빨리 정희를 구출해야 했다.

　점쟁이가 써놓은 한자들은 옥편 갖다놓고 아무리 뒤져봐도 나올 것 같지 않았다. 점집의 벽면에 붙어있는 그것들도 기원전 어느 인류가 써놓은, 원시인들 중에서 학식이 가장 높은, 양쯔강 유역에 살던, 어느 문명인이 써놓은 듯한, 도저히 해독이 불가능한, 한자의 탈을 쓴 상형문자였다. 점쟁이는 우리를 아랑곳 않고 문자와 그림의 경계선에 있는 듯한 요상한 글자들을 진지한 얼굴로 써내려갔다. 나는 무식이 탄로날까봐 그게 무슨 글자예요? 물어보지 못했다. 그 정도로 그는 범접하기 어려운 위용을 지니고

　　　　　　　　　　　　　　퍼팩트웨딩

있었다. 정희와 나는 그것들을 신이 직접 계시한 내용들이려니 생각하며 그의 입모양만 뚫어지게 쳐다보았다. 저 음탕한 얼굴을 가진 점쟁이가 빨리 우리를 놓아주기를 바랐지만 그는 그럴 생각이 없어 보였다. 점쟁이는 고개를 절레절레 흔들더니 뭐가 못마땅한지 얼굴을 찡그렸다. 점쟁이의 못생긴 얼굴이 더욱 못생겨졌고 과장된 말투나 표정이 역겨울 정도였다.

"저 빌어먹을 인간이 이번엔 꼭 붙을 수 있나요?" 나는 이 말이 목까지 차올랐지만 내뱉지 못했다. 정희는 더 들을 것도 없다는 표시로 내 팔을 잡아끌었다. 빨리 여길 빠져나가자고.

다정한 여인

용하는 주유소를 기점으로 갈라지는 삼거리 모퉁이의 집채만큼 큰 은행나무 아래 서있다.

그는 감색 코트 주머니에서 손을 빼지 못하고 서있다. 주머니에서 손을 빼면 다시 집으로 돌아갈 것 같아서다. 그는 코트 속에 양복을 입었다. 생각에 잠긴 듯 고개를 숙이고 그 상태로 계속 서 있다. 그는 아직도 확신이 서질 않아서다.

그녀를 그리워하는 건 분명한데…. 왜 망설이고 있는지 자신도 모른다. 멀지않은 곳에 다정한 여인이 있다. 몇 발자국만 내딛으면 그녀를 만날 수 있다. 지금 성큼성큼 걸어 들어가서 오랫동안 만나온 연인들처럼 다정하게 손을 잡아주고 싶은 마음은 굴뚝같다. 그러나 지금 망설이고 있다. 12년 전엔 용기가 없었고 지금도 수줍기는 마찬가지다. 그때보다 조금 주름살이 늘었을 뿐이고 자식이 네 명으로 늘어났다. 늘어난 건 또 있다. 산동네 허술한 집 한 채가 늘어났다. 비가 오면 진창이 되어버리는 비탈길 위를 걸어서 매일 출근한다.

——————— 퍼팩트웨딩

며칠 전, 그가 퇴근 후 대문을 들어섰을 때 마당 한가운데 빨래가 바람에 날리고 있었다. 집을 잘못 들어왔나 할 정도로 낯선 풍경이었다. 자세히 보니 아이들의 바지, 스웨터, 와이셔츠, 모두 낯익은 것들이었다. 그가 너울거리는 빨래를 지그시 바라보고 있을 때 방문이 벌컥 열리면서 네 명의 아이들이 쏟아져 나왔다. 놀란 참새들이 방정맞게 날아갔다. 아이들은 잽싸게 마당으로 내려와 눈부시게 하얀 빨래들 사이에서 보란 듯이 춤을 추었다. 그녀가 그의 집에 와서 빨래를 해놓고 갔다. 그가 없는 새.

아이들은 참새처럼 부리를 움직여 그녀 얘기를 했다. 명옥이부터 막내까지 용하 주변을 맴돌면서 그녀 얘기만 했다. 그 아줌마가 와서 밥을 해놓고 빨래를 해주고 갔다고. 햇볕에 바짝 말려서 한쪽 벽면에 개켜놓은 옷들을 가리키며 그 아줌마가 밑에서부터 빼지 말고 위에서부터 갈아입으라고 했다는 말도 전했다. 정옥이가 벌떡 일어나 두 개의 종이상자를 가리켰다. 어른 양말과 아이들 양말을 구분해 놓은 것이라고. 아버지는 오른쪽에 있는 걸 신으면 안 되고 꼭 왼쪽 상자에 들어있는 걸 신으라고 가르쳐주었다. 아니 자기가 아침마다 꺼내주겠다고 했다. 마당에서 너울너울 춤추고 있는 빨래를 가리키며 아이들은 빨래처럼 춤췄다. 춤추면서 그녀는 그릇 도둑이 아니라 천사처럼 예쁜 아줌마라고 했다. 멍하니 서있는 용하의 코로 비누향기가 퍼졌다.

그는 땅거미가 기어오는 저녁어스름 속에 한동안 서있다가 팔

짱을 풀고 성큼성큼 걸었다. 그녀와 만날 약속을 한 것처럼 보폭을 크게 해서 그녀가 있는 곳으로 향했다. 망설이는 사이에 그녀가 사라져버릴까봐 빨리 걸었다. 가슴이 크게 방망이질했다. 그가 다시 그녀의 창을 두드린다면 그녀는 기다렸다는 듯이 뻐꾹뻐꾹 소리를 내며 튀어나와주기를 간절히 바랐다. 그가 그녀를 찾아 헤맸을 때 함박눈이 내렸었다. 그녀를 다방에 앉아 기다릴 때도 눈이 소복이 쌓였었다. 중국집 공단커튼 사이로 눈발도 날렸다. 골목 끝에서 그녀를 기다릴 때도 눈이 내렸다. 그녀를 생각할 때면 함박눈이 떠올랐다. 코트 속에 손을 넣고 함박눈을 맞고 서 있을 때도 그녀가 떠올랐다. 가로등 아래 부나비처럼 모여든 눈송이가 떠올랐다.

지금 한 남자가 그녀를 향해, 불빛을 향해 성큼성큼 걸어간다.

유리창 너머로 순임이 국을 퍼올리고 있다. 커다란 솥 주변엔 수증기로 가득차서 그녀가 국자를 들고 퍼올리는 동작만 보일 뿐이다. 푸성귀를 쌓아둔 비좁은 통로로 사람들이 수없이 들어가고 나온다. 또 한 명의 여자가 코를 훌쩍이던 손으로 수저를 부지런히 상 위에 놓으며 입으로 떠들고 있다. 이미 밖은 어두워졌고 유리창 안은 노란 백열전등을 밝히고 있다. 사람들은 연신 숟가락을 들어서 입속으로 구겨넣으며 박장대소하고 있다. 순임이 맞장구치는 듯하다. 그녀도 허리를 비틀며 자지러지게 웃는다. 식당 안으로 들어가는 사람들 발길이 줄어들고 있다. 거리에 사람

——————— 퍼팩트웨딩

들 발길이 뜸하다. 백열등 아래 한 여자가 허리와 어깨를 두드리며 안으로 들어간다. 나머지 여자 혼자 부지런히 정리한다. 정리가 끝나면 불을 끄고 그녀도 허리와 어깨를 두드리며 들어갈 것이다. 그녀마저 들어가고 백열등이 꺼지면 그는 되돌아올 생각이다. 그러나 나머지 여자는 환하게 불을 켜 놓은 채 구석에서 허리를 구부렸다 폈다 하는 동작을 반복한다. 그녀가 보였다 안 보였다 한다. 탁자에 가려서 그녀가 허리를 펼 때만 뒷모습이 보인다. 그는 창문에 다가가서 그녀를 유심히 바라보았다. 그녀는 여전히 용하의 존재를 눈치 채지 못하고 있다. 그녀의 머리가 여전히 보였다 안 보였다 한다. 그가 문 쪽으로 다가갔다. 소심하게 문을 밀었다. 삐그덕 소리에 놀라 스스로 멈칫했다.

"누구세요? 오늘 장사 끝났어요."

순임이 등을 돌리고 엎드려서 말을 하느라 목소리에 핏기가 서려있었다. 치마는 둘둘 말아 허리춤에 끼워 넣고, 정강이가 드러난 흰속바지는 살짝 젖어있었다. 등을 돌리고 있어서 보이지는 않지만 슬리퍼 속의 흰 양말도 발가락부분이 젖어있으리라. 그녀는 식당 한구석에 있는 수돗가에서 내일 사용할 돼지막창을 씻어서 소쿠리에 주워 담고 있었다. 수돗물을 세게 틀어놓고 찌그러진 양은 대야에 끝도 없이 쌓아올렸다. 시뻘건 창자를 빨래 비비듯 빨아서 의자높이에 있는 대나무 소쿠리에 한 웅큼씩 집어올렸다. 이미 한 소쿠리에는 하얀 막창이 가득 담긴 채 바구니 밑구멍으로 물을 쫄쫄 흘리고 있었다. 바닥에 물이 흥건히 괴었다. 그녀는 여전히 허리를 굽힌 채 말했다. 구부리고 있어서 가랑이 사이로 말이 흘러나왔다.

"손님, 낼 오셔요. 오늘 장사 끝났어요."

그녀는 치마를 허리춤에 집어넣고 인견속옷이 드러난 엉덩이를 침입자에게 내보이며 손동작을 멈추지 않았다. 얼굴은 일관된 동작으로 벌개져 있었고 발은 충분히 젖어있었다. 하필 덕배 엄마가 몸살이 나서 일찌감치 잠자리에 누웠다. 둘둘 말린 치마가 허리춤에서 빠지려 하고 있다. 정강이가 드러나도록 둘둘 말린 속바지도 슬그머니 내려오고 있었다. 그녀가 엉덩이를 뒤로 뺀 채 젖은 양말을 벗어 의자 위에 던졌다. 여전히 뒷모습만 보였다. 조용하다. 손님은 갔으리라. 그러나 인기척 소리에 순임이 하던 동작을 멈추고 뒤를 돌아보았다. 허리를 쫙 펴지도 못하고 엉거주춤한 자세였다. 수돗물 소리가 세차게 들렸다. 빨간 고무장갑에서 꼬불꼬불한 곱창이 유연하게 미끄러지며 줄줄이 수챗구멍으로 빨려 들어갔다. 고무줄처럼 생긴 기다란 핏줄이 갈라진 플라스틱 대야에서 줄줄이 빠져나왔다. 세상을 만난 듯 흐르는 물과 함께 속을 알 수 없는 깊은 구멍 속으로 사라졌다. 심장의 요동도 덩달아 멈출 줄 모른다. 마침내 그가 왔다. 뚜벅뚜벅 걸어서 다가왔다. 그가 익숙한 동작으로 수도를 잠그자 순임의 심장소리만 들렸다. 폭발할 것 같던 심장이 잠잠해지길 기다렸다.

"보고 싶었어요. 얼마나 망설이다 여길 들어왔는지…."

대야에 가득찬 물이 졸졸 소리를 냈다.

"내가 그때 당신을 그냥 보내는 게 아니었는데…. 아무튼 미안해요 정말."

드디어 그가 산너머에서 내려왔다. 그러나 맥고모자를 쓰지 않았고 커다란 가방도 들지 않았다. 그가 빈털터리여도 상관없다. 범죄자여도 상관없다. 아니요, 당신이 이렇게 날 찾아왔잖아요. 그날이 오늘이라곤 생각해본 적 없지만 언젠가는 만날 거라고는 생각했어요. 아니 우리는 그리워만 하고 살 거라고 생각했는데 당신이 여기까지 찾아왔잖아요. 그러면 됐어요. 순임은 이런 말을 푸념처럼 12년 동안 읊조리고 있었다. 줄창 연습한 것에 비해 순임의 입에서 겉돌기만 했다. 대신 다른 말을 했다. 매일 보던 사람에게 하듯.

"왔으면 들어오잖고."

고무장갑을 벗어 장갑 속에 흥건히 괸 물을 쭈욱 빼고는 엎드려서 연탄난로의 공기구멍을 뺐다. 뒷모습은 영락없는 촌부의 모습이었다.

당신 너무 추워 보여요. 순임은 다가가서 차가워진 손을 잡아주고 싶었지만 잠시 멈칫했다. 대신 헝클어진 머리를 매만지고 허리춤에 말아넣은 치마를 잡아 뺐다. 정강이까지 올라간 속바지를 내렸지만 맨발은 감출 수 없다. 갑자기 발이 시려웠다. 그녀는 활짝 웃으며 양손을 펴보였다. 소리 없는 어둠이 그들을 포위했다.

*

부모의 반대를 무릅쓴 위대한 사랑은 애초부터 없었다.

내가 그때 빛의 속도로 달려가서 두 사람을 다시 엮는 일만 안 했어도…. 나의 행위는 범죄행위였다. 그날 그들이 잠시 헤어졌을 때 다시 만나게 하지 말았어야 했다. 그들은 다시 만나서는 안 되는 사람들이었다. 나는 정희가 한 계단씩 밟아나가는 소망에 성이 안 차서 단박에 커다란 희망을 움켜쥐도록 부추기는 우를 범했다. 그동안 정희에게 남은 건 잔뜩 짊어져야 할 짐뿐 양손은 빈털터리였다. 준호는 정희에게 얹혀살면서 졸업하고도 고시공부한다고 폼만 재는 반 학생으로 세월을 보냈다. 준호가 도서관과 당구장을 오가며 허송세월을 보내는 동안 시골 동생들과 여기 살림을 도맡느라 허리가 휠 지경이었다. 그들은 정희의 자췻방에서 함께 생활한 지 2년 만에 서로의 짐을 싸기로 했다.

부모의 반대를 무릅쓴 위대한 사랑은 애초부터 없었다. 나는 이제부터라도 그런 사람들을 도시락 싸 갖고 다니면서 말릴 생각이다. 준호네 집에선 이런 끔찍한 결과가 오기를 무서울 정도로 인내심을 가지고 기다렸다. 충주의 박 경사댁은 그들의 동거생활에 침묵으로 일관했다. 올라가서 깽판을 치고 아들을 끌고 내려오거나, 정희가 일하는 곳으로 찾아가서 머리끄덩이를 잡는 일 따위는 절대 하지 않았다. 시간이 저절로 해결해주는데 그들이 안달복달한 이유가 없었다. 박 경사 내외는 성숙한 사람들 일에

　　　　　　　　　　　퍼팩트웨딩

절대 끼어들지 않는 우아한 중년부부로 철저히 위장했다.

말려야 사랑이 불타오를 텐데 너무 안 말리니까 나는 슬그머니 부아가 날 지경이었다. 저 늙은이들이 이제는 올라가서 아들을 뜯어말리고 끌고 내려오든가, 아들과 심하게 싸우든가, 조만간에 결판 지을 때가 됐는데…. 그들은 엉덩이가 심할 정도로 꿈쩍도 안 했다. 무슨 심보로 방관하고 있나 궁금해져서 내가 그 늙은이들에게 쫓아가서 따질 뻔했다. 빨리 좀 참견하라고. 정희 혼자 댁의 아들 뒤치다꺼리하느라고 죽을 지경이라고….

그러나 그들은 서울에서 아들이 동거여인과 지지고 볶거나 말거나 꼿꼿하게 지내다가 퇴직 후에 법무산가 뭔가 하는 사무실을 개업한다고 요란하게 초대장을 돌렸다.

"하이고야, 그 여편네가 연판장 돌려쌌고 난리도 아니다. 온 동네 휘젓고 다니는 거 정말 눈꼴 셔 못 보겠다."

우리 엄마는 옆집에 살면서 함석 물받이통을 놓고 치열하게 입씨름하던 준호 엄마의 일거수일투족이 눈꼴 시어 못 보겠다고 눈만 뜨면 그 소리를 했다.

"아, 글쎄 준호 아부지가 변호사가 되었대요."

골목 끝집 여자가 와서 이렇게 말했을 때 우리 엄마가 펄쩍 뛰었다. 골목 끝집 여자의 말이 끝나기도 전에 전광석화처럼 말을 가로챘다.

"변호사는 무슨 얼어죽을! 남의 꺼 빌려서 대섯방 차리는 걸 가지고…. 옛날로 치면 대섯방은 복덕방 수준도 안 돼요. 사깃꾼도 수두룩해요."

옆집 여자가 잘못 알고 있는 것을 짧은 지식을 총동원해서 고쳐 주었다. 우리 엄마는 그들의 격을 낮추려고 갖은 애를 썼다. 애초부터 우리 엄마 같은 촌 여자와는 절대로 상대할 마음이 없었던 준호 엄마지만 자랑인지 예의인지 구분이 안 되는 초대장을 가지고 와서 그날 떡 먹으러 오라고 했다.

드디어 피카디리빵집 이층에서 박 경사가 사무실을 내던 바로 그날, 정희는 옷가지 몇 개만 들고 조용히 안암동 사글세방을 나왔다. 준호는 그녀가 떠난 날 인사불성이 되도록 술을 퍼마시고는 죽어도 못 잊겠다며 내 무릎에 대고 꺼이꺼이 울었다. 미친 놈!

준호 엄마는 여왕처럼 찰랑거리는 공단한복의 치맛자락을 옆구리에 여미고 우아한 웃음을 지으며 나타났다. 머리카락은 한 올 흐트러짐 없이 올려 빗고, 공단 한복에 커다란 조화를 꽂고, 꼿꼿이 서서 축하객을 맞이했다.

망할 여편네 같으니라고!

퍼펙트 웨딩

 정희 일로 안 그래도 머리가 터질 지경인데 요즘 더 골치 아픈 일이 나를 누르고 있다. 그일은 다름 아닌 나의 오빠 정우와 교대를 막 졸업한 여고 동창 윤희의 얘기이다. 내가 요즘 그 애들 교통정리를 어떻게 하면 좋을지 모르겠다. 그녀가 오빠에게 푹 빠져있어서 미칠 지경이다. 그냥 좋아하다 헤어지면 아무 탈이 없을 텐데 여기에 엄마가 끼어있으니 환장할 노릇이다.

 엄마의 치맛바람은 춘삼이 아재 대에서 끝나는 게 아니었나 보다. 오빠 정우가 고등학교 때 말썽을 일으켜 퇴학당할 위기에 처한 적이 있었는데 가만히 눈 뜨고 보고만 있을 엄마가 아니었다. 학교에 가서 어떻게 해결했는지는 모르겠지만 어쨌든 정우는 별탈 없이 시골 학교로 전학 가는 걸로 사건은 마무리되었다. 엄마의 전적은 춘삼이 아재부터 정우까지 그야말로 종횡무진이었다. 그런데 또 이들 사이에 끼려 하니 기가 막힐 노릇이다.

 정우의 재수시절은 찬란하였다. 평생을 엄마 치마폭에 살아서 그 그늘을 벗어 날 줄 몰랐다. 공부를 하는 건지 노는 건지 분간이 안 가는 재수, 3수, 4수, 그리고 군대 갔다 와서 5수. 식구들은 이미 재수시절부터 싹이 노랗다는 걸 알았는데 유독 엄마에게만 그게 안 보였다. 그는 대입 예비고사를 요란하게 치렀지만 뜻을 이루지 못했고, 군대 갔다 와선 대입 학력고사까지 두루 경험해보고도 대학의 문은 열리지 않았다. 그때 미국으로 유학 비슷한 걸 하고 있는 선배가 건너오라고 해서 그는 엄마의 쌈짓돈을 가지고 미국으로 건너갔다.

그때 재수생 신분에서 미국유학생 신분으로 급격히 신분 상승이 되었을 때 윤희와 만났다. 나는 엄마와 정우의 만행을 너무나 잘 알았기에 그들의 만남을 완강히 뜯어말리고 싶었다. 그러나 윤희는 정우의 허상에 푹 빠져서 아무것도 보지 않았다. 엄마는 한 술 더 떠 미국유학생 아들이 너무 자랑스러워 며느리감 고르는 데 조금 도도해졌다. 미국유학생 신분으로 초등학교 교사는 좀 격에 맞지 않다고 생각했는지 약간 오만하게 굴었다. 엄마는 정우를 전도양양한 청년으로 돌변시키는 데 타고난 재주가 있었다. 유순한 윤희의 엄마는 처음에는 정우를 미심쩍어하더니 엄마의 감언이설에 점차 마음이 동하였다. 급기야는 끔찍한 결정을 내렸다. 그들의 결혼을 허락하기로.

"걔들이 좋다면야 제가 어떻게 말리겠어요. 둘만 좋다면 결혼시켜야지요."윤희 엄마는 품위 있는 사람이어서 가타부타 말은 안 하지만 그때의 결정을 아마 눈감을 때까지 후회했을 거다. 정우는 미국의 무슨 사립대학을 졸업했다고 알려져있다. 그러나 나는 그의 졸업을 확인하고 싶어 하지도 않았고 졸업장을 본 적도 없다. 그건 엄마와 정우만 아는 일급비밀이었다. 여하튼 정우와 윤희는 겨울 방학을 맞이하여 눈 내리는 명동을 거닐며 노점에서 군밤을 사 먹었고, 음악다방에 죽치고 앉아 노닥거렸다. 나는 윤희에게 정우와 결혼하는 걸 다시 생각해보라고 했지만 윤희는 막무가내였다.

"내가 너랑 엮이는 게 싫어서 그러는 거니? 나는 느이 오빠하구 결혼하는 거야. 너랑은 아무 상관없어. 그냥 우리 결혼 축복해 줘."

"내 얘기는 그게 아니고 느이 엄마가 죽자사자 반대하시는데 기어이 네가 하겠다구 그러니까 걱정이 돼서 그러지."

이미 콩깍지를 제 손으로 제 눈에 씌운 애한테 뭐가 보이겠는가? 그녀는 정우에게 푹 빠져있었다.

엄마의 생일날, 예비 며느리 윤희가 주는 거라며 정우가 리본이 달린 꾸러미를 내밀었을 때 나는 엄마의 표정을 잊지 못한다. 엄마는 감동해서 지금 죽어도 여한이 없다는 표정을 지었다. 이미 춘삼이 아재의 결혼을 통해서 엄마의 능력을 십분 발휘한 터라 엄마는 아주 기고만장해져서 서둘러 결혼식을 올리게 했다. 결혼이 깨지기라도 할까봐 양쪽 집을 오가며 결혼을 부추겼다. 드디어 두 사람은 만인 앞에서 혼인서약을 하기에 이르렀다. 나의 기우를 비웃기라도 하듯 턱시도를 입은 정우는 믿음직스런 얼굴로 붉은 카펫을 걸어가서 윤희의 손을 잡았다. 윤희는 행복해서 미치겠다는 얼굴 표정을 지었다.

"그래 결혼은 이렇게 완벽하게 하는 거야."

엄마는 이 세상에 완전범죄가 존재한다는 걸 입증이라도 하듯 의기양양해했다.

왜 저렇게 아들 결혼에 목을 매고 비굴하게 구는지 알다가도 모를 일이었다. 그 뿐 아니라 지치지도 않고 내 결혼상대를 찾는 눈치였지만 나는 엄마의 입김이 조금이라도 들어가면 일언지하에 거절했다. 엄마가 개입하는 결혼 과정은 생각만 해도 끔찍했다. 그러나 정우 오빠 부부의 로맨틱한 밀월은 신혼여행을 갔다 오는 날 종지부를 찍었다.

*

"그냥 와서 살라케라. 애들도 있고 하니."

용하가 순임과의 결혼을 앞두고 우리 집에 찾아왔다.

"예식도 안 치르고 우예 같이 사노?"

용하가 잘라 말했다.

"얘 좀 보게. 헌 사람들이 뭘 따지쌌노? 빨리 들어와서 애들 도시락이나 싸주고 어린애나 봐주고 하지…. 와? 예식 안 올려주면 안 산다카드나?"

퍼팩트웨딩

두 사람은 요즘 만나기만 하면 티격태격했다. 제 주제에 예식은 무슨…. 이건 엄마가 혼자 있을 때 코웃음 치며 한 말이었다. 엄마는 결혼식이고 뭐고 하루라도 빨리 들어와서 살라고 하고, 용하는 예식도 안 하고 어찌 첫날밤을 보내냐고 그럴 수는 없다고 우겼다. 성질 급한 엄마는 예식이고 뭐고 다 생략하고 빨리 들어와서 밥하고 빨래하고 애들 뒤치다꺼리하라고 노골적으로 얘기했다. 그 여자가 우리 집안에 발을 들여서는 절대 안 되지만 애들 때문에 하는 수 없이 눈감아준다고 했다. 개가하는데 애까지 달고서…. 이 장면에선 용하와 엄마가 큰소리로 싸웠다.

"그런 소리를 내가 왜 못해! 우리가 참고 있어서 그렇지 어디 그런 본데없는 걸 집안에 들여!"

"그런 소리 하려거든 누이는 빠지소 그마!"

용하가 불같이 화를 내며 대문을 탕 닫고 나갔다.

"저런 쓸개 빠진 놈! 지가 왜 몸 달어해! 저쪽에서 매달리게 해야지! 그런 여자가 언제 또 도망갈 줄 알어!"

용하가 대문을 박차고 나간 뒤 며칠 후에 이번엔 엄마가 용하의 집을 방문했다. 입으로는 그렇게 말하면서도 혹시라도 혼사가 깨질까봐 성질 급한 엄마가 나섰다.

엄마가 두 사람의 예식을 꺼리는 이유는 단 한 가지다. 역전동 사람들에게 용하의 짝이 순임인 것이 들통날까봐서다. 언제부턴가 우리 집에선 쉬쉬 하는 소리가 들렸다. 엄마는 동네사람들 특히 역전동 사람들의 손가락질을 세상에서 가장 무서워했다. 팽팽하게 맞서던 엄마와 용하가 극적으로 타협했다. 순전히 엄마의 백기였다. 그들이 유명 연예인이라도 되는 것처럼 예식은 동네사람들 몰래 극비리에 진행되었다. 엄마는 방안에서도 용하의 혼인 얘기를 할 때면 혹시라도 동네사람들이 알까봐 아주 작은 소리로 말했다.

그날 엄마가 용하의 집을 기습방문해서 밀고 당기는 실랑이를 한 다음 용하는 낮잠 자러 옆방으로 들어갔다. 엄마는 밖에서 고무줄놀이 하고 있는 아이들을 불러 앉혔다. 명옥이, 정옥이, 금옥이, 금 같은 명줄을 가진 금명이까지 네 명의 아이들은 영문도 모르고 고모에게 불려와 나란히 앉았다. 엄마가 첫째 명옥이를 협박했다. 엄마는 명옥이의 얼굴에 자신의 얼굴을 바짝 들이대고 검지손가락을 치켜올렸다. 명옥이가 움찔하며 고개를 뒤로 뺐다.

"너 어디 가서 우리가 집안에서 한 얘기 절대로 하면 안 돼!"

명옥이가 눈만 끔벅거렸다.

"느이 아부지 결혼식 올린다 소리도 절대로 하면 안 돼. 알았어 몰랐어?"

명옥이에게 재차 다그쳤다. 명옥이는 뭘 알았는지 영문 모르고 "네." 하고 대답했다. 무슨 소린가를 밖에 나가서 떠들면 안된다는 것을 어렴풋이 알았다. 이번엔 동생들에게 협박했다.

"느이들도 알았어? 절대로 밖에 나가서 느이 아부지가 누구랑 혼인하는지 떠들어대면 안 돼! 알아들었어? 다 너 하기 달렸어."

어린아이들이 모기만 한 소리로 "네." 하고 합창했다.

　　　　　　　　　　　　　　　　 퍼팩트웨딩

드디어 결혼식날이 되었다. 외곽지대 산꼭대기에 있는 조그만 절, 극락정사에서 유명 연예인의 결혼식처럼 용하의 결혼식이 극 비리에 진행되었다. 우리는 동네사람들 몰래 음식을 장만해야 했 다. 전을 부치다가도 동네 여자가 오면 그냥 식구들 먹으려고 조 금 부치는 거라고 묻지도 않았는데 변명했다. 동네 여자는 때가 되어도 제 집에 가지 않고 코를 벌름거렸다.

나의 올케가 된 윤희도 시간을 내서 나왔지만 사돈에게는 절대 비밀이어서 윤희 엄마는 참석하지 않았다. 종민동 마즈막재를 타 고 올라앉은 극락정사를 택한 것은 아무리 생각해도 역전동 사람 들의 눈을 피하기 위한 엄마의 치밀한 계략으로 밖에 안 보였다. 엄마는 계략이란 걸 숨기기 위해 자꾸만 그 절의 주지가 기돗발이 세기로 소문났다는 걸 강조했다. 아무도 물어보지 않았는데도 건 강이나 수험생에 영험이 있는 주지스님이란 걸 자꾸 강조했다.

일요일 오전, 대부대가 떡이며 전, 과일, 그리고 태양을 머리 에 이고 땀을 뻘뻘 흘리며 종민동 초입에 집결했다. 분홍색 한복 을 곱게 차려입고 구슬백을 든 신부는 오랜만의 등산으로 얼굴이 벌겋게 달아올랐다. 한 손에는 금옥이의 손을 잡고, 구슬백을 든 다른 손으로는 치맛자락을 붙잡았다. 이미 한복치마는 황토흙 먼 지를 뒤집어쓴 지 오래였다. 상가집의 상주처럼 검은 양복을 입 고 거기다 넥타이로 목을 꽉 졸라 맨 용하는 네 살배기 금명이를 안았다. 상주복은 쨍쨍 내리쬐는 햇볕에 반사되어 눈이 부셨다.

검은색도 눈을 부시게 한다는 걸 그때 처음 알았다. 그도 낑낑대긴 마찬가지였다. 드디어 숲속에 도착했다. 태양을 피할 수는 있지만 모두들 가파른 산등성이를 성장을 하고 하이힐을 신고 올라가야 했다. 노인들의 여름 한복인 아사천 자락은 나뭇가지에 걸리면 그 자리에서 부욱 방귀 소리를 내며 찢어졌다.

"하이고야! 도적질을 했나 서방질을 했나? 나 원 참! 뭐 숨길 거 있다고 산꼭대기서 예식을 치른담. 시내 널린 게 중국집인데…. 왜 사서 고생이야?"

덕배 엄마가 낑낑대며 투덜거리자 우리 엄마가 못마땅해하는 얼굴로 혼잣말을 했다.

"저 여편네는 왜 여기까지 따라와서 남의 잔치에 감 놔라 대추 놔라 한대?"

덕배 엄마가 칡뿌리를 잡고 올라가면서 계속 궁시렁거렸다. 엄마도 만만치 않았다.

"내가 딸린 새끼들만 아니면 이런 혼인 안 시켜. 새끼들 때문에 할 수 없이 허락한 거지."

"나 원 참! 꼭두새벽부터 신부화장 했는데, 식도 올리기 전에 목간부터 다시 해야겠어요. 말이야 바른 말이지. 자식이 줄줄이 딸린 홀애비한테 가면서 신부가 이런 대접을 받아야 되여?"

덕배 엄마는 우리 엄마 들으라는 듯이 더 크게 떠들었다. 엄마가 걸음을 멈추고 쏘아보았다.

"돈 떼먹고 도망가서 충주시내에는 발도 못 들이는 화상이 입

가졌다고 떠들어대고 있어."

"마하반야바라밀다심겨엉~ 관재보살행시심반야 바라밀다시조
겨오온 개공도일체고애액~"

목탁 소리와 예불하는 소리가 어찌나 큰소리로 울려 퍼지는지
멀리서도 크게 들렸다. 용하는 벌겋게 달아오른 얼굴로 숨을 고
르는 신부의 얼굴을 지그시 바라보았다.

순임이 용하와 같이 살기로 작정한 이유는 따로 있었다. 그건
순전히 수돗가에 쌓여있는 빨래 때문이었다. 빨래는 용하의 실체
였다. 구름 속에 머물러있던 오래된 연인의 실체가 벗겨지는 순
간이었다. 안방이고 건넌방이고 수돗가에서건 켜켜이 쌓여있는
빨랫거리들이 순임의 머릿속을 떠나지 않아서였다. 대문을 나서
는데 수돗가에 쌓여있는 빨래가 그녀를 붙들었다. 그녀가 아니면
영원히 빨래해줄 사람이 나타나지 않을 것 같았다. 아랫도리를
벗은 채 얼굴에 밥풀을 묻히고 돌아다니는 어린 아이들을 보면서
결심을 굳혔다.

그녀는 산동네를 내려오며 고무줄놀이에 열을 올리는 그의 아
이들을 보았다. 검은 색의 고무줄은 누더기처럼 군데군데 매듭
을 지어서 골목의 평상과 대문모서리에 늘어져 있었다. 고만고만
한 여자아이들이 무찌르자 공산당…. 합창을 하면서 팔짝팔짝 뛰
고 있었다. 사람들이 지나다니려면 고무줄을 넘어가야 했다. 해

가 넘어가고 있었다. 다른 집 아이들은 불려 들어갔다. 발길을 돌리려던 순임도 고무줄 넘어 되돌아왔다. 순임은 어두컴컴한 집에 다시 들어가 노란 백열등을 켰다. 그리고 길에서 놀고 있는 아이들을 불러 모았다. 아이들은 백열등 아래로 모여들었다. 그들을 씻기고, 설거지해 주고, 밥상을 펴고, 숙제를 봐주면서 참으로 오랜만에 천국에 온 듯 편안한 감정을 느꼈다.

그녀가 다 처분하고 산동네 용하의 집으로 들어가 아이들을 돌보고 싶다고 했을 때 마치 그의 표정은 그녀가 한 말을 다시 경상도 언어로 해석하고 있는 듯 복잡한 얼굴을 했다. 그의 표정을 보고 순임은 생각했다. 그는 언제나 신작로 저편에 있었다고. 꼭 해질녘에 나타나서 어두운 얼굴을 하고 있었다고. 그녀에게로 올 듯 말 듯 머뭇거리다가 그만 해가 넘어갔다고. 그리고 곧 깜깜해졌다고. 이제 허물을 벗어요. 어두운 얼굴 그만해요. 그녀가 용감하게 말했다.

*

한때는 무시리 안골마을에서 장래가 촉망받는 인물이었다가 점차 집안의 골칫덩이로 전락한 춘삼이 아재, 그런데 나는 요즘 그어느 때보다 그에게 매료되었다. 그가 평생 들어본 소리는 왜 직장에 안 나가냐? 허우대가 멀쩡한 사람이 왜 맨날 놀기만 하냐? 차라리 월남에 가서 돈이나 벌어오지 하는 소리였다. 그는 월남

퍼팩트웨딩

얘기만 들으면 신경질적인 반응을 보였다.

그는 '사바사바'란 말을 입에 달고 살았다. 처음엔 무슨 소린지 잘 몰랐는데 그가 자꾸 입에 올리다보니 아주 친근한 언어가 되었다. 이 세상에 사바사바해서 안 통하는 게 없다고 그가 입버릇처럼 말했다. 그는 뒷거래의 힘을 강력히 믿었다.

난 그의 결혼이야기를 너무 잘 안다. 그가 양복 속에 넥타이를 반듯하게 매고 에나멜이 칠해진 구두를 신고 골목에 들어섰을 때, 그처럼 멋진 남자를 이때까지 본 적이 없었다. 투피스를 말끔하게 차려입은 처녀도 한 폭의 그림이었다. 엄마는 우리 집을 아주 잘사는 중산층으로 위장해서 외숙모 될 처녀를 단박에 호려놓았다. 엄마는 한여름에 생전 쓰지도 않는 방석을 내놓고, 장미 문양의 찻잔에 담긴 홍차를 우아하게 마시며, 아주 품위 있게 말했다. 외삼촌은 시골의 부농에서 아무 어려움 없이 자란 사람이라고 아주 교양있게 말했다. 그 많은 땅뙈기는 다 외삼촌 거라고 입에 침도 안 바르고 말했다. 외숙모는 엄마의 그럴 듯한 말에 속아서 결혼식을 올렸고 신혼여행을 다녀오고 두 명의 아이를 낳았다. 그 아이들도 무럭무럭 잘 자랐다. 튼실한 아내는 가정경제를 잘 건사했다. 딱 여기까지였다.

아모레 외판원을 하던 그의 아내가 옆 골목에 살던 막노동꾼 최씨와 바람이 난 것이다. 큰외숙모는 어찌나 수완이 좋은지 생전 화장품하고는 인연이 없을 것 같은 막노동꾼의 집도 자기집처럼 들락거렸다. 감히 잘생기고 유식한 춘삼이 아재를 배반하다니 있을 수 없는 일이 벌어진 것이다. 평생을 놀고먹던 그에게 날벼락이 떨어졌다. 유년시절엔 조부모가 그를 떠받들었고, 학생 때는 부모가 논밭을 팔아서 대주었고, 총각 시절엔 누이와 다방 여자들이 그의 품위유지를 위해 헌신했고, 결혼해선 씩씩한 그의 부인이 잘 건사했다. 그리고도 쭈욱 남은 인생은 탄탄대로일 거라고 생각했다. 우리 모두 그의 평탄한 인생에 부러운 시선을 보냈다.

그가 정신이 들었을 때는 이미 늦었다. 아내가 가족을 헌신짝처럼 버리고 집을 나간 뒤였다. 세상이 다 아는 유식한 남자 춘삼이 아재에게 싫증이 나서 일부러 말주변이 없는 무식한 막노동꾼에게 가버린 것이다. 최씨는 전라도 어디서 왔다는데 우리는 어릴 때 전라도 지역은 국경을 넘어야만 갈 수 있는 곳으로 생각했다. 그는 유난히 말수가 없었다. 실제로 골목에선 노총각이 골목을 지나가면서 말을 하는 법은 없었다. 얼굴에 표정이 없어서 그가 좋은 사람인지 나쁜 사람인지 알 수 없었고 진짜로 노총각인지 아니면 결혼을 했던 사람인지도 알 수 없었다. 그녀가 알 수 없는 것투성이인 사내를 따라간 것만은 틀림없다.

처음엔 우리 엄마가 분개해서 바람난 것들이 다 그렇지 금방 싫증내고 사흘도 못가서 집으로 돌아와서 싹싹 빌 거다, 그러면 냉

——————— 퍼팩트웨딩

큼 받아주지 말라며 매일같이 춘삼이 아재 집에 들락거리며 일렀다. 낼름 받아주는 병신 같은 짓은 절대 하지 말라고 신신당부했다. 큰외숙모가 거렁뱅이가 되어 나타날 때까지. 떡줄 사람은 생각지도 않는데 김칫국부터 마시는 격이었다. 큰외숙모는 사흘은커녕 석 달이 지나도록 종무소식이었다. 그녀는 처음부터 집에 들어올 생각이 없었다.

외숙모가 사라지자 춘삼이 아재의 집에 회오리바람이 불어 닥쳤다. 그동안의 유유자적하고 평화로왔던 삶은 일시에 사라졌고 일대혼란기에 접어들었다. 놀고먹던 춘삼이 아재네가 점점 궁핍해지는 건 당연지사였다. 우리는 입으로는 큰외숙모를 비난하면서도 그녀가 집에 들어오기를 얼마나 학수고대했는지 급기야 꿈까지 꾸게 되었다. 하얀 소복을 입고 와서 눈물을 흘리며 아이들 얼굴 한 번만 보게 해달라고 싹싹 비는 광경을 야무지게 상상했다. 그러나 우리의 바람과 달리 큰외숙모는 끝내 나타나지 않았다. 그러다가 인천 어딘가에 가서 살림을 차렸다는 소식을 뜨내기 이불 장수에게 들었을 때 우리 식구들은 다시 한번 회의하듯이 밥상머리에 모여서 그녀를 소리 높여 규탄했다. 종당에는 그 연놈들이 거지꼴이 되어서 나타날 거라고 했다. 식구들은 밥숟가락이 입에서 떨어질 때마다 그 인간들을 향해 욕설과 분개를 했다.

큰아재가 사태가 심각하다는 걸 알기까지 시간이 좀 걸렸지만 예전 같지 않게 그의 걸음걸이는 경박하지 않고 숙연해졌다. 나는 그가 인생의 심오한 깨달음을 얻은 듯해서 말 걸기가 조심스러웠다. 동네사람들은 그의 아이들이 눈앞에서 얼쩡거리기만 해도 한숨 섞인 말을 양념으로 곁들였다. 레퍼토리는 항상 똑같았다.

"아이구 모질기도 해라. 저런 생때같은 애들을 두고 가는 어미가 어디 있나? 쯔쯔쯔."

모두들 녹음기로 복제를 한 듯 토씨 하나 안 틀리고 똑같은 억양으로 말했다.

"아이구 모진 년! 천벌 받아 마땅해."

차이라면 혀를 먼저 차느냐 맨 나중에 차느냐였다. 춘삼이 아재의 아이들이 마당에서 놀고 있으면 쯔쯧 혀를 차고 나서 여인들은 양미간을 약간 찌푸리고 지척에 있는 아이라도 십 미터 정도 떨어져 있는 듯 일 분간 연민의 정으로 지그시 바라보았다.

그런데 한순간.

키가 멀대처럼 큰 골목 끝 여자가 막내 영재를 뚫어지게 바라보았다. 영재는 여자의 시선을 느꼈는지 얼굴이 붉어졌다. 그녀는 막내 영재가 최씨를 닮은 것 같다고 속삭였다. 서로 말도 안 되는 소리라고 일축하다가 급기야 딱지를 치고 있는 영재를 불렀다. 영재에게 고개를 들어보라고 했다. 여인들은 영재의 눈을 뚫어져라 쳐다보더니 입을 삐죽이며 "닮았네. 똑 닮았네. 설마 했는데…." 하고 중얼거렸다. 영재를 돌려보내더니 지금 한 얘기는 우리끼리만 알고 파란대문집 여자에게는 비밀로 하자고 했다. 동네여자들은 씨도둑은 못하는 법이여 하면서 우리 엄마에게는 쉬쉬하자고 서로 약속하고, 자기들끼리는 영재가 최씨 자식인 걸 기정사실화했다. 딱지 치고 있던 영재의 얼굴이 다시 붉어졌다.

어찌됐든 가정경제가 어떻게 돌아가는지도 몰랐던 춘삼이 아재는 매일 허둥댔다. 연탄불 구멍을 잘 조절해서 화력이 너무 세지도 너무 약하지도 않게 보물 다루듯이 다뤄야하는데 툭하면 꺼트렸다. 역전동의 여자들은 반쯤 타버린, 불꽃이 이글거리는 연탄불을 집게에 꽂고 춘삼이 아재의 부엌을 자기 집처럼 점령했다. 마치 자기들이 없으면 춘삼이 아재와 아이들이 굶어죽기라도 할 것 같아 시시때때로 들여다보고, 혀를 차고, 김치를 날라다 주면서 간간이 도망간 부인 욕을 했다. 그러다 영재와 눈이 마주치면 다시한번 자세히 들여다보았다. 최씨의 씨가 아닌가 미심쩍어 하며. 그럴 때 평생을 군림하고 살던 춘삼이 아재는 부끄러워 쩔쩔매는 표정을 지었다.

그는 그동안 '사바사바'란 말을 꽤나 좋아해서 즐겨 썼는데, 사바사바의 힘을 종교처럼 믿었는데 어느 순간부터 그 낱말을 쓰지 않았다. 그가 사바사바하면 안 되는 게 없다고 철석같이 믿던 시절은 외숙모가 도망가기 전이었다. 권력을 가진 자에게 뒷구멍으로 돈을 주면 안 되는 게 없는 세상인데 자기만 돈이 없어 못하고 있다고 한탄했다. 사바사바해서 언젠가는 출세를 하리라 하던 염원도 더 이상 입 밖에 꺼내지 않았다. 그가 철저히 믿던 사바사바교도 허물을 벗기 일보직전이었다.

어느 날 춘삼이 아재는 직장을 구하려고 분연히 일어섰다. 식구들은 그의 얼굴이 하도 경건하고 진지해서 깜짝 놀랐다. 생애

처음으로 스스로 직장을 구하겠다고 동분서주하니 식구들은 전화
위복이라는 사자성어까지 써가며 덩달아 자기 일처럼 기뻐했다.
그러나 그에게 딱 맞는 일자리는 없었다. 그가 분연히 일어서면
넥타이 매고 펜대 굴리는 일이 자동으로 떨어질 줄 알았는데 눈
씻고 찾아도 그런 일은 없었다. 그가 풀이 죽어서 낙담을 하면 식
구들은 그에게 용기를 주면서 그를 위로하느라 무진 애를 썼다.
우리 식구들은 춘삼이 아재가 우울해하거나 주머니에 돈이 없거
나, 하여튼 뭔가 잘 안 풀리면 식구들 모두 그의 기분을 풀어주려
고 애썼다.

"영재가 참말로 니 씨냐? 동네사람들이 마카 떠들어대던데….
니 씨가 아니라고."

엄마가 숙제하고 있는 영재를 보며 춘삼이 아재에게 다그쳤다.
영재는 글씨를 쓰느라 수그렸는지 붉어진 얼굴을 공책으로 떨구
었다.

"누가 그런 쓸데없는 소리를 지껄이고 다녀? 누나도 그런 소리
하려거든 여기 오지 마소. 우리 영재는 내가 잘 키울 끼다."

"아이구 그년이 집안을 쑥대밭으로 만들어놓을 줄 누가 알았어.
이년! 어디 내 눈에 띄기만 해봐라! 너 죽고 나 죽자. 아이고!"

엄마는 마룻바닥을 치며 분해했다. 그러다가 쟤 눈매가 최씨
닮았다 안 카나? 했다. 춘삼이 아재가 빽 소리 치니까 엄마는 끽
소리도 못하고 나가다가 중얼거렸다. 우예 보면 그런 것두 같고

──────── 퍼팩트웨딩

아닌 것두 같고…. 춘삼이 아재는 쓸데없는 소리하고 다니지 말라며 일침을 놓았다.

*

춘삼이 아재가 공포에 질린 얼굴로 리어카 앞에 서있다. 활짝 열린 철대문 안쪽에는 나무 널빤지가 빼곡히 쌓여있다. 아재 앞에 산더미처럼 쌓인 물건들은 나무로 만든 도마와 주걱, 밥상, 목기, 두께가 10센티미터 정도 되는 장기판 등으로 주로 목재를 이용해서 만든 것들이었다. 묵주, 목탁, 십자가, 강대상 등 각종 종교를 망라한 물건들도 리어카 위에 납작 엎드려있었다. 그 물건들은 사람들의 정신세계를 넘나들고 영혼을 주무르는 막중한 일에 쓰일 귀한 존재인 줄도 모르고 불교와 기독교, 천주교가 서로 엉켜붙어 있었다. 십자가 고리가 밥주걱에 걸려서 대롱대롱 매달려있다.

춘삼이 아재는 장작개비처럼 비쩍 마른 남자가 교자상 두 개를 곤봉 들 듯이 양손에 번쩍 들어 리어카에 싣는 것을 보고 입을 쩍 벌렸다. 그의 입은 다물어지지 않았다. 그러다 누가 볼세라 아무렇지도 않은 듯 억지로 자연스런 표정을 연출했다. 그러나 끝도 없이 올라가는 광경을 보면서 돌덩어리를 등에 짊어진 것처럼 어깨가 펴지지 않았다. 저걸 어떻게 끌고 갈까 걱정부터 앞섰다. 춘삼이 아재의 친구의 친구인, 배 사장이라 불리는 마른 장작개비

같은 남자는 이 바닥에서 잔뼈가 굵은 사람이었다. 그는 큰아재의 걱정 어린 얼굴, 파리하다 못해 거의 공포에 질린 얼굴은 안중에도 없었다. 물건들로 빽빽한 리어카에 더 싣지 못해 안달이 나는 얼굴이었다.

"아직도 멀었어, 더 올려봐! 아, 글쎄 하나 더 올려두 된다니까!"

그들은 끝이란 걸 모르는 듯 쌓아 올렸다. 춘삼이 아재는 아예 포기해버렸다. 그래, 남산처럼 쌓아 올려봐라 나도 배짱이다, 하는 식으로 한 발짝 뒤로 물러났다. 배 사장은 미진하다고 생각하면서 검은 색의 굵은 고무 밧줄을 리어카에 던졌다. 첫날이니까 봐준다고 했다.

첫날, 춘삼이 아재가 흥분된 얼굴로 리어카를 끌려고 안간힘을 썼을 때 뒤에서 장정 서너 명이 놀리려고 일부러 붙잡는 것처럼 리어카는 꿈쩍도 하지 않았다. 하마터면 뒤에서 붙잡지 말고 손 놓으라고 소리칠 뻔했다. 배 사장은 한심하다는 듯 나 참! 이 정도 갖고…. 다시 끌어봐! 하며 큰아재의 팔꿈치를 두어 번 쳤다. 다시 자세를 고쳐 잡았을 때 이미 큰아재는 머리부터 발끝까지 홍당무가 되어있었다. 갑자기 배 사장이 국회의원보다 위대해 보였다.

어려려려려려려~

배 사장과 일꾼들이 뒤에서 합창을 하며 슬쩍 밀어주고는 나머지는 알아서 하라는 듯 밀린 일을 하러 들어갔다. 배 사장의 공장을 빠져나온 리어카는 갑자기 빠른 속력으로 앞으로 질주하다가

——————— 퍼팩트웨딩

힘에 부친 큰아재가 속도를 늦추자 그 반동으로 손잡이가 번쩍 들리더니 담벼락 모퉁이에 세게 부딪쳤다. 큰아재는 한참동안 바닥에 고꾸라진 채 있었다. 어깨를 담벼락에 부딪혔는지 심한 통증이 왔다. 그러나 다시 털고 일어나 리어카를 잡았지만 꿈쩍하지 않아서 지나가던 사람이 밀어주었다. 그날 도매상에 일일이 배달해주고 밤에 집에 왔을 땐 까만 하늘이 노랗게 보였다. 그리고 이틀 동안 끙끙 앓았다. 우리는 그가 이불을 뒤집어쓰고 일을 안 나간다고 생떼를 부릴 줄 알았다. 위태로운 모습에 마음이 조마조마했다. 그런데 그가 다음 날 툭툭 털고 일터로 다시 나갔을 때 우리는 어리둥절했다. 그럴 리가…. 둘째 아재는 여전히 그의 변신을 믿지 않는 눈치였다.

"저 인간이 뭐 별 수 있어? 한 달을 넘기면 내 손에 장을 지진다."

그러나 한 달이 지나고 두 달이 지나고 서너 달이 지나도록 그는 면도를 하고 작업복으로 갈아입고 엄숙한 얼굴로 집을 나섰다. 춘삼이 아재의 얼굴은 의미심장해 보였다. 오로지 그 일만이 목숨 걸고 해야만 하는 일인 것처럼 그의 태도는 돌변해있었다. 우리는 눈을 의심했다. 불면 날아갈 것 같은 여린 남자가 저렇게 변할 수도 있는 거구나. 우리 엄마는 큰아재가 밥벌이를 지속하는 일에 손뼉을 치며 기뻐했고, 안쓰러워했고, 더불어 도망간 큰외숙모가 있다는 인천 쪽을 향해 마지막 저주를 퍼부었다. 영재는 여전히 우리의 눈길을 피했다.

욕망과 숙고

춘삼이 아재는 오늘도 배달을 일찍 끝내고 내일 배달해줄 물건들을 잔뜩 싣고 배사장의 공장에서 집으로 향하는 길이다. 리어카도 몇 달 끌어보니까 끌 만하다고 생각했다. 리어카가 몸에 익고 나니 육체뿐만 아니라 자신의 사고체계도 순응이 되는 것 같아 삶이란 참으로 오묘하다고 생각했다. 머리를 쓰는 일이 아니라 몸을 써서 보수를 받는 일에 긍지 같은 것이 느껴졌다. 육체를 사용한 만큼만 대가를 받는 다는 사실을 무척 경이로워했다.

저만치 고갯길이 보였다. 고갯길을 넘으면 사랑하는 아이들이 있다. 고개는 가팔랐지만 몇 달 익힌 솜씨로 가뿐히 넘었다. 스스로에게 대견함을 느꼈다. 특히 해 지는 언덕을 올라갈 때 깊이 사유하는 버릇이 생겼고 잠시 멈춰 서서 언덕 아래를 내려다보았다. 언덕 아래 풍경은 그동안 무수히 지나다녀도 보지 못했던 아름다운 광경이었다. 집집마다 굴뚝에서 연기가 피어올랐다. 언덕 위까지 구수한 연기가 올라오는 듯 그는 코를 벌름거렸다. 황홀했다.

——————— 퍼팩트웨딩

리어카를 끌면서 석양의 아름다움을 느끼다니…. 그는 잠시 멈추고 자기를 보고 빙긋이 웃으며 내려앉는 태양을 바라보았다. 대자연 앞에서 오늘 하루도 겸허히 받아들이고 순응하리라. 고된 노동 뒤에 따라오는 일상의 소탈한 휴식이야말로 인간만이 누릴 수 있는 사치라고 생각했다. 그동안 불투명했던 미래가 안개가 걷히듯이 환하게 보이는 듯했다. 잠시 숙연해졌다. 다시 한 발자국씩 나아갔다. 얼굴과 등에 땀이 흘렀지만 멈추지 않았다. 태양은 산 너머로 내려가며 깊고 그윽한 빛깔을 냈다. 그의 느릿한 걸음은 철학자의 걸음걸이를 닮아있었다. 앞으로의 그의 인생은 지금까지와는 다른 삶을 살 거라고 생각하며…. 내면 깊숙이 사유하며….

석양에 비친 그의 모습은 의연해 보였다. 큰 싸움을 목전에 둔 장수처럼 늠름해 보이기까지 했다. 그처럼 반듯한 콧날과 맑은 눈을 가진 리어카꾼을 나는 춘삼이 아재 이외에 본 적이 없다. 나는 그 어느 때보다도 그에게 매료되었다. 그는 하루하루를 겸허히 받아들이고 있었다. 얼마나 조화로운 삶인가! 그동안 그의 삶은 이론뿐이었다. 그러나 '리어카 끌기' 이후의 삶은 이론과 실천이 적절히 안배된 삶일 것이다. 가슴이 뜨거웠다. 그는 뜨거워진 가슴에 복받쳐서 가파른 내리막길을 질주했다. 그런데 갑자기 리어카가 갸우뚱하더니 뒤에 실은 물건이 쏟아질 듯이 앞으로 쏠리면서 연약한 인간의 힘으로 어쩔 도리 없이 순식간에 그의 등을 덮쳤다. 언덕에서 질주하듯 덤벼든 리어카를 미처 피하지 못하고 나뒹굴면서 그 아래 깔렸다.

오늘도 어김없이 배 사장과 일꾼들이 그의 등에 끝도 없이 짐을 올려주었다. 아니 어제보다 더 많이 올려주었다. 나날이 익숙해지는 데 감탄하며 훌륭한 배달꾼이라고 칭찬해 마지않았다. 짐을 가득 실은 리어카는 마침내 깊은 사유로 인생의 의미를 깨닫고 인생의 후반부는 투명하고 깨끗하게 살리라 다짐하고 있던 그의 머리 위를 사정없이 덮쳤고 그는 아악! 짧은 비명을 질렀다.

"아아아악~"

그가 이 세상에 내뿜은 마지막 소리였다. 다시는 그의 맑은 음성을 들을 수 없었다. 월남 트라우마에 시달리며 이불을 뒤집어쓰는 악동소년 같은 그를 다시는 볼 수 없었다. '사바사바'라는 국적불명의 언어를 들을 수 없었다. 포마드 냄새를 풍기던 그의 가르마를 볼 수 없었다.

그는 마흔여섯 나이에 개처럼 엎드려 죽었다. 그가 철학적인 의미를 부여했던 리어카를 밀며 잠시 희망을 가졌을 때 우리 엄마도 희망을 가지며 기뻐했고, 그가 무게에 못 이겨 낙담할 때면 우리 엄마는 말도 못하게 슬퍼하며 그의 천재성을 끄집어내려 애썼다. 그는 절대 그런 일을 할 위인이 아닌데 도망간 여자 때문에 그런 일을 한다고 몹시 애석해했다. 그가 땅에 묻히는 날 나의 엄마는 부모님이 돌아가신 것보다 더 슬프게 울었다. 엄마는 가슴을 치며 울부짖었다.

"아이고 내가 미친년이지! 내가 미친년이지! 끝까지 뒷바라지해 줄 걸! 아이구! 내가 잘못했어, 아이구! 춘삼아, 불쌍한 내 동생 춘삼아! 그 고생을 하다가 허망하게 가버려. 아이구 난 천벌 받아 마땅해. 내가 끝까지 돌봐줬어야 하는 건데…."

우리 엄마가 그 집 식구의 생활비를 보태주지 않아 생활 전선에 뛰어들게 한 게 못내 안타까워서 울부짖었다. 다른 아재들은 엄마가 심하다 싶게 울부짖으니까 누이 좀 작작해요, 하면서 역정을 냈다. 엄마는 울부짖다말고 갑자기 다른 아재들의 멱살을 잡았다.

"느이 놈들이 춘삼이 죽인 거야, 알기나 알어? 느이들이 십시일반 보탰어봐 저렇게 불쌍하게 죽진 않았을 거야."

엄마는 물어뜯듯이 아재들에게 대들었다. 아재들은 엄마가 잡아먹을 듯이 눈을 부릅뜨며 멱살을 잡아끄는 데 놀라서 손을 뿌리치려고 애썼다.

"나 참, 기가 막혀서 말도 안 나오네. 그게 왜 우리 탓이야? 말이 되는 소릴 해야지."

"아이구 형님, 우리도 할 만큼 했어요."

놀란 외숙모들이 달려들어 엄마의 멱살 잡은 손을 풀어 헤쳤다. 느이 년들도 몽땅 한통속이야. 우리 엄마는 분에 못 이겨 가슴을 쥐어뜯으며 울분을 토해냈다.

"그래 그거 하나 못 먹여 살려서 저 꼴을 만들어? 아이구 원통해라 아이구….”

어거지 쓸 게 따로 있지. 셋째 외숙모가 중얼거렸다. 사람들은 재밌는 구경거리 쳐다보듯이 멀찌감치 서서 엄마 혼자 연출하고 독백하는 장면을 지켜보았다. 땅속에 관을 누이고 이제 흙을 퍼부을 차례였다. 관 옆에 주저앉아있던 엄마는 멀리 서있는 외숙모들을 보자 다시 울부짖었다.

“내가 저년들 꼴보기 싫어 관 속에 따라들어 갈 테야! 내가 관 속에 들어간다구! 내가 죽어야 즈이들이 정신 차리지!”

피붙이들 정신 차리라고 남의 관 속에 들어가겠다고 엄마가 어거지를 썼다. 엄마가 한 발을 푹 파인 땅속으로 집어넣으려고 하자 모였던 사람들이 깜짝 놀라며 뜯어말렸다.

“에구머니나, 죽은 사람은 죽은 사람이고 산 사람은 살아야죠.”

사람들이 말리자 엄마는 아이고, 아이고! 더 크게 곡을 하다 말고 갑자기 “뉘시래? 저 여편넨 뉘기여?”하며 고갯짓으로 소나무 아래 있는 여자의 정체를 물었다.

오래된 소나무 가지 사이로 한 여인이 양손으로 얼굴을 가리고 눈물을 뚝뚝 흘리는 광경이 포착되었다. 모여 있던 사람들이 잠시 곡을 멈추고 그녀에게 시선을 돌렸다. 그 여인은 위아래로 검은색 정장을 입었는데 얼굴에 쓰는 베일만 없을 뿐 대통령의 장례식 날 보여줬던 재클린의 의상과 비슷하게 빼입고는 손에는 흰 장갑을 꼈다. 거친 삼베옷 입은 사람들 틈에서 무척 생뚱맞았고 흡사 연극배우처럼 보였다. 그녀는 춘삼이 아재가 묻힌 관 옆에서 정장치마를 모아 구부려 흙을 한 줌 집더니 관위에 뿌렸다. 그러고 나서 그가 묻힐 주변의 봉긋한 흙더미를 가느다란 흰 장갑 낀 손으로 매만지고 토닥였다. 주변의 삼베옷차림과 울긋불긋한 장례식 절차와는 전혀 어울리지 않는 기이한 행동이었다. 모두들 아이고 하며 곡소리 하는 가운데 그녀만이 관을 향해 묵념을 했다. 고고학자가 유적지를 발굴하고 나서 잠시 고대인에게 묵념하는 장면 같았다. 그녀는 다름 아닌 금다방 레지였다.

엄마가 그녀를 한눈에 알아보고 엉덩이를 뒤로 잡아 빼고 그녀에게 엉겨붙어 다시 울었다. 아이고오! 아이고오! 원통해라! 엄마의 곡소리는 탄력을 받아 더 크게 나왔다. '김 마담하고 그냥 살게 놔둘 걸!' 하는 소리가 들렸다.

*

"거다 갖다노마 갈구친다카이 참말로 말 안 듣네."

상자를 든 젊은이가 누구 말을 들어야 할지 몰라 좁은 통로에서 기다리고 있다. 그의 얼굴은 체념한 듯 누가 되든지 빨리 결론을 내려 무거운 상자를 해결하고 싶은 얼굴이다.

"봐라, 봐라, 여가 좋다. 일루 온나. 여 놔봐라."

용하가 안쪽 넓은 자리에 서서 청년에게 손짓했다.

"글쎄 조금 복잡해도 이 자리가 좋아요. 그래야 지나다니는 사람들 눈에 띄지. 구석에 처박아 놓으면 누가 알아요."

순임도 만만치 않았다. 그녀는 주변에 있는 술병들을 치우며 애써 빈 공간을 만들었다.

"여 함 나바라. 거는 마카 걸린다카이."

용하는 안쪽 넓은 자리가 좋다고 하고, 순임은 문 쪽에 놔야 사람들 눈에 띈다고 했다. 목소리가 큰 사람이 이긴 모양이다. 청년이 상자를 들고 비좁은 물건들 사이로 빠져 안쪽으로 들어갔다. 상자가 무거웠던 듯 그의 이마에 땀이 흘렀는데 이마가 훤하고 잘생겼다. 오래 전 죽은 춘삼이 아재의 막내아들 영재였다. 엄마는 왼손잡이인 영재가 최가의 씨일지 모른다고 평생 우겨댔는데 그 이유는 잘 알지도 못하는 최가가 분명 왼손잡이일 거라고 확신했기 때문이다. 동네 여자들도 영재의 얼굴에서 최가의 흔적을 찾으려고 무던히 애썼지만 그들은 끝끝내 긴가민가했다. 그 아이는 지금 최가가 아닌 '이영재'란 이름으로 반듯하게 자라 막내삼촌의 가게 일을 돕고 있다. 몇 해 안 본 사이에 훌쩍 커버려 길에서 만나면 누군지 모를 뻔했다.

용하네 식구는 어린 영재까지 데려다 키워서 도합 10명이다. 아이들이 많다 보니 일일이 이름 부르기도 힘들었을 것이다. 용하와 순임이 역전동 사람들의 눈을 피해 종민동 가파른 산꼭대기에 있는 암자에서 결혼식을 올린 후 대식구가 산동네에서 한동안 살았다. 산동네에서의 생활은 가난한 살림이었지만 아이들의 웃음소리가 끊이지 않았다. 그리고 두 명의 아이가 더 생겼다. 순임의 몸속에 흐르는 첩의 피가 대대로 물려질까봐 아이를 더 낳지 않았으면 하고 엄마가 쓸데없는 걱정을 했지만 그들 부부는 아랑곳 않고 끄떡없이 잘 키웠다. 두 아이의 몸속에 첩의 피가 흐르고 있는지는 알 수 없으나 그들의 목소리는 꾀꼬리처럼 청아했다. 용하는 퇴직하고 시내에서 조그만 수퍼마켓을 운영하고 있다.

비좁은 가게는 물건들로 둘러 싸여서 쪼그라진 늙은이들의 모습은 눈을 크게 떠야 찾을 수 있다. 그러나 용하의 목소리만은 카랑카랑했다. 저 부부는 밖에서도 한참 실랑이를 하고 있다. 상자 놓는 장소는 해결된 것 같은데 이번엔 다른 문제로 열띤 논쟁을 벌이는 중이다. 유리창 너머로 용하의 입술에서 침이 튀어 나왔고 순임이 빗자루를 들어 올리고 논쟁을 벌이는 모습이 보였다. 영재는 늘 보는 풍경인 듯 크림빵 껍질을 쭉 펴서 한입으로 구겨 넣고 포장지를 돌돌 말아 뒷주머니에 쑤셔넣고 다시 일을 하고 있다. 상범이는 물론 결혼했고, 명옥이와 정옥이도 출가를 시켰다.

용하는 이제 머리가 허옇고 고집만 센 늙은이가 되어버렸다. 아침부터 저녁까지 부부가 붙어있는데 하루 종일 잔소리 하는 사람은 순임이 아니라 용하였다. 옛날의 과묵하고 순해터진 모습은 다 어디로 사라졌고 아주 사소한 일에 정색을 하고 잔소리를 해대는 늙은이로 변했다. 그래도 사업한답시고 틈만 나면 손을 벌리는 상범이에게 친아버지 이상으로 애정을 보냈다. 저게 나중에 크면 애물단지가 될 텐데 뭔 호강을 바라고 거둬 멕이노? 우리 엄마가 상범이를 두고 한 말이다. 상범이가 자꾸 망하는 사업에만 덤벼드는 것 빼고는 그들 사이는 돈독했다. 오히려 용하가 상범이를 애처로워해서 순임 몰래 돈을 쥐어주는 일이 많았다.

한바탕 잔소리를 하고 돌아온 용하는 그것도 모자라서 카운터 앞에 앉으며 마지막까지 중얼거렸다. 그의 입은 언제라도 벌레 씹어먹은 얼굴로 잔소리를 쏟아낼 준비를 하고 있었다. 이번엔 내가 꺼칠한 사과상자 위에 신문지 깔아놓고 엉덩이를 붙이려는 순간에 얼굴에 화색이 돌며 영재 자랑을 했다.

"쟈가 그라도 어른 두 몫은 한다 안 카나?"

"영재 없으면 우린 아무 일도 못해"

순임도 옷을 털며 언제 말다툼했냐는 듯이 거들었다.

*

이제 역전동을 주름잡던 우리 엄마 얘기를 해보겠다.

춘삼이 아재, 오빠와 윤희, 그리고 이제 그들의 아들 지호까지…. 삼대에 걸쳐 엄마가 거의 사기에 가까운 결혼을 억지로 시키는 걸 보고 나는 이제 걱정을 넘어 끔찍하기까지 했다.

"지금 지호가 우리 집에 온다구요? 결혼 승낙 떨어진 거 아니면 오지 말라 그래요."

오빠네 집에서 전화가 왔다. 오빠의 아들 지호가 여자 친구를 데리고 우리 집으로 온다고 하길래 오지 말라고 내가 딱 잘라서

——————— 퍼팩트웨딩

말했다.

"무슨 소리 하냐, 애가? 색시감 데리고 온다는데 왜 못 오게 하는 거야?"

엄마는 허리 아픈 것도 잊어버리고 벌떡 일어나더니 내 핸드폰을 빼앗으려고 했다.

"그러지 말고 얼른 오라고 해라. 당장."

엄마는 화장대로 갔다가, 다시 소파로 와서 쿠션을 바로 놓다가, 주방으로 가서 나에게 얼른 옷 갈아입고 나오라고 성화를 했다.

"아이구 안절부절, 정신없게 하지 말고 가만 계세요. 엄마가 선보는 것두 아닌데…. 그 집에서 결혼 승낙한 게 아니구 좀 두고 보자는 거예요."

지호가 벌써 여자 친구를 데리러 갔고, 지호 엄마 윤희는 장을 봐가지고 건너온다고 하니까 엄마가 버럭 역정을 냈다.

"지호 에미 주변머리가 저러니까 집안이 번창하지 않는 거야. 내가 몸이 성해서 바깥출입만 할 수 있으면 그 결혼 이렇게 질질 끌게 놔두지도 않아. 장도 미리 봐두면 좀 좋아. 코딱지만 한 집에 뭐 할 일 있다구 뭉기적거려."

그러면서 지호가 혼인에 이르게 된 건 순전히 자기 입김이 크다고 엄마는 큰소리 쳤다. 나는 탐탁지 않은 얼굴을 했다. 자기 몸하나 건사하기도 힘든 판국에 결혼이라니 조카가 아니라 자식이라면 뜯어말리고 싶었다. 그러나 엄마는 풍족하게 자란 수연과의 결혼을 어떻게든 성사시키고 싶어 했고, 결국 소원을 이루는 단계까지 오게 되었다. 엄마는 당신 생전에 지호가 장가가는 거 보고 죽는다고 입버릇처럼 말했다. 그리고 대접을 소홀히 하지 말라고 신신당부했다.

그동안 결혼이 지지부진한 이유는 지호가 밥벌이를 제대로 못하는 데 있었다. 몇 년 전에는 나에게 600만 원만 투자해주면 직장에서 승진할 수 있을 거라고 지호가 협박 아닌 협박을 해서 돈을 보태줬지만 원금 대신 가져온 건 거실 한가운데를 차지하는 헬스 체어와 지호의 세 번째 실직이었다. 지금은 무슨 캐피탈에서 추심하는 일을 한다고 하면서 느닷없이 외제차를 끌고 다녔다. 이런 지호를 수연의 엄마가 끝까지 반대하다가 일단 사귀어는 보라고 겨우 반승낙이 떨어진 상태다. 지호는 여자 친구 수연을 몹시 좋아하는 눈치였다. 한 번도 본 적은 없지만 윤희 말로는 요즘 애들 같지 않게 수수하고 이해심이 많다고 했다. 이 장면에서 나의 엄마 얘기를 안 할 수 없다. 엄마는 다리만 성하면 예비사돈 집에 찾아가서 당장 결혼을 성사시킬 텐데 하면서 두고두고 아쉬워했다. 마치 다리가 아파서 결혼이 안 이루어지는 것처럼 말했다. 나는 엄마가 거동을 잘 못하는 게 천만다행이라고 생각했다.

과일과 차를 준비하고 3층 복도에서 내려다보았다. 치장 좀 하라고 엄마가 붙들었지만 유난떠는 게 싫어 입던 옷 그대로 복도로 나갔다. 그사이 엄마는 널부러진 옷가지들을 옷걸이에 걸고, 소

——————— 퍼팩트웨딩

파 위의 베개를 치우고, 냉장고를 열었다 닫았다를 반복했다.

엄마는 얼마 전부터 궁합부터 보고 오라고, 지호와 수연의 생월생시를 적은 쪽지를 나에게 주었다. 그러나 원래 그런데 관심도 없었지만 이번만큼은 노인네 한번 골탕먹어봐라 하는 심정으로 쪽지를 던져놓았다. 그동안 내 입장은 이도저도 아닌 어정쩡한 입장이었다. 그러나 엄마가 무서울 정도로 손자 결혼에 집착을 보이고, 윤희도 동조하는 듯이 아무런 반응을 보이지 않자 그들에게 역겨움을 느꼈다.

춘삼이 아재, 오빠와 윤희, 그리고 이제 그들의 아들 지호까지…. 삼대에 걸쳐 엄마가 거의 사기에 가까운 결혼을 억지로 시키는 걸 보고 나는 이제 역겨움을 넘어 끔찍하기까지 했다. 또다시 이런 광경을 목격해야 하다니 생각만 해도 진저리 쳐졌다.

흰색 외제차가 미끄러지듯이 아파트 입구에 들어섰다. 엎어지면 코 닿을 덴데 외제차는 무슨 거추장스럽게…. 차 안에서 정장을 입은 남녀가 과일 바구니를 들고 내렸다. 바구니 안에는 생전 먹어보지도 못한 열대과일이 풍성하게 담겨있었다. 지호와 여자친구였다. 지호는 차문을 닫고 자동키의 버튼을 누르더니 수연의 등에 손을 가볍게 올렸다. 수연은 아주 행복한 얼굴로 지호를 바라보더니 살포시 미소 지었다. 나는 어디서 많이 보던 장면이어서 쓴웃음이 났다.

이 장면은 수 십 년 전, 춘삼이 아재와 외숙모가 결혼하기 전에 골목집을 방문하던 바로 그 장면이었고, 세대를 뛰어넘어 오빠와 윤희가 결혼하려고 우리 집을 방문할 때 바로 그 장면이었다.

지호가 지금 오고 있다니까 85세인 엄마가 과도하게 치장을 했다. 립스틱도 살짝 바르고 부잣집 마나님처럼 금목걸이와 비취반지까지 끼고 나서도 뭐가 허한지 누런 호박알이 덜렁덜렁 붙어 있는 팔찌까지 손목에 걸었다. 쭈글쭈글한 주름살 사이에 아집과 허영이 덕지덕지 붙어있었다. 스웨터 속에 쏙 들어간 빼빼 마른 몸집과 반쯤 굽은 허리, 그리고 각종 보석의 부조화는 그녀가 생이 다하는 날까지 집념과 탐욕을 움켜쥘 거라고 항변하는 것 같았다.

예비 손주며느리 맞을 준비를 하는 노인의 극성은 세월이 가도 전혀 변할 기색이 없어 보였다. 엄마의 바람대로 커피잔으로 영국제 티 셋트를 몽땅 꺼내서 식탁 위에 올려놓았더니 좀 사는 집 같아 보였다. 윤희가 검정 비닐봉투를 여러 개 들고 나타났다. 엄마가 쏜살같이 봉투를 풀어 헤치고 얼른 음식 장만하라고 시켰다.

"엄마, 꼭 이렇게까지 해야 돼? 가볍게 인사오는 건데….""

"온 식구가 생전 처음 귀한 손님을 맞이하는데 이 정도도 못해? 그리고 오늘 쐐기를 박아놔야 걔가 집에 가서 딴소리 안 하지. 걔네 집에서 반승낙을 했다니까 오늘 색시를 우리 편으로 꼭 붙잡아놔야 안심이 되지."

엄마는 앙상하고 쭈글거리는 팔을 들어 올려 주먹을 쥐었다.

퍼팩트웨딩

시키는 대로 안 하면 멱살이라도 잡을 기세였다. 입가는 심술로 가득찼고 비장한 각오를 다지는 듯 다부지게 입을 앙다물었다. 윤희도 엄마 말에 동의하는 듯 비열한 웃음을 흘렸다. 나는 저들의 간사한 행동에 치를 떨었다. 눈 찔끔 감고 이 사태를 봐 줘야 하나? 입 벌린다고 해결될 일도 아니었다. 엄마의 이기적인 행동이 거북살스럽다 못해 쳐다보기가 민망해지기까지 했다. 입 다물고 있는 윤희가 더 얄미웠다. 그녀가 묵묵히 전을 부쳐서 일반 접시에 담자 엄마는 그것을 얼른 기하학 문양이 세련된 접시로 옮겨 담았다.

"너는 테레비 연속극도 안 보냐? 평생 값나가는 물건을 탐내봤어야지. 쯔쯔." 그러면서 구닥다리 노인이 오히려 며느리를 구닥다리 취급했다. 당신 한 몸 누일 공간도 없어 딸네 집에 얹혀살면서도 노인의 허세는 끝을 몰랐다. 이 허세를 묵인하고 있는 윤희를 흘끗 보며 그녀도 이 문제를 도매금으로 두루뭉술 넘기려나 싶어 생각할수록 괘씸했다. 갑자기 수연이 너무 안돼 보였고 그 애가 탐욕스런 노인과 중년 부인의 꾐에 넘어가 어디론가 팔려가는 느낌이 들었다. 윤희가 엄마 말에 긍정도 부정도 안 하고 있는 게 '내가 30년 전에 저 노파의 꾐에 빠져 물 먹었으니 수연이 너도 그래 봐라.' 하는 것처럼 응큼해 보였다.

초인종 소리가 울리고 지호와 수연이 나타났다.

현관에는 신발이 단정하게 정돈되어 있었다. 지호가 먼저 구두를 가지런히 벗어놓고 뒤이어 수연이 인사하며 들어왔다. 금빛처럼 눈부시게 빛나는 젊은이들이 들이닥치자 엄마는 입이 귀에 걸릴 정도로 기뻐했지만 나는 찬란한 눈부심이 끔찍하도록 아득했다. 두 사람이 들어서자 거실은 한층 밝고 환한 분위기가 되었다. 그들은 누가 봐도 어울리는 한 쌍이었다.

지호도 어제까지의 지호가 아니었다. 그 애는 감색 양복에 흰 와이셔츠를 입었다. 머리를 적당한 길이로 잘랐고 쌍꺼풀 진 눈은 오빠 정우의 젊었던 모습을 그대로 빼다 박았다. 30년 전 미국 유학 중이었던 정우는 윤희의 눈에 사법고시에 합격한 예비법조인보다 더 똑똑해 보였다. 지호의 얼굴도 그때의 정우 얼굴 못지않게 똑똑해 보였다. 카이스트나 MBA를 막 마친 사람으로 속여도 속아 넘어갈 것 같이 총명해 보였다. 조카지만 얼마나 잘생겨 보이던지 나는 내 눈을 의심했다. 제 할머니와 어머니 앞에서 지호가 절 받으세요 하면서 머리를 숙이며 하도 깍듯하게 절을 해서, 하마터면 그동안 지호가 저질렀던 만행을 기억 속에서 다 지워버릴 뻔했다. 이 예의바른 청년의 결혼을 잠시 동안 훼방 놓으려고 심술부렸던 게 조금 미안해지기까지 했다.

엄마는 예비 손주며느리의 손을 만지면서 부드럽고 근사하게 말했다. 조금 전의 허둥지둥하고 안절부절 못하던 경박한 행동을 씻은 듯이 접고, 어젯밤부터 그 자리에 꼿꼿이 앉아 있던 사람처럼 엄숙하고 유연하고 진지한 자세로 앉아있었다. 엄마의 얼굴에선 결연한 의지가 보였다. 나는 친정엄마의 변신이 놀랍다기보다

　　　　　　　　　━━━━━━━ 퍼팩트웨딩

는 측은해 보였다. 반면 윤희는 옆에 쪼그리고 앉아 '내 의견은 없어요 어머니 하시자는 대로 따를게요.' 하는 투로 고개를 약간 숙이고 묵묵히 듣고 있었다. 절을 마친 뒤 엄마를 중심으로 빙 둘러 앉았다. 분위기가 화기애애하게 무르익었다.

"아가야, 여기 있는 사람들은 다 배울 만큼 배운 사람들이고, 재물이 넘치지도 모자라지도 않는 집안이란다. 격에 어울리지 않게 호화로운 결혼을 우린 반대한단다. 그런 건 천박한 사람들이나 하는 짓이야."

46년 전 춘삼이 아재와 외숙모를 호마이카 장롱 앞에 앉혀놓고 하던 말과 똑같아서 나는 깜짝 놀랐다.

엄마의 말솜씨는 일제시대 동경유학을 다녀 온 신여성처럼 우아하고 품격이 있었다. 그래서 그 순간 엄마가 진짜 동경유학이라도 다녀온 걸로 착각할 뻔했다.

윤희가 우리 집에 인사하러 왔던 때가 떠올랐다. 사실 윤희네 집은 호화결혼을 하고 말고 할 것도 없었다. 오빠네는 뭔가 될 듯 될 듯 하면서도 아무것도 되는 것 없이, 사는 게 맨 날 그 모양이었다. 오죽하면 윤희가 이혼을 고려해 봤을까? 그런데도 엄마가 품격있는 집안 어쩌고 하니 나는 말문이 막혔다. 엄마는 영국제 찻잔을 살짝 들고 한 모금 마시더니 말을 이었다. 팔찌의 호박알이 찻잔에 부딪쳐서 달그락 소리를 냈다.

"여기는 지호 고모란다."

엄마가 손가락으로 나를 가리켰다.

"인품도 인품이지만 이 사람 덕에 고모부가 사업이 아주 번창했단다. 결혼해 살면서 느이들에게 진짜 의지가 될 거다."

엄마는 여우주연상을 받은 여배우가 함께 열연한 남자배우에게 공을 돌리는 듯이 우아한 손끝으로 내가 앉아있는 방향을 가리켰다. 나는 갑자기 인품 좋은 사람이 되어버려 수연이 앞에서만은 인품이 후덕한 중년 부인 역할을 해야 했다. 나는 솔직히 나 자신이 너무 직설적이고, 특히 배배 꼬여있다는 걸 누구보다 잘 알았기에 인품 좋은 역할을 하려니 수연이 머무르는 내내 맞지 않은 옷을 입은 듯 거북살스러웠다.

엄마는 지호의 일가붙이가 요즘의 물질중심 세태에 편승하지 않으면서도 교묘하게 조금 사는 집이란 걸 은연중 과시했다. 그러나 엄마의 실상을 말하자면, 방금 말했던 좀 사는 집은 고사하고, 남편이 남긴 재산마저 아들한테 다 털리고 빈털터리여서 저승 갈 노잣돈도 없는 노인이다. 늘그막엔 우리 집에 얹혀사는 처지였다.

윤희는 아무 말 없이 차를 마시면서 지호와 수연을 지켜보았다. 이쯤에서 예비며느리에게 한 마디 할 법도 한데 말이 없었다. 윤희가 말주변이 없어 입을 다물고 있다고 생각했는지 엄마는 기고만장했다. 요즘 이만한 인품 가진 시어머니 자리는 드물다고 윤희도 추켜세웠다. 아이구, 저놈의 인품타령! 듣기가 민망했다. 엄마의 허황된 말은 계속되었다. 지호가 다른 부잣집 딸하고 혼

퍼팩트웨딩

인 말이 있었는데 우리 집과 격이 안 맞아서 다 뿌리치고 수연이 너를 택했다는 걸 알아달라는 말이었다. 어디서 많이 듣던 소리였다.

저 아이에게 진실을 가르쳐줘야 해. 언젠가 기회가 되면 저 소리가 말짱 거짓이라고….

나는 예의에 어긋나지 않을 정도로 말을 섞다가, 애들 앞에서 마음에도 없는 말들을 지껄이느니 음식 준비하는 게 낫겠다 싶어 주방으로 발을 옮겼다. 윤희가 사온 샐러드 재료를 씻고 엄마가 앉으나 서나 찬양하는 영국제 도자기에 예쁘게 담았다. 소스를 만들면서 무릎 꿇고 다소곳이 앉아있는 수연을 바라보았다. 그 애의 뽀얀 목덜미와 찻잔을 든 손끝은 너무나 순결해서, 양쪽에 눈을 부릅뜨고 앉아있는 심술궂은 늙은이와 한통속으로 놀아나는 중년의 여인이 악덕 매파처럼 여겨졌다. 나는 순결한 처녀를 보호하기 위해 저들을 어떻게 골탕먹이나 잠시 궁리했다.

수연은 몹시 사랑스런 표정으로 쭈그렁 늙은이의 손을 잡아주었다.

"저희들이 행복하게 사는 걸루 보답할게요. 할머니."

수연의 애교 섞인 한마디는 엄마를 까무러치게 할 정도로 흡족하게 만들었다. 수연의 행복해 보이는 얼굴은 붉게 물들었다. 그들은 서로의 교감에 황홀해져서 할 말을 잊은 듯했다.

'그래, 지들이 좋다는데 내가 훼방 놓을 권리는 없어.'

나는 다시 맘을 다잡으면서도 한편으론 어떻게 하면 이 결혼에 초를 치고 낭패를 보게 만드나 그런 궁리가 머릿속에서 계속 맴돌았다. 노인도 노인이지만 불구덩이로 뛰어드는 순진한 처녀를 빤히 보고만 있는 윤희가 더 괘씸했다.

엄마는 시간제한이 있었던 것도 아닌데 쫓기듯이 말을 쏟아냈다. 그녀의 집념은 절정을 이루었다. 입에 침도 안 바르고 말했다.

"느이들의 궁합이 좋아도 그냥 좋은 게 아니란다. 속궁합도 아주 좋아서 더 이상 볼 것도 없단다. 느이들은 하늘이 맺어준 짝이야."

엄마는 두 사람의 보드라운 손을 합쳐주면서 보지도 않은 궁합으로 대단원의 막을 내렸다. 늙은이의 '궁합' 소리는 동물들의 짝짓기처럼 외설스럽게 들렸다. '무슨 궁합을 봤다고 그러세요.' 이렇게 방정맞은 소리가 목까지 차 올라왔지만 기겁할 노인을 생각해서 꾹 참았다. 엄마는 단숨에 얘기해서 목이 타는지 물을 찾았다. 웬만하면 윤희가 벌떡 일어나 시어머니 물을 떠다 줄 텐데 그녀는 엉덩이 붙이고 앉아 일어날 생각을 안 하고 나에게 대신 가져오라고 했다. 나는 어리둥절하여 물 한 잔을 떠서 엄마에게 바쳤다. 고개도 안 돌리고 물 심부름을 시키는 윤희가 예전 같지 않게 조금 도도해 보였다. 뜻밖의 윤희 행동에 엄마는 잠시 멈칫하다가 꿀꺽꿀꺽 물을 들이켰다.

이 생애에 마지막 할 일을 완수한 사람처럼, 불꽃을 확 일으키고 타버린 장작개비처럼, 엄마는 고고했다. 그러나 윤희는 신경

　　　　　　　　　　　　　　　　　퍼팩트웨딩

쓰지 않았다.

춘삼이 아재도 처음에 시골의 농토를 곶감 빼먹듯이 야금야금 팔아먹더니, 나중에는 외조부모가 마련해 준 집마저도 남의 손에 넘기고, 말년에 외조부모는 빈손으로 세상을 떠났다.

이런 식으로 재물을 홀라당 말아먹으라고 외삼촌이 가르쳐준 것처럼 오빠네도 똑같이 거덜냈다. 순서가 틀리면 누가 법률에 위배된다고 할까봐 한 치의 오차 없이 외삼촌을 따라 했다. 그들의 노부모는 약속이나 한 듯이 빈손으로 딸들 집에 들어가서 큰소리치며 살다가 저세상에 가기도 하고 아직 살아있기도 하다.

윤희는 30여 년 동안 초등학교 교사로 가족의 생계를 책임졌다. 정우가 일만 안 저지르면 그냥 먹고 살 수 있을 텐데 잊어버릴 만하면 독촉장이 날아와 윤희의 애간장을 녹였다. 처녀시절 밀월은 너무 짧았고, 한없이 자애롭고 이해심 많은 시어머니의 환영에 이끌려 발을 디뎠다가 평생 고생바가지를 하고 있다. 지금 또 한 처녀가 멋도 모르고 불나방처럼 뛰어들려 하고 있다. 그런데 윤희는 수수방관하면서 수연에게 나도 겪었으니 똑같이 겪어보라고 부채질까지 하고 있다. 간사한 여편네 같으니라고.

엄마는 심한 골다공증으로 인한 척추압박골절로 서있을 때 허리가 굽고 엉덩이가 약간 튀어나온다. 물컵을 내려놓고 소파를 잡고 일어서려는데 수연이 살포시 일어나 노인의 어깨를 부축하려 했다. 엄마는 일부러 응석을 부리며 엉거주춤 섰다. 그 애의 포동포동한 살결과 접촉하고 싶어했다. 그런데 그때 싸늘한 목소리가 들렸다.

"수연이 앉아봐라."

윤희가 차가운 얼굴로 입을 벌렸다. 다들 놀란 눈으로 윤희를 쳐다보았다. 수연이 엄마의 팔을 잡다 말고 뒤돌아보았다. 엄마는 한 손으로 소파를 잡고 서서, 물 묻은 입가를 손으로 닦고 있었는데 윤희의 말에 동작을 멈추고 뒤를 돌아보았다. 나는 나물을 무치다 말고 고개를 들어 윤희를 보았다. 긴장이 풀렸는지 넥타이를 느슨하게 잡아 풀던 지호도 고개를 들었다. 여러 개의 놀란 눈이 정지된 화면처럼 윤희 앞에 멈췄다. 수연이가 할머니 손을 슬며시 놓고 앉았다. 하도 의연하게 말해서 엄마도 대거리를 찾지 못했다. 윤희가 입을 뗐다.

"수연이 엄마가 반승낙 하신 건 고맙게 생각한다. 그래도 지호를 밉게 보진 않으셨나 보다. 그러나 결혼은 좀 생각해보자."

나는 사실 매사를 맺고 끊지 못하는 윤희 성격을 흉본 적이 있다. 그러나 오늘은 달랐다. 그녀의 눈빛은 고요했지만 여느 때와 달리 단호한 모습이었다.

"에미야, 이게 뭔 소리냐? 다 된 밥에⋯."

엄마가 놀라서 소리쳤다. 수연의 얼굴은 홍조가 되었다.

"어머니, 저, 혹시 제가 어머님 맘에 안 드시는 거라도⋯."

그 애는 금방 울어버릴 것 같은 표정을 지었다.

"엄마, 저, 그게 아니라 수연이 집에서 거의 승낙이 떨어진 거나 마찬가지예요."

지호가 기가 막히다는 듯이 제 할머니를 쳐다보며 구원요청을 했다. 윤희가 계속했다.

"아직 느이들 결혼 허락하긴 이르다."

나는 얼른 손을 씻고 물기를 앞치마에 닦으면서 거실로 갔다. 윤희가 어떻게 결말을 낼지 궁금했다.

수연은 잘못이라도 저지른 사람처럼 쪼그리고 앉아 고개를 숙이고 있었다.

"너처럼 예쁜 애가 왜 맘에 안 들겠니? 나는 너를 아주 좋아한단다. 편히 앉아라."

윤희가 다시 입을 열었지만 표정은 단호했다.

"아이고, 얘가 시방 무슨 소릴 지껄이고 있는 거냐? 다 된 밥에 코 빠뜨리고 있네. 아이구, 망조가 들었어. 아이구 허리야."

엄마가 소파에 풀썩 주저앉았다.

"반승낙이라도 감지덕지해야지. 제 주제에 무슨…."

엄마가 윤희의 멱살이라도 잡을 듯이 삿대질을 했다.

"엄마, 그러지 말고 올케 얘기나 들어봐요. 정작 올케 얘기는 한마디도 못 들었잖아요."

"그래, 주둥아리 달렸으면 해봐라 어디."

그러나 윤희는 노인을 이 자리에 없는 사람 취급했다.

"지호, 잘 들어라. 수연이와 꼭 결혼하고 싶으면…."

윤희의 얼굴은 초췌했다. 얼굴이 헬쓱하고 귀공자 타입의 오빠 정우가 매사에 넉넉하게 지나칠 줄 모르고 예민하게 굴어 그동안 윤희가 마음고생을 많이 했으리라 짐작이 갔다.

춘삼이 아재의 부인이 도망간 후 우리 집 문간방에 들어와 살 때 우리 집은 사람들로 미어터지기 일보직전이었다. 우리 형제들, 어머니, 아버지, 그리고 아재네 세 식구, 도합 열 명이 20평도 채 안 되는 한옥에서 북적대며 1년여를 같이 살았다. 여름날 평상에서 수제비를 해먹을 때는 잔칫집처럼 북적댔다. 수제비를 아무리 떼어 넣어도 국솥이 차지 않았다.

그런데 똑같은 일이 벌어졌다. 오빠네가 점점 망해가는 순서도 어쩜 그렇게 외삼촌을 빼닮았는지 시공을 초월하여 똑같이 진행되었다. 내가 결혼해서 살던 아파트에 정우네 세 식구와 친정엄마가 잠시 동안 같이 살았다. 그러다가 엄마만 남겨두고 오빠네 식구만 분가해 나간 지 얼마 되지 않았다. "네가 꼭 수연이와 결혼하고 싶다면 요즘 끌고 다니는 외제차 제자리로 돌려주고, 또 한 가지 고모에게 빌린 돈 먼저 갚도록 해. 그리고….."

윤희의 목소리는 여전히 차갑고 단호했다.

나는 저 아이들을 어떻게 하면 갈라놓을까 지호가 올 때까지 내내 그 생각만 했는데 막상 윤희 허락이 안 떨어지니 간사하게도 다시 저들을 맺어주고 싶은 생각이 들었다.

"오, 올케, 그 돈은 안 받아도 돼. 그건 내가 그냥 준 거야."

내가 엄마보다 더 간사하게 말했다. 그러나 윤희에게 나도 투명인간이었다. 아니 윤희는 나도 30년 전 엄마의 무시무시한 행태를 알리지 않은 공범자라고 생각하는 것 같았다. 지금 그녀는 허위의식의 고리를 안간힘을 써서 끊으려 하고 있다. 냉정한 목소리가 울렸다.

"정상적인 직장 잡았을 때, 그때 결혼 다시 생각해보자. 지금은 절대 안 된다."

윤희는 노인이 평생 갈고, 닦고, 열망해오던 허영의 베일을 한순간에 벗어던졌다.

"그리고 수연아, 우리 집은 알다시피 너희들 결혼에 보태줄 게 없다. 그러니 둘이 의논해서 살 집이라도 마련하게 되면 그때 다시 오너라."

윤희는 어느덧 눈가에 주름이 가득했고 머리가 희끗했다. 아름답고 고왔던 피부는 검버섯이 피어올랐다. 눈여겨 보니 윤희는 화장도 안 한 민낯이었다. 윤희가 민낯으로 현관에 들어서는 순간 엄마가 '으이구 저 주변머리 없는 것, 이런 날에 화장도 안 하고 나타나. *쯔쯔쯔*.' 하며 투덜댔었다.

화사한 여름날, 꽃무늬 민소매 원피스를 입은 윤희가 핸드백을 어깨에 걸치고 역전동 집 현관으로 들어오고 있었다. 장미꽃 다

욕망과 숙고 ——————— 413

발을 손에 들고, 밝고 순결한 웃음을 흘리며 나풀나풀 걸어 들어오고 있었다. 간사한 노인도 그녀의 고결한 자태에 홀린 듯이 넋을 잃고 바라보고 있었다. 윤희가 꿈결같은 음성으로 말했다.

"사실은 네 오빠보다 네 엄마를 더 좋아하게 됐어. 너희 집 분위기가 너무 맘에 들었어. 그렇게 인품이 출중한 어른들이라면 믿어도 될 거 같아서. 내가 사실 할 줄 아는 게 하나도 없는데 어머님께서 자상하게 가르쳐주셨어. 그렇게 인자하신 분은 첨 봤어."

그때 나는 혼란스러웠다. 엄마는 외삼촌 때처럼 두 사람을 맺어주려고 윤희네 집을 오가며 넌덜머리가 나도록 안간힘을 썼다. 이를 어쩌나! 두 사람이 잘 산다면 더 이상 바랄 것도 없지만 엄마의 인품에 반해서 결혼한다니 그건 아니었다. 윤희에게 대놓고 '우리 엄마 인품은, 그거 몽땅 가짜야.'라고 말해줬어야 했는데 평생 그 말을 못했다. 두 사람이 결혼식을 올릴 때까지 나는 심연 속으로 발이 자꾸만 빠져드는데 그걸 빼내지 못했다.

고개 숙이고 앉아있는 수연을 바라보았다. 그 애는 30년 전 윤희의 모습을 닮아 있었다. 복숭아 과육처럼 물이 차올랐고, 비둘기 색 스타킹 속에 숨어있는 발뒤꿈치는 너무나 순결하였다.

빨간 고무장갑은
백스페이스다

사람들은 내가 출생의 비밀을 가졌단 사실을 아무도 모른다. 내가 울 할머니의 심한 구박을 받으며 이 세상에 태어났다는 사실을… 나는 구박을 하거나 말거나 온 동네를 휘젓고 다녔다. 나와 할머니가 마주친 시기는 참으로 절묘했다.

나의 할머니는 농경사회에서 태어나 생의 대부분을 갈라진 논바닥에서 보내고 대한민국 산업사회 시작점에서 나와 마주쳤다. 내가 태어나서 처음 맞이한 할머니는 무표정한 얼굴의 쭈구렁 늙은이였다. 태어날 때부터 쭈글쭈글한 주름살을 가진 늙은이로 보였다. 할머니는 평생 희로애락을 얼굴에 드러낸 적이 없다. 나는 할머니의 젊은 시절을 생각하려고 일부러 애쓰지 않는다. 그녀는 처음부터 늙은이였으니까.

어느 날 인삼 장수가 우리 집 평상에 물건을 펼치고 사람 허벅지 모양으로 요염하게 비꼰 인삼 한 뿌리를 치켜 올렸다. 요 한 뿌리가 사람 거시기에 요상한 힘을 갖게 해준다고 떠들어 대면 모여있던 동네 여자들이 박수를 치며 폭소를 터뜨렸지만 나의 할머니는 모든 게 멈춰있는 초상화처럼 미동도 없이 앉아있었다.

"아이고 노친네! 이걸 달여 먹어야 힘을 쓴대유. 영감 한 뿌리 해드릴려?"

동네 아낙이 아무리 농담을 해도 무표정으로 앉아있는 할머니가 더 웃겨서 사람들은 또 한 번 웃어댔다. 할머니는 음식을 먹으면서도 맛있는 건지 한약처럼 쓴 건지 좀체 표정이 없었다. 석고상처럼 굳어서 자신의 감정이 지금 싫은지 좋은지 자신도 몰랐다. 그런데 생애 처음으로 할머니가 감탄사를 연발하는 사건이 일어났다. 할머니의 얼굴에 웃음꽃이 피다니! 태어나서 처음 보는 얼굴이었다. 석고상처럼 굳어있던 얼굴근육이 난생처음 씰룩거렸다. 나는 그런 할머니가 너무 신기해서 눈을 동그랗게 뜨고 쳐다보았다. 대체 뭘 봤길래 저렇게 감탄을 하나 하고.

"세상에나! 요런 게 다 있었네. 요즘 여자들은 거저먹고 살어. 하이고 세상에나!"

어떤 귀한 물건을 봐도 표정이 없던 할머니가 뭘 가지고 저토록 감탄하나 했더니 빨간 고무장갑이었다. 할머니는 그것을 들고 오래도록 쳐다보며 신기해했다. 고무로 손가락 다섯 개가 쏙 들어가도록 만든 빨간색 장갑에 할머니는 충격을 받은 것이다. 고무장갑을 끼고 찬물을 마음대로 요리하는 도시 여자를 보는 일은 할머니에게는 문화충격을 넘어 혁명이었다. 할머니는 요술방망이

──────── 퍼팩트웨딩

같은 고무장갑에 반해서 찬물에 빨래를 오래도록 했고, 김장철에도 "고무장갑 있는데 무슨 걱정이야." 하면서 찬서리 맞으며 그해에 김장을 200포기나 담았다. 그녀의 전 생애를 통틀어서 이렇게 큰 사건은 없었다. 고무장갑을 보면서 신기해하는 할머니의 눈동자는 암묵적으로 나를 가리키며 이런 말을 하고 있었다.

'이제 너의 시대는 별걸 다 만들어내는 세상이 될 거야! 너는 개울가에서 얼음 깨고 빨래할 때 벌벌 떨 필요가 없단다. 손등이 얼어터지는 일은 너희 세대는 없을 거야. 넌 앞으로 별천지에서 의연하게 살게 될 거야.'

그리고 나, 나는 농경사회 끝자락에 태어나 할머니와 운명적으로 스쳐지나가고 생의 대부분을 할머니가 그토록 환호했던, 별걸 다 만들어 냈던 산업사회에서 보냈다. 할머니가 예언했던 별걸 다 만들어 내는 세상에서 유년기를 보냈지만 그리 행복하지는 않았다. 물건들은 넘쳐났지만 정작 내가 필요로 한 읽을거리는 별로 없었기 때문이다. 읽을거리라곤 고작해야 학생들로 넘쳐났던 일가친척들의 교과서가 전부였다. 여덟 살의 내가 매일 한 일은 앞뒤를 뭉텅 잘라내고 무미건조한 내용들이 실려 있는 교과서를 눈만 뜨면 읽어대는 것이었다.

엄마는 내가 먹을거리보다 읽을거리를 더 갈망한다는 걸 새카맣게 몰랐다. 나의 부모님이나 형제들이나 외삼촌들이나 선생님들이나 학교 친구들조차 내게 그렇게 심한 문자중독증이 있다는 걸 전혀 눈치 채지 못했다. 선생님은 내 통지표에 '산만하고 뛰어놀기 좋아하고 학습의욕이 없음'이라고 적어놓았다. 내가 편도선염에 걸려서 이틀 빠진 건 병명과 함께 빠짐없이 기록해놓았는데 정작 문자중독증세는 적지 않았다. 한자로 뒤범벅이 된 신문은 좋은 중독치료제였다. 고바우영감이나 왈순아지매는 평소의 내 친한 친구였다. 선데이서울의 광고글씨도 모조리 읽어댔다. ** 텍스로 끝나는 콘돔광고는 매일 내 눈에 들어왔다.

나중에 중학생이 되어 내가 아홉 살 때 암기할 정도로 읽었던 소설의 작자가 삼총사의 작가 알렉상드르 뒤마였음이 낱낱이 밝혀졌다.

지금의 나, 누군가가 정보화 시대라고 명명한, 어느 지점에 멈춰 서서 컴퓨터와 함께 하루의 대부분을 보낸다. 이제는 순서가 전혀 헷갈리지 않는다. 순전히 컴퓨터 덕분이다. 이제는 내가 휘갈겨 쓴 악필에 헷갈려 하지 않고 열심히 backspace와 delete 키를 누르며 잘난 체한다. 그러나 문제는 항상 어딘가에 똬리를 틀고 있다가 나를 공격한다. 큰 문제가 발생한 것이다. 해결할 도리가 없다. 내가 더 이상 상상하지 않는다는 것이다.

내가 더 이상 욕정에 시달리지 않는다는 사실이다.

내가 더 이상 질투를 하지 않는다는 사실이다.

더 이상 내가 쓴 글을 읽어보며 낄낄거리지 않는다. 시시때때로 분출하고 샘솟던 성욕이 서서히 메말라가고 있다. 바닥을 드

러내도록. 그 진흙바닥에 개구리가 팔짝 뛰어오른다. 나는 완전
히 소멸하지 하지 않도록 매일 안간힘을 쓰고 있다